译文经典

人各有异

One Man's Meat

E. B. White

〔美〕E. B. 怀特 著

贾辉丰 译

上海译文出版社

目 录

前　言

E·B·怀特所著《人各有异》，篇幅适中，立论平实，妙趣横生，五十五年来印行不衰，至今仍未遁入历史。或许现在，值此新版本面世之际，我们应当颁下一顶桂冠，虽然我们(甫一打开书页)已经确知，作者将当场退缩，甚至干脆就不露面。

此书初版于一九四二年，两年后增订重印，本来意在避重就轻，消闲遣兴，并非结构缜密的单行著作，而是作者为《哈珀斯》杂志写的每月专栏(自一九三八年始)的结集，加上三篇最初发表在《纽约客》上的小品。由于这一模式和作者的思维模式，此书犹如一只挎篮，内容多不沉重，于轻松中见其用，拣入篮中的，都是些逐日或逐季的见解，但行走不远，又装入更严肃的理念。(此一意象，出于怀特本人，他给人留下记忆的随笔，那些穿越牧场或沿缅因农场滨海道路上的漫步，一如他笔下的家常话语，始终是独特的。)《人各有异》点缀了种种琐事和花絮，农耕诀窍，关于动物和邻居和政治家的评点，它过于私人化，不似年鉴；过于玄妙，不似家庭纪事；太多逗趣和自省，不似文学笔记。或许它算一本初级读物：乡下人的课业，每读一过，都传达了对黎明时分的清澈和可能性的感觉。

怀特最初与他的妻子和年幼的儿子，从曼哈顿东四十八街无电梯的双层公寓，搬去定居在北布鲁克林的咸水农场，在其早期专栏中，他几乎是很急切地探究哪怕最微细的迹象，表明身处全新环境中遭遇的尴尬（比如拿一张纸餐巾走过谷仓场院），但在本书所涉整整六年时间内，他经受轮番袭来的浪涌的冲击和挟裹，很快打消了这些小小的嘲弄。尽管本书的背景是静，讲述的却是动——日间的忙碌，冰冷的佩诺布斯科特湾的涨水和落潮，新英格兰天气的变幻莫测，季节的更替和迅速（或似乎是迅速的）消逝，牲畜的生与死，蓦然爆发的世界大战，先是供人远观（慕尼黑危机时，怀特在给他的屋顶覆瓦），随即席卷欧洲（德国发动巴尔干半岛春季攻势期间，他在修理一只别扭的孵化炉），终于进抵本土（他在镇上的飞机瞭望哨当值，发现一只苍鹭），强制性地、极大地左右了民众的注意力。

另一个变化则是怀特本身，虽然我们最初没有意识到这点。早期对鸡蛋的美的抒情，一些梭罗式的语句（“一个人改变了追求，不大可能从此就生出新人的气质或面貌”），或对一套褪色的木制槌球具产生的《纽约客》式的沮丧情绪，让位于一些更直接、更明快的东西，讲述如何修造谷糠布料箱，讲述对自由的义务，讲述抵御严寒的种种窍门。他已经成熟（书到中途，他四十岁了），为了农场奔忙劳碌，无暇作全职的文体家。我想《人各有异》是他身为作家的产物。此前长达十多年的时间，他曾苦于每个星期的截稿期限，以及《纽约客》“且记且评”栏目古怪的第一人称多数[①]，一旦摆脱了这些，他找到了他的主题（就是他自己），还有和缓但真诚的语调。作于一九四

① 《纽约客》杂志要求“且记且评”的文字不能使用“我”，只能使用“我们”。

一年的《重游缅湖》，讲述了他携儿子出行，再到童年时度假的淡水湖上，是一篇传流久远的美国式随笔——倘非机缘凑泊，本来是不可能写出的。《精灵鼠小弟》、《夏洛的网》，以及其他十余种作品与文集仍未问世。他找到了自己的立足点。

书中还明白显示，安迪·怀特是天生的农人——不是在农学，而是在动手做事的意义上。他喜欢劳作，也精于劳作。他笑话自己为畜养一头奶牛穷极谋划（第一次带奶牛去牧场，他感觉"恍如第一次带女孩子上剧场——窘迫又得意洋洋"），但他并非乡绅。读他后来的《冬日笔记》、《我的一天》、《备忘录》（列举了要求当下关照的二百余项杂务），你羡慕他的工作，更羡慕他对工作细节的感官愉悦，以及劳动者积累的令人叹服的专门知识。事无巨细，很少逃开他的眼睛，无论是卡车晃晃荡荡的后挡板上的光亮、电影中的愚蠢场景、新式汽车挡泥板的招摇外观，还是纳粹军队横扫法国时刻他觉察的一些甚嚣尘上的丑陋思潮，无不如此，然而，当他全神贯注于琐事和手边的事情时，他的观察力更趋深刻——风大的清晨供母鸡饮水的汩汩流淌的喷水池面；老獾狗[①]弗雷德舔舐刚刚掉落在地窖地面上的鸡蛋时的优雅怪相。

由于怀特的观察如此敏锐，读者需要些时间才能发现，他在书中选择放弃了多少东西。他很少谈到妻子凯瑟琳，这段时期，她是《纽约客》的邮递文稿编辑，自身工作繁忙；他也很少谈到他们正在上学的儿子乔尔。难以名状的弗雷德，还有他的邻居，捕虾人达默龙占据了每日生活的很大篇幅。我们也没有听说他靠哪些帮助，维持了日常事务运转正常：他雇用的全

① 獾狗，德国种猎犬，适于追逐獾和狐狸等猎物。

职帮工和临时助手、厨师和住家女佣。有关怀特的评论和传记文章，都曾论及这些忽略，但我的记忆所及，说起对身边人物的漠视，他并不比大多数作家更甚，他对自己多种收入，三重职业带来的家庭舒适，也没有惶恐或歉疚的感觉。所谓的忽略，源于他本能的、毕生的隐私意识——在此告白时代，一种具有鲜明时代特征的、几乎是维多利亚式的考虑，还因为作家意识到，这则故事，无论怎样起承转合，都与家庭生活的喜怒哀乐无关。隐私意识同样延及自身，书中省略的安迪·怀特，其实多于书中提到的。

战争一度占据了怀特农场的全部精力——他在一九四二年的生产指标包括四千打鸡蛋、十头猪、九千磅牛奶，即使如此，比照今天的标准，这方面的讯息也很单薄。无线电广播和报纸报道欧洲和华盛顿的事件，引人注目，但每天并没占用很多时间，作家的应对，从他的文字来看，则是越来越多地思索这个世界和他在其中的位置。他在一些长篇论说中，谈及自由和一旦和平来临，世界联盟的机遇，一对一地直面政府，虽然他承认政府可以耗用自己的时间，也支持政府征集和开销巨大的人力和物力。我这一代人如今往往追问，生活在一个全民投身全面战争的国家里，会是怎样一种情景，《人各有异》给出了生动答案。怀特报道了战争——债券义售、民防中心等等，但也注意到，美国人对美国新近生出的热爱，至少在一定程度上，本是一种应该消解的爱国主义，唯此才能实现世界的持久和平。他在其他处写道，关于战争，最难的事情莫过于面对其撕心裂肺的细节，义愤归义愤，终须保持克制。

这方面的许多道理，甚至大多数道理，今天对我们来说，似乎有些幼稚，因为在我们的时代，众人随时能够听闻世界各地的坏消息，以致麻木不仁。说实话，怀特关于世界政府的热烈文章，即使在他那个时代，也失之理想主义和简单，他不是权威的评论家，天性使然，然而，当时乃至现在，他让我们肃然起敬的是，他明确相信（他笔下再明确不过地显示了这一点），他完全有资格独立地思考自由，并向读者言说此类紧迫问题，如一位公民对另一位公民。我们之中有谁能说，假如又一个鲜活而险恶的时代逼到面前，我们是否还能在什么地方，找到又一位 E · B · 怀特，以如此平静而又警醒的语调同我们言说？

罗杰·安杰尔

一九九七年四月

罗杰·安杰尔是E·B·怀特的继子，一九五六年迄今任《纽约客》小说编辑，一九四二年以来，长期为该杂志撰稿。曾出版小说和幽默小品集，以及五本关于棒球，包括夏季赛和季后赛的书籍。并编辑《纽约客》爱情小说选《非君莫属》，一九九七年兰登书屋出版。

序

到春天，《人各有异》将年满四十一岁。它初版于一九四一年[①]，自那以来，几乎从不间歇地以各种形式印行。它始终销量不大，但早早显示了常销的本领。一本书，出版几年后仍不打算消失，在其作者的心中自有特殊位置。我承认我对《人各有异》情有独钟。

最初一版收录了四十五篇文字，是我一九三八年以来为《哈珀斯》杂志每月撰写的专栏文章的结集。本书出版后，我继续为该杂志撰稿，一九四四年，刊行了《人各有异》的增订新版，补充了十篇文章，合计五十四篇。本版颇受欢迎。美国卷入战争，战争写入书中。很快，描述新英格兰咸水农场生活的这些漫笔，就以平装海外版的形式送到美军士兵手中，思乡心切的士兵万里迢迢写信来表达谢意，这让我稍觉宽慰，因为多少同胞正在为他们的生死、也为我的生死浴血厮杀，而我却流连于田园牧场，终不免忐忑不安。顺便说及，海外版曾有一度遭禁，后来又获解禁，也没人作出解释。（一些自觉的监督者或许认为，这道菜过于肥腻，会让我们的战士消化不良。）回想起此书遭禁后，我心中曾浮动几丝快感：这表明我的东西或许有些分量，不像乍看之下那样。

《人各有异》总共发行八版，另有一个英国版，两个德国译本，以及一个法国译本。它十二岁时，出版商认定此书堪为经典，随即将之列入《哈珀斯当代经典》系列（精装）。这就正式将我捧入美国作家殿堂，从此不可小觑。经典系列版由莫里斯·比肖普[②]作序，我非常高兴，皆因几年之前，得知我将一头扎向乡村，比肖普教授说道："我相信，你不会向读书界鬼扯你的小打小闹。"

年近半百，回首往事，不觉心惊，种种经历，促使我从纽约移居缅因，又合力成就了这本随笔集。我决定把家连根拔起本出于冲动，草率行事。一九三八年之前，我一直在《纽约客》工作，撰写杂志的社评版"且记且评"，写些短篇小说和文章，再做些社内的杂务，快活，而且收入不薄。我的妻子，很早即为职业妇女，也在《纽约客》有一份工作，吸引她又满足她。我们生活在纽约东区上城的租住公寓里。大萧条中我们毫发无伤，战争不过是半空的雷鸣。事事都很顺遂。

然而，大约在一九三八年冬，甚或早于此时，我开始焦躁不安。我觉得不开心，憋闷。我越来越向往缅因，我们在那里有一所房子，附带谷仓。说不上对纽约有失望之处——我热爱纽约。对《纽约客》当然也没有失望之处——我热爱这份杂志。不过，我觉得我不能按照自己喜欢的方式来写作，有时每星期的截稿期限也造成压力。此外，作为评论员，社评用语"我们"让我困惑，这是个模糊字眼儿，意味集体的深刻或机

① 实际上初版于一九四二年。

② 莫里斯·比肖普（1893—1973），美国学者、作家、历史学家、传记作家。

构的共识。我想写得尽可能明白，没有丝毫含混。

撇开所有这些，我在租住的房子里，从来没有家的感觉。房间太热，太干燥，一向如此，每天晚饭后，我都昏昏欲睡。那房子不是在下城的格林威治村，我曾多年在那里落脚，每次返回，都觉得到家了。似乎只有断然采取行动，才能解决我的问题——事情就这样发生了。我没有考虑妻子彻底离开《纽约客》会如何，没有考虑儿子从曼哈顿的私立学校转入两间教室的乡村学校会如何，想也没想现身农村后钱从哪里来，就像个疯癫的流浪风笛手一样，率领我的小家离开了城市。妻子对这场大逃亡深感震惊，但她从未退缩。她靠一个奇怪信念说服自己，作家不似常人，需要百般迁就，就像对待蜂王。

《人各有异》不是本预作筹划的书，它是偶然得来。我永久告别城市的前两天，《哈珀斯》杂志的编辑李·哈特曼约我吃午饭。饭没吃完，即邀请我撰写一个每月的专栏。他允诺每月给我三百美元，我当场应承下来。这份专栏作家的工作，最后一分钟才意外出现，却成了《人各有异》的缘起。结果，它成了我平生最走运的一件事。我一直在追求单数第一人称，瞧，在这儿呢——还没离开城市，就有人拱手送上。

人的一生，总会有些时候，头脑异常清醒，而不是迷迷糊糊。我想在缅因的这五年，我就处于这种状态。面对新的艰难，周遭又多是初交——包括谷仓场院里的那些角色，它们后来出现在《夏洛的网》中——我突然像儿童那样去观察，去感受，去倾听。这属于一段少有的插曲，再难重复，一段心醉神迷的时期。我有机会将其中一些写下来，确实很幸运。

咸水农场是我一生这段骚动期的背景，四十年来变化很多。羊群消失了，还有连带的其他一些东西。榆树消失了。我还在，四处闲逛，监督孵卵，偶尔为一本老书写篇新序。我做星期日的扫除。我给火炉添柴。我留神不受控制的抽水马桶。我摆正歪歪扭扭的小地毯。我救援鲸鱼。我上钟表的发条。我自言自语。

某些事情没有变化。尽管四月暴风雪肆虐，燕子仍然如期而至，忙了修葺谷仓里的泥巢。鹅抱窝孵卵。大黄破土吐芽。(我常吃大黄，因为我喜欢大黄。现在我吃它，因为它抑制关节炎。)禽蛋是我生活中的一个恒久主题，眼见我的一小群下蛋的母鸡在服务中老去。假使只为装点门面，当然遗憾多多，但她们下蛋很勤快，我进入鸡舍，每次都用一句老笑话招呼她们："怀特在此。立体派死了。"

我不断告诉自己，时候到了，应该离开这个地方，离开它的十一个房间和四十英亩土地，重操旧业。我或许还是会离开。但我能够想象，一旦离开，将会怎样：我会定居在一所小房里，占地一英亩，刚刚安身，立即指挥建一座小谷仓，再经过一间柴棚与住所相连。谷仓里神秘地出现一捆干草，又冒出一只矮脚鸡，自得其乐地生活。我会立即动身，从哪儿来，回哪儿去。

E·B·怀特

一九八二年五月

迁　居

（一九三八年七月）

几个月前，我发现自己拥有一百一十七把椅子，平均分布在城内公寓和乡间住宅里，为了简化生活，我卖掉半数财产，搬离城内公寓，辞掉工作，定居在新英格兰。即使抛弃半数财产，不惜为搬迁甩卖，麻烦仍然不小。处理那些寻常物件——瓷器、地毯、家具、书籍，才不过是表面功夫：随便打开一扇壁橱门，朦胧中，依然可见这里丢一只棒球手套，那里躺一本旧的生物笔记。

我记得曾有特别绝望的一刻，那是为了一面灿金镜子，尽管我们费尽力气想拆下它，它却牢牢悬挂，坚持到我们预定离去前一小时左右。这面镜子，大而无当，随即成了我试图逃离的那些东西的一个象征。它的固执吓坏我了。我本来准备将它扔下（我知道有那么一位，厌倦了他的汽车，就在当街停稳，自己扬长而去，头也不回），但我的妻子不同意丢弃任何东西。凡事似乎都有规矩，即使是我们这类情感净化：这面镜子，或送或卖都无妨，但我没有权利把它丢在屋子里，因为（据我妻子说），屋子应当清理得干干净净。

因此，我走出门去，没戴帽子，也不穿外衣，转过街角，来到第二大道的一家旧货店——那里陈列了各色破破烂烂的废旧物件。店东当门而立。

“你想不想……”我开口说话。但一辆电车驶过，我不得不从头说起，连喊带叫。

“你想不想收一面灿金镜子？”

那人摇摇头。

“是灿金的！”我叫道，“好东西！”

两位路人停下来凑热闹，加入这场交易，电车一路嗤笑驶过街区。

“不，”店东冷冷地说。“免了。”

“白送如何，”我戏言道。

“你当我傻啊，”店东回答，据我看来，他可能也在简化自己的生活。

几分钟之后，在匆匆走回家的途中，我仓惶地将镜子顺在一处门洞里，像遗弃一个私生子，甚至没附上一张便条，恳请发现者善待它。我最后照一眼镜子，我想我看上去很疲倦。

最近，我没有时间读报，一直在修建防鼠壁橱，抵挡卷地而来的老鼠。但有些时候，我也会抓起上个星期的《新闻报》，守在点燃的炉火前，浏览一过，以便多少还能跟上时代。我得知一位母亲准备从“未来世界”园区[①]顶空六英里的

① 一九三九年在纽约举办世界博览会，主题为“未来的世界”。

飞机上跳下，一名水手站着读完了《风流世家》[①]，奥森·威尔斯[②]（还是布斯？）签约日渐衰败的戏剧舞台。

不过，每逢我有点闲暇拿起报纸，都是为了搜寻关于电视的消息，因为我相信电视将成为当今世界的探测器，借助这次超越自身视野的新机会，我们将发现普遍和平是不是面对新的和难以承受的扰攘，或者天空中有没有一缕挽救危难的光照。我们将在电视机前存续或沉沦——对这一点，我颇为自信。

应当是两年前吧，我参加了一次电视展示会，会上的演示无庸置疑，人可以在此一房间中，坐观另一房间中的闲扯。我记得，我置身的这一有形房间中发生的事情，倒比我从科学的窥孔中看到的事情更有趣些。无论如何，影像很清晰，仔细些，可以瞥见美女的眼白。从那以后，我始终密切关注电视新闻。

显然，当今的竞赛是发生在喧嚣者与私语者之间，实在与幻觉之间，美国无线电公司的化学家与上帝的天使之间。无线电广播已经让声响无远弗届，声响"效应"取代了声响本身。电视则将大大拓展人的眼界，像无线电广播一样，鼓噪"别一个所在"。它与小报、杂志、电影一道，势必驱使我们忘记原初与切近，转而关注间接与渺茫。每天二十四小时，将有更多时间花费在咀嚼概念、声响和影像上——却都是遥远的，经过加工的。日积月累，无线电声响和电视讯号对我们，可能要比它们的原型来得更熟悉。一扇门关闭了，撞击声来自天外，一

---

① 美国作家威廉·赫维·艾伦（1889—1949）所著小说，长达一千二百余页，一九三六年由美国华纳电影公司搬上银幕。

② 奥森·威尔斯（1915—1985），美国著名演员、导演，曾执导影片《公民凯恩》。

张脸扭曲了，形象出于荧屏——这些，都成为实在与真实。哪天我们关闭自家的门，或者注视旁人的脸，那效果，反会让人觉得是做了手脚。我乐得生活在这样一个离奇的时代，真实的世界化为泡影，麦卡锡成了真人，伯根[①]倒成了填充成形的傀儡，一切都颠倒了，我们都像疯子一样，举目望去，清醒人的诙谐都变作小丑的癫狂。

我小的时候，人们只关心周遭，还算快活；今天，他们的目光穿透七大洋，埋首于铺天盖地而来的讯息，大体说来，他们的所见所闻，只能让他们黯然神伤。

我这番探究中发现的一件怪事是，电视演播室里的演播者都要配一个电子蜂鸣器，或电子振荡器，就绕在脚踝上，给他们作出提示。何时该说台词，导播会按响蜂鸣器，刺痛令主播斯穆斯乔尔一颤，随即现身于墨尔本[②]全体民众面前。

我的日常，调直画框，摆正地毯，处处表明了我尽心竭力，想要达到绝对匀称。然而我不免怀疑，与去年，或者十年前相比，我是否更接近了我的目标。我匆匆穿过门厅，奔向对上帝和国家都意义难明的使命，又像路上循迹爬行的蚂蚁，突然停顿下来，用鞋尖将小地毯的尖角向南拨动两英寸，让地毯边缘与地板的接缝处平行。简单的几何形状摆弄妥帖后，我心里踏实下来，继续前行。我只能说，这类举动满足了我内心一些基本的东西，假设十五分钟后我回来时，发现地毯又歪了，我会重新来过，既不惊讶，也无气恼。我早已接受了地毯松垮

① 即埃德加·伯根(1903—1978)，美国著名口技表演家，为其杂耍表演中的傀儡查理·麦卡锡配音，名噪一时。

② 美国地名，在佛罗里达州。

懈怠的事实，这是一场拉开架势的缠斗，眼下还看不到结局。至少我有一位先人是死于从床上跃起，扑向他的对头，很有可能，我最终也会扑倒在地，只为摆正一块稀松平常的垫子。

理智地说来，我完全承认精确调整那些死物，其实劳而无功。绘画歪挂，地毯斜铺，其效用显然与摆放周正没有不同。但实际上，我却不能听之任之。倘若天性如此，令我更在意一幅水彩画的外观，而非它的内涵，那就随它去吧，毕竟，迎头碰上此画，眼见它横平竖直，心中生出些说不清道不明的欢喜，也算一种福气。

某一日，有什么事情引发我对这些地毯和绘画的思索（通常我是心不在焉地投入这场缠斗的），我重建二十四小时的周期，弄清我曾摆正某块地毯四次，另一块地毯两次，画框一次——总计七次调整。相信这是我个人事功的一个平均值。七乘三百六十五等于两千五百五十五，我想可以把它看作是对我一年苦行的一个公正估价。

今天上午，我收到避雷针公司的信函，试图向我灌输对上帝的畏惧，但收效不大。闪电似乎失去了它的威慑力。与当今地面上发生的事情相比，上天的火烛不过像是引信受潮后的廉价烟花而已。

夏 季 鼻 炎

（一九三八年七月）

丹尼尔 · 韦伯斯特[①]这位雄辩滔滔者，五十岁时，方才开始受夏季鼻炎煎熬。我刚六岁，就经历了病症的第一次发作。韦伯斯特先生的多数传记作者，都忽略了花粉过敏这个主题及其对个人职业生涯的影响。就我自己的例子而言，即使我的至交，都不大清楚花粉症如何作用于我的一生。我猜对这个问题，从没有人认真探讨过。

一九三七年五月，《耶鲁生物学和医学杂志》发表了克赖顿 · 巴克的一篇论文，题为“丹尼尔 · 韦伯斯特与花粉过敏”[②]。我刚刚在我的文档里翻到，非常专注地重新阅读一过。星期一是八月的第一天；夏季的此时此刻，我的花粉过敏(属于早发类型)正在消退。我从书房的窗口，可以眺望茬地，那里两个星期之前割过饲草，我还可以感觉鼻黏膜的轻松和全身乏力，这都是此病进入尾声后的特点。韦伯斯特是秋季型的花粉症患者，仲夏时分，刚能觉出麻烦的逼近。一八五一年八月十九日，他写信给菲尔莫尔总统说："我素来不信我能完全避开鼻炎的袭扰，但我以为，应当增强健康和体力，以在一定程度上抵御病患的影响，缓解它的祸害。四日后将是它通常发作之时。"

四天过去，未见疾病发作，这一年花粉过敏来得迟了。二十五日晚，韦伯斯特先生服用一粒蓝色药丸，次日清晨，又一付罗凯尔粉剂。天气清朗，有些凉。直到三十一日，我们才在他给友人的手札中看到病痛的证据。那日（他在信中对布拉奇福德说），"星期五约在午时，我觉出鼻炎症状。流涕渐多，双目似有不适，要紧的是，我觉出伴随病痛而来的身心疲惫。"

这里，在这封忧心忡忡的信函中，透过漫漶的字句，历史突然生动起来，我感受到与一位大人物的深切认同。韦伯斯特曾有竞选总统的志向，但此刻，他想必清楚，无论何人，单凭格利高里历法即可预知自己何时涕泗迸流，显然都不是当总统的材料。他明白这一晦气的真相时，早已过了中年，而我（就像我前面说过的），六岁时就知道，对花草粉尘过敏，不单是鼻子出了毛病——它是命运的一部分。

一九〇五年，父母最初发现我的鼻炎迹象，那时，花粉过敏症仍然很神秘，一如当年韦伯斯特先生遵医嘱服用碘酸铁和碘酸钾之时。每逢星期日下午，我通常会乘坐四轮马车出游，就是那会儿，我第一次察觉我与其他男孩有所不同。我注意到，每次我坐在辕马身后，鼻子就开始流涕，两眼刺痛难捱。

---

① 丹尼尔·韦伯斯特（1782—1852），美国演说家、政治家，曾任美国最高法院律师，还担任过众议员、参议员和国务卿。

② 一九三七年五月十二日在博蒙特俱乐部宣读。——作者注

我告诉父亲，都是马的气味作怪。父亲很怀疑。伺候一匹马已经让他破费不少，再要他相信这牲畜祸害家人，确实有些过分。但无论如何，父亲从此上心——我看上去实在痛苦，还以惊人的速率打喷嚏。

他坚决拒绝承认他的马与其他马匹气味不同，最初，他还不愿相信他儿子的鼻黏膜有任何蹊跷。不过，他还是请来了医生。

医生对马的问题不予考虑，宣称我患有“鼻黏膜炎”。他在我卧室的摇椅上摇来摇去，沉思默想了十来分钟。随后蓦地站起身。

“每日早饭前给他用冷水浸头，”他对母亲交代后离去。

这一疗法，靠一只廉价喷头辅助，日复一日，实行了将近两年时间。我倒不很在乎，除了减损头上自然分泌的发脂外，它对我别无伤害。清凉、吵闹的浸礼带来一日的清新开端，即使不能抵抗猫尾草或马皮屑，毕竟预防了我的懒惰。

韦伯斯特的过敏症，是在《密苏里妥协案》暂时解决了奴隶制问题十二三年后首次袭来。他身为辉格党人和贵族，无疑认为此番突如其来的流涕不过是普通的感冒。他正当盛年，年轻时的理念已经成熟，才干得到证实。他是青年共和党人的骄傲，而他开始打喷嚏。一些年后，他带着许多个夏季血管中淤积的豚草粉尘，支持克莱[①]一八五〇年提出的《妥协案》，听到自己的朋友抨击他背叛了人道主义和自由事业。

这些批评者实在不了解，他的变节，道理何在。他们说他

① 即亨利·克莱(1777—1852)，美国政治家，曾任众议员和参议员。一八五〇年为避免南北分裂提出妥协案，提议密苏里加入联邦，但仍允许蓄奴。

只想盯住南方的选票。可对身体过敏造成的磨难，他们又知道多少？跨越时光的阻隔，我对这位垂老的政治家油然生出一种特殊的亲情，他饱受花粉症折磨，垂暮之年，接受了局部刺激引出的那类妥协。此一类苦痛不堪的人，彼此间同病相怜。我对丹尼尔·韦伯斯特，几乎比对自家人还要亲近。我在想象中，伴他一路北上，从华盛顿前往马什菲尔德，奢望山间爽气可以助他强身健体，支撑下去——在马什菲尔德，他将不是局部，而是整个都浸在豚草粉尘中。我见他倒出一小杯威士忌，缓解紧张情绪。我也倒上一小杯，共同消受片刻的酒精麻醉，我们两人都从经验中得知，醉酒之福，须臾即止，因为酒类（尤其是粮食酒），准确无误地进入鼻黏膜。他坐下来，再次写信给菲尔莫尔，我就守候在一侧。（我当然明白他眼睛和鼻子奇痒难熬，唯有给美国总统写信才能得到舒缓。）“今日前往韦伯斯特夫人留居的波士顿，随即赶去马什菲尔德。行程至此，我消瘦了，而且不是一星半点。昨日和星期日酷热，天气晴好，虽然我足不出户，想是由于鼻炎，炎热作用于我的双眼。不过，我用冰块抗拒困扰。”

冰块上还要加一点威士忌，他避而不谈后者。

一八五二年十月二十四日，韦伯斯特死于肝病和浮肿。他们进行了尸体解剖，发现了明显的蛛网膜积液。很有可能他永远当不上总统；他对花粉的反应毁了他的领袖气质。我确信韦伯斯特自来明白这一点，就像我在四轮马车后座上打喷嚏时已经知道，我注定实现不了心底深藏的目标。

我们的一生，韦伯斯特和我的一生，有奇特的相似之处。他有一个费钱的家庭，还有一些费钱的癖好——我也如此。他喜欢社交生活。我也喜欢。他好吃好饮，尤其是后者，醉心他在富兰克林和马什菲尔德的大农场，每逢鼻炎季节，就去那里避难。他追求生活在万物萌生的乡间，不问自己在做些什么，我则成心暴露在干草的刺激下，这都不能改变事情的真相。韦伯斯特渐趋偏向妥协一方。而我在政治高压下，往往站在懦弱的中间立场。我具有妥协者的性格，因为此人很小的时候，已经发现突然流鼻涕时，口袋里没有手帕。假使我生活在蓄奴时代，我会站在克莱一边，饱受朋友的抨击。

这只是故事的一半。韦伯斯特，虽然不大清楚花粉过敏的原因，必定也像我一样，在对雄性植物花粉和大地丰饶气象这一奇特的敏感中，感觉到某种补偿——唯我们与生命的绝大奥秘息息相关，这在一定程度上抵消了此一狼狈的苦恼带来的暴虐和屈辱，成全了我们心中最珍惜的梦想。

收 文 筐

（一九三八年八月）

我似乎必须得有一只文件筐，虽然我其实并不需要书桌。我是担心房间中倘无书桌，生活会显得太随意。

书桌摆放停当，看上去还不齐全，所以我找来一只铁丝筐，摆在桌上，往里面扔了些东西。不过，最初几个星期，这只筐给我带来许多麻烦。我在纽约，一向有两只文件筐。一只标“收文”，一只标“发文”。管收发的杂役时时悄没声地进来，将一些东西放入“收文”筐，敛走“发文”筐中的东西。而在这里，只有一只筐子，我的问题是决定它该“收”还是该“发”，有点性格的人可以很快，很理性地做出决定，我则绕室彷徨数日——犹疑，踌躇，一会儿一个主意，没头没脑地今天定为“收”，明天定为“发”，试图综合二者的最佳特点，不管这些流动的文件是来是去，一股脑都包圆儿下来。这个收煞是灾难性的。我发现一封本该发出的信函埋在本地电影院的大幅印刷品下，一星期不见天日。文件筐现在已改用于“收文”。测试表明，在任何特定时刻，筐内足足百分之九十的内容都是来文。只有百分之十的发文——几乎少得犯不上配个专门的容器。这一点，一般说来，应当也适用于其他人的生活。生活之所以乱七八糟，原因就在于此——进来的东西太多(除了钱)，出去的东西太少(除了力气)。这一现象令我困惑，据我所知，物理学家也不曾作出过解释。为什么人们不停地交换货物或“东西”，人人都能进的多(除了钱)，出的少(除了力气)。

我无法就一只文件筐做出简单决定，显示我的神经不够强健。我毫不怀疑，精神病医生懂得这毛病，对其原因和治疗还有很多理论。提问：精神病医生是否也有“来文”筐?

大约每年，人们都能读到有郊区火车的乘务跑最后一趟车，乘客举办欢送活动，他们大都是熟人。这类欢送活动似乎是铁路员工特有的。所有其他职业的人摆脱工作之累，没人很当回事儿，但铁路上的人退休，格外激动人心。我想这大概是通勤者比照火车乘务、司闸和司机，看到了自己奔波来去的糟心身影——跑了很远，哪儿也没去成。通勤车上乘务员行程的终结，是个极其悲哀的场合，愁肠百结，必须借杜松子酒来浇，只要列车挂了餐车厢。有人抵达这趟奇特走行的终点，由此及彼，又回到了原地。

安　全

（一九三八年九月）

这是今年集市一个清朗日子，我早早攀上费里斯转轮[1]，体会它的运转，兜一兜风。这些天里光顾费里斯转轮是值得的：留心一下业务量，大致就可以知道这个世界上是哪一方领先——上天遨游的自由人，是否多过拘在地面的奴隶。眼见得集市上还有那么几位，更喜欢腾云驾雾，八面来风的不安全感，不甘心脚踏实地，确实鼓舞人心。我很惊讶我的朋友希利拒绝升空，不过，他本是个格外谨慎的人——他的帽子甚至也要保险。

我喜欢观察那些乍着胆子、渴望飞腾的人的面孔。你能在游乐园的售票亭前，或机场的候机室中看到他们。从他们身上，可以看出两种矛盾的念头在较量——渴望安全，又想潇洒走一回。我的《大英百科全书》没提到G·W·G·费里斯，但他是个不朽的人。我坐在转轮上方一个小男孩身旁，清风扑面，浮想联翩，俯瞰下面的集市，一时间欢喜不尽。我们下方，上了年纪的挽车驭手，吆喝他们的赛马绕渣土跑道奔竞，他们的腿仍然拢了马的臀部僵直地伸出。从评判席上方一组高音喇叭里，传来歌曲“印第安爱的呼唤”[②]，让天与地沐浴在一片温馨中。

我很快发现，这个为自由而缓缓旋动的银色转轮，刚刚停了下来；再向游乐园深入些，一处帐篷摊位里，刺青师忙得正欢，图案不是铁锚、旗帜或美人鱼，而是社会保障号码，用电针整齐地刺在人的前臂上。他的主顾很多，温和的男人，面色苍白，阴沉沉地要求留下涂抹不掉的污秽记号，那一度是专门用于囚犯和菜牛的。乏味的时代，自大狂和暴露癖都不再刺青，它如今不过像是给牲口打个烙印。但愿能描摹悉尼鸟瞰图的这门手艺不致从此失传，沦为给那些担心老之将至的人标记序列号。

这番景象本会让我沮丧，幸好我很快用三个球击倒三只猫，赢得一根藤杖。在游乐园中，摇摆着赢来的藤杖闲荡，再没有哪个时刻比这更惬意了。

华莱士部长[③]认为，今年的农业收入将达到大约七十五亿美元，比一九三二年增长一倍，但即使如此，我搭出的功夫怕是也不划算。自从靠土地谋生以来，我对所有此类报告都很关注。根据我对农耕的有限经验，应当说，在十几个州中，七十五亿美元实不足以让农民受益。我的估计是，不管有没有作物

---

① 一种游乐设施，在巨轮上悬挂座椅，垂直转动，十九世纪由美国工程师 G · W · G · 费里斯发明。

② 美国影片《露丝 · 玛丽》中的插曲。

③ 即亨利 · A · 华莱士(1888—1965)，时任美国农业部长。

管制，农业收入应当百倍于这个数字，人们才值得耕田务农。

例如，不妨想想我那只孑身的火鸡。她是一窝六只火鸡中的硕果仅存者。三只火鸡死于肝病，两只遭到鼬鼠的偷袭。这只活下来的家禽，我要想有利可图，必须卖到周边什么地方，开价四百五十美元。这是我当下该标出的一个保守数字。我一直为家禽记账，不是随口胡说。当然，我的火鸡，还有我本人构成农业的一支，不一定在农业部长的考虑之列，也不一定进入他的国家计划或成本核算。然而，我们是当今农村景观的一部分，我们这类人不断增加，终归得给予考虑。我猜我们在华莱士先生眼中算不上农民，而是人到中年的怪物，但我们毕竟存在。今日耕作美国土地者，并非人人讲求实际，凭理智做事。

火鸡是六月十九日孵化的，属于波本红火鸡[①]一系，是那类漂亮的深褐色家禽，有白色的尾羽和对灾祸的敏锐感觉。这只火鸡就她的岁数而言不免孱弱，因为今年夏天我很忙，顾不上催肥她。她的会计账大致如下：

鸡蛋成本	$ .30
前往购买鸡蛋花费汽油成本	1.20
翻修产权住宅烟囱，$800.00，火鸡分摊十分之一	80.00
孵卵鸡玉米饲料	.25
营养糊	1.25
耙子	1.30

① 波本红火鸡，美国常见的火鸡饲养品种之一，原产于肯塔基州波本地区。

我的时间，用于瞎忙、阅读通讯、犹疑、轰狗、给鸡舍覆盖油布、重新铺排贮水槽、装设臭鼬夹子，按小时估计，与我的时间耗在更佳用途上可能获取的收益相折算	168.40
一副臭鼬夹子的折叶	.15
安装住宅中低压蒸汽供热管道，以在感恩节时的气候下生存，$1300.00，火鸡分摊十分之一	130.00
总计	$402.85

如此这般，我的火鸡账明明白白。当然，对这些数字不妨存疑，有很多人（例如，像亨利·泰特洛[①]这样的梦想家）可能会吹毛求疵。我让火鸡分摊十分之一的供热和翻修费用，不过是估摸着来。数字似乎有些保守，因为我在这里住下来，显然与火鸡关系甚大。一百六十八点四美元这一栏也是个大概意思，再没有比评估作家的时间、记录他的行止更困难的事情了。有些时候——创作力旺盛的时候，作家的时间很宝贵，也有连续多少小时，作家写不出一个字，他的时间还值不上那张空白稿纸。

这只火鸡，虽然平庸、呆笨，于我却非同小可，是我的生活中的一件大事。她与一些年幼的矮脚鸡一道奔逐，倘若政府的小册子说得不错，感恩节前，她的头顶可能会变黑，而她就是我博取安全的投注。世界时局，少见地动荡不定，无论是否

---

① 亨利·泰特洛，美国实业家，著有《雅好农耕——且有利可图》一书，一九三八年出版。

在乎安全，所有人心中都悄悄滋生出对安全的渴望，青年人也不例外。某日我从报上读到青年人举行聚会，地方在哪儿我忘记了，会上通过的决议，主调之一就是“安全”。这是件新鲜事，恐怕并非吉兆。青年人一向不大操心安全，他们追求的从来都是冒险、浪漫和英雄壮举。现在他们伸出胳膊接受烙铁的印记，让无拘无束的自我屈从于虚幻的确定性。今年五月，我购买几只火鸡鸡蛋时，显然也是寻寻觅觅走向这一难堪的结局。在人头脑的某个深处，沉淀早期殖民者庆贺收获的传统场景——清教徒手中端了枪，从霜红与金黄相间的丛林里猎来一只野火鸡饷客，象征我们的海岸虽然环境严酷，岩礁密布，但日常生活是丰饶的。无疑，我在分剖这只四百五十美元的火鸡时，将会感受自足、兴旺和确定性带来的片刻喜悦，那份愚妄，恰像一个疯狂的加利福尼亚淘金汉，梦想每星期四都会有三十美元的进项。

这个村子的女孩，一般是选择护士为职业，许多人都是如此。但一位中学教师告诉我，今年从他班里毕业的女生，大多数都指望当空姐。(或者，跑长途客车也行：如今许多跨县的公共客车都安排了女乘务员。)这里，仍然是安全与冒险的抵死纠缠。小镇上的女孩子进入客机，就算踏上了人生的金光大道，旅程的终点是婚姻(危险中获得安全，欢乐中获得力量)。统计数字表明，女儿身的空姐，这些在亚同温层上扶老携幼的天使，只能维持短短几个月，随后，就会拣个搭机返回东部职场的分公司经理嫁了。

原有的战争，打得难分难解，新的战争，像鹰隼一样下窥世界，我们两个不信神的良民，研究一番鳞茎目录，订购了一打洁白的大花水仙(六十美分)，准备植于一钵砾石中。在妻子开列的订单上，我添加了荷包牡丹的硕大根茎，提醒我们每日不忘那些伤残士兵和受难的犹太人。

我的三十六只小母鸡即将进入产卵棚，所有的小册子都说，我必须严格拣选。我惊讶的是，撰写小册子的联邦工作人员，遣词造句何以如此落伍：他们琢磨的，莫非是“清洗”二字?

顺便说一句，我的农场并不准备实行清洗。我把鸡群整个挪入产卵棚。乐意下蛋的鸡，只管下蛋，其他的鸡，不妨卧在丰盛的美味周围，想唱歌的唱歌，想卖俏的卖俏。

清 朗 的 日 子

（一九三八年十月）

“雨后去猎它，”亨利说……

亨利和我在商场的台阶上晒太阳。我等着妻子开车来，顺路捎上我，亨利无牵无挂，只为消磨时间。一时之间，我们就像卧在温暖阶梯上的两只猫，心平气和，通情达理。

“雨后你去猎它，”亨利说，“它一夜没吃东西，下雨了嘛，清早它得去填肚子。这会儿轮到你带枪过去。”

我知趣地点点头，纳闷牧溪猎狐俱乐部对这类举动会有何见解。

“我一个秋季毙了五只狐狸，离这里不过半英里，偷袭。不带狗，任嘛儿不带。我比它们聪明。你知道麦基的店铺，那边不远，林子正打那儿接上了公路。我知道它从这里过路，奔兔子扎堆儿的地界。我闪在墙背面，候着。不过一声别吭，乖乖的。狐狸的眼睛贼着呢。”

这是亨利第一次有机会与我推心置腹地聊他自己，有趣的是，他也不作铺垫，上来就直奔他的辉煌。他从无数沉闷的日子里，选取了这五个明艳的清晨。每个人都记得他的成功。知道狐狸从哪里过路，确实挺了不起。

此地一个亟待解决的问题是我如何打发我的鹿。人们始终把它称作“你的”鹿，结果好像真的如此了。我常常想象这只并不讨厌的动物，大模大样地穿过林中小路，围一只缀了饰钉的颈圈，镌有“E · B · 怀特，电话：Waterlot 40 Ring 3”。

“不去猎你的鹿吗？”我碰上的每个人都这样问我——人人期待一个回答。我的猎鹿计划引起当地极大关注，这让我很惊讶。显然我现在生活在友善的杀手中间，除非我亲手放上几枪，否则，他们不会与我称兄道弟。

事情在于，我从未认真考虑过放枪问题。我在这方面乏善可陈。一次我射杀了一只我的狗已经开始肢解的土拨鼠；还有一次，我以科学的名义，杀了一只家养火鸡——我蹲在距鸡头六英尺的圆木上，不声不响，冷酷得好像在瞄着自己的老祖母。但基本上，我的射猎活动始终囿于一杆点二二口径步枪和一只机械鸭子，是在第六大道沿途斑斓暮色映照的游乐摊上。想象中，如果那枪不是用根小链子拴在柜台上，我必定感到很狼狈。

猎取鹿肉的营生在这一带是件大事。我的模棱两可显示了性格上的疑点，只想当看客。这似乎涉及男子汉气概问题：除非搏杀了这条恶龙，否则，我在乡民眼中，仍然只能算个雏儿。就我自己的感受而言，我倒不怵猎物带给生手的紧张，而是我无法对鹿，我是说，对我的鹿，鼓动起合理的敌意。我想我宁可生擒它，把它驯养起来。

此外，我难以确信自己竟然能荷一杆枪，独自蹒跚林丛。

林丛在变。我从报上看到，这个季节我们东部的林子里，遍布艺术家，他们忙了画铅笔素描，为沃尔特·迪士尼影片公司准备推出的《斑比》勾勒适当的背景，所谓斑比，是一只小鹿。我的眼神说不上格外锐利，完全有可能，我深入林中，追踪我的鹿，回家时多了一位写意画家，横卧在汽车的脚踏板上，一只鼻孔滴滴答答淌下猩红的血滴。

上冻前很久，我就在谷仓屋顶上，敷设红雪松木瓦，五英寸的外露面，邻居的屋顶上都有忙碌的身影，所以我也胡乱搭起脚手架，攀上我的豆秧[①]，看看我能瞧见什么。我登临这里，一屁股坐下，仿佛已经是很久以前的事：临近霜降时节那些明净的日子，你能看见草场、林丛、大海、山峦，还有我的南瓜田，瓜实累累，安详地伸展开来。我呆在谷仓顶上，慢条斯理地敷瓦，就在这些天里，张伯伦先生[②]、达拉第先生[③]、领袖[④]以及元首[⑤]正在忙活他们的交易。在一场世界危机期间，谷仓似乎是个古怪的去处，铺瓦也是件可笑的活计——没有什么特殊理由，非得把屋顶弄严实，谷仓里本来空空如也，只摆放了一套槌球和一只填充的鸵鹿头。我等待谈判[⑥]的结果，心情恍

① 源出英国童话《杰克与豆秧》，故事中一粒豌豆神奇地生出参天豆秧。此处用来比喻脚手架。

② 亚瑟·内维尔·张伯伦(1869—1940)，英国政治家，一九三七至一九四〇年任英国首相。

③ 爱德华·达拉第(1884—1970)，法国政治家，一九三八年任法国总理。

④ 领袖，墨索里尼的称号。

⑤ 元首，希特勒的称号。

⑥ 一九三八年九月，英国首相张伯伦、法国总理达拉第、纳粹德国元首希特勒、意大利首相墨索里尼在慕尼黑举行会议，将苏台德地区割让给德国。

惚中，在谷仓上安了个小穹顶，好装上风向标，观测风往哪边吹。

不过，在某些方面，谷仓是个可以陪同首相或半人半神的大英雄坐观一场舞会的最好去处。高高的屋顶上，有某种澄澈感，铺设木瓦的例行工作，设计也很单一：弹好白粉线，将木瓦的顶端对正白粉线，选择宽度适宜的木瓦，求得搭接妥当。在此高度上，人的视野格外清晰。说来说去，观察事物的眼光，到底谁更长远，是密室里的首相，还是谷仓屋顶上的人？

我下到地面，谷仓风雨不透，和平也得到了维持。这是地球上曾经作为圣诞大礼接受的最丑陋的和平。老迈的英国，早餐吞下卐字符而不是熏鲑鱼，是我宁死也不愿看到的景象。虽然我非勇士，但我愿意为纳粹党人试图摧毁的事物而战。（生活在讲究卫生的时代，我们过于看重人的生命，而它本该永远服从人的理想。）

张伯伦先生为维护和平理念作出的牺牲，令我想起了身材奇佳的脱星埃达·伦纳德的奇闻。伦纳德小姐阑尾穿孔，但她不是切掉阑尾，却甘冒生命危险，只为完美地保有洁白平滑的腹股沟，回报芝加哥男人们的眷恋。她的痛苦是巨大的，勇气也让人钦佩。然而，美总有个界限，你不能因为会在外表留下瘢痕，就超越了这个界限。和平也是如此。我们如今保有的和平，就如同患有腹膜炎的脱星一样，朝不保夕，令人丧气。

一个人改变了追求，不大可能从此就生出新人的气质或面貌，无论他如何心向往之。我从事农耕，小打小闹，只为了自得其乐，不过是对真实生活的拙劣模仿。我为自己添置了通用设备、劳动布衣裤和一顶帽子，但我踌躇再三，才能乍起胆子，伫立在一片清新的玉米田里。我的那些朋友和邻居，知道他们在做些什么，衣着打扮，恰如其分，在他们眼中，我的大部分劳作，有点像小姑娘在玩过家家。我的日常，是家禽饲养那一套，但一举一动，无异于冷饮店里的高中生。今天上午，我给鸡喂食，发现我在不知不觉地模仿小公鸡——喉咙里唧唧咕咕，像小鸡乍试新声。没有哪个农夫有此哼唱小曲儿的时间或闲情。他默默地饲养他的鸡鸭牛羊，有时专心致志，有时心不在焉，但从来不会嬉皮笑脸。他不会喉咙里唧唧咕咕地在自家转悠。

又有一次，我发现自己手里拿一张纸巾，这里走走，那里转转。我从没见过农夫拿一张纸巾在谷仓里溜达。

尽管有此种种虚浮，但我的农耕事业仍然不乏刺激、灾殃，有时还加上真实生活中的崇高，奇怪的是，没有任何东西能躲开这场生活。例如，我博览关于虱子和螨虫的文献，精心照料我的畜群。然而，农场终于出现麻烦时，长虱子的却不是我的那些母鸡，而是维克多牌唱机。某一日，我发现这台老式唱机上爬满了寄生虫——就在摆放旧唱针的槽里，或者在唱针以民主的方式新旧混杂，平等相处的小杯子里爬进爬出。对付母鸡，我使用“黑叶 40”（硫酸烟碱），按照药瓶上的说明将它涂抹在鸡棚里。但天知道如何往唱机上涂抹硫酸烟碱。我的农业简报上也没有只言片语谈及这个问题。我想我可以把它抹在一张本尼 · 古德曼的唱片上，让他去对付这一切，但听起来像是胡闹。就是这类事情，让这片土地如此地激动人心：你永远不知道敌人从哪个方向出手。

儿童读物

（一九三八年十一月）

今年这个季节，我们的麻烦之一，来自大约两百本儿童书。它们都是供评论用的赠阅本，是出版商寄交我妻子的。它们散落在每间屋子里，就像十一月份的蝇子。

儿童文学扑面而来，是每年一次的突发事件，久而久之，我已经习惯了——如同康涅狄格河谷的居民习惯了河水冲入他们的前厅。这些书十本、二十本地寄来，我们伴随它们度过拥挤、狂热的几个星期，然后把它们打发掉。家中缺少书架，书堆得到处都是——椅子上，床上，沙发上，壁架上，楼梯过道，随处可见。有些书塞入蛛网密布的碗橱里，与更古老文明遗下的瓦罐和碎磁片为伍。掀开壁炉炉床上的白桦段木，找到的不是甲虫，而是《泡泡蜜蜂》，一只蜜蜂的编年史。打开橱柜的门，跌下《茶的历史》。拿起沙发靠垫，瞧吧，有一本揉得皱巴巴的关于大鼓、手鼓和拨浪鼓的权威作品。过去三个星期，我与《总统的少年传奇》和一本关于幼发拉底河谷的大部头分享了我最好的一张扶手椅。我的日子过得不舒坦，倒也不是一点收获没有。

我与儿童读物住得如此近便，恨恨地盯着那些护封，自然于它们就有几分了解。一个人给骆驼、熊猫和可卡犬从一间屋子追到另一间屋子，不会不掌握一些说明它们特征的知识。此外，虽然我怨恨它们的存在，但我也并不拒绝儿童读物：昨日，你可以看到我趴在那里，一切都能表明我全神贯注、痴痴地研究一本室外手工手册，其中的一章是讲如何搭建树上小屋。（在这件事上，我或许有一种远离尘嚣的下意识冲动，无论如何，我趴在那里，动也不动，结果读到，男孩一九三九年树上小屋的点睛之笔是装备一台小收音机。）

当今时代，人们应当随时了解本国的孩子们读些什么。少儿读物似乎还是沿袭以往的套路，不过是换件包装，有了新的方向感。印第安人、动物、仙子，这些角色屡试不爽，仍然占据关键位置。如果还有区别的话，印第安人得益了，他们似乎身材更高大，数量也增加了。二十五年前的孩子们，接触的是费尼莫尔·库柏[①]笔下的印第安人，雪茄店前的印第安人[②]，印第安锡兵，还有带羽毛头饰的印第安人服装，他眼中的印第安人，是些招人喜欢的嗜血动物，历史上的过客，完全不足为凭。今天，由于进步教育，以及西南地区一些心有灵犀的艺术家和作家，印第安人得以重生——是在属于他们自己的一块明净的沃土上，介乎迪马乔[③]与耶稣之间。他们非同凡俗。他们

① 费尼莫尔·库柏(1789—1851)，美国小说家，擅写历史小说、边疆小说和海上冒险小说，代表作有《最后的莫希干人》和《皮袜子故事集》五部曲。

② 美国旧日雪茄店前通常以木制印第安人作广告。

③ 迪马乔(1914—1999)，美国二十世纪四十年代最佳全能职业棒球运动员。

的陶艺，他们的舞蹈，他们的传奇，他们的形态，都有了文化韵味，很美好。对我儿子来说，美国印第安人是个活生生的存在，比卜派[①]还真实。在他那里，下个月不叫十二月，叫作《长夜月之夜》。

印第安人的事情，因此就有些好笑。他们的相貌、习俗，一切似乎都在迎合年轻人的想象。岁月流逝，印第安人离开他们的原型越远，就越有尊严、越高级。美洲原始人这一缓慢的神化过程，自有其迷人之处，但有些时候，我恍然觉得，这未免太离奇了一点，要么就是我还没碰上真正的印第安人。过去几年，我邂逅的活的印第安人，只有中央火车站长廊里很不起眼的一拨，正在闷声不响地欣赏他们自己的绘画，还有体育用品展销会上一位极其活跃的主持人，像头麋鹿一样在扩音器前尖叫。

与儿童文学领域的亲密接触，让我断定，为孩子们写东西显然有不少乐趣——工作还算容易，甚至还很重要。它想必很刺激的一点在于，你得寻摸一处地方、一段时期，或一件事情，从来都没人写过。这一季的书单表明，作者们忙活得很带劲儿。其中一位，如我前面说的，瞄准了幼发拉底河谷。另一位闭上眼睛，翻开地图集，手指头点在路易斯安那长沼上。还有一位以让人叹服的预见力，推出了三部曲的第三本，地点就摆在捷克斯洛伐克。芒罗 · 里夫[②]为他的又一部《公牛费迪南德》满世界勘查，最后落脚在麦格雷戈部族和马克辛 · 沙利文

---

① 卜派，即大力水手，美国连环漫画中的人物，美国漫画家 E · C · 西格创造。大力水手漫画曾在全球五百家报纸连载，并曾改编为电影和电视卡通片。

② 芒罗 · 里夫（1905—1976），美国儿童文学作家，代表作为《公牛费迪南德》。

部族的苏格兰(成功就有如此的活力，这么一个平淡的故事，有平装书，外加豪华版书)。

人们惯于为儿童读物设置一个逼真的背景，这几乎是通例。作家下笔从来很具体。今年冬天，孩子们如果渴望了解美国的小镇，可以在八十年代的小镇与七十年代的小镇之间作出选择。他的想象力如果转向加利福尼亚，可以读到洛杉矶的墨西哥人区，或者圣克拉拉谷地的李子园。如果他迷上遥远的南方，可以去查尔斯顿黑人区，佛罗里达黑人区，或路易斯安那长沼，舒缓他的渴望。迷上了大衰退，不妨感受一八一七年俄亥俄的衰退，或者一九三二年波托马克的衰退。目光掠过海洋，他可以从军舰的排水量，或渔船的海难中得到消遣，要么，厌倦了水面上的事情，他可以在水中精灵、河虾、小龙虾的陪伴下潜入海底。如果他热衷牦牛，可以见识匪夷所思的伦敦牦牛，或更为实在的西藏牦牛。当代的弗吉尼亚东部地区与美国革命前的威廉斯堡①争竞高下。厄瓜多尔与巴厘岛比较短长。基普斯湾②的杂种犬与埃克斯穆尔③当风高地的野狗也有一拼。夏威夷、百慕大、南非、大戈壁、爱奥尼亚海——作家们一路趱行。

与地理分布同样引人注目的，是儿童文学的多语种特点。今天，在这一领域流连的孩子，随便一来，就零零星星地学了许多种语言和方言。我漫不经心地浏览大堆图书，从中间掀开，读上一两页。这番体验令我满嘴颠三倒四。

---

① 威廉斯堡，美国弗吉尼亚州东南部城市。

② 基普斯湾位于纽约市曼哈顿。

③ 埃克斯穆尔系英格兰西南部城市。

我读的第一本书是《与安德鲁斯探险记》。“我们刚离开不久，”我念道。“湍流一泻而下，卷走了搭建在峭壁下的五六座 yurts(毡包)。”

我不曾掉过头来查看“yurts”为何物，便移向下一本书，《巴厘岛的少年 Soommon》。我幸运地撞上第四十页，书中写道，从村庄的什么地方，“传来低沉、空旷的 gamelang(木琴)声。”

就叫它 yurts 吧，还有 gamelang，我心中想道，随手拾起另一本书。碰巧是《班杰的帽子》。

“你讨厌，伊利法莱特！”书中一个人物喊道。

“说谁讨厌？”伊利法莱特尖叫道。

“就是你，”班杰断言。

我放下班杰，拾起《补锅匠大王》，此书似乎有一种爱尔兰韵味。

“坐我这边来，”新书中的一位高叫，“我们一块儿好好聊聊。”

“可以啊，”《夏威夷假期》中的夏威夷人插嘴，“只要能让莫姬来我的 lanai(拉奈岛)，讲故事直到我睡着。”

好吧，莫姬，我醉酒一般咕哝着，你可以来我的 lanai，我们来一场老式的聊天。我颤颤巍巍拿起《奥林匹克休会期》，是一本关于古希腊的书，但我发现运动会没有完结。实际上，我立即碰上一位年轻运动员，给人用刮肤器刮过，带到了 konisterion(扑粉室)。

浏览还没结束，我已经学会用暹罗语数到三(satu，dua，tiga)，南美浣熊也称为 coati mundi，bei shung 是中国话里熊猫的意思，begashi 是纳瓦霍语里牛的意思，gu-bu-du gu-bu-du 是祖鲁人口中的丁零哐啷的意思。好了，到此为止。

如同玩具一样，儿童书必然也折射了它们问世时的时代特征。如今是科学主导生活，青少年读物在主题，不管是何种主题的处理上，也大都采取了科学态度。即使是无厘头派笔下的小动物，其自然史背景也无懈可击，而雌蚁讲英语本来已经够怪的，而且还会在适当时间以正确的方式排卵。

在这个无比恐怖的年头，成人担心祸从天降，人人都恨不得找个安全地段躲起来，自然，儿童文学作家就来倡导安全。我的沙发上，有两本事关安全的书。一本若有所思地叫作《安全可以很好玩》。另一本，《平安俱乐部》，倒有些乐子吸引人。它讲的是一个邻里组织，“由一些爱玩爱闹的孩子们发起，旨在预防意外”。书中有句话说得很妙：“平安俱乐部花了两个星期，筹备家长与教师联谊会，这两个星期可真够忙的！”

这类异想天开令人捧腹大笑，但笑得有些茫然。今天的成人作者为儿童们写书大讲安全，未免缺乏说服力，最要紧的是不够清醒。这是个奇特的地方，世界危机的前沿，裤兜里插了防空洞图纸的成人，严肃地提醒他们的小儿女，跑下楼梯时，嘴里不要含了棒棒糖。

我听说老鼠聚敛小物件，掘开老鼠窝，你会发现闪亮的玻璃碴和其他小玩意儿。儿童的头脑也是这样一个储藏库——种种价值难定的宝物，或真或假，都堆在一起。今天早上，先生，我们该为他们的奇妙收藏贡献哪些炫目的珠宝呢？教育家和心理学家有成套关于青少年的理论：他们声称懂得该向孩子们讲些什么，又该如何去讲，他们在这个问题上常常很乐观，很有把握。然而，青少年教育，在学校，在图书馆，都随家庭和国家的情况而变化，而家庭和国家，显然处处都辜负了这个世界。星期日晚上无线电广播中火星小矮人的入侵，仍然比书本中的星球轨道更可信。

成年人的道德观，书里书外，都有些陈腐的东西，不适合儿童。我们大人的结论，那基础往往软沓沓的，很不牢靠。即使对孩子讲一个最简单的事实，关于星际、宇宙、精神等等，你也会听到自己头脑里奇怪的回声。“这会是我吗？”一个声音不断地问，“这会是我吗？”有多少次，我试图像家长那样行事，却发现自己在向孩子讲一些我自己也不很明白的事情，督促他接受那些老套观念，对这些观念，我其实也是半信半疑，只想一丢了之。

此类想法，在你翻阅儿童书时，不断打扰你。例如，《约翰尼教你花钱》，一本少年怀疑论者的初级读本，劝诱他进入消费者世界，在这里，甚至买支铅笔，也必须先咬上一咬，弄清楚它是不是雪松木做的。或一本有谄媚之嫌的书，《神奇少年最喜爱的故事》（坦普尔小姐在接受访谈时，身穿白色亚麻布装，手套上缀了爱丽丝蓝的三角纹样）。或一组青春小说，读来几乎像是在嘲弄小说形式，书中对生活的美化，无疑是在侮辱青少年的智力。

大量印刷品很沉闷，乏味，作者拿怪异当作想象，猛力扇动翅膀，却寸步不能离开地面。（顺便说一句，有几本书确实有点谐谑韵味，一本叫作《巴塞罗缪·卡宾斯的五百顶帽子》，是苏斯博士写的。）一些书盛气凌人，一些书多愁善感，一些书大而无当。几乎所有的书都有精美的插图。书中，你可以发现如何制造一切东西，从奥吉布瓦[①]水鼓，到深海护目镜。这些

① 奥吉布瓦，北美印第安人的一支。

书还让人开心的一点是，不管怎么说，它们免费阅读，不受任何玷污，只有伴随创造而来的刻板与欢娱。从《泡泡蜜蜂》到《童子军游戏年鉴》，没有什么可以解释为政府宣传。

有书如此，儿童的生活领域似乎异常宽广。他们不妨以《小可怜威利鼠》始，但必须以《世界之窗》终，这位严厉的作者逼视他们，问道：

> 人在战壕中，还能指望什么？假使你是一名十八岁到四十岁的男子，你很有可能得去那里。给火焰喷射器烧焦，给机关枪打烂，给呼啸而至的炮弹炸成齑粉，夜晚遭耗子撕咬，因防毒面具泄漏而窒息，给三棱刺刀捅穿眼睛、胸膛或肚皮，饮用了被来不及埋葬的尸体污染的水源中毒身亡。

我已非儿童，必须逃离这番令人毛骨悚然的拷问。幸运的是，我从一本有益身心的少儿推理小说中得到慰藉，书的开篇言道："一辆长长的劳斯莱斯豪华车，车身的镀铬和珐琅闪闪发亮，从卡琼山口滑过，沿平坦的山坡疾驶而下，一路直奔沙漠。时已黄昏。"

黄昏的卡琼山口，座驾是劳斯莱斯！这才更像回事。

进步与变革

（一九三八年十二月）

城里的朋友告诉我，第六大道上的高架铁道正在拆除，但随便是谁，只要曾经生活在它飞速掠过、隆隆作响的影子下，就很难相信这件事。高架铁路是城市颈部一道最清晰、最突出的血管，像静脉曲张，令当代外科医师跃跃欲试。人们不免诧异，纽约能否承受此类以城市观瞻和快捷交通名义进行的美容手术。

纽约市的居民已经习惯了高高在上的高架铁道，它不可思议地悬在空中，白日切割他的太阳，夜里在他的卧室闪入闪出。耸立的衍架和来往的列车，无疑是纽约的影响力之最。它的声响，一旦传入你的外耳，就再也难以磨灭——像大海一样，长歌不休。它活泼泼地如同奔突来去的潮汛，标点出清晨的节奏，它又伴随夜晚，送来阵阵声响，那声响是忧伤的，但也让人安心，知道生活仍在继续——像郊区住户坐在纱窗阳台前听到的蟋蟀和纺织娘的唧唧悲鸣，像夏日夜晚三声夜鹰唱给肯塔基农妇的催眠曲。

我曾一度在第六大道附近消磨了很长时间。实际上，我颇能领会高架铁道时断时续的魅力。首先，人们搭乘它，纯粹是为了找点刺激，一个更高的存在，你逃进去，没有意识，也没有目的地。比如，你刚刚从第六大道西十四街与十五街之间的柴尔德店走出，手里是一碗蔬菜汤和一叠面饼。口中还留着果子露甜腻腻的味道。你想返回公寓，改定一篇短文，要么洗只袜子。但奇迹般地，在十四街街角，面前耸起一段天光映照的大理石台阶，闪亮的钢踏步和踏步的竖板，密密麻麻镌刻了大人物的名字，入口处的天篷，尘雾在骄阳的光柱中飞飞扬扬。像是在催眠状态，你拾级而上，进入上面的廊子，那里有一只铁炉和透过售票小窗可以看到的人的一只手。眨眼工夫，你已经来到南码头，将生命中又一段难以估量的旅途抛在身后——接下来又要返回上城，枯燥，颠荡，但却很有必要。

有几年的时间，我每天早上搭第六大道的上行列车去上班。路上很舒服，因为我出门不是高峰时间，站台上常常只有我一个人。你想去哪里，这是个不错的途径，以刚好的速度俯瞰生活，窥探人们的窗子，那里，盆栽植物、半敞的内衣和尘灰密布的阁楼敷演的哑剧，恍如一日大幕开启之前的小品。铁道是宽容的，听任它的乘客懒洋洋地在车门外闲荡，只要他们乐意；清晨令人陶醉，此时，这确实是个好去处——一阵风送来糖果厂的味道，告知你已在中途，向东瞥去，目光穿过二十四街，与都会大厦的大钟核对一下时间，那大钟只有十分之一秒的时间赫然在目。

对我来说，高架铁道始终具有适度的真实性：它足够强大，足以承负它的荷载，像一位懒散的老役工一样胜任愉快；

然而，它显然又是烟云的造物，随着应用制动最后一次成功的抱握，整个结构开始轻轻颤动。高架铁道还有令人眩晕的魔力——那些日子里，市郊列车一反其不慌不忙、慢慢腾腾的做派，突发奇想，摇摇晃晃地经过一个个车站，吓得人人心惊肉跳。呼啸着掠过预定的停靠站，风驰电掣般直扑五十三街，骤然跌入座位，是每一位高架铁道乘客不止一次的亲身体验。在这条线路上，人不必是个敌视机车者，只须想象机车司机无精打采的身影萎颓在打开的节气门上方，这个场景就够他受的。如果太过焦虑，不妨小心翼翼地走到列车前方，驾驶室的小窗，只能透出司机最勾人的影像——裹在手套中的三根僵直的手指，或者是塞在某个生存角落的《每日新闻报》。

高架铁道始终令我惊叹的一件事情，是它如何作弄经验不足的乘客。老手如我，接近停靠车站时，知道最好与敞式车厢的小铁门保持多远距离，精确到毫厘之间。但城市的访客对此却不知情。列车靠站，售票员拉动他的两只手柄，让车门猛地向内打开，有人不作防备，肚皮上难免吃上一记，我们其他人看到，隐隐觉出些乐子。生活中少有回报，这些滋生小小的优越感的时刻，不可等闲视之。

高架铁道将城市的大道造成拱廊。在某种意义上，这是它的主要贡献。第六大道与第五大道因此区别开来，一如第五大道与琼斯街。廊柱在夜的长衢中跨在列车轨道的两侧，对晚来兜客的出租车司机造成极大挑战，也是酒气醺醺地返回家中的步行者的森林圣域，树下随时可以睡倒。

当然，我读到过高架铁道的鼎盛时期，那时，它是上流人士的铁路，金融巨子优哉游哉地坐在装饰精整的车厢里，从华尔街回家。不过，我倒很高兴，我是在高架铁道赔钱时才与它遭遇的。它懒洋洋的渐强节奏，闯入人的梦乡，永远铭刻在人的脑海中——铃绳上警卫污黑的双手，久已倒仓的粗鲁、沙哑的铃声，沿整列火车相互照应。确实，在这样一个距离，很难认清第六大道高架铁道只是拆除问题。我完全无法想象纽约市将以什么来取而代之。它必须比地下铁道新修线路更有活力，更开放，更显眼。

我明白人们不能要求铁路停滞不前。二三十年来，美国的铁路却如同高速交通系统一样故步自封。煤气灯罩拆除了，安装了电灯，但除此之外，车厢大体保持原样。仅在过去一两年，铁路面对汽车和飞机的竞争，才着手在内部改装了酒吧间、舞厅和现代化包厢。

以我在这里乡下的孤绝状态，我有大把时间研究普尔曼公司的走向——这在大众杂志的整版彩页广告上触目可见。我注意到，普尔曼公司虽然强调其客运不言自明的高度安全性，却在鼓吹一种新的设置，称为“S. O. S.”，这有些不吉利。它的意思其实是“单人包厢”。广告上说，它让你钱花得值当，车坐得舒服。从图片上看，单人包厢里似乎有一具死尸，包在裹尸布里，捆绑了，嘴里也堵严。包厢里还有活人，是位穿粉色晨衣的少女，看去神采飞扬。再仔细些审视照片，发现那死尸不过是一张床，从后面竖起来，缚在厢壁上，而乘客（当然是单人）站得笔直，正在惬意地穿衣。

我觉得普尔曼公司为了给其冒险行当添加些惬意的调子，或许偏离了它已名声大振的那个领域。也就是说，你可以在普通的单人卧铺上站直，同样惬意地穿衣——而这不是很可能毁掉普尔曼行程的特色吗？我搭乘夜车出行，不是为了复制我在家中的经验和便利：我旅行时，希望碰上些新问题，不想继续对付日常那些麻烦。

我得承认，旅客的脾气禀性各异，希望和要求也不同，但对我来说，普尔曼公司永远不必改变其经典的上下卧铺设计。在我看来，它已经很完美，想得不错，做得也不错，这是飞逝暗夜中的绿色港湾，是僵冷世界中的温软栖息地。这里，伴随种种奇特的身体状况、宁静和参与宇宙律动和设计的美好感觉，我总能找到心灵的安宁。甚至在寒夜里，我在薄薄的生丝毯下冻得要死，仍然能体验到这些。

在普尔曼的卧铺车厢，人可以完全孤身自处。（最接近这种状态的情况是在旅馆客房里，但旅馆的房间有时令人压抑，太寂静了。）那么，现代的普尔曼倘若打算为每个人提供净空，就必须考虑这将给人的性格带来哪些变化。以往取卧姿穿上或脱下裤子，在很大程度上帮助人不失体面地保持了谦恭自抑。它让人在此扭来扭去的滑稽时刻得以反观自身。仰面朝天将衬衫的下摆塞到裤子里，需要某种坚忍，某种技巧，有益健康，且能培养性格。

新的单人包厢，改变了这一点，让人能够直立，仿佛自家谱系中不曾有过类人猿，除此之外，还有另一个让人揪心的特点。不光乘客能掀起床铺，让它像具死尸，列车走道上，别有一个机关，乘务员为寻开心穿越列车遛来遛去时，意念中那只黝黑的手，也可以操纵它的升降。这大概很难让人保持镇定。

一个人厌憎进步与变革，不免会招来非议。我想，随便是谁，之所以维护普尔曼列车卧铺这类原始又局促的事物，就在于它与生活中早先的一段时光有关，而这段时光，回头看去，似乎又很美好。赞成进步与改革者，可能都曾度过虽非格外坎坷但也果真艰难的岁月。对创新撇嘴的反对派往往是些富有的感时伤世的幸运者。虽说如此，生活中的改善总有些不可捉摸的危险，进步时也会出现难以察觉的倒退。我一直在整修我现在坐的这间屋子，然而，有时我倒怀疑，作家整修或改善他的工作间，当以字典为限：一件事引向另一件事，你先是得知他有了一张软椅，接下来他已经在椅子上入梦。人生的一半，都用在所谓的改进上，而一些原初的品质，也就在此过程中消失不见。在我购置的这块地方，有一泓天然泉水。我们的饮用水是在桤木和落叶松围出的湿地上用桶提取。最初几年，我常常去泉边走动，在那里还有些朋友——一只青蛙，一只山鹬，还有一条鳝鱼，在牧场小溪里一路翻滚，享受奢侈的纯净水。随着事态的正常进展，泉水改为喷涌，为此配备了混凝土栏、铜输水管和电泵。此后，我只去拜访过一两次。今年我唯一的举动不过是例行公事，将水样送往州卫生局化验。我觉得无聊，仿佛在嗅一位老朋友的气息。

这里，因改善而失去一些东西的另一种生活形态是槌球。我们有一套旧的槌球球具，木球给狗啃过，比鸡蛋圆不到哪儿去。油漆褪色了，铁丝小门歪歪扭扭。小孩子忙不迭地胡乱划定球场，夏日夜晚，我们通常会全体出动，乐呵呵地打槌球，狗在草坪上欢蹦乱跳，光影迷离，蚊子狙击我们，人人精神抖擞，追着球跑，吵吵闹闹的，纯粹是出于热爱槌球。今年春天，我们认定这套槌球球具已经老旧不堪，花钱购置了一套崭新的球具，小小的木门箍了铁环，木槌上包裹橡胶。球场现在精确地长七十二英尺，球门用一根绳排成一列，但小男孩现在却不大欢喜了，因为我们击打时，要求他一动不动。狗甚至不能把影子投射到场内来。常常发生些无谓的争吵，我好像觉得，我们从这个决斗场上归来后，人人神经紧张，情绪低落。

咸 水 农 场

（一九三九年一月）

像这样的一个滨海农场，范围远远超出了地契中写明的地界。我的领土，绵延向海许多英里都可以耕作，富含蛋白质的地域生生不已。耕种起始处，靠近一所房子，有一块大黄田，终结处是外岛那边的海湾，可以用无竿钓丝钓鳕鱼和黑斑鳕，海鸥如蠓虫一般绕耳噪闹，雾气不绝如缕，始终盘在胸前。

我想，就是沿海耕作这种扩张性，让事情显得很有趣：你知道，你的篱笆至少有一面，不是为了警戒邻居而设——你可以翻过去，一直向前，只要有一条船，还有些扬起篷帆的力气。海面上纷繁的出产，那些自然天成的作物，只会委屈奉献给那些有耐心又有勇气者，很少有人能禁得起这种诱惑。蔚蓝色的水域，一公顷外，又是一公顷，依次距离房子更远些。夏日里，我会拎了桶走过乡间小道，采些草莓给妻子做馅饼，但很有可能，几个小时后回来，桶里是两条小鳕鱼，外加一脸的得意。一些人搭上工夫和钱坐在沉闷的餐馆里，没精打采地咀嚼特价午餐的鳎鱼鱼柳，却发现明媚清晨，只要略施小计，就可以在自家牧场边上品尝鲜鱼大餐，想必会按捺不住。

谷仓下面，种了芦荟和土豆，还有时下的土豆蚜虫。再向外就是牧场，在杜松、花岗岩和山月桂中间，生长着野草莓和温驯的小母牛。一路走去，沿途可见蓝莓和小红莓。脱下鞋子，再往前走，就来到蛤蜊的养殖场——这是此地干旱时节唯一朝你喷水的作物。越过养殖场，青鲈和鲆鱼趁涨潮时聚在码头的木桩四周，摇来摆去。靠近岩礁，在岬角之外，有龙虾。再过去两英里，红礁之外，鲭鱼鳞光闪闪，成群游动，单等星期日下午的联谊活动，那时，一村人都会出动，围捕鱼群。钓鲭鱼是夏季里公认的安息日聚会，人们知道有两三处很滋润的水面，渔船麇集在这里，对人，对鱼，都是个热闹的安排。你和朋友在那里碰面，如果潮水的流向于你合适，又可以沾朋友的光，他的鱼饵就在你的鱼钩上漂。离家最远处，是鳕鱼和黑斑鳕。必须起个大早，才能有收获。

这一带的咸水农场充分说明农场主们有许多算计。岩石和桤木是最显眼的产出，如果能找个夯实公路的活计，当然不想耗神在自家园子里松土。整个海底等着去耙，谁还整天泡在豌豆垄里拔草。他们春季播种一块菜园，六月天抡起锄头鼓捣上一通，一年剩余的时光就交付给了更加有声有色的事业——打磨老旧的船舶发动机的阀门，或者是修补鱼梁①。我的邻居达默龙先生从早春直到深秋，一门心思捕捞龙虾，他将母牛拴在上岸处几步开外，撒网归来后，顺手就可以牵上她。两位一道走在田野上，他拎着空空的油罐，她晃着饱满的乳房。

① 鱼梁，拦截游鱼的枝条篱。

我们这里的海上农耕者，精气神儿十足。邻居们大都是漂海人的后裔，守住一块农田会憋死。青年人骑在印第安人摩托车上要比驾驭圆盘耙更自在。我注意到，倒是我们中间那些随遇而安的人，过得最有滋味；在这种气候下，火炉像是在吞噬木柴，一个人日子太俭省，瞻前顾后的，怕是很难爬出他的柴火垛。

虽然仍是天寒地冻，但白昼已经明显长了。月亮早早升起，我在蛙塘上滑冰，隐隐觉出跑刀下蝌蚪的预兆，思绪转向种子和万物萌发的时节。感恩节时突降的一场大雪，对小儿子已经不再新鲜；冬日的魅力渐渐褪去，像是他长袖运动衫后背查理·麦卡锡的画像[①]。西尔斯·罗巴克商场的仲冬季目录让位于种子目录。要不了一个星期，我就得规划我的家禽饲养事业，决定蛋类生产到底该缩小到家庭食用水准，还是扩大到商业销售规模。

去年春天，我用一只炭火育雏炉，养了八十四只刚出生的小鸡。我琢磨着，从八十四只入手，运气好的话，到头来总能剩下一打。其他的估计会悲惨地死去，因为我读到，人动手养鸡，情况通常如此。结果只有三只夭折。一只是病死的，两只在夜里给杀手拐走。其他的小鸡，总共八十一只，长得又大又漂亮，完全对得起那份慈爱和丰富的饲粮，小公鸡拂晓时啼叫声奇高，引得乡下众人议论。我们或吃或卖，去了四十五只嫩鸡和乳鸡，剩下三十六只小母鸡，下蛋下得热火朝天。十一月份，我给这个小家庭奉上了惊人的六百七十二枚鸡蛋，有些还

① 查理·麦卡锡，美国腹语艺术家埃德加·伯根(1903—1978)操纵的木偶人物。

是双黄蛋。十二月份，产量略有下降，因为白昼短了，夜长且冷，但每天平均还能捡拾大约二十枚鸡蛋，我们可能消耗六到八枚。其他的就得想种种办法打发掉。我至今还未从惊诧中醒过神来。

有那么几天，在鸡舍里开始批量生产之后，要强的妻子试图跟上这种反常的步调。她每天安排鸡蛋筵——各式软软的、倒胃口的吃食，那类大病初愈者硬着头皮无精打采地下咽的东西。早餐我们冷眼面对大盘炒蛋，中午是状若漂浮的孤岛的蛋奶糕，晚上喝蛋奶酒而不是马提尼。我们甚至给狗喂生鸡蛋；我们认定，这于它的皮毛有益。一次，我瞧见妻子思量四下无人，悄悄用鸡蛋喂猪。但这仍然无济于事。我们每吃一枚鸡蛋，小母鸡就要产出两枚。私下里，我很感动，也很欢喜，虽然漂浮的孤岛让我腻透了。

显然，我们眼下面临极大的农产品过剩问题（连带取暖问题，生计问题，圣诞节礼物问题，还有秋季攒下的六个或八个别的什么问题）。除非我建议竖起一块标靶，每天下午投鸡蛋消遣，否则，就得行动，而且行动要快。鸡蛋本不易保鲜。我立即想到西尔斯 · 罗巴克商场，考察一番那里的家禽部后，紧急订购了一只蛋秤和一些装鸡蛋的纸板盒，可以装一打鸡蛋，上面画了一只母鸡呆呆地望着鸡窝。六天之后，我讪讪地来到本地商店，带上三打绝对新鲜的二十四盎司精选红皮鸡蛋，排列得整整齐齐，准备将本求利。我不知道还有什么事情比这更让我尴尬，只有一天在圣卢克医院，我误会了护士的指示，全身赤裸，只穿了袜子和吊袜带径直步入 X 光室。

商店店主本是我的朋友，不断把剩余鸡蛋推卸给他，是乡下最让我内疚的事情，虽然人们安慰我，认为我小题大做，一些人甚至说，商店买进卖出，自然有利可图。我不清楚是否如此。确实从没见过有谁从我交易的商店买过一枚鸡蛋。我经常踅来踅去观望。这让我想起笔墨生涯的早期，我不时潜入布伦塔诺书店，徘徊在摆了我的著作的书柜前（只有一本），指望哪天能看到有人求购。却从来不曾一见。我怀疑店主是将鸡蛋带回家自己吃了——要么就是投了标靶。鸡蛋干脆就在柜台后神秘消失，我的账上又多出六十美分或九十美分。这大大减少了我的账单，却几乎完全摧垮了我的精神。我肯定店家也很为难，他的尴尬不下于我，说不定对他说来，这意味着我的账面是盈是亏，全看他如何摆弄。不管怎样，我清楚意识到，农业的人际关系一面不是我的长项：我可以从事生产，但要想免遭这番煎熬，非得另请高明来掌管销售。

原因就在于，我天性内向，与世无争，并不适合做买卖。除非我能攒下足够的鸡蛋，差人用标准的三十打装板条箱发往波士顿市场，否则，我的生产活动应当仅仅控制在自给自足的水平上。

当然，有不止一种方式处理剩余。这一带我最看重的一位老兄（虽然我与他素未谋面），他住在山脊上，以见解独特著称。据我耳闻，他无论冬夏，总是穿一件短大衣——夏天如此，冬天也无不同，他的理论是，既然大衣可以御寒，那么，天可怜见，它也可以隔热。他孑身一人，养了两头母牛，甘愿伙住在一起，共享安宁与污秽。他是位剩余理论大师。有时，他可以聚敛多达二十四夸脱牛奶。有人曾问他如何打发这许多牛奶。

“想喝就喝，不喝就他娘的扔掉，”他不耐烦地答道。

农场上这等强悍的性格很少见，虽然农场才是迫切需要此种性格的地方。

有一日我很不安地听说，某位作家，惊骇于当今世界的种种暴虐，发誓从今往后，只写积极的、有意义的和热爱自由的东西。在我看来，此事就其自身而言，不是个好消息。

所有卖文为生者，总会有些时候，自觉如果还有天赋，必须将此天赋用于正道——但我不知道他们还曾为此信誓旦旦，而且我认为也不必要。自由遇到挑战，艺术家和作家必然最先拔剑投笔。他们这样做无须动员，因为这是他们自己的斗争。靠纸笔表达自己本是个脆弱的行当，就事情的本质而言，一个厕身其中的人必然依赖宽泛而普遍的发言特权。任何要撤销此一特权的威胁，都会让作家惊慌。他对自由加倍忠诚——这一忠诚是理性的，出自于对纯粹思想有权不受妨碍地运行的信念，也是自私的，出自于为了养家糊口，需要获准说出自己想说的话。美国如今念念不忘自由。一代人的时间，就从关注牙刷，到热衷飞行，再到关注自由。转型导致扰攘，毕竟完成了，这最后一个过程很大程度上有赖于作家和艺术家，对他们来说，自由乃是人世间需要不惜一切代价加以维护的神圣状态。

但还是来说说我们这位吧，他发誓抛弃一切，只留下善的和有意义的东西。他让我不安。但愿他并不当真，只怕他确实当真。既然一门心思有意义起来，他很可能从此不切实际。当然，作家也得相信点什么，却不必为此加入一个俱乐部。文学的繁荣，不是在作家结为一伙之日，而是在他们相互轻慢之时。（诗人是摆弄笔杆子的人中自视最高者，从长远来看，他们最有地位，最具影响力。）即使邪恶当道，作家应当留心的，也只是自然而然地吸引他的想象力的那些事物，不管它是自由还是椿象，下笔时也不妨从容些。

这场运动方兴未艾。我认识一位狂人，他以往受雇从事幽默和讽刺这一行，赚钱多多，现如今庄严发誓，除非全世界都好起来，他不会再写任何滑稽、轻松或“没有意义”的东西。这似乎明显是有害的，而且透着点愚蠢。文学倘若除了热爱自由，别无其他内容，并不比它要胜出的宣传说教好多少。

在一个自由国家，作家有义务不去关注义务。只有在专制政体下，人们才指望文学展现和谐构思，高调鼓动众人。专制君主不惧怕作家鼓吹自由，他怕的是诗人爆出一则笑话，旋即深入人心。他最大的忧虑是欢乐，是羊皮虎质的真相，是人们情不自禁地表达的不可遏制的欣喜。我确实不认为幽默作家都该罩上面纱，他不分昼夜，应当佩戴的是他的铃铛，以谐谑调笑为能事，即使他没准儿认为，该给《先驱论坛报》写封慷慨激昂的信。

安息日上午

（一九三九年二月）

星期日，上午十时左右——星期日在起居室，星期日在厨房，星期日在柴棚，星期日在村里的路上：我听见钟声，召唤我去分享上帝的恩宠。我走进起居室，手拿一个文件夹——剪报、信件、素色包装纸裹着的未成型的思绪、作家的记事簿。我伫立片刻，聆听三英里外的钟声，充满希望的絮叨叨的钟声。我迟疑着打开收音机，这也是收音机机壳里的星期日。每日祈祷愈近我主基督……缅因南布洛的拿撒勒教堂的圣歌歌手进入我的星期日的起居室，稚嫩的童声高音沿天竺葵和小苍兰和风信子簇拥的书架飘飏，书架上立着没了书衣的作者——亨利·詹姆斯、薇拉·凯瑟、D·H·劳伦斯、A·P·赫伯特、弗兰克·T·布伦、W·H·赫德森、威利亚德·C·汤姆森，他们的头颅昂起，直视前方。我们将这首圣歌献给南布兰德卧病在床的奈莉·布洛小姐。下个星期日，我们将继续八福词[①]的第一个祝福，此前，愿上帝赐福于你……。

我坐下来，打开文件夹。管风琴前奏曲！管风琴奏出奇特的呜咽声，感伤，华丽——半像大提琴，半像风笛。一支前奏曲，在这一年的这一个星期日，在这一个电线密布的教堂的什么地方……（如同钟声刚刚停息的三英里外的教堂的景象，人们想必正从什么地方进入这座教堂，主的信众，一个一个地，三三两两地，引座者安排他们坐下，欠身递上印刷的曲单）。赞美上帝万福之源……合唱声若断若续，众人自己每周一次顶礼膜拜时突然发出的声响，有时太弱，有时又太强，让他们不自在，赞美圣父、圣子与圣灵。

阿——门。

“爸爸？”

小儿子进入星期日的起居室。他穿条灯芯绒裤子，拿一支警哨。

“啊？”

“好像你把咱家楼下变成了教堂。”

“不错，像是教堂。”

《使徒行传》第十一章……《使徒行传》，第十一章。儿子拾起一本书，安静下来，不再留神听，抛开屋里的世界，收音机的世界，自顾自沉浸在书页间紧凑的小天地中。有许多世界。我从文件夹中看到，在法拉盛这个明日的村庄，人们正在修建一座圣殿奉献给主②，花费二十五万美元，要么就是三十五万。未来的世界责任多多，而在这一切之上，是宗教。汝之

---

① 八福词，即耶稣的山上宝训中的八个祝福，第一个祝福谓“虚心的人有福了，因为天国是他们的”，事见《圣经·新约·马太福音》第五章。

② 一九三九年四月三十日至十月三十一日，美国在纽约的法拉盛一带举办世界博览会，主题是“未来的世界”。

仁慈我们感激莫名。

警哨一声尖利鸣叫。祈祷结束了，管风琴承担重任。人们开始咳嗽，远处教堂长椅上，传来衣衫的窸窣声和舒展身体的声响。我在文件夹里乱翻一气，找到了全美诗歌大赛章程，大赛由美国诗人学会主办，为纽约的一九三九年世界博览会遴选主题诗歌。唱诗班再度唱响，这次对它有些艰难，歌者强其所能，少了底气。诗歌大赛！未来世界的主题颂歌，一首将来时态的歌曲，激荡那时还在血管中流淌的热血……这是新罕布什尔州朗瑟贝尔的杜尔浸信会定时播出的星期日早间节目。

诗歌必须打印，双倍行距，单面。“参赛者送选作品不得超过三首”（这些不知疲倦的诗人啊！）。我的心哪，你要称颂耶和华。凡在我里面的，也要称颂他的圣名……你们祷告要这样说：我们在天上的父，愿人都尊你的名为圣。[①]

警察！

权柄、荣耀，全是你的，直到永远，阿门。

这间房子，这间眼下充注了星期日的绝大钳制力的房子，已有一百二十年的寿命。我很想知道它都经历过什么样的安息日。我坐在这里，人们告诉我，那是H.老爹当年坐的地方。今天上午他如果大驾光临，想必会奇怪，眼见得地板因为炉子干燥的热气，裂开巨大缝隙，露出百年来累积的灰尘、碎屑和麻烦，让地下室的景象一目了然。

我的金毛寻猎犬从门外进来，夸张地向我致意。他抖抖身子，急切地用尾巴敲打我身边桌子上的未来的世界。

《以赛亚书》第五十二章。那报佳音的……这人的脚登山

---

① 见《圣经 · 新约 · 诗篇》第一〇三篇。

何等佳美。小儿子掂了一把小槌子，还有弹球戏用的金属球。《诗篇》第六十六篇。我们来读大卫要人颂神的劝告……大家是否在注视第十二节：你却使我们到丰饶之地……（我曾在哪里听过这个声音？是代加拿大干汽水[①]道出晚安的声音，还是代菲尔斯·纳普撒牌肥皂[②]问好的声音？如果我的眼睛注视第十二节，是否能靠二十五个字，赢得一辆别克车？）小儿子回到他的书中，不声不响。那本书（我能看见书名）是克罗夫·康克林[③]写的《地铁文粹》。屋子里现在有两只犬，达克斯猎犬[④]和我们一起来读《诗篇》第六十六章。他向后撤步，佯装攻击金毛寻猎犬。当向神说，你的作为何等可畏。因你的大能仇敌要投降你[⑤]……孩子已是一副全神贯注的神情，克罗夫·康克林战胜了可畏的神，地铁凌驾于天国。所有诗歌都应加盖"邮资已付"的邮戳，寄交位于一处丰饶之地的美国诗人学会，邮戳日期不应迟于那报佳音的人的脚……据《福音书》

"这本书讲的都是纽约，"儿子说，他很高兴发现了熟悉的地方。他听了一会儿教堂的礼拜。

"爸爸？"

"有事吗？"

"那牧师刚才说，大家一起来读，可我只听到他出声了。"

无论我们身在何方，境况如何，都可以信赖他的话。

---

① 加拿大干汽水，一种无酒精苏打饮料，美国汽水知名品牌。

② 菲尔斯·纳普撒牌肥皂，美国肥皂知名品牌。

③ 克罗夫·康克林（1904—1968），美国著名科幻小说选编者，编有四十一种科幻文集。

④ 达克斯猎犬，德国种小猎犬，长身，短腿，双耳下垂。

⑤ 见《圣经·旧约·诗篇》第六十六章。

他又溜回他的地铁中。随即来到我身边，举着书让我看一张儿童逃入地铁，躲避法西斯轰炸的照片。

“这是真的吗？”

“是，一点不错。”

耶稣基督的血将洗涤众人之罪……赖汝之力，我等男女形同再造（未来，或许在未来的世界），永享我主耶稣基督的恩典。我等子孙尤将如此……。金毛寻猎犬睡着了。电报的电键声突然插入，是滴滴嗒的电码，音调很高，很急促。上帝回电首肯。是的，我们的子孙尤将如此。小儿子放下书，拾起一本过期的《生活》杂志。封面是一张金毛寻猎犬的照片。小儿子拿照片给金毛寻猎犬看，弄醒了他。那狗无动于衷。一首舒缓的歌，男性歌手。信赖我主，他将予汝……旁边屋里宣告：一只狗在钢琴下边造下罪孽，得克萨斯犬的风范荡然无存。家政管理中的一个问题，赫然出现在我们的星期日上午。小儿子扔下《生活》，吹哨子报警，又深沉地埋首于另一本书，名为《占星术》。

……因此我们所过的生活将提醒

“爸爸，我们能做个望远镜吗？”

“今天不行。”

开始摆放餐具准备用餐，一件一件的银色刀叉碰出清脆声响，玻璃杯放置好，餐碟环桌子摆了一圈。上帝助我们生活……现在就来工作！文件夹中的两封信，一封来自全美日本侵略不参与委员会[①]……

① 全美日本侵略不参与委员会，一九三八年，由著名传教士P·弗兰克·普赖斯的两个儿子弗兰克和哈里·普赖斯成立的组织，反对美国向日本供应物资。

“爸爸，快看，这就是我想知道的——火星是这个样子。”他给我看一幅火星图。但那两封信：不参与委员会的罗杰·S·格林要我关注美国向日本提供废钢铁，向中国提供绷带。(不可让汝之右手得知……)一封来自奥杜邦学会[①]的信，述说它的庇护所，野生鸟类的天堂受到沉重压制。非圣洁没有人能[②]……这是全国广播公司录制的节目

小儿子放弃了思索星球的生活，开始摆弄一把打开的折刀，小折刀配有链子，与他的身体贯通，小折刀在他的肚皮下荡来荡去，形成宽宽的弧。我是否应当帮助野生鸟类，是否应当安抚奄奄待毙的中国人，是否应当要小儿子当心，免得刀子划伤自己？你刺中它，你刺中它……我的双脚惬意地站在山顶，望见苍翠而开阔的森林中的野鸟，在辽远的天空飞升直抵无垠，我望见马德里地下铁道中的儿童；拯救野生鸟类，拯救儿童，噢，上帝，拯救儿童——拿小刀的小男孩，这般平安，稳稳当当地摇晃小折刀，头顶上没有顾虑，只有野鸟和火星，自由自在地飞动。

已蒙他救赎，我是他儿女。“电话！我们的电话！”是长途电话。有人去接听。小儿子用刀身当反光镜，绕室洒入阳光，射向屋顶，射向墙壁，射向金毛寻猎犬的眼睛。“噗—噢！”他说。“什么味儿啊？”他跑去查看。厨房传来报告：法国烧土豆(不知道法国今日上午又如何)。

回到文件夹。亨特学院的学生将接受美容诊所的诊断。

---

① 奥杜邦学会，美国保护鸟类和自然资源的团体，以美国鸟类学家约翰·J·奥杜邦(1785—1851)的名字命名。

② 《圣经·新约·希伯来书》第十二章。

“爸爸，你干吗老开着收音机？”

啊，我们将聚在河岸，好美，好美的河[①]——

“我也说不清啊。”

“我是说，这跟你的工作有关系吗？”

“没有吧。不过，也许有点关系。”（爹妈坦率地想给出个诚恳的答复。）

巴黎：温莎公爵[②]和夫人今日乘火车自里维耶拉返回。

纽约：旋毛虫病，食用生猪肉或未熟透猪肉引发的疾病，感染本国一千七百万人，导致……

“吃饭了。”

新罕布什尔州皮斯布尔布道台。“吃饭了。”让我们将世界变得更美好。“都来都来，吃饭了！”

这就是安息日的上午。算不上很完整。打开收音机后，我就随它开着，听任它像个话痨，沸反盈天。“上帝”这个字眼儿翻来覆去，在今日世界像我们这样的家庭里，不知转了多少圈儿！

在这个家里，我们多少还维持了一些旧日的宗教仪礼，但也说不上热情。如果说我们拥有信仰（我想还是有的），那也是出于心底对教会的拘谨，缺乏虔敬。我们每年去一两次教堂，一如去自然博物馆参观，一时心血来潮，想看看新奇景致，比如悬在空中的鲸鱼。

---

① 纽约浸信会牧师罗伯特·劳里一八六四年所作的赞美歌。

② 温莎公爵，即英国国王爱德华八世，一九三六年继位，同年十二月退位，后受封为温莎公爵。

小儿子生活中一度曾央求我们带他去教堂。他听人说起教堂，很想亲自去探查它的神秘。他的要求如此急切，倒让人尴尬：我们似乎在阻挡上帝与我们的小狂热分子亲近，显得很卑劣。最后，我们尽力而为，带他去了，两次。他没有再要求过。

教会试图维护遭重重大火焚烧的信仰，有时似乎恼人地缺乏想象力。我不知道较之从前，人们是否不那么敬神了，但显然，有些事情发生了。我常常想，基督教会因执着于一神教而受损。我的家里，有许多神。在小儿子眼中，雾神杰克就先于基督，虽然我们从不曾起劲鼓吹这位杰克。我认为杰克无害，弄不清为什么不该把他请进教堂。他是个多才多艺的神灵，手段刺激，花样翻新。他也不像主一样，让人畏惧。

当我病得要死时，会悲怆地呼唤上帝；当我夸夸其谈时，会敲敲木头[①]。这是一个责任分工的明显例子，似乎对我来说，木头拥有上帝不具备的力量。我的小儿子，同样，也有些异端信仰。其中之一是认定如果月尾的最后一个晚上不说"兔子，兔子"，月初的头一个早晨不说"兔兔，兔兔"，厄运就会找上门来。(很难想象他从哪里得出这种怪念头，除非受我影响。)每天晚上他说"现在我躺下睡觉"[②]，干巴巴的心不在焉，那点虔诚也是虚应故事——声音恍恍惚惚的。但他说"兔兔，兔兔"时，确实聚精会神。

---

① 据认为可以辟邪。

② 美国家庭中孩子们睡觉前念的祈祷文，最早出现在十八世纪，全篇为"现在我躺下睡觉，求主守护我的灵魂，如果我醒来前死去，求主带我的灵魂前行"。

作为父母，我们从来没有固定的宗教课——我们只是听其自然。我有时会去教堂，扯开嗓子唱一曲赞美歌；这能净化血液，我喜欢那些老八辈子的圣歌沿我的脊椎抑扬起伏，充塞我的喉咙时沛然莫之能御的神圣感。但大多数时候，宗教是塞入底层的抽屉，与我们珍惜但从不使用的那些东西混在一起。两代人的时间，有一个巨大的落差。我小的时候，可以感觉天国渐渐远去。父亲是畏惧上帝的人，但他也从不曾错过一份《纽约时报》。六十岁时，他开始游走于公理会与浸信会之间，牢骚满腹，怒气冲冲。七十岁时，他抛开一切，此后十年，生活在郁郁寡欢的狐疑状态中，终于脱离教会，在寻寻觅觅、孤寒寂寞中死去。按照百年前的标准，我今日的家庭是一群误入歧途的不可知论者，热衷幻觉中的美，在 860 千周的频率上探求天恩。

但主很坚忍，始终在些奇怪的地方徘徊。他在排字工那里地位隆崇，因为逢到“他”，总须用大写字母。他还享有独特的法律地位，比如“天命”法规①，此时，大自然的暴力帮人豁免了责任。德国认为她驱逐了主，却不过是自欺而已。我敢肯定，在德国，神圣的字眼儿仍然用于诅咒；虽然宗教在家庭或教会中暂且搁置，但人们完全可以放心，即使在这样一个上帝弃绝的国度中，救赎者仍然长在。

上帝宝座的觊觎者，其实倒是无线电广播本身，它在某种程度上无所不知。我住在原始的乡下，这里的人们说起“无线电广播”，含意多多，汗漫得很。他们说“无线电广播”，指的不是一个木头匣子，一种电磁现象，或播音室中的哪个人，

---

① “天命”法规，指涉及不可抗力、天灾等的法规。

他们说的是弥漫开来，进入其生活和家庭中的如上帝一般的存在。那是一个极具吸引力的偶像。毕竟，教会承诺的只是一个遥不可及的拯救：无线电广播却告诉你明天会下雨。

教 育

（一九三九年三月）

我家有一位三年级学子在乡间学校就读，我越来越景仰学校的那位教师。她不仅包揽了一、二、三年级的所有课程，还设法悄没声地有效履行多种职责，监管他们的健康、他们的衣着、他们的习惯、他们的母亲，还管他们打雪仗。她从事这项奥吉亚斯式的艰辛事业[①]二十余载，宽容又精明。她为孩子们在教室取暖的炉子上煮饭，无论是冷却他们的狂热，还是加热他们的冷汤，她都胜任愉快。她设计他们的校服，清理他们的烂摊子，分享他们的信任。我儿子已经将老师视为挚友，我想他对她讲的悄悄话远比讲给我们的更多。

整整一夏天，我们都为从城市学校转入乡间学校发愁。我一向赞成公立学校，而非私立学校，即使只是因为在公立学校，你可以碰到各式各样的学生。我怀疑，这种偏见，部分是为了回护我的以往(我除过公立学校对其他一无所知)，部分是出于被动防卫，免得哪位少年陶瓷艺术家去烧窑的路上踢了我的小腿。妻子则不熟悉公立学校，除了温莎小姐的盥洗室外，(早年)从未见识过什么公共建制[②]。尽管两人背景不同，但我们都明白，转学这件事影响的不是我们，而是学子本人。在纽约，儿子上的私立学校，缴纳中等学费，领受半开明教育，享用现代化水暖设施。他学得很快，身体健康，我们都很满意。那是一种激动人心、丰富多彩、实行军事化管理的生活，偶尔会有快乐的间歇和小小不言的意外。圣诞天使昏倒，得由博士之一救场的那天，淋漓尽致地体现了教育的意义。此后几个星期，我们的学子在家中不停搬演，我想他从此很难忘得干净。

他的学校生活很规律。早上，他穿外衣和一件旧运动衫(私人书院标准制服)，在保姆或父母中的一位陪同(或拖拽)下走到两个街区外拐角处校车的招手停车站。这辆飞车严守时刻：瞧见我们候在冰冷的马路边，一个疾停，张开大口，将孩子吞进去，咆哮着扬长而去。这很像火车接收一袋邮件。在学校，学子给五六个教师和一名辅导员折腾上六七个小时，上午十点左右，靠橘子汁恢复生机。在煤渣铺就的院子里，跟着体育教练做室外活动，在餐厅，吃膳食学家炮制的午餐。他很快学会阅读，娴熟和灵敏程度令人欣慰，还学会制作半致命的印第安人武器。每逢哪位同学发烧病倒，消息就通过电话不胫而走，人们慌忙打电话给医生，讨论潜伏期和续命良方。

在乡下，可以说，情况就两样了，更为随意。我们的学子

① 奥吉亚斯，希腊神话中的国王，有一极大牛圈，畜养两千头牛，三十年未清扫过，后由英雄赫拉克勒斯一夜内打扫干净，为其十二项业绩之一。

② 玛丽·皮卡德·温莎小姐一八八六年在波士顿建立一所五至十二年级的女子学校，二〇〇七年，《华尔街日报》将其列为世界进入美国重点院校的前五十强学校。E·B·怀特的妻子凯瑟琳·萨金特·安杰尔·怀特为其校友。

穿灯芯绒裤子、圆领衫，蹬一双橡胶短靴，带上装了午餐的锡饭盒，黎明即起，去往村里的学校，路上走两英里半，就在墓园旁边。如果道路通畅，汽车打得着火，他可以沾老爸的光，搭车上学。雪下得太大，或汽车熄火，或祸不单行，他就只能自己溜达。下午放学，天气好时，他要么走路要么搭上一路或半路的顺风车回家，天气不好时，有车伺候。学校的地下室有一间化学厕所[①]，楼上是两位教师。一位负责一到三年级，一位负责四、五、六年级。他们很少或干脆没时间单独操练，更没有时间传授独门秘诀。他们只教他们知道的，能有多快有多快，能有多严有多严。学生上课时乖乖坐在书桌前，课间休息时在室外疯跑。

学校里没有人领学生游戏。他们玩警察捉强盗(不过他们管它叫“监牢狱”)，相互投掷——冬天是雪球，秋天是野蔷薇果。看来玩得很开心。他们还做飞镖，叠纸风车，玩撒棍儿(挑棒游戏)，学校自己卖点廉价糖果，生意挺红火，就在教室进行，糖果里夹着“彩券”，大奖是用纸板条做的假香烟，和真的一样。

我们至今仍对最初的焦虑记忆犹新。儿子也因变化而不安。九月第一个爽朗的清晨，我们开车送他上学时，车里充斥的紧张气氛，几乎要冲决车窗。后来，我们接他时，他等在路上，拎着他的蓝色小饭盒，我们问这一天过得如何，他简单答道“挺好”，让我们如释重负。如今，将近一年之后，我们发现，两个学校仅有的区别是，在乡下，他夜里睡得更好——这大概更多得益于空气，而非教育。我们拿乡间学校与城市学校

---

① 化学厕所，使用化学剂处理的厕所。

对比，盯着他追问，他回答说，主要的区别是白天过得似乎比城里快得多。“像闪电一样，”他说。

我写下这些时，距离我春天拜访考兰特街的彼得·亨德森种子店①这个大旋花②的集散处已有一年。我买了十九美元的种子、花卉和蔬菜。店员花费近一个小时，把白色的抽屉开了又关，凑齐这些东西；我们一起研究目录，纠正讹误。我拎了大袋子乘地铁回家，不禁感慨种子竟然重得很——像颗定时炸弹一样沉甸甸的。

我在种子店时，有个黑人走进来。他一身教士打扮，似乎是个人物。“向主捧上一个币！”他喊道，倒也不是专门冲谁开腔。“向主捧上一个币，主让这些神奇的种子翻倍！”他确实了得，颇有些收获。不过，我把所有的钱都投入直接耕耘，也即种子本身。它们长得不差，我们也还在享用罐子里的果酱。

现在，我们又回到纽约小住，不光是为了向彼得·亨德森讨教，还为了重拾牙医的眷注，跟上舞台的新潮。我倒没什么理由不能去看乡间的牙医，不过，牙齿犹如沉在水下的暗礁：让领航手册上说的熟谙“当地风土”的人，就是以前曾经越过暗礁的人带你穿越，毕竟让人放心些。此外，牙科在城里更令人心仪，乡下人叫洗牙，纽约叫“预防性保洁”。

撇开牙齿和戏剧艺术和种子买卖不谈，乡下呆长了，也必

① 彼得·亨德森(1822—1890)，一八四七年开辟商业园艺，被称为美国观赏园艺之父。

② 大旋花，即喇叭花，旋花科打碗花属。

须进城，求得私密和休息。我在乡间睡眠不足，因为对我的事业来说，白昼太短，无奈只有晚睡早起，如此一来，醒着的时候就多。自然，乡间环境也没有私密可言，甚至打个喷嚏，也会引发街谈巷议。我原来以为，我会很在意这种聚光灯下，这种众目睽睽：路上做工的人，抬头观望，商店前的人，门前庭院里的人，薄暮中走来的老人，抱一捆柴禾，就地停下目送汽车经过，喂鸡的女人，处处都是凝视的目光。然而，我发现，一旦我掌握了以眼还眼的技巧，心下旋即释然。你必须以眼还眼。此外，在乡下住过一段后，你就懂得，认清来来往往的朋友和邻居，是件很合乎情理的事，不能归之于无聊的好奇心。如今，无论汽车、马车，但凡从我门前经过，我都会抬头观望，察看它的速度和方向，可能时确认驾车人，揣摩它的使命。这不仅仅是为了寻找谈资，还是一种很重要的个人情报工作。我常常耗时费力忙了找人，假使我使用自己的耳朵和眼睛，本该知道他们在别处。这就像是战争：你得有张标记清楚的地图。邮车的位置、扫雪的进展、捷运公司雇员和鱼贩子的行踪——此类情报非常重要。我发现随时了解邻里的情况增强而不是削弱了我的同情心(倘若还有)；早上我起身后，窥见一人带了狗和猎枪，步行向南，另一人开双门轿车拉着病了的孩子，掉头向北，一天的格局即了了分明，我可以着手自家的事情，倘若不掌握此类讯息，怕只会懵懵懂懂，劳而无功。当然，一个人的视野通常环绕自身形成：在纽约，我起来后看《泰晤士报》浏览欧洲；在乡间，我起来后看温度计——想法完全不受外界影响，此一想法如果能够感染每一处的每个人，我相信，将是当今世界上最有益的事情。不过，我的遗世独立是短命的。一个小时后，我停在商店前，买一包皂片，听到无线电广播告诉我罗得岛普罗维登斯的温度。立刻，我的舒适的小世界的外壳颓然崩裂，我一阵战栗，显示了我对罗得岛阴冷多变的命运的同情。

曾经只有上帝才能造就一棵树，但现在，小约翰 · D · 洛克菲勒[①]也可以做到。我们到纽约时，正好赶上第五大道上巨大的榆树运抵，这些可爱的七十英尺高的大树枝繁叶茂，挺立在无线电城前的人行道上。我躬逢八件奇迹中的头一件，感觉自己仿佛《旧约》中人。纳尔逊 · 洛克菲勒[②]就在那里，穿了橡胶套鞋（虽然这是个干爽的夜晚），拎一个公文包。我上次见到他是在奠基典礼上，当时的无线电城仍是蓝图。岁月似乎没有改变他（我随即纳闷自己是否也如此），不过是面对镜头少了些腼腆，更加镇定，因为蓝图已在，坚实地支撑着全部幻想。榆树本身，最初死一般躺在卡车上，但很快就借助绞车直立起来，环顾四方。洛克菲勒先生从容地跃向泥土包着的树干，摄影师为了找到彰显其艺术的角度，仰在人行道上。我是头一次看见有人躺倒在第五大道上，虽然见识过有一位晕倒在大道上。

过路的女人，瞧见人们迹近胡闹地忙了在商业区立起一棵树，认为事情极其愚蠢，不过是一棵树。“他们要树干什么？”她说，“只能挡道。”

我想榆树的诞生是这座城市奇书中一则最美妙的神话，这

① 小约翰 · D · 洛克菲勒（1874—1960），约翰 · 洛克菲勒的儿子和继承人，以其慈善事业闻名，一生捐款超过五亿美元。

② 纳尔逊 · 洛克菲勒（1908—1979），小约翰 · 洛克菲勒的儿子，曾任纽约州州长和美国副总统。

些大树是夜晚运到，此刻，大地隐在幽暗中，鸟儿栖在枝上颤动。在时光悠远的摆荡中，从未有过如此这般的两个星期——午夜时分，仍在街上游逛的人迎面碰上一棵大树，悄悄运来市场上，滑动就位，等着迎候上班路上的早行人。

四 月 的 一 个 星 期

（一九三九年四月）

星期六。夜晚一轮满月，让狗很不安。先是邻居家的一只狗，四分之一英里外，察觉了月亮——夜来不久，他开始吠叫，持续的抱怨声中，半是渴望。接着，我家的大狗，晚餐还没摆放好，也开始仰天咏叹。我把他关在谷仓里，那里有他的床，但他吠个不停，不时发出一声长嗥；我可以听到他在谷仓里踅来踅去，与邻家的狗相应答，惊动了我家身兼警长之职的老獾狗弗雷德，弗雷德方在酣睡中，突然跃起，挂上一副公务在身的严肃神情（像人一样，一边走路，一边急匆匆套上裤子），冲向门厅，仿佛月亮是觊觎珠宝的盗贼。月光如水，洒在草坪和车道上，我自己也生出悲唤之心，因为说到月亮，总有些地方搅扰心神，对人对狗都是如此。

曾经，我小的时候，一次从恶梦中惊醒，见月光泻入房中，像夜行者的手电光一样掠过我的脸。我很害怕；月亮像是卧室里的不速之客。那一晚之后，每逢月圆之夜，我都不免心神不定，必须拉好窗帘。我不知道狗是怎样一种感觉，但想必有些事情深深打扰了他们——或许是对古来大狩猎的暗示。

昨天我的邻居C死了。他上午还驾卡车来过我家。他说他觉得不大舒服。后来，下午时，他开始打寒战。等不到午夜，他撒手去了。死前几个月，他刚刚把自己的生活料理妥当——奋斗一场后屡见不鲜的结局。去年秋天，经过多年筹划，他建起新作坊，梦想成真。我想他是指望心想事成，额外付出辛苦，却又力有不逮，造成了他的死亡——这种凑泊发生在每个人身上，虽然形式上徐缓些。

星期日。睡醒后发现海风吹来，阴云浓重。椋鸟闷闷地栖在胶纵树上，苦候好时光，犁过的土地上，一些乌鸦专门集会，表决什么事情。一个小时后，下雪了。

捕龙虾的渔民达默龙晚上来还书。他是我充分信任的借书人。从没有人像他一样借过我那么多书，当然，也从没有人还过那么多，通常用纸包好，捆扎整齐——坏天气时传递图书的恰当方式。D太太是我知道读过《约瑟在埃及》[①]的两个人之一。我知道很多人有这本书，但很少人真的去读。

达默龙停了一会儿。他告诉我，曾有一度，班克斯的渔民可以在小海湾一带掘到大量蛤蜊诱饵。一公顷的蛤对任何人来说，都是再好不过的养殖了，但如今，人们趁潮落潮长时掘蛤，至多挣上一个美元。过去，每次潮汐都有四到六美元好

---

① 《约瑟在埃及》，德国作家托马斯·曼（1875—1955）的四部曲之一，颂扬犹太人，反对纳粹种族主义。

赚。D说，是海鸥毁了蛤田：它们啄食掘蛤人留下的蛤种——也就是耙子耙出的小蛤，小得不值得收获。政府自然保护海鸥，但D认为，应当消灭海鸥，免得它们灭了我们。海豹是龙虾的克星。在D看来，海豹和海鸥都是敌人，需要提防，同德国和意大利一个样。

有流言说，我正在竞争中学的校董一职(莫名其妙)。D告诉我，不争最好。“你会给人杀了。”他说他昨日听到山鹬叫，他乐意带我去那边，看山鹬在空中飘摇。

星期一。我家的猫，叫戴维，卧在我身边，这般安排实在很不称心，它让我染上鼻喉黏膜炎。

我对猫敏感，如此一来，本是给屋里添一丝安详情调的猫，失去了它的全部意义。

星期二。今日，从维也纳来美的朋友那里得来消息。他们持旅游者护照，可以逗留一年，但他们说，经历过欧洲有今天没明天的生活，一年对他们恍如永远。他们虽说是雅利安人，但反对希特勒的政府，满怀期望地耐心等待它终结。他们说，维也纳的大多数公民都是如此。

在维也纳，唯一的话题是族谱。出门去拜访朋友，一晚上都在讨论族谱图中的各个分支。血统问题事关重大，没人顾得上其他事情。作家的妻子的祖母是犹太人，因此不得写作；医生的同父异母或同母异父姐妹缺了雅利安人特征，因此不得行医。“这些优秀的人正在死去，”我的朋友说。

“但我们不能谈论此事。到处都是暗探。我们在维也纳不敢说话。”

星期三。今日暖气回升，直达地面。阳光钻入积雪，沟渠涨水，活泼泼地汩汩流淌，院子里为跨越泥泞搭起木板，沿途光照强烈，充足。遮盖狭长花坛的云杉枝条下，雪花莲爆出第一茬绿芽，坚不可摧。我踱向邮箱，一只歌雀在付寄的信件上盖上了它的特殊印记。不过，春天是在黄昏时正式开始的，当时，我进入育雏暖房，将一把刨花丢到炉子里，划着火柴，凝视一炉火苗，它必须不停顿地连续燃烧六个星期（每星期降低五华氏度），温暖将在明天，一百英里之外，星期四的濯足节[①]时孵出的二百五十只鸡雏。

星期四。今天从报纸上读到天主教在纽约大主教区建立学校联播网的计划，这项计划视他们能否找到商业赞助者而定。我想，这则消息至关重要，远非今日在中欧的入侵可比。虽然教会办学不是我们美国公立学校的模式，但大多数儿童疾病是传染性的，毫无疑问，最近的这个也会传染。让所有儿童听到一位成人的声音，即使只好仰仗商业产品来出资，这种想法确实很诱人，很难迟迟置之不理。此类传播势在必行，正如一个乐团免不了去伺候上百个饭店的餐厅，派生的音乐称为米尤扎克背景音乐[②]。费用可由甘草糖生产商来支付，而他自然就成了国家的一支主要教育力量，双手控制了让人垂涎的音响播放

---

① 濯足节，基督教节日，因行濯足礼而得名，在复活节前的星期四举行，又称“圣周四”。

② 米尤扎克背景音乐，美国的米尤扎克控股公司录制的背景音乐，通过广播系统在饭店、商场、工厂等处播放。

权。或许不待词句印成文字，各大主教区总部已经直接对教室广播，一栋房屋的又一堵墙将轰然倒塌。教诲将出自专家——隐身的专家，用一种非人的声音讲话，向隐身的学生传授灌制的课程，这都拜广告产品之赐。

天主教传播系统的一位提倡者解释说，这是应对教学中不测事件的一个最有用的手段——例如考试中含有不公正的出题，已经发往学校。“注意！”他说，只当自己已经与孩子们连线。“六年级第二学期算术试卷有误。问题三，第二部分不属于……”云云。

随后会有短暂间歇，收听教区的确认，外带两分钟甘草糖插播广告。

考卷有误和不公正出题这类不测事件，在我看来，不过是可由政府资助的声响系统来对付的更大不测事件的缩影。一旦时机成熟，最边远山区最狭小的教室中，也会响彻政府教育官员的声音：“此后，所有儿童只须阅读棕皮书，举起右手，宣誓效忠美利坚第三王国，欢呼‘嗨尔，皮博迪[①]’！”

我一直在想谁应当是美国教育网的最佳赞助商，这个全国性的联播网，将指导从东海岸到西海岸的所有儿童，号令他们。我确定这个名头非麦片公司莫属，因为麦片公司以手电筒为奖品——在一所渐趋黑暗的屋子里，电光将帮助孩子们找到出路。

星期五。今早约翰·麦克纳尔蒂来信，他是我最中意的通

① 皮博迪，即伊丽莎白·帕尔默·皮博迪(1804—1894)，美国教育家，曾开办美国第一所幼儿园。

信者，写的不多，都是我们二人同样关注的问题。信的开头是："亲爱的安迪，请详尽描述韦厄氏煤气灯白炽罩的购买和安装。具体说明：（一）携白炽罩回家和出自哪类商店。（二）所放入盒子的类型和取出方法。（三）用新的白炽罩取代原来的白炽罩。（四）描述接下来的步骤以及伴随发生的任何场景，只要可能让旁观者高兴。又及，阿尔巴尼亚遭到入侵前夕[①]，碰巧我整个下午都在琢磨韦厄氏煤气灯白炽罩。"

① 一九三九年四月七日，意大利入侵阿尔巴尼亚，国王索古一世被迫流亡，阿尔巴尼亚沦为意大利的受保护国。

电　影

（一九三九年五月）

镇里没有电影院，因此我看的影片不多，但我阅读《电影》杂志和日报，随时关注奥林匹斯山[1]。大体说来，这是比看电影更高级些的娱乐——虽然我很怀念人猿泰山和拉穆尔[2]，而且，我对电影中树木的研究，进展也不是很快，这项工作我已经坚持了数年。

报纸自然不断奉告影星们的婚庆嫁娶、生老病死、分居离异和进账多寡。盖博[3]娶了隆巴德[4]，我知道。托恩[5]与克劳馥[6]的路走到尽头，我也有耳报。分居和离异飘散柑橘花的淡淡香气，一如结婚和私奔，同样浪漫的美好情谊。在我看来，电影业最有趣的成就之一是，它让不和谐在美国成为一种精致的美。诸神离异充满柔情蜜意，凡人婚配始终带些肃穆的忧伤。演艺界中男人与女人过不下去，总有些地方让人唏嘘不已。

当一切都完结，最后判决下达，相互间反倒越发体贴，人们看到，两人比以往任何时候，都更多地腻在一起。《电影》杂志的一位撰稿人，将此事说得透彻无遗。他讲述了海蒂·拉玛尔[7]与吉恩·马基[8]婚姻的内幕故事，这段因缘，无论在其他方面如何般配，都不曾得到渲染，只是到后来，马基先生与琼·贝内特[9]结缡又分手，才被称为“好莱坞的天作之合”，雷金纳德·加德纳先生[10]还曾赠予(拉玛小姐)价值五千美元的游泳池，所以，干脆又被称为五千美元游泳池。这位撰稿人讲述了马基先生在贝内特小姐还他自由之后，如何再度现身好莱坞，周遭女星云集，光彩照人，但他对她们的殷勤，却比不上对前妻的一半。“他们秉承好莱坞优良传统，”记者说，“始终是一对挚友。”

---

① 奥林匹斯山，好莱坞一处重要地段。

② 拉穆尔，即多萝西·拉穆尔(1914—1996)，美国女演员，一九三六年出演《丛林公主》中在丛林部落中与老虎一道生活的女孩乌拉，被誉为“女泰山”。

③ 盖博，即克拉克·盖博(1901—1960)，美国演员，全盛时被称为“好莱坞影帝”，曾主演《乱世佳人》。一九九九年，美国电影协会在“历代最伟大男影星”中将其排名第七。一九三九年与隆巴德结婚。

④ 隆巴德，即卡洛尔·隆巴德(1908—1942)，美国著名女喜剧演员，也在“历代最伟大女影星”排名中。

⑤ 托恩，即弗朗肖·托恩(1905—1969)，美国舞台、电影、电视三栖演员。一九三九年与克劳馥离异。

⑥ 克劳馥，即琼·克劳馥(1905—1977)，美国女演员，美国电影协会在“历代最伟大女影星”中将其排名第十。

⑦ 海蒂·拉玛尔(1913—2000)，奥地利人，原名海德维希·爱娃·基斯勒，早期在欧洲电影中崭露头角，十九岁出演《销魂》一片，名声大噪。后逃离纳粹政权，成为好莱坞影星，还曾发明跳频通信系统，为现代无线电通信作出贡献。

⑧ 吉恩·马基(1895—1980)，美国作家、制片人、电影剧本作者，曾为功勋卓著的海军军官。

⑨ 琼·贝内特(1910—1990)，美国舞台、电影和电视三栖女演员。

⑩ 雷金纳德·加德纳(1903—1980)，电影和电视演员，出生于英国，后移居好莱坞。

我毫不怀疑，随处可见的后婚姻时代的友爱传统，势必对我们国家的文化产生影响。有时，人们听到离婚庭的法官表示不悦，但美国的青年男女却欣然接受。婚姻成为人生一课结束后走向浪漫生活的踏脚石。婚礼进行曲，不过是伴随前配偶之间卿卿我我而响起的性灵畅想曲的一个过门儿。

还有些事情，好莱坞做过，且还在做着。经年累月，它坚守了一种生活标准，远远超出观众日常习见的一切，如此一来，它就向观众传递了一种感觉，以为自己也跻身于这个梦幻世界中，确信它的标准就是定规。最近，我看罢《卿何薄命》这部影片，注意到此一现象。

影片中，贝蒂·戴维斯[①]饰演的名叫朱迪的富家女，发现自己只剩下几个月好活，放弃了在长岛声色犬马的奢靡生活，转而与她号称“名医”的新婚丈夫一道，幽居佛蒙特。佛蒙特的家自然是个好去处——地点绝佳，一切都井井有条。在一个场景中，朱迪谈及新生活如何令她开心，讲了大致下面一段话：“人们何必为马和别的种种搞得生活一团糟，在那里〔长岛〕，我拥有一切，活得很悲惨。而在这边，我一无所有，反倒很幸福。”

我要探究的就是这番关于“什么都没有”的风凉话。须知，她的宅子是翻修过的新英格兰农舍。发表议论时，人在花大笔钱装潢一新的厨房中。里面有崭新的巨大电冰箱，价值大约二百五十美元，或是三百美元。还有搪瓷炉灶和（我以为的）

---

① 贝蒂·戴维斯（1908—1989），美国电影、电视、舞台三栖女演员。一九九九年，美国电影协会在“历代最伟大女影星”中将其排名第二，仅次于凯瑟琳·赫本。

莫内尔金属洗涤槽。过来人都知道，这些东西离不开钱。厨房里还有两名女仆和两只英国长毛犬候在旁边。女仆之一类似女管事，另一位是厨娘。我猜管事每月得挣上八十美元左右，这钱却挣得不易，另一个场景中，朱迪一头扎进厨房，手上端的盘子堆了精心烹饪的食物，吩咐将它丢出去，因为她懵懵懂懂地误入医生的实验室，食物接触了细菌。这种颠三倒四的生活够管家受的，管家隐忍不发，想必报酬颇丰。

好吧，我们且算她八十美元一个月。厨娘很可能是六十五美元。

现在，来看看朱迪贬为“一无所有”的其余这一切。住宅是一所很大的殖民地时期的农舍，翻修一新后舒适得宜。现今的佛蒙特，作家和艺术家多如牛毛，照此看来，此类宅子显然颇具市场价值。我得说房地产税每年可能要两百到三百美元左右。保险再加上两百。或许，对这位名医一千五百美元的抵押借款每年还要收取九十美元的利息，医生将宅子抵押出去，或是不得已而为之，或是有人告诉他，宅子有一笔小额抵押，卖起来更容易。

至于食品、供暖、照明、维修等等，我是匆匆记下的，根据我对那里住宅、场院、仆人连同一般生活状态的模糊印象，每年的开销随便一来也须合计如下：

税务	$ 250.00
保险	200.00
利息	90.00
供暖(15 吨混合煤块，每吨 16 美元)	240.00
电和动力(水泵)	184.00

电话和电报	116.00
管家	960.00
厨娘	780.00
园丁-司机	1,100.00
维修	210.00
种子、化肥、谷物	200.00
两辆汽车的牌照、税、保险	120.00
家具	100.00
电影、书籍、医学杂志等等	200.00
慈善活动	150.00
邮票、文具	362.00
杂项	500.00
人寿险	350.00
旅行	400.00
食品	1,900.00
木料、五金制品	60.00
饮料	150.00
个人税	1,500.00
兽医	10.00
两只长毛犬的肉食、甜饼	45.00
衣物的洗烫、干洗	470.00
煤气和汽油	346.00
衣服	700.00
	$ 11,693.00

我认真编制出上述预算，相信它是稳健的，符合我对新英

格兰房地产和使唤三名用人的新英格兰家居标准的了解。因此，似乎可以说，朱迪小姐认为在“一无所有”的境况下找到安宁的这个小家庭，需要有人(很可能是她的名医)每年破费大约一万一千到一万二千美元。

仔细想来，有趣的或者说发人深思的是，观众与我一道摸黑坐在那里，发愁朱迪的病痛，分享她在“简朴”环境中生出的愉悦，对他们来说，这种幻觉却是好极了：在此短暂的电影时刻，这幢一万二千美元的庄园实在无所谓。它代表了终极的简朴，绝对的经济底线。眼见得我们已经沦落到好莱坞水平，仍然念念不忘最终摧毁了罗马的那般奢华，这委实令人不安。

波 士 顿 狸 犬

（一九三九年五月）

骆驼牌香烟广告推出一只悠闲的波士顿狸犬，我想发表点不同意见。我可以在某种程度上担待烟草商，但说到狸犬的禀赋和习性，我必须坚持自己的立场。

广告说："狗的神经系统与我们相似。"我却不认为狗的神经系统与我有一点相似之处。狗的神经系统自成一体。非要与什么东西相似，那也是联合爱迪生公司的发电厂。波士顿狸犬尤其如此，骆驼公司的人如果不知道这点，想必从没与狗打过交道。

广告说："狗的神经疲惫时，服从直觉——他松弛下来。"我承认，这倒是真的。但我得提醒注意这样一个事实，有时要几天，甚至几个星期，狗的神经才会疲惫。说到狸犬，可能要几个月。

我知道一只波士顿狸犬（他已经死去，据我所知，是松弛了），他的神经始终紧绷，从某个六月的二十五日直到接下来的七月六日，没让家中任何人有片刻安宁。他是只老迈的狗，一只眼瞎了，尽管体虚，精气神儿却不稍减弱。在我说的这段时期，这段他兴奋到极点的闻名时期，他不仅恣意吵闹，惊吓他最亲近的朋友和旁观者，还给出了极其聪明的理由。他说这是因为爱。

“我在爱，”他叫道。（他会像个受了委屈的孩子那样喊叫。）“我在爱，我要发疯了。”

没日没夜，都是如此。我使出一切办法来安抚他。我试过黑暗、冷水泼脸、呵斥、长时间慢声细语、灌热牛奶、威胁、许诺，乃至在远处幽闭。结果，大约一个星期过后，我出门上路，找一位太太商量，她拥有我家㹴犬热恋的对象。是她最后挽回了局势。

“噢，”她无可奈何地说道，“果真糟成这样，那就让他来吧。”

我没想到事情会如此简单，不过我从来都很保守。需要交代的是，情况表明，事情并非如此简单——一天夜里，㹴犬求爱归来，给一辆汽车撞上，髋部完全瘫痪，但他的神经系统却没有消停下来，那只苏格兰小母狗回到华盛顿，做了剖腹产。

然而我与骆驼公司的人还有话说。并非只有爱情，能让狗的神经始终保持兴奋状态。在我看来，终此一生，狗比任何生物都更加着迷于一个对象、一个主题、一个物体，怀着坚定不移的目的去追求，如果不是闹腾得太过，确实可以带给人类一些启示。一只狗专注于此，另一只狗专注于彼。我小的时候，有一只毛发平滑的猎狐㹴（那时候，人们从没听说过毛发不平滑的猎狐㹴[①]），活到后来，忽然对一块石头发生兴趣。石头有鸡

① 㹴犬有两个品系——平滑毛猎狐㹴和硬毛猎狐㹴。

蛋大小。在我的眼里，它与千千万万块别的石头没有两样——但对他来说，这就是一块魔石。

他日日夜夜与那块石头相伴，带了它睡，带了它吃，带了它戏耍，分析研究它，带了它出门遛弯儿（人们常常见他离家三个街区，一路小跑去完成天晓得什么使命，石头就叼在嘴里）。他通常宿在家的门廊下，半是温柔，半是任性地咀嚼那块石头。他入睡后，只是享受一种肌肉悬垂：他的神经仍很活跃，摆布床上用品，颠过来，倒过去。

他允许人们代他扔那块石头，人们也乐得去做。但如果石头扔到他够不着的地方，他会高声吠叫，为了公众的安宁，必须快些捡回来。他是如此地痴迷，脸上生出皱纹，年事未到，已经显得老了。我想他是常常担心有人将石头扔到湖里或沼泽里，再也找不回来。他磨损了嘴里的每一颗牙齿，磨损到牙床，牙齿成了残存的一处处棕色的凸起。他的气息很难闻（他没日没夜地气喘），眼睛闪射出诡异的狂热。他死于同另一只狗的争斗中。我始终怀疑，这是因为他在鏖战中还要把石头噙在嘴里。骆驼公司的人不妨听我一句话：狗是对全部松弛理论的活生生的否定。他是神经紧张的典范，从他第一眼看到沾满黏液的小石头，直到他死。

骆驼香烟广告说的是人类如何“刺激”自己奋发努力——这样，他就可以在应当停下时，还能没完没了地坚持。推论的结果是狗从不如此。但我身边恰恰有一只狗，对自己刺激之强烈，驱动之长久，从不见哪个人能做到。这狗是一只獾狗，他对数不清的事情着迷，我且不拿那些长长的无聊把戏来打扰各位。眼下，他的研究课题（或者说癖好）是妻子圣诞节时送给我的黑白相间的小猫，妻子认定，我生活中需要些别的什么东西，也可以迅速从房间的一处跑到另一处。猎犬自圣诞平安夜小猫“悄悄”入住地下室后开始他的研究工作，如今，五个月过去，当了博士，每天晚上还要工作到夜深。他如果写一本猫论，《中心镇》只怕就成了智障儿童的作品。

我很乐意骆驼公司的人前来，对处于某种松弛状态时的这只狗作一番研究，但他们需要带上自己的测震仪。他甚至舒适地蜷缩在椅子上，梦着他的猫，仍像山杨树一样抖动不停。

未 来 的 世 界

（一九三九年五月）

我确实没准备去看上个星期的世界博览会[①]，当然，它也没想着迎接我。我们二者之间，很有点夹缠不清。

实际上，博览会开幕前夕，我的筛窦炎发作了，这就意味着，我去看博览会时，得在《先驱论坛报》里卷上一盒舒洁纸巾。当你不能用鼻子呼吸的时候，未来却似乎莫名其妙地与以往没什么两样。博览会呢，也有它的麻烦。它找不到它的领扣。我们各自的难过却让我们亲近了许多，我发现，世界博览会与我实际上都需要同一个东西——一个清朗、温暖的日子。

通往未来之路要经过皇后区的很多烟囱管帽。这是一段我很熟悉的漫长路程，经茅斯菲德洗发店和莫比尔加油站，穿越布利斯街，那里商店林立，卖基克斯凉鞋，卖阿斯汀-奥索尔漱口水，卖豪华汽车座罩。再掠过特克斯防水膜店，蓝樫鸟鸡眼膏店，掠过马斯特罗芥子膏店和一个人口稠密的镇子，镇子上，从来都引人遐想的后院里，果树缀满粉色的小花，再走过泽默店、阿尔卡-塞尔策药剂店、露丝宝宝糖果店，接着是奥登特牙膏店和富达国民银行，又经过衍架、环形路，还有树下晾晒的衣服，大模大样地招摇，树枝爆出嫩绿的叶芽，点缀皇后区无边的春色。忽然间，你就看到了未来，男人梦想的第一个暗示——白色的球和三角碑[②]——还有坡道，各展馆飞扬的彩旗，连同对灿烂未来的美好希望。要不是那家舒洁纸巾展台，我简直以为走近了卡米洛城堡[③]的竞技场，男人们都在跃跃欲试地等待出场，为荣誉而战，大墙以外，鲜艳的旗帜下，站满骑士和夫人。但朝旋转栅门的另一侧仔细望过去，却发现那不过是亨氏公司[④]与比奇-纳特公司[⑤]在竞技——还是那套古老的程式，但场子更大些，可以容纳更多的看客，周遭的设施也完善多了。

博览会现场给横横直直的街道分成蜂巢状，街道宽阔、热闹，郁金香在狂风中摇摆，远处传来隐约的唱诗声。沿途有许多长椅，供人歇脚或闲坐，虽然科学不足以抵御寒冷，这让我心烦，脚步也慢下来，但球与三角碑却召唤我向前。而接下来的事情，似乎也没让我感到过分吃惊，须知，经过多少个月的企盼，经过多少艰辛与苦痛，我才手里拿了纸巾，最终抵达未来的门槛，我才踏上白色阴茎的基座，最终来到售票亭前，与带有小圆洞的玻璃窗后细栅遮挡的女孩面面相对，准备好最终

---

① 一九三九年四月三十日至十月三十一日，美国在纽约举办世界博览会，主题是“未来的世界”。

② 即纽约世界博览会的标志性建筑——球形展馆和尖碑，分别高二百英尺和七百英尺，有螺旋坡道相连。

③ 卡米洛城堡，传说中英国亚瑟王的宫廷所在地。

④ 亨氏公司，美国老牌食品公司，成立于一八六九年。

⑤ 比奇-纳特公司，美国老牌婴儿食品公司，成立于一八九一年。

去见谁也不曾见过的事物——未来，就在这当口儿，眼前的窗子却迎面关上，一个现代声音漠然地说：“请稍等几分钟。”然而，我似乎并没有感到过分吃惊。

与未来打交道就是如此。虽然格罗弗·惠伦[①]魔术师般点化了它，但还是需要少安毋躁。

排在我身后的太太也不吃惊，但像是有些疑虑。

“有什么不对头吗？”她急切地问道。

“没事儿，夫人，”警卫说。“球体遇上点小麻烦。”

这位太太满意了。“那边是不是出什么岔子了？”她问道，抬头望过去，几百年来浮在法拉盛草场[②]上空的灰色雾气中，环行球静止般地缓缓转动。

“哪能呢，夫人，”他答道。“这是世界上最长的自动扶梯，走起来很慢。”

我计算了等待的时间。二十分钟。对一个等待了一生的人来说，还不算坏。

进入环行球，渐渐升高后，事情很大程度上取决于你碰巧何时抵达自动扶梯顶部，摇摇晃晃地侧向进入两个移动环形看台中的一个，随看台在人之城上方无休无止地旋转。如果你在日暮时分到达，事先也不知道自己是给自动扶梯引领向上，送到侧面的旋转平台，这番经历必然刻骨铭心。我很幸运。但人之城初现在我急切的目光之前时，昏暗得像是走廊里的隔断，有那么几秒钟，我甚至没察觉我是在移动——除了腾空的感

① 格罗弗·惠伦(1886—1962)，时任纽约世博会公司总裁。

② 法拉盛草场，纽约地名。

觉。要不是听到卡藤伯恩[①]先生的声音，我的孤寂感本会没来由地益发强烈。

“向晚时分，”他以科学打造的沙哑而庄重的嗓音说，“人人赶回家中，这里有孩子、安逸、邻居、娱乐——城市规划缜密，美好生活一应俱全。”

那里，脚下紫色光芒中颤动的，是一片高楼，我的两眼逐渐适应了这里的光线，依稀辨认出它们的轮廓，“人们携手同心，建设美妙的新世界，［老天，多么夸张的声音!］他们将头脑、肌肉、信仰与勇气结为一体，推进崇高事业，为统一与和平而奋斗。”

我不知道我在里面用了多长时间。或许十分钟吧。不过我从大圆球中走出来，开始沿螺旋坡道下行时，天下雨了。

一些人的鼻子，状态比我稳定，他们对博览会应当了解得更多。我把这一切都看作一个梦，梦很贵重，应当用薰衣草收藏起来。这地方规模巨大，头几天，其实是个不利条件，飘忽、寒冷、喧嚣，还有那种刻板的崇高氛围，朦胧浮泛，许多商业展览争相浸润于其中，所有这些，凑在一起，带来了十一月中旬海滨胜地黏糊糊的感觉。但同样是这般巨大，待温暖、清朗的日子来临，忽然成了博览会最宝贵的资产。昔日的废墟，抖落层层残颓，成就了上帝赐予的大地上前所未有的景观，夏日凉爽的夜晚，春天艳阳下的清晨，这里必是个妙不可言的去处。毕竟，没人能够穿了厚厚的大衣拥抱“文化”。

建筑相当有趣，处处都以大取胜，令访客不由得一阵悸动，仿佛置身于某个别出心裁的所在，充满渴望，有时甚至让

① 卡藤伯恩(1878—1965)，美国著名广播电台评论员。

人狂喜。博览会一反常规，由着自己向嘉华年会、马戏场、游乐园靠拢。诸般建筑(有二百座之多)，各有特点，带点炫耀，时不时地还能发现某种美感。它们在强光照耀下，效果最佳。就像迈阿密海滩的别墅，其在阳光下，恍如白皙的皮肤佩了藤荫结成的项圈，美得不可思议，而在阴天里，每一处丑陋装饰上的灰泥斑点都清晰可辨，又显得那么平庸、压抑。二十世纪的这个大集市的设计者颇具头脑，始终不忘让人舒坦。经验教会了他们许多。现代观光方式是这样的：坐在椅子上(戴耳机)或站在平台上(可转动，有玻璃屏障)，或坐，或站，都有人神秘而恭敬地把你想看的景致搬到眼前。明天的展厅，没有挤挤撞撞的场面。没人闲逛，通常也没人吸烟。即使在娱乐区活色生香的表演中，水手也要端坐在玻璃后面，欣赏人体美。这个未来的世界，实在很严肃，没点人情味。在通用汽车公司的未来大全景展区坐行一遭，感觉大致和游览圣约翰大教堂[①]差不多。价值五百万美元的微观乡间美景在你面前徐徐展开，活动画面，设计师是诺曼·贝尔·格迪斯[②]。解说者的声音极其诚恳，充满了对高速出行这一终极目标的虔诚信仰。公路呈带状，纵横于一九六〇年焕发了青春的富饶的美国大地上——展望来日，左转环道畅通无阻，交叉路口从此消失，城镇向你致意，但不会挡你的路，机械运动的黄金时代。夜色降临在通用汽车公司的展区，你朝后仰在靠垫椅上(你在活动，世界是静止的)，耳边有柔和的电子声(从椅子深处发出)，向你描述一个更

---

① 圣约翰大教堂，位于纽约曼哈顿阿姆斯特丹大道与一一二街交界处，始建于一八九二年，至今尚未完工，据称建成后将为世界最大的哥特式教堂。

② 诺曼·贝尔·格迪斯(1893—1958)，美国著名工业设计师，在此次博览会上为美国通用汽车公司设计了“未来世界”展台。

美好的生活——完全建立在汽车轮子上的生活——此时，强烈的迷药已经渗入血液。我不想醒转来。我喜欢紫色光照下的一九六〇年，以每小时一百英里的速度，绕行匪夷所思的环道，驶向完美未来的打了保票的城市。直到我经过一处苹果园，瞥见花季的果树，每一株都有玻璃遮盖，才恍然意识，如同所有梦幻一样，即使是通用汽车公司的梦幻，也会留下些关于未来的问题，难以索解。未来的苹果树，笼在不可接近的遮盖下，繁花绽放，这让人停下来反思。小男孩儿还怎样爬树呢？小鸟又在哪里筑巢？

我在博览会上记下了几则笔记，从中可以理出一些线索，说明未来的日用和特征。

未来，人和物品不是自上而下照明，却是自下而上。树木从下边照明。甚至旋转挤奶器上的母牛也是如此——埋设的泛光灯照亮它膨胀的乳房。

未来，众人只须有一个声音就代表了。但它有点儿心虚，不停测试自己的发声，它说：“嗨，一，二，三，四。嗨！一，二，三，四。”

地毯不会消失，但未来，婴儿的摇篮是用铁丝罩住，防止绑架者。

未来，事事没有商量。你要么接受，要么拉倒。水手还存在(两相对照，你的孤独感会少些)，也有音乐。

未来的客厅里，有下列摆设：宽幅地毯、人造康乃馨、电视播放机，连续播放别的什么地方什么人或什么事的影像、玻璃鸟、铬钢灯、陶制斑马，几个贴面书柜，装了无形的书、另一个书柜，绵延不断地吐出新闻小报的字带，还有新月状的丝绒小双人椅。

未来，大部分声音都不是声音本身，而是声音的记录，或是电子化的声音。比如母牛，“哞哞”的叫声不是来自母牛，而是来自你头顶的一个小孔。

未来，总需要点破费。我在曼哈顿与出租车司机核实了这一点。他对博览会赞不绝口，又说不曾看过，实际上，可能根本不会去看。“我到那边转了，算计下来，我和我老婆要想从头到尾，瞅舒坦了，不是我抠门儿，五美元的大票子啊，闹着玩儿的。干我们这行儿，负担不起。”

未来没有气味。一九三九年的博览会，除了其他，还消除了人的体臭。这场梦幻，就更是没了人情味。乡村展区还好些，你可以倚在牛栏的横栅上，嗅牛的味道。面对给玻璃遮挡的女孩，不是只有水手无奈，甚至“斯威夫特超值熏肉”这样一个有益身心的展区，推出二十个情意绵绵的女郎，也密封在玻璃罩里，令消费者可望而不可即。

在人之城，卡藤伯恩的声音说：“他们走来，一路上欢歌笑语。”但事实是，博览会现场，很难听见欢歌笑语。电波传送的欢笑很多，自发的欢笑很少。我注意到，未来的歌曲大都由昨天的歌手演唱。实际上，惠伦先生倘若为了改进展出，想听听我的建议(不过我有理由相信，他无此兴致)，我会请他掐掉几根电线，雇两三个乐队，弄些有趣的花样出来。未来的世界，欢乐不是它的主调。最终，我是在寒夜将尽时，远离娱乐区的地方发现了欢乐。帐篷里有几个黑人，他们欢笑，叫闹，陪伴一个美丽的棕色皮肤的肚皮舞娘。

让我吃惊的是，另一个充满欢乐的地点是美国电话电报公司的展区。这家老牌电话公司挖空心思，推出了博览会上最精彩的节目。任何人，只要抽中幸运号码，就能获准打一个长途电话，随便打到美国哪个地方，观众也有特权，可以戴耳机旁听，肆无忌惮地开怀大笑。要想充分理解此事的神奇，你得明白，成千上万的人从来没有打过或收到过长途电话，于是，埃迪·潘查，得克萨斯州埃尔帕索一家餐馆的伙计，听电话里传来玄妙的声音，“纽约长途……请讲”，不由得目瞪口呆，手足无措。一个名叫戴维·瓦格斯塔夫的小男孩中奖了，获准与他在马萨诸塞州斯普林菲尔德市的父亲通话，讲述他在博览会上玩儿得多开心，我有幸戴上耳机旁听。玻璃电话亭前挤满人，吵吵嚷嚷，戴维头上端正地戴一顶崭新的小布帽，径直走向电话亭，用微细、羞怯的声音请接线生接通电话。但他的父亲不在，戴维冷不丁必须向一位亨利先生说他的故事，这位先生恰巧来接听电话，听到小戴维·瓦格斯塔夫从纽约传来的声音，必是以为戴维的妈妈在布鲁克林-曼哈顿捷运公司给车撞了，戴维担负起了男人的职责。

“你说，戴维，”他显得紧张。

“告诉我父亲，”戴维开口说话了，慢声细语的，字斟句酌，决心承受这次幸福经历，毕竟，这是他在世界迄今最大的博览会上赢得的幸运。

“我们坐火车了，还有……还有……旅行很愉快，在纽黑文，他们卸下一节车厢，又挂上一节，逗极了，动静可大呢——咣当！”

随后的三分钟里，戴维又对未来世界和光明城堡赞叹一番，小男孩随口说来，零零碎碎，不成片断，许多人一旁观望，头脑开始麻木，与此同时，环行球也开始缓缓漂浮。亨利先生，隐形的、惊诧不置的亨利先生始终礼貌而宽容地保持了沉默。我不知他在想什么，但我宁愿拿螺旋坡道来交换一份他向戴维的父亲复述男孩口信的抄本。

我自己对博览会的记忆，像戴维一样，也渐趋含混。如此高深的文化，如此众多的美与进步，人只能记取一星半点。我记得夜色中的树木，裹了细麻布瑟瑟发抖，枝杈向光的一面现出怪异的阴影。我记得喷泉在光影下鸣溅，我记得端坐的女孩，那么纯净，那么具体，指尖一动，就合成了一篇演说——但话却不是她要说的，他们不想听她藏在心里的话。我记得微缩的斯图尔桥之狮[①]，喷着浓烟，飞驰在贯穿全美的铁路上。但我对博览会的印象，大都消退了，留住的，只有戴维·瓦格斯塔夫的声音，还有他头一次出远门的满心欢喜；数百万美元花费在一个想法上：我们的火车和汽车应当跑得更快，更平稳，但孩子可不管平稳不平稳，他只记得动静好大——咣当。

于是，（就像那声音说的）人还在继续梦想。梦仍然是个矛盾，是个谜——生物学家透过显微镜窥视细菌，水手举了双筒望远镜窥视脱衣舞女郎，都有锐利的目光，都有热切的希望。在外面的杂耍区，正对亚马孙河展区，女人裸了一只乳房，召唤来往船队，掩起另一只乳房，敷衍惠伦先生，有一个机械人——大个子男性，扎白领结，穿燕尾服，阔大的双手，戴橡皮手套。每次演出开始时，在招徕观众的家伙的鼓噪声中，有两三个姑娘走出来，坐在机械人的大腿上。那场面很是淫亵——特大号男人，用他的橡皮大手，摸索小姑娘的乳房，姑娘用她们的小手（相形之下，那么小，那么真实）推拒，制止他

① 斯图尔桥之狮，一八二九年，美国铁路上行驶的第一台机车。

的机械情感的不可思议的冲击。这就是哑剧风格的世界博览会，乃至一切博览会；这就是成就了博览会的奇异的杂拌儿梦幻：英雄好汉，冷漠，完美，硕大无朋，按照自己的想法，用他的手(橡皮的，且无菌)演示一个小小愿望——温暖的、有生命的乳房。

瓦尔登湖

（一九三九年六月）

尼姆斯小姐写给亨利·戴维·梭罗的一封信。亲爱的梭罗：那日下午，我想起你，当时，我正以五十英里的时速驶在六十二号公路上，快要接近康科德[①]。这是个让哲学家在人的头脑中定格的高速度，但在这个世纪，我们却是灵动的一群。

村外一块草地上，有女人用割草机在割草。引我想起你的，是那眼见要从她身前逃逸的机器，虽然她身手了得，场面乍看之下，倒像是草地在刈割这位太太。她紧紧抓住手柄，随着单缸发动机的每一声爆响猛烈颤抖，后来，她急转过灌木丛，颠动着一路小跑，跟在她的莽撞的仆人后面，看去就像只小狗，抓了什么不堪重负的庞然大物。康科德变化不大，仍以农家器具和牲畜为主。

不妨明言，我来康科德，乃是有意探访你住过的林丛；虽然我从不曾拜倒在哪位哲学家墓前，或向老派诗人们奉上花环，而且常常偏出正路一英里远，只为避开一些历史遗迹，但我无日不想亲眼见到瓦尔登湖。想必你乐意知道，你卜居湖边留下的笔记，成了一份日益重要的文献；眼见世界失去根基，似乎每过一年，它都更多些影响。我们或许迟早都会皈依超验主义[②]，无论情愿与否。众生面对的世界，日趋错综复杂，此刻，任何故事，说到个人的简朴(你的故事，写得最好，最是激荡人心)，都会呈现新的魅力；我们的财富增加了，幸福却没有，你报告了存在不靠物质来充实，它有某种令人尴尬的可信性。

我去瓦尔登湖的目的，同你一样，不是为了活得俭省，或活得滋润，而是为了料理一些私事，又能减少麻烦。车近康科德，时速四十英里、四十五英里、五十英里，双手紧握方向盘，两眼紧盯公路，路中央高拱处有时很适意(右转时)，有时很别扭(左转时)，一天车程后，头脑昏昏沉沉，我必须打点精神。是个美好的夜晚，亨利，全身只有一种感觉，透过每个毛孔吸取快乐，且让我袭用这样一句。田野一派深棕色，简易福特车拖拽的耙近来沉下它的耙齿；草场青青；头顶的天空，还是亘古以来的寥廓气象，你在牛津袖珍版的第一四四页可以读到。我能感觉道路借助车胎、车轮、弹簧、减震垫进入我的身体；我难道不能同样与大地息息相通？我自己的一部分难道不是形如花叶和青菜？——一个人拥有无尽的马力，然而部分又是花叶。

---

① 康科德，马萨诸塞州米德尔赛克斯县的一个镇子，因其在美国历史和文学上的重要作用而知名，拉尔夫 · 沃尔多 · 爱默生、路易莎 · 梅 · 奥尔科特、纳撒尼尔 · 霍桑等曾居住于此，梭罗则是康科德本地人。

② 超验主义，美国的一种文学和哲学运动，宣称存在理想的精神实体，超越于经验和科学。主要人物有爱默生、玛格丽特 · 富勒、梭罗等。

请与我一道走六十二号公路，它将带你去康科德。如我所言，这是个美好的夜晚。蛇露头了，死在公路上，呈血淋淋的S形，它的头给车轮碾过，肠子摊平，暴露在外。乌龟也来穿越公路，死于这番尝试，它的硬壳在橡胶轮胎冲击下粉碎了，尘世间的企盼(到公路那边去)从此消散。路边有一个标牌，称公路有“棉表层”。你不会知道这是什么意思，不过我也迷茫。现代化的改进中，有许多隐秘成分——我们惊叹，欢愉，却不知道喜从何来。行走在有棉表层的公路上，确实难得。

今日康科德周遭的文明，是城市、村庄、农场和庄园的一种奇异浓缩。房舍、院落和田畴，不像乡村，也不像城镇。死去的庄园主栽种的黄褐色山毛榉和青灰色云杉下，后人的奶山羊在啃食青草。门道下，停了改装过的客货两用轿车；葡萄架下，蹲着待售的幼犬。(但人为什么还要退化？是什么导致家族灭绝？)

时值六月，六月将它的不朽诗行传遍四面八方，用丁香，用山梅，用呵护郁金香正面的小小的网纱框。农家已将辛勤成果运进院子里，在油漆过的架子上排列大黄、芦笋、极其新鲜的鸡蛋，架子就摆在双面磨光的木瓦搭出的单坡屋顶下。从你拿起斧子，动手在瓦尔登湖畔搭起一个家，将近一百年过去了，但我饶有兴趣地注意到，在马萨诸塞州，哲学精神仍未泯灭：在一处空地上，几个男孩在搭建一个简陋的棚子，他们的全部心思和才能都集中在一堆乱七八糟的立柱和椽子上。他们也是从城里出逃，自由自在地生活在荒蛮和达观的状态中。

那天晚上，在小酒店里用过晚餐，我踱入暮色中，一边沉溺于我的汗漫的超验梦幻，一边将车锁好过夜(首先打开右前车门，然后尽力伸手到另一侧，拉起左前门和左后门的把手，直到听得咔哒一声，然后拉起右后门的把手，然后关上右前门但重新打开，记住钥匙还插在点火开关上，拔出钥匙，砰地关上右前门，推开钥匙孔的小盖，插入钥匙，扭动，拔出）。我们所有人都是这样做的，亨利。这有个名目叫锁车。据说是为了麻痹小偷，免得他们捋走旅行毛毯。为一块毛毯，锁四个车门。驾车人从不用毛毯，双腿的自由移动对操纵车辆至关重要；因此，他锁车是一种纯粹的、毫不利己的行为。我从来很少靠旅行毛毯获得基本热量，但为锁好它们，一向颇费心思。

夜来充满声响，有些声响唤起人的记忆。旅鸫仍然喜欢日落时分呆在新英格兰的榆树上。它们中间有很多歌鸫，白昼逝去时必然歌唱，杂沓的脚步声，又驱使它们麇集在人的住宅周围。旅鸫就像任何一个美国人，喜爱白房子、绿百叶窗。康科德仍然不乏这些。

你的镇上乡亲都在外面移动，少有人步行，大多数都在自己的车上；他们夜里在康科德发出的声响是一阵窸窣、一声低语。这声响缺乏坚定，完全不像火车。你生活在菲奇堡线不远处，当然知道，火车拉响汽笛，悲咽一两声，渐行渐远，烟雾中飘散下一缕记忆，抚慰耳朵和心灵。汽车，在乡间原野上绕来绕去，像是天生内耳的家蝇——它们嗡嗡作响，平息，停歇，发动，挪移，止步，急停，刹车，合成躁动的复调，格外磨人。

我漫步走来，一扇顶楼窗子里飘出乒乓球的橐橐声。鲁宾·布朗屋[①]前，停了一辆别克车。有人一动不动坐在车轮

① 鲁宾·布朗屋，鲁宾·布朗在1725年建起的住宅，鲁宾·布朗是康科德镇的马具工人，曾为北美独立前后的大陆军提供装备，与英国军队作战。据说第一面美国国旗即是在他的后院中升起。

前，帽子扣在头顶上，在听收音机中的《阿莫斯和安迪》[1]（这是一部多场景系列剧，没结没完）。安德鲁·布朗[2]的低沉嗓音，从车里传出，虽然来自二百多英里之外，并未因距离而失真。那时，星期日的清晨，你坐在湖畔，聆听阿克顿和康科德教堂的钟声，意识到横亘中间的大气是很好的过滤器。科学关照了此事，如今，声响保持了它的力度，无论距离远近。只要有人适当赞助，它就可以终古不息。

一辆消防车，出门试驾，从爱默生的老宅前呼啸而过，急切地准备好尽忠职守。谷仓顶上，圣马丁鸟上下翻飞，吱吱叫着。芦笋栽培者的肤色黝黑的女儿，身着裙裤、衬衫，系了扎染的头巾，骑自行车走过。这果然是个美好的夜晚，我回到小酒店（我相信它曾是你的居所），在水泥走廊上与老妇人们一道坐下摇晃。

次日清晨，我出主街，折入梭罗街，途经车站和梅纽特曼·雪佛兰公司，步行前往瓦尔登湖。是个空气清新的早晨，路过一片豌豆田时，我惊动了一位正在静静研究他的豌豆的农人。梭罗街很快接上一二六号公路，这是一条州干线。我们如今用数字标示公路，我们的速度太快，已经很少留意公路的风貌或特征，能记住它们的编号诚属幸运。（人们下意识地以为，只要他们坚持此项活动的时间够长，最终人人都能驾车到达某处，要不了多久。）你的瓦尔登湖就在一二六号公路上。

我知道，只要望见锦鸡快餐店，距你的林地避居处一定不

① 《阿莫斯和安迪》，美国的系列广播剧，一九二八年首播，直至一九四三年。主人公为阿莫斯·琼斯和安德鲁·布朗。

② 即《阿莫斯和安迪》一剧中的安迪，见前注。

远了——店里售卖喜乐牌冰淇淋、烘烤三明治、法兰克福热香肠、蛋奶烘饼、生发水和午餐。假如我是店东，我会增加米饭、玉米粉，还有糖蜜——只为追寻旧日时光。锦鸡偶尔也卖：那些大自然的爱好者有福了，他们希冀身临康科德其境，傍着湖岸消除疲劳，悠闲度日，只须面对一二六号公路上生活的一些基本细节。走过锦鸡快餐店，有一处地方叫作“瓦尔登之风”，是个歇息的好去处，门廊的立柱是锯成一节一节的百叶窗接成。门廊上有面哈哈镜，游客可以照见自己滑稽的影像，而此前，他们神奇地学到不带笑容地凝视普通的镜子。“瓦尔登之风”后面，阳光照耀的空地上，旅行房车里住了你的哲学后嗣，每辆房车都有你的棚子大小，但为了协调一致的目的围拢在一起。房车的住客同你一样，离开城市，寻求孤独，不管风雨阴晴，不管昼夜晨昏，只为改善当下的状况；但他们很快就会聚在乡村，陷入更深的泥沼。“瓦尔登之风”背后的营地刚刚醒来迎接早晨。地面给人踩踏坚实，阳光照临，烘烤空地上的泥土，加剧了忙乱的杂务事散发出的怪味。库什曼公司的面包车赶早送来一篮面包。营地的一只狗，见我走在路上，悻悻地吠叫。有人从房车中露面，拎只水桶，从林地的水龙头打水。

离开公路，我转入通往那湖的林丛，透过树枝，湖水赫然在望。林丛地面上，落满枯干的老橡树叶子和标本。纤弱的紫罗兰在展平的爆玉米花包装纸(granum explosum)下悄悄探出。我循了一条小径，下到水边。晨光中，湖面澄澈，碧蓝，像你许多次见到过的。浅滩处，一件浸泡在水里的男人衬衫缓缓漂浮。几只蝇子飞来迎接我，陪我来到你的林中小湾前，途中走过“禁止洗浴”的标牌，男男女女在上面涂满了名字。绕你的故地四下窥探，我突然感到一阵莫名的兴奋，蹑手蹑脚地迈步，只怕一不小心，蹬踏了其间消歇的百年。我来这里之前，听到了一些对我似乎很美妙的声音：我听到了你的蛙声，一声完整，清晰的“醉啊”，为我指引路途，这声音仍然嘶哑，庄重，纵贯岁月，就像乡村夜晚旅鸫甜美的鸣啭。但青蛙很快离去了，我看见几个小男孩向它丢石子。

石头上钉的一块铜牌标明了你的前院。几英尺之外，四个小小的花岗石桩，显示了小屋的位置。铜牌之上，晾了一条游泳裤，褪了色的蓝地儿上有一道白条纹。后面，堆了些石头，像是锥形的纪念碑，我想是访客为表示敬意堆起的。这一小堆儿石头委实寒碜，亨利。实际上，小山坡本身也颓败了，张牙咧嘴的；几株高而细瘦的松树，下半截光秃秃的，零零星星的青壮槭树绿得合宜，还有一些白桦和橡树，几棵上次大风中倒下的树木。我从连根拔起、倒卧在地上的松树树干上，抠出石块，摞到锥形石堆上——情不自禁的行动，却给附近野餐的一伙人那里跑来的小㹴犬打断了，它面对着我，想要弄清楚这石头的含义。

我在你房前的石桩上坐了一阵儿，听丽蝇和蜻蜓的嗡嗡声。闯入林间的空地在我脚下乱糟糟地伸展，但蜻蜓像旧日一样振翅飞动。你的废墟上有火的余烬，我怀疑那就是你燃的火；还有两个啤酒瓶子，给人踏入泥土中，成了大地的一部分。一株幼小的橡树在你的房屋里扎根，两三棵蕨类植物仿佛筵会上呵痒的羽毛一样摊开。其他仅有的装饰是一本杜巴里纸样，一张从画报上扯下的彩页，和油纸裹的面包皮。

离去前，我沿湖整整转了一圈儿，找到了东北侧你秋天晒太阳的地方，还有你撮沙子擦洗地板的湖岸。湖的东岸，与公路相邻，州里添加了游泳更衣室，有跳台的浮码头、陶瓷的喷嘴式饮水器、出租的划艇。瓦尔登湖实际上成了州立保护区，采摘野花要罚款二十美元，这是沃尔特·C·沃德韦尔、厄尔森·B·巴洛和纳撒奈尔·I·鲍迪奇等几位与你有同乡之谊的公民庄严签署法令规定的。人们修建通往公路的宽展的木阶梯和停车场的地方，飘来一股杂酚味。游泳的人和划船的人陆续来到；身体一跃扎入水中，再露头时已是湿淋淋的，丽日蓝天下显出美的韵致。我离开时，一船城里来的男孩子正在湖心撩拨水花，打闹个不休，少年人扯起嗓子有腔没调地高唱：

亚美利加，亚美利加，上帝将汝厚待，
赐予美德与博爱，从东海到西海！

我比照你的习惯，沿铁路走回镇子。烈日下铁轨喧闹着伸展，路基的斜坡上，野葡萄和黑刺莓的藤蔓攀爬上轨道。

我在康科德的短暂逗留，费用如下：

帆布鞋	$1.95	
棒球球棒	.25	带给一个小男孩的礼物
外场手左手手套	1.25	带给一个小男孩的礼物
旅馆和伙食	4.25	
总计	$7.70	

你瞧，这笔钱几乎相当于你八个月的饭费。我不能为鞋子或者食宿开支辩解：这表明了我生性的卑陋和粗俗，你会嗤之

以鼻。不过，棒球用具却是你一向不曾面对的一类障碍。你会记得，在你实践我所敬佩的那类节俭生活的木屋中，只有老鼠和松鼠出没。你从来无须对付游击手。

暑 热

（一九三九年七月）

夏日早饭后维克多牌唱机放送的音乐，给人一种没着没落儿的感觉，是在星期日下午的小镇郊外，或假日里荒废的城市中，或浴室散发毛巾的馊味和昨日飘忽气息的海滨上，我曾经历的那种内心忧伤。早晨与蓬勃生机密切关联，音乐却与夜晚和日暮相纠结，听到一首三年前的舞曲低徊在破晓时分，西望仍是昏黑色，白日刚刚启程，我不觉一阵颓丧，不知做些什么好，像是身在南太平洋上——一个海滨流浪汉，干等着树上掉下果子，要么是肤色黝黑的少女浮出水面，裸裎相见。

*　　　　*　　　　*

星号，如此之快？

*　　　　*　　　　*

星号是暑日的标记。打字机上的蝉鸣，预示闷热的漫长午后。唐·马奎斯[①]是星号的狂热鼓吹者。他在段落中间大量使用的停顿，倘若找人翻译出来，能足成一本皇皇巨著。

*　　　　*　　　　*

唐知道人人都是何等孤独。“人的内心煎熬，几乎总是为了打破沉默与距离的藩篱，寻求交往。友谊、欲望、爱情、艺术、宗教——我们扑过去，祈求，争斗，闹闹嚷嚷，让心灵与心灵交集。”你读这零星不成片断的一页，书放在膝上，还能为了什么？当然不是潜心向学。你不过是想从偶然间的同声相应中得到慰藉，在心灵与心灵的交集中能够安眠。即使阅读的目的纯粹是为了骂倒我说的一切，来信抱怨也把自己暴露无遗：阁下想必孤寂难耐，否则才懒得写信呢。

*　　　　*　　　　*

歇斯底里和恐惧的传染性之烈，一至于斯！在我的鸡舍里，有两三只神经质的母鸡，稍有响动，就会引得整个鸡群突然陷入恐慌，导致群体精神上有时是肉体上的巨大伤害。恐慌传播得极其迅猛，实际上，几乎是瞬间的事情，就像空中盘旋的鸽子，成群结队，齐刷刷地上下翻飞，仿佛受到远处养鸽人的电子操控。

*　　　　*　　　　*

细胞聚合，化育为人；人众聚合，成就社会。但这里有一个矛盾，令生物学家和外行都很困惑。今年春季的一天，我瞧

---

① 唐·马奎斯(1878—1937)，美国报纸专栏作家、诗人和剧作家。

见一队鹅飞往北方荒僻的湖泊，途经此地（相互合作的编队有其战术上的好处，我们的航空兵仿效了这一点），同一天，我的鸡雏间爆发同类相残，我目睹了群体如何残忍地戕害个体，将它的内脏都啄出来。这是合作的反题——我们自己圈子里也并不鲜见的对立。（最近我读到某演员工会的会员狠狠咬了另一位演员。我相信事关合作方法上的一些分歧。）

*　　　　　　*　　　　　　*

“你打算如何避免成为外地人？”我的一位朋友颇为郑重地问我。问题来得突然，我想不出答案，敷衍过去。不过后来，我又想，我的朋友自己，也不知打算如何避免成为目空一切的大都会中人。

实际上，今日的外地，视乎当地特点，处处如同文化中心一般红火。这里的一位农场主，本是富家翁，直到最近，牧放牛羊不过是与动物为伴，图个开心，去年秋天，曾将登记过的纯种格恩西乳牛送去市集巡展。牛群载誉回到家乡，车站上有小号手相迎，一路吹吹打打，招摇过市，那份热闹，只怕昔日的征服者见了，都会羡慕不已。

在此外地，事事都在进行。北部，摄影师登上飞机，拍下乡野的巨幅空中鸟瞰图，每一道栅栏，每一条小路都历历在目。最终，全国都将如此绘成地图。个性化的地图也已备好，哪位农场主去华盛顿参展，他们会送来照片，显示他的土地从三英里高处看下去的样子。

我从报纸上获悉，今年夏天，本州投放了上亿只寄生蜂，对付云杉锯蝇——锯蝇成灾，威胁到大自然的平衡，这似乎很让我惊心，我甚至不敢射杀一只乌鸦，生怕干扰了鸟类与昆虫世界的微妙调节。在此投放寄生蜂杀灭害虫之际，我又如何可能成为外地人？我处在每一件事的中心。

*　　　　*　　　　*

今年夏天，我成为外地人的几率就更小，因为我养了一只雏鸥，无暇他顾。幼小的海鸥每十分钟吃下的食物，超过它体重一倍，倘若得不到食物，它会尖声呼噪。

海鸥是达默龙先生送的，那天晚上他登门时，脸上是一副奇特的内疚表情，小心翼翼地从粉红色的冰淇淋盒子里掏出那只雏儿，好像它是一项劳工法案。盒子里的居民(有台球大小)瞅我一眼，扑棱着又短又秃的翅膀，欢叫一声：“爹爹！”我得说，我没让它失望。

它如此细小，刚刚破壳而出，我把它与一只抱窝的母鸡安置在一起，指望母鸡会收养它。这一番拉拢为时短暂，收效甚微。海鸥要的是我，不是母鸡。它出生在风高高、雾茫茫的海岛，我想鸡窝对它来说似乎是憋屈了。我问达默龙先生喂它何物。“谁知道，”他回答，“但我琢磨着可别吃坏了海鸥的肚子。”

我谨慎地喂它一小片汉堡包。这是个纯而又纯的开端。过去三个星期，它吞下的乱七八糟的食物，听了都腻人。(它最中意的菜肴是鸡胗子，与蛤蜊、蚯蚓，还有产蛋鸡专用饲料一起剁烂。)它吃了上万只蛤蜊，都是我自己掘的，每次我走过时，仍然愤愤地尖唳不休。它已经耗尽了我的气力，不过，这般辛苦好像也还值得。成年海鸥的飞动实在美极了。有那么一天，我的这个孩子将展开翅膀，待一阵好风吹过，扶摇直上。眼见我的蚯蚓和鸡胗子化为完美的飞翔，心中欢喜，就是对我的报答了。我只想能活到那一天。

*　　　　*　　　　*

汽车修理行送来一张便条，说是我的润滑油在七千八百三十九英里时换了，而且，我该去他们那里清洗曲轴箱。“你操心的事太多，”便条上说，“想不起来你的汽车又该保养。”

确实，我们人人都有很多事情操心。以往，我总会设法记住润滑油的事情，参照车上的里程表换油，但今非昔比。现在我例行公事一般更换润滑油，每年四次，夏至，冬至，春分，秋分。那是我留给汽车的日子。看去也还奏效；但毕竟，几百年间，眼见得诸般风习，日趋式微。曾经，开春第一天，人们常带少年人来到田野上，嬉戏游荡中，宣示蕃衍之道，引导天性回归。如今，我们只须将钟表拨快一小时，再加更换曲轴箱的润滑油。

野营布道会

（一九三九年八月）

在邻县那边，卫理公会有一块营地，位于东马希亚斯[①]的林丛中。他们在那里举行一周左右的布道会，星期六我动身前往，只为一睹布道会的主角，加利福尼亚的弗朗西斯·E·汤森博士（他本人）[②]，我早就想见到这位美国最受追捧的计划的发起人，他在那儿，一点不错，就在“上帝即爱”的标帜下。

这是个宁静的地点，虽然给人闷热、局促的感觉，阔叶林掩映的谷地一向如此。有一个售票亭，我付了该付的二十五美分，再走过去，是一条车道，通向露天礼拜堂，有大约六百人聚来聆听福音。他们是卫理斯宗农夫和小镇商人连同他们的卫理斯宗妻子和儿女和狗，东马希亚斯第一汤森俱乐部的汤森信众，来自全州各地的朝圣者，老实巴交，充满希望的一干人，脸上的褶皱格外多，是虔诚、劳顿的生活刻下的印记。男人穿了伴他们走过婚礼、葬礼、集日的深蓝色套装，正襟端坐。礼拜堂周遭的大圆环，散布着住房（七八十栋），是两层构架的小木屋，彼此隔开十到十二英尺，每栋都有前门廊，拥挤的二楼卧室和厨房飘出的气味。再走过去，小道的尽头，室外厕所环成一圈，蔚为壮观。整块地方，即使圣歌唱响，穿透了密匝匝缭乱的枝叶，仍不免有些污浊，任何林地集会处都弥漫这样一种气氛，这里的建筑，一年多半时间无人使用，倒是吸引了啄木鸟、小偷和赶趁时节的恋人。

讲台上，几簇野花后面，坐了博士，静候该他上场——一位瘦骨伶仃、戴眼镜的小救世主，下巴很大，像铁皮人[③]。他昨晚搭飞机抵达百英里外的班戈机场，上午赶在布道会开始前乘车到来。我坐下后，响起了祷告声，人们纷纷低下头。声音来自吊在榆树枝上的扩音器，祷告人有针对性地谈起牛奶与蜜[④]。他退场后，汤森博士的随从，一个秃顶的男人，煞有介事地来到台前，介绍本无须介绍的此公，加利福尼亚的弗朗西斯·E·汤森博士，世界上最伟大的人道主义者。我们都站起身来，鼓掌。孩子们在外围蹦蹦跳跳，狗汪汪吠叫，近处房子的一些窗子里有人露面。博士挥挥手请求安静。他静静地站着，环顾众人。接着，对这些饱经风霜，充满期待的老人们，他质朴地说：

---

① 东马希亚斯，位于缅因州东部的小镇。

② 弗朗西斯·E·汤森(1867—1960)，美国医生，一九三三年发起“汤森计划”，鼓吹从所有商业交易的营业税中抽取百分之二，每月向六十岁以上的退休公民支付二百美元退休金，最终落空，但对一九三九年《社会保险法》的制定产生影响。

③ 铁皮人，美国作家、诗人、剧作家L·弗兰克·鲍姆(1856—1919)的儿童文学作品《奥兹国的奇妙男巫》中人物，作品后改编为电影《绿野仙踪》。

④ 《圣经·旧约·出埃及记》第三章中记耶和华说：“我下来是要救他们脱离埃及人的手，领他们出了那地，到美好宽阔，流奶与蜜之地……”

“我非常喜欢各位。”

这就像是一次握手，一只友好的臂膊环在肩上。他的听众立即兴奋起来，微笑着，身体因为刚感受到的抚慰而扭动。

“我从将近四千英里以外赶来看望大家，”博士继续说道。“各位看来都是虔敬的卫理会教徒，我很高兴。我是在卫理会教徒家庭中长大的，我知道这意味着什么。”

他话语沉稳，没有一点演讲花招，听起来仿佛这是他头一回登台演讲。他简明地叙述了他构想的计划，他认为行之有效的计划，他保证将立法颁布的计划，而所有人都将平等享有此一生活中的美好。

“老年人的退休是人民全体应当关注的事情。”白发苍苍者颔首赞同，昏花老眼中焕发光芒。

“一个拥有我们这样自然资源的国度，掌握了巨万黄金和钱财，竟然容忍今日的状况，实在难以想象。任何听任这种状况存在的政治理念，必然有什么地方大错而特错。那么，好吧，它又是如何形成的呢？”

汤森博士解释了事情的由来。空地上蝇子嗡嗡飞动。阳光透过头顶树枝的间隙，直泻在乐手们折起的乐谱架上，闪射在少女裸露的双腿上，她们身着短裤，与伙伴们一道在经济学的界桩外游逛。整个世界，在这个炎热的星期日下午，似乎非常古老和忧伤，很需要有些事情发生。或许此项计划就是了。我从未领教过如此温和的经济学人，也从未领教过有谁比他更坚信自己方案的价值与睿智。我注视听众，注视他们的脸。那是一些活在忧患中的男人和女人的脸，现在他们向往尘世间会有几年的安乐，然后回到主的怀抱。我想汤森博士希望他们感觉：我相信我做到了。

“经济陷入困境，”博士低声说。“几乎半数人口极度匮乏。六千万人无力购买工业品。”博士的统计数字大得惊人，难以自圆，但他的语气很坚决。这让人没有怀疑的余地。

他鄙夷新政，挑剔所有按字母排序的计划都是在雇用懒汉。“这些活动都是胡扯，劳而无功，你们难道愿意为此纳税？”

听众纷纷摇头。

讲话过程中，他的计划一步步展现——简单，逻辑清晰。小孩子也能理解。对全国的营业总额征税百分之二，将收入分给六十岁以上的人，但有一个规定，这笔钱(每月二百美元)必须在若干天内花掉。

“请注意，”博士和蔼地咧嘴笑笑，“我们根本不管你怎样花掉它！”

老人们拍巴掌，相互眨眼示意。他们已经着手购买好东西，这些卫理会的信众，已经清偿了恼人的旧债。

“我们希望你们有新住宅、新家具、新鞋和新衣。我们希望你们出门旅游，到各处转转。各位老年人已经有权利游逛，不久的将来，你们就可以风风光光地去游逛。这笔钱，一旦全部投入流通，对工商业的影响将是巨大的。给我们二十亿美元在这个月分配下去，看看会有什么事情发生吧！”

巨额数字掷地有声，令众人哗然；二十亿美元像彗星划过空地，拖着一绺激动、期待和希望的小尾巴。

“还可能是三十亿，”博士若有所思地说，仿佛这种可能性才上心头。“美国有种种设施，需要我们做的，就是懂得如何使用它们。”

他说他想起在从前的《麦加菲读本》[①]上读到的一个故事。说的是一艘船挂起海难信号旗，另一艘船赶来搭救。“快给点儿水！”船长大叫。“我们快渴死了。”

“自己舀水喝，笨蛋！”另一艘船的船长回应。“你们就在亚马孙河河口。”

“朋友们，”可敬的博士说，“我们就在富饶这条亚马孙河的河口。但我们不知道动手舀水喝。”

故事有趣，效果也不错。

博士的言谈，突然之间从许诺转向威胁。他轻捷地挥动细瘦的手指，拨响恐怖的琴弦。要想拯救我们的民主制度（他说），我们必须立即行动。报载工业重镇纷纷罢工，用不了多久，报上就能看到动乱。动乱一旦爆发，有人举手之间，就将篡夺国家武装力量，谋取私利。此事发生在欧洲。它也能发生在这里。

林中空地阴翳陡起。树木的枝枝杈杈都在颤抖。给卫理会信众踩踏结实的场地，在法西斯劫运邪恶的微光中飘摇。小个子博士单调的声音仍在继续——平静，谦卑，绝不装腔作势。只是些简单的事实，如实陈述。

随后，还得回到恼人的金钱问题。听众挪动身子，屁股在座位上重新坐踏实。古老的传递盘盏的仪式熟悉而神圣，必须照搬如仪。博士一本正经否认了任何个人野心，经济上也罢，政治上也罢。“我不想发财，”他断然说道。“我说此话是当

---

① 《麦加菲读本》，由曾任美国迈阿密大学和弗吉尼亚大学教授的威廉·麦加菲(1800—1873)编写，书中穿插宗教和道德训诫，一八三六年出版，成为十九世纪后半期大多数美国公立学校中的标准读本，销量超过一亿册。

真的。我不贪图财富。首先，它会毁了我的好儿子。但我们确实需要钱来教育民众接受新观念。每天给我们一文钱，我们将培养出下一届国会议员。”

一两个笑话，恢复融洽气氛，再抨击一番山姆大叔，再议论几句需要资金来推动事业，随后，演讲结束了。

这是一次感人的讲演。大多数演说缺乏博士演说时的诚恳，也没有很多演说有这般平实，这般亲切。它如同是与老朋友聊天。我坐在乐手近旁，怀着我这一行可能有的全部同情心倾听，(我相信)也不存偏见。即使身为中年雇佣文人，有时也希望看到世界不断进步。毕竟，当下不是冷嘲热讽的时刻；汤森博士的话，上天作证，大部分都说得很对。如果有人能设计一种制度，更公平地分配财富，那么祝他成功。人的想法都一样。或者，几乎差不多。我装起信手涂写的几页笔记，陷入伴随夏日午后的沉闷和世界衰退而来的情绪中。

主席站起身来，宣布欢迎提问，时间短暂，有话请直说。就在这个时候，(加利福尼亚)的弗朗西斯 · E · 汤森博士开始分崩离析，像个廉价的玩具。问题来得很慢，数量不多，往往不着边际。没有人唱反调：人们拥护他，而不是与他对立。但面对询问，博士的举止翻然一变。他以往显然经历过此类事情，警惕得像只松鼠。提问只能毁了他的这个下午。汤森主义的细节极其烦难——他希望这项计划简单、美好，犹如性爱介入之前的青春恋情。现在他又得去回答许多烦人的老问题。

“管理的花费有多大？”一位节俭的老太太起身提问。

博士皱皱眉头。“这个嘛，呃，”他说道。(这是他下午的第一个“呃”。)“这个嘛，不会很多。不用操心，也就是说，没有理由花费太多。”他接着解释说，只须财政部长每月开出四十八张支票，一州一张。当然不会占用部长很多时间。这些大额支票将由州政府官员分解，支付给符合条件的六十岁以上的老者。“说到底，没有什么大不了的行政管理问题，”博士说，咽下一口唾沫。小老太太点点头，坐下来。

“有人有房地产，能否领取养老金？”一位老人发问，显然想起了自家的住宅和土豆田。

“可以，当然啦，”博士答道，重心从一只脚移向另一只脚。“但确实存在投机；我的意思是，在我们的计划中，我们会说明这笔钱不得用于牟取收益。”农夫的脸上闪过一丝不安：很可能他在琢磨他的土豆田是否算作有收益。或许田里的土豆甲虫最终会帮他一把。事情至此，似乎已经不那么简单。

“对生意人来说，有多少簿记要做？”又有精神萎靡的资本家问。

“簿记？”博士含糊地重复。“噢，我不认为簿记有什么麻烦。简单得很。每个生意人只须申明他每三十天的交易总额，百分之二用于支付给老年人。在夏威夷，他们已经实施了一项计划，很像我的计划。实施得很顺利，我在那里时，它需要的管理者之少，让我大为惊讶。对的，簿记没什么困难。”

“汤森计划对外贸有何影响？”一位上了年纪的宏观思想家问道。

汤森博士用古怪的目光打量他一眼——完全没有敌意，而是父母有时在假日里打量孩子的那种目光。

“外贸？”他有些心虚地答道。“外贸？我们干吗关心外贸？”回答到此为止。但他随即想到或许他对这个问题估计不足，因此又讲了一个燕麦片厂的故事，所有的燕麦都来自国外。从外国人那里购买燕麦，这算怎么回事？

接下来的问题："领取养老金的人，能不能用它来支付抵押贷款？"

回答："可以。欠债还钱。让我们给政府树立一个好榜样！"（掌声。）

现在是台下前排的先生——一位脸颊红润的老主顾眨眨眼问道："博士，买酒喝上一杯是否也算花费这笔钱？"

"喝上一杯？"博士重复道。然后他一副善解人意的神情。"是啊，如果有人来我这里，想要用这笔善款中的钱早早把自己送进坟墓，我会说，'喝吧，老弟！'"人群中一阵笑声，但博士清楚，他的立足点有些不牢靠。"请不要误解，"他补充说道。"我们不要给道德加上诸多限定。在这个世界上实现禁酒的方法是，将我们年幼的儿女体面地抚养大，教导他们酗酒的罪过。［掌声。］现在，朋友们，我得离开了。今天下午过得非常愉快。"

会散了。汤森信徒起身，沿通道与他们的头领恭敬地握手。主席宣布获捐款八十美元三美分。生活重上轨道。朝拜者鱼贯走出教堂长椅，在小屋门廊前的摇椅上坐下。树上悬垂的红白两色饰带，随一阵阵微风飘动，内环外的售货亭里开始涌动软饮料。博士给一群摄影爱好者拦下，在美国国旗下拍照，随后乘坐道奇轿车去机场——这位裹在迷雾中的救世主，梦想装在公文包里，准备好下一场讲演。在一处称为"睡巢"的房舍门廊上，三位老妇人摇啊，摇啊，摇。林中许多锈迹斑斑的烟囱，盘旋飘起了第一缕浓重的炊烟，美国的家庭主妇们，从来不知懈怠，正在辛劳地烹煮日复一日接续不断的又一餐。牛奶和蜜的幻景，来了又去。但饭菜的香气长存。

第 二 次 世 界 大 战

（一九三九年九月）

早上开车送小儿子去学校，见一只猫在田野里捕食，不禁想到人之子要经过怎样曲折和漫长的历程，才能走出家门，自己喂饱自己。即使学子已经能脱口背出乘法表，距离捕到第一只田鼠还有很长一段路呢。

一星期六天，一年八个月，无论平时还是战时，达默龙都会清晨驶往海湾，拖拽他的捕笼。他约在中午回来，先是他的白帆出现在岬角转弯处，接着是船身，随后传来他拖起最后两个龙虾捕笼时，发动机空转后又加速的声响。有时，日照恰到好处，我们可以看到他将螃蟹掷回大海，旋转着在空中幻化出五彩轮。也有时，如果捕获了大量龙虾，我们会听到他一边收拾索具，一边唱歌。这是在歌唱凯旋，但那歌词我从来没弄清楚过；远远听来，像是一支荒腔走板的圣歌。

他像运奶火车一样守时，来了又去，为日子增添一抹亮色，在这个浑浑噩噩的世界上，安定有常。大雾中，我们看不见他，只听得他的机帆船，穿越白茫茫的丛林回家；然后是船闸处桨声呕哑，标记了从泊地到码头的最后一段行程。他没有表，但我们可以根据他回返的时间对表。（我们也可以根据他离开的时间对表，只要我们早起——他六点钟离开。）

有一天我搭他的船一道出海，看看照料七十个龙虾捕笼会是何种景象。他告诉我，他捕龙虾已有二十五六年。此前，他在帆船上工作——在还有帆船的年月，再往前，是在海岸纵帆船上。“我喜欢沿海岸航行，”他说，“但我只能走人。”他脸上浮现出往事不堪回首的坦率神情。“帆船不适合我。娘的，我那会儿疯了似的。”

“你知道，”他解释说，一边将木楔塞到龙虾的利螯里，“有帆船的主儿，很多人都跟普通百姓无关。捕龙虾有这一样好——它让你觉得自由自在。”

我点点头。达默龙的整条船都透着自在——浓浓地掺杂了自在和鲱鱼饵的气息。有自己的船，就有了自己的世界，大海成了你我的前院。老达默龙，在十二英寻绳索尽头的海湾中讨生活，是自给自足的活生生的见证。他不操心任何人，只管自己，也没人操心他。深秋时节，他用自己的索具，将船拖到自家的海滩上。他将发动机拆下，越过田野搬入他的柴棚，涂上机油，安顿在杂货店装货的纸箱里。冬日夜晚，他拾起耽搁下的阅读，编制鱼饵兜，修补捕笼。春天阴冷潮湿的日子里，他找出柏油桶，油罢他的帆具，挂在灌木丛的随便什么地方，像是在星期一洗晾日。然后，他付给州政府一美元，领取许可证，再花七十五美分，取得法定量尺，迎来又一个捕捞季，又一轮也有雾，也有风，也有雨，一时平静，一时喧嚣的日子。

自由如今是一个家喻户晓的字眼儿，但间或才能见到有人积极地行使自由，甚至为此不惜一战。我们浮在颠簸的浪涛中回家，船上是捕获的龙虾，牙齿间衔一缕清风，我突然想到，这场战争所为何来，就在于此了。一点不错。我们或者继续保有，或者从此丧失，就是这份权利，说出我们的想法，拖拽我们的捕笼，操心自家的事情，在无边无际的大海上放浪形骸。

一位读者的来信：

“我们也来此［乡下］过简朴生活；我们也从三十六只小母鸡起家——都给老鼠吃了；我们也有鳗鱼和青蛙，可以去那里沉思冥想，听任蚊子叮咬。这些我们都有，又差不多都失去了。我们如今只有大约八千只小鸡，或长或幼，很容易感染球虫病，收入少了，活计多了一两倍，还有无休止的焦虑。我们开始习惯乡下的平静与安谧，像你说的有人习惯第六大道上高架铁路的轰鸣，曲里拐弯的道路对我们已经算不了什么，还有急冲冲进出银行时的旋转门、磨坊和接骨医师。

“我从你的话里推断……你能察觉面临的危险，但察觉危险是一回事，避开危险又是另一回事……我们已经没有退路，但实在不愿见到再有像我们这样的人，傻呵呵地跌到陷阱里。”

我收到此信已有一段时间，将它保存在身边，从头到尾研读，可能还作了回复。千真万确，人与乡村的关系，因为持续生活在乡村这样一个简单事实而发生变化，而且，就此而言，他与生活在一起的女人，甚或是水暖系统的关系也都发生了变化。（我刚刚忙活了一通儿厨房排水管，虽然我们之间关系的纯洁性丧失殆尽，但我现在因为与自家水管的密切接触，心中充满喜悦。没准儿我身上一股子抹布味道，但我熟悉了洗涤槽的特殊性质，还清楚它毛病在哪儿。）我的来信者，如果指望从八千只鸡里，感受第一次看见鸡雏破壳而出时的狂喜，或许是对生活太多奢求。人不知不觉地一步步从喂养宠物走向操持商业性家禽饲养，其间对性情的微妙侵蚀，我知道得一清二楚。我同样没有经得住这种侵蚀。一年之前，我决心留下那群小母鸡时，曾写道我不会进行清洗，不会从鸡群中剔除弱小者；我说过，我会一视同仁地把它们都养在鸡舍里，想吃食，就吃食，想下蛋，就下蛋。我现在不得不记录下，情况并非如此。三十七只小母鸡，只有三十五只留在鸡舍里，余下神情凄恻的两姐妹，圈在果园的小鸡窝里，后来卖给了一个神秘的小个子男人（没讲明那是我挑剩下的），他在一阵大雨中突然上门，为的是买只公鸡。这番简单但不乏算计的举动，让我永远丧失了业余养鸡爱好者的地位。如今，整整一年之后，处在我保护下的鸡群，数目已经四倍于前，我毫不犹豫地剔除弱小。我的暴政下只允许适者生存。正如第三帝国，在我的鸡舍里，个体必须为整体的福祉作出牺牲。我的这种做法未免卑劣，但仍然循规蹈矩。或许有一天，我会反其道而行之，有一天，我不是扑杀病鸡，免得殃及其他的鸡，而是扑杀其他的鸡，精心呵护病鸡，让它恢复精气神儿，也好重新找回我的自尊。

我其实非常感谢拥有八千只小鸡的此人给我的信，虽然收信前很久，我对他说得如此明白的事情已经有所察觉。我不知道我来乡下，是否为了寻找简朴生活，但我现在的生活，比起身居闹市，远远复杂得多。它有它的补偿。甚至在我扩大家禽饲养的堕落日子里，我也没有失去对一枚鸡蛋本身的感觉。今年夏天，我修建了新的鸡舍，免得总是牵挂欧洲，墙上镌刻的箴言，我选择了克拉伦斯·戴[①]饶有意味的诗句：

> 噢，既曾经活过，爱过，
> 有谁能面对鸡蛋不动声色？

我还不曾领教过接骨医师的按摩，不过我去磨坊的次数，比以前频繁多了。这个星期，由于对波兰的入侵，每袋粮食活活上涨了三十美分。

战争走向我们每个人，各自方式不同。英国和法国终于失去耐心的那个星期日的清晨，为了整顿内务，我清洗了我的梳子和刷子，先是往水碗里滴上几滴家用阿摩尼亚，将梳子在毛刷上蹭来蹭去，然后用指甲刷刷洗梳子。早饭时，有暂住的客人在座，穿着睡衣。她是知性地接触战争，经由凡尔赛。

早饭后，我去车库，拣选一些钉子，将外墙板用的钉子拢成一札，六美分钉子一堆儿，木板钉一堆儿，分别装到铁盒里。折刀的刀身僵直，我滴了几滴润滑油。我们决定去教堂——庄严时刻的庄严场所。出门前的准备很仓促（好像是一时心血来潮，匆匆安排的野餐）。此地的教堂十点三十分开始礼拜。小儿子因为必须穿蓝色套装，眼泪汪汪的，但忍不住还要去。我戴上壁橱里找到的帽子。牧师年纪轻轻，我最近一美元一只卖给他一些老母鸡，他说他相信温顺者将领受人间。我们齐唱“难道我不是圣十字架下的兵勇，难道没有寇仇催我出征？”杂货店的店主传递奉献盘。回家后，我前往谷仓固定诱

① 克拉伦斯·戴（1874—1935），美国作家，代表作包括传记小品《父亲与我》。

饵。不一会儿，有人出门喧呼："吃饭了，请入席。"声音迟缓得让人心痛，我们都坐下来，咀嚼食物。对民主制度的第二次战争就此开端。

有一天，如果我能抽出时间来，我会写下对美国最迷人的一本书——《西尔斯·罗巴克商品目录》的中肯评论。这是部鸿篇巨制，在许多家庭中，重要性甚至超过《圣经》。它使乡间生活不仅成为可能，而且似乎成了永久的圣诞平安夜。

你在商店里买东西，眼前一览无余，看到的是单调，有时甚至是败兴的现实。倘若从西尔斯店那里邮购，对商品则须用心去体会，装饰得五颜六色，三倍加强，笼罩一圈光华。

在我们这一带，这家公司称为"西尔斯和罗巴克"。始终有个"和"字。不知怎的，它就嵌在那里，从没有消失过。

我一直在看"开学和收获季活动"专题目录，是主目录的缩编版。标题唤起人对秋日惯常景象的思绪：爽朗的日子，绣球菊，橄榄球，赤褐色苹果，孩子们在学校操场黄叶飘坠的槭树下玩耍。人们忘记了岁月的行进。我碰巧瞄上的头三个项目是(一) 一些强力维他命胶囊，"预防冬季病患"；(二) 给青年人穿的吉特巴舞鞋，叫做"摇摆佳"——"靓极，天然色鞋帮上印有大量俏皮话"；(三) 专为时髦新派人设计的收获季收音机，外形像枚火箭。

我揣想随着岁月流荡，战事迁延，我们将会忘记柯里尔和艾夫斯[①]，在收获季节来临时，转向怪异的新潮。今年秋季，摇

---

① 柯里尔和艾夫斯，十九世纪由纳撒尼尔·柯里尔和詹姆斯·梅里特·艾夫斯主持的一家美国版画公司，创造并印制了大量廉价和流行的石版画，描绘美国社会的生活百态。

摆佳的绉胶底一美元九十八美分，据商品目录预测，价格将会随着秋季合上舞步后的每一记鼓点腾跳，乃至鼓手们也有可能行情看涨，从摇摆乐队摇身变为吹奏与打击乐团。我注意到印在天然色鞋帮上的俏皮话是“我将撂倒你”。你永远别想走在西尔斯公司前头。

第 一 次 世 界 大 战

（一九三九年十月）

我时时忘记士兵们如此年轻。我始终以为他们像我一般年纪，或像希特勒一般年纪。（希特勒和我岁数差不多。）实际上，士兵往往是很年轻的。他们，他们中的许多人，还没有完成学业，满脑子都是缥缈的爱情梦幻，在他们的呼啸和叱咤后面，生活中的一切都装饰了一重奇特而美好的骄矜，对此，人们几乎已经淡忘，因为时光太久远了。某一日，西线一些法国士兵向德国广播站提出请求，想听管弦乐队奏一曲《请对我说爱》。广播站乐意效劳，于是，沿整个马其诺防线和齐格菲防线，年轻人都在聆听他们渴望的宣传，而不是刀兵相见。很少有人再向年轻人讲述爱情，除了写歌和写脚本的人。领袖们大谈原材料和生存空间。但一身披挂的年轻人并不关心原材料（除了烟草），他们倒是琢磨生存空间，设法解消自己的梦。我努力回想像士兵一样年轻是个什么样子。

一九一四年战争进行时，我在上中学。我翻译恺撒，读古代史，解代数方程式，画豌豆，一种双子叶植物种子，还有青蛙，一种两栖纲动物。那些日子里，我有一本日记。我的生活和活动和思想对我很宝贵，我不厌其烦地记下来。我仍然保存着这本日记，战争爆发促使我一页页翻动它，重拾记忆。日记中的记载空疏迂阔，让人很失望。大部分东西读来反胃，但我的胃口强健，对我等年轻人深表理解。我相信，每个人，但凡有些价值，都能得到此种宽容和同情，而生活的一大部分，都是在无意识地试图保护和延续这一青春，这个奇怪的值得赞美的年轻人。虽然我的日记是一大堆急就章，一本正经，偏于矫情一路，我却割舍不下。眼下就在翻看，重温一九一四到一九一八年期间一场世界大战对青年人的影响——每一个举动的重要性如何，我曾有过何等乖谬的想法，又是怎样地懵懵懂懂，寻寻觅觅，却又完整无损。

最初，在美国卷入冲突之前，战争似乎算不了什么。那些岁月里，战争很遥远，虚无缥缈，是远远传来的噪音和恫吓，可以留待将来操心，一如大学啦，婚姻啦，挣钱谋生等等，眼下倒无须着急。在日记的开头几页，我想的和写的都是如何养鸽子，滑冰，同一街区中人们的来来往往。几年之后，战争初具规模，我开始高谈阔论。一九一七年三月十六日，细心描述为“多雨的星期六”，我在日记中剪贴了《环球报》关于俄罗斯解放[①]的一篇社论，其中放言自由的阳光普照俄罗斯大草原。“父亲认为这将成为决定战争最终结果的重要因素，”我写道。“我常常疑惑战争的目的——在更高的意义上，究竟为

① 即一九一七年的俄罗斯二月革命，因发生在儒略历二月二十三日，故名。革命迫使沙皇尼古拉二世于公历三月十五日逊位，俄罗斯帝国就此灭亡。

何。或许它的目的就在于此。”

俄罗斯的自由大概占据我的头脑有十分钟。日记的下一条记载，是划独木舟直下豪萨托尼克河[①]的种种计划(我从未乘过独木舟)，还有排演皮内罗[②]的闹剧，我在剧中扮演英国仆人。

一九一七年的“棕枝主日”[③]，我患重感冒，仍然报告了春天的到来，沿街区各家各户都飘动旗帜。“战争和春天的消息同时流布，人们的思想陷入混乱。”不过，我的思想倒不特别混乱。它没什么了不起，但来得很有条理，聚焦于日记同一页上一首二十四行的情诗，吟诵我对冻塘里遇到的一个女孩子的爱慕。

四月三日，距离美国参战还有三日，我琢磨八月份是否有可能划独木舟再度出游——途中计划带上“改装的矿工帐篷”。显然，我的时间多花在浏览体育商品目录上，神游林丛，而不是研究有关欧洲敌对状态的新闻述评。我还考虑了夏季打工的可能性。秋天我就要读大学了。

春天与战争！二者之中，春天显然占先。我恋爱了。这与其说是实在的，不如说回头来看是如此。冬日的黄昏，风慢慢停下来，池塘在我们的冰刀下碎裂，嘎嘎吱吱地响，对此的记忆足以令我兴奋；还有引向林丛的一路冰碴，沿岸燃起的一小堆篝火。那个春天，想想一个姑娘冬日里突然摘下手套后的手

---

① 豪萨托尼克河，流经美国马萨诸塞州西部和康涅狄格州西部的一条河，长二百四十公里，有著名的白色水域，适于划短桨舟。

② 阿瑟·温·皮内罗(1855—1934)，英国演员，后成为剧作家和戏剧导演。

③ 棕枝主日，据《圣经·新约》记载，耶稣受难前不久，骑驴最后一次进入耶路撒冷，民众手持棕枝欢迎。后教会规定复活节前一周的星期日为棕枝主日，教堂多装饰棕枝以表纪念。

感，已经足够了。我从不曾在冻塘外再去套近乎。没有冰场和冰刀，她似乎没有存在的理由。我躺在客厅的长靠椅上，倾听自动钢琴中的李斯特。

我写了五六首称颂大自然的诗歌，理了一次发，读奥利弗·洛奇[①]爵士的《雷蒙德》，听比利·森迪[②]的义工在教堂中诵读："来跟从我，我要叫你们得人如得鱼一样。"[③]我的一个朋友加入了海军后备役。另一个朋友成了鱼雷快艇上的无线电收发报员。模模糊糊，模模糊糊地我意识到有些事情发生了。

> 一九一七年，四月二十六日。我以为这本小小的日记应当满纸硝烟，因为现在人们想的都是这些。据认为很快将发生食品短缺，国家正在指导一场"农场练习生"运动。

那年七月，我成为一名练习生，在长岛的亨普斯特德服务。依我看，农场主对此安排始终不很满意。

> 一九一七年，五月十四日。昨日听比利·森迪的禁酒布道。
>
> 一九一七年，五月二十七日。不知道今年夏天做些什么。国家处于战争状态，我想我应当去服兵役。奇怪的

---

① 奥利弗·洛奇（1851—1940），英国物理学家和作家，曾热衷通灵术，写成《雷蒙德，或生与死》。

② 比利·森迪（1862—1935），美国宗教复兴领导人，曾为职业棒球手，后经历宗教信仰上的转变，成为著名奋兴派布道者。

③ 见《圣经·新约·马太福音》。

是，世界有史以来最大的一场战争兵火正酣，却很难动员人们应征入伍。

一九一七年，六月三日。今夜，读过报纸后，充满爱国激情。我想明天我会去认购自由公债，再去农场找份工作。欧洲的战斗远未结束，每一分钟，历史都在形成，我们每个人都应当认识到这是历史的正道。我坚信，只有美国人民慷慨捐输时间、钱财和资源，才能拯救世界免遭悲惨至极的毁灭。

一九一七年，六月七日。我想世界上没有我的位置。从星期一开始，我一直在找工作，没有结果。昨天下午，我向G——的流行音乐学校申请一份工作，在卡兹基尔的夏日旅馆弹钢琴。这是回应我从报纸上看到的广告。我到那里后，弹不来他给我的那类曲子，迈步出门，但离去前他递给我一份资料，说明按照他的方法，如何用二十节课学会散拍爵士乐钢琴弹奏。不过，到家后，我发现地图上寻不见卡兹基尔那个小镇的踪影。我的体重不足，不能当兵入伍，农场的活计很可能加重我的花粉过敏。我想加入美国救护车队，但年龄不足十八岁，又从没有驾车的经验，母亲认为我不该去法国。就是这样子，没着没落，当然也没有事情可做。我想，要么就是我太笨，要么就是我对自己乃至对一切事情缺乏信心。

我的情绪如此低落，以至在日记上贴了一则名为“焦虑的无益”剪报，转载自凯瑟琳·伯克的《通往凡尔登的白色道路》。

一九一七年，六月十日。明天我去城里打听美国救护车队的消息。在欧洲什么地方，总会有我的一个位置，我要拯救人，而不是毁灭他们。父亲和莉莲刚刚从城里回来，他们想去听比利·森迪的布道，却白跑一趟。

一九一七年，七月五日。我不知道还能做什么，只想离家出走。白白吃闲饭让我很烦恼，我像个二流子一样混日子，用他人需要的食物塞饱我的肚子。我希望快些长大，应征入伍。

一九一七年，七月十一日。我的生日！十八岁，仍然没有前途！呆在监狱里倒开心些，在那里，至少我还知道我该指望什么。

一九一七年，九月四日。今晚一直在浏览航空测试题——我想我会喜欢飞行，但想归想，哪件事我都缺乏必要的资格。

我把战争丢到脑后，收拾行李，去上大学，事情本身非同小可。我随身带上了一截缠自行车车把的胶带，我和她上个冬季绕着池塘没完没了地转圈儿时曾紧紧握在手里。我很想家。星期六下午橄榄球赛后，我会沿着长长的街道走去镇里，一路踢踏明沟里的干树叶，路边孩子们堆起树叶点火，带一股甜味的浓烟盘旋直上。那年正是金秋，我追踪十月直到最远的山丘。

一九一七年，十月十三日。我的英文教授某一日说，羞怯也是一种虚荣，唯一的区别在于虚荣倾向高估自己的价值，羞怯则低估它；二者都源于自我意识太强。天气越来越冷了。

一九一七年，十一月十日。战争仍在继续，这已是第三个秋天。[我不会数数儿——其实是第四个秋天了。]我们的士兵是在西线相对平静的一段战壕里。前不久，我从报上读到第一个美国兵死于战火。更多的士兵正在战线后方接受资深长官的训练，还有更多的士兵在国内的几处营房接受训练，准备加入国民后备队。这是件令人高兴的事情。俄国人再次推翻了他们的新生共和国，显示他们无力应对面前突发的危机。意大利军队的意图给奥德联军窥破，撤退到皮亚韦河[①]一线。法国和英国防线变化不大。如今，三年鏖战之后，德国岿然不动，抗击了世界四分之三的国家。人们都将我们看作救世的希望，我坚信，我们虽然见事迟慢，不愿意放弃享乐与欢娱，但一旦投身于追求正义的斗争，必不致辜负英勇刚毅的前辈树立的榜样，整个世界都在为一个伟大事业流血牺牲，我们也将为之流尽最后一滴血。

一九一七年，十一月二十一日。过去一个星期，始终感觉不舒适，我想我一定是得了肺病。果真如此的话，我就离开大学，出门旅游，疗养身体。

一九一七年，十二月二十五日。刚刚读毕阿瑟·盖伊·恩培[②]的《决战时刻》。他在故事的最后一页，证实了我一向体悟的真理，紧要关头激发人的勇气，遇有终极考验，直觉远远超越认知，而且，人之为人，即使一向接

---

① 皮亚韦河，位于意大利东北部。

② 阿瑟·盖伊·恩培（1883—1963），美国作家，制片人。曾参加第一次世界大战，《决战时刻》即是根据其战时经历创作的。

受文明教养，行事不免优柔，一旦听从召唤，就能证明自己，面对死亡也决不含糊。

一九一七年，十二月三十一日。我发现自己的想法和期望，与一年前的这个晚上并无不同。不知道我是否多少接近了我的最终目标——当然道路还长，因为目标本身仍然扑朔迷离。

一九一八年，二月十八日。人们大谈战后的世界和平——借助一个国际理事会实现的持久和平。各国的治理将基于博爱精神和神授旨意，武器永遭弃置，人类重拾犁铧。扯淡！

一九一八年，三月二十六日。自星期日始，德国沿五十英里战线展开强大攻势，威胁文明世界，其谋划之深远，执行之卓有成效，令最强悍者也不禁心悸。危险逼近，阴影笼罩在美国人民头顶。开始我以为，我不会被征召参战，现在也不那么有把握了。实际上，似乎我必不可免地要上前线。事态的发展非常惊人。

一九一八年，四月十三日。听了前总统塔夫脱今天上午在贝莱堂的演讲。他谈到战争——这些日子，人们不会谈论别的。眼下的问题是，在此学年结束之际，我是应当瞄准哪个兵种做些准备，以在年满二十一岁时，接受军事或战勤训练，还是再等一段时间，指望和平来临。

四月二十五日，我题写自然诗一首，咏颂春天。五月十一日，其他新生忙着烧掉他们的帽子，我的日记上记下，我认定生命中的最美好时光已经一去不复返。学年临近结束，我仍然对夏天的去向无所适从。“我甚至不清楚秋季是否回来，我本该回来，但我不能确定是否如此。我从来什么事情都不能确定。”

为消除这种不确定感，我买了一辆二手奥兹莫比尔车，又在父亲的店里，在信贷部找了一份工作。但如今我的内心深处，能够感觉到战争。

> 一九一八年，七月十四日。一直思索我在什么地方读到的一句话：“命运从不出错。”

我装备一本《沉思录》[①]，陪家人去长岛的贝尔港度过八月。这处度假胜地，青年人明显稀少。海水漫过我，阳光照射，海风吹拂，像是要驱散游移不决的恼人迷雾。九月的第一天，我们回到郊外知了多多的街区；在贝尔港的一个月，记忆中留下的是大海、阳光和疑惑。八月三十一日，我写了一首诗，大力鼓动自己战死沙场。九月十二日，我与其他一千三百万美国人一道，登记应征。

> 一九一八年，九月二十一日。我的序号是三七五一，我不知道它的含义，但我记得不曾有号码的那些日子。今夜秋月初圆……三七五一从窗子望出去，清辉怡人。

战争，还有我自己的阵痛，一起接近尾声。我回到伊萨卡，应征入伍。敌人却原来是流行性感冒——我秉承斯多葛学派的坚忍精神，以一袋甘草滴剂来应付。记不得是谁告诉我甘

---

① 《沉思录》，古罗马皇帝、斯多葛学派哲学家马可 · 奥勒留（121—180）所著。

草抵御感冒病菌，但他此言不虚。

> 一九一八年，十一月十二日。昨天是世界历史上最伟大的日子。战争在凌晨二时十五分结束。五点半时，黑暗中一只手推推我，有人耳语“伊萨卡全镇会闹翻天——等着听钟声！”我爬起坐在床上。就在此刻，图书馆塔楼的排钟奏响了《星条旗永不落》，楼下有人高呼“战争结束了！”……休战条件略低于无条件投降。德国人屈服了，再不能威胁其他欧洲国家的安全。取胜后的和平得以确立，同盟国各国在有史以来最大的一场冲突中，并肩携手，赢得了永远的荣耀。

还有一个月，我们必须继续训练，好像什么都没发生。作为临别祝福，战争部给我们所有人接种了天花疫苗，注射一针三倍剂量的斑疹伤寒血清，将我们关在营房里。我离开部队时，天黑下来，谷地里灯光开始闪烁。我在一片静谧中大步走出军营食堂。

> 一九一八年，十二月二十五日。圣诞节。早饭后，我与父亲争辩了一个半小时，同往常一样，我们没能达成一致。他认为，正在组织的国际联盟将有助于今后永远防止战争。我不相信这一点。他认为新时代已经显露曙光，总统和他在其他国家的志同道合的代表目光远大，世界上所有国家将联合起来，关系如此紧密，战争再不会发生。基本上是父亲主谈。

一九一八年，十二月二十八日。
幽暗的松枝悬在
寒夜结成的冻塘，
西天的光亮缓缓褪去
像鸟儿在静寂中飞翔。
对消失的夕阳的记忆
只剩下天穹间的焰火，
林那边暮色之中
有身影踏冰滑过。

我仍然在爱。世界大战来而复去。Parlez moi d'amour[①].

① 法语：请对我说爱。

诗　歌

（一九三九年十一月）

我有一位朋友，绕他的一块土地设了电子栅栏，里面圈了两头奶牛。一天，我问他对栅栏的感觉如何，使用起来是否很费钱。“一个子儿都不花，”他答道。“电池用完后，我就卸下来，再没装回去。栅栏的电线根本没电，一股绳子罢了，奶牛始终离它十英尺。头几天它们就学乖了。”

显然，在美国，这种情况很普遍。成千上万头奶牛生活在对电线的恐惧之中，可这电线没有通电，约束不了它们。它们尽可以去争取自由。起来，奶牛！趁暴君打鼾时赢得自由。起来，全世界受奴役的人民！电线没有电流，花样再难翻新。奋起吧！

“诗人就不能明白些，”旁边屋子里，我的妻子恼怒地叫嚷。

这倒是人同此心。诗人把话说清楚，我们所有人都喜欢，或者说我们认为我们会喜欢。然而，很难让诗人摆脱故弄玄虚的状态。诗人的明白到此为止，不会更明白，他进入清晰的地界总是很谨慎，就像水手决不在任何坚实的地方展露身手。诗人的乐趣就在于欲说还休，让含义因朦胧而得到加强。他拉开遮掩了美的面纱的拉链，却不肯揭下面纱。极度明白的诗人多少有点招摇。

这个主题很有意思。我认为诗歌是一门最伟大的艺术。它综合了音乐与绘画与叙事与预言与舞蹈。它的口吻是宗教的，态度是科学的。真正的诗歌，蕴育了神奇，坏的诗歌，媚俗，散发异味。我想并没有长诗一说。长则不是诗歌，而是其他什么东西。《约翰 · 布朗之躯》[1]不是诗歌，它是用绳子串起的一束诗歌。诗歌是热烈的，热烈的东西不能长。

一些诗人天生比其他人明晰。要想走红或者名世，写得极其通俗（如埃德加 · 格斯特[2]），或者彻底晦涩（如格特鲁德 · 斯泰因[3]），各有各的好处。本土的第一位诗人——如果用词无须那么严谨——是埃德加 · 格斯特。他这位吟唱者，比起其他人，让美国人更多地从诗歌的韵律和节拍中得到了享受。他是否也让心满意足的读者得到我读其他诗人的某些诗歌时产生的那种迷茫的、锥心刺骨的情感，是我非常感兴趣的一个问题。作为民主主义者，我似乎事事上都赞成多数裁定原则，但文学

① 《约翰 · 布朗之躯》，美国诗人斯蒂芬 · 文森特 · 贝尼特（1898—1943）所作长诗，纪念南北战争期间著名的废奴主义者约翰 · 布朗。

② 埃德加 · 格斯特（1881—1959），美国诗人，在二十世纪上半纪的美国红极一时，被誉为“人民诗人”。

③ 格特鲁德 · 斯泰因（1874—1946），美国女作家和诗人，旅居法国，与文学界、艺术界人士交往颇多。

例外。

有多种类型的诗意晦涩。一种晦涩来自诗人的癫狂。这种情况当然很少。诗人癫狂与狗的癫狂一样，都不常见。有数目惊人的知名诗人，神志清醒得无可救药。还有一种晦涩，来自诗人乔装癫狂，即使略微沾点癫狂气。这却很常见，也很糟糕。诗人蓄意告别他的理性，就像通勤者告别他的太太一样，我不知道还有谁的作品，比这类诗人的作品更让人讨厌。

另有一种无意中的晦涩或者说是混乱，是因为一些作者哪怕表达很简单的想法，也无法不搅个乱七八糟。还有一种晦涩，则是因为想法太多，都得塞进三或四音步的诗行里。诗歌的功用是浓缩，但有时浓缩得过分，读这样的诗，不会比高峰时刻搭地铁来得舒服。

有些时候，诗人太专注于音节的某种组合造成的抒情可能性，却忘记了最初想说什么，如果确实还有东西要说，结果又是乱作一团。对这种晦涩，我很能体谅：我知道诗人在作诗的过程中，往往受制于一些花哨的东西，一行诗，听来像丝绒一般平滑，看去像羽毛一般曼妙，但全然不合诗的规矩。如何处理这类小玩意儿，常常让诗人烦恼，他自然感激缪斯时不常赐予他的小恩小惠。通常，他会把这闪亮的字句丢入整首诗的什么地方，但愿它不会太扎眼。（听来我好像鄙薄诗人，其实我是妒忌他们。我可真想当个诗人。）

我与诗人的争吵（诗人得知竟然有争吵发生，想必惊诧莫名）不在于他们不明晰，而在于他们太勤快。勤快之于诗人，正如不诚实之于簿记员。有数不清的诗人写得太多，太勤，太取巧。很少有诗人乐意等待十月怀胎，他们宁可要个早产儿，用老式卡斯隆字体娩出后，再送进恒温箱。

我以为美国人，较之其他民族，更容易受他们不理解的事物打动，诗人就利用了这一点。格特鲁德·斯泰因曾经占据令人惊叹的报纸版面，但在我看来，这与她的作品给人的快乐全然不成比例，虽然我只是揣测而已。斯泰因小姐忙了她认为有趣和刺激的实验性写作，我当然不反对。她痴迷于字词形成的音韵，也让人赞叹，大多数作家很少关注音韵，太多的作家干脆耳聋。但另一方面，我也不打算相信，任何作家，除非存心预谋，有谁还能像"一朵玫瑰是一朵玫瑰"的作者一样[①]，始终以如此优雅的晦涩和空疏的方式来创作——从不采取常规一点的手法。百分之百地绕圈子说话，非得是纯粹的天才——没人好到这个份儿上。

总之，我想妻子是对的：诗人可以更明晰一点，但又不必落在生硬的实处。我很奇怪我对他们如此这般地啰嗦个没完。我同样也吃亏在勤快上。我咬着铅笔，盯着划了标记的日历。

在城市(但城市将遭毁灭)，灯火持续闪亮直至清晨，在朝向幽暗庭院的饭店卧房里，在卧房外的小起居室里，早餐就铺排在小起居室，灯火微茫，闪射在半个葡萄柚和锃亮的餐具罩盖和保温咖啡壶上，整个早上冰块儿绕葡萄柚的硬皮融化，阴翳铺满建筑物前通道渐渐升高，有人穿着晨衣或浴衣或睡衣裤从挂钩上抄起听筒要求送餐到客房并点了半个葡萄柚还有烤面包片还有橘子酱一边听任水在浴帘后哗哗流淌。城市醒来了，却是伴随自己内部的一个个太阳，有羊皮纸灯罩的每盏灯，电

---

① 语出格特鲁德·斯泰因的《圣洁的艾米莉》一诗，原句是"玫瑰是一朵玫瑰是一朵玫瑰是一朵玫瑰"。

线沾满灰尘，弯曲盘绕，将它连接到光与电的中心，太阳系的脐带。(但他们告诉我，所有的城市终将毁灭，人们不会再生活在大而无当的城市里，不过这个时刻还没有来临。)无论如何，我必须保持对城市的记忆，餐室灯光下盒子里的蕨类和虎尾兰，餐馆和烤架，电梯门的开启和关闭，始终在按钮召唤电梯的人影，与他人(城市里一向不乏他人)一道默默等待，一道升降，却始终一言不发。在书店，店员询问是否需要帮忙，你说不必了，只想随便转转，在一处地方，一个屋顶下，汇聚了这么多的书，岂不让人兴奋，而每本书都在等待被阅读的圆满结局。演出结束后，门前挑棚下，人们挤挤挨挨地躲雨，雨水打在出租车的顶盖上，雨中的城市众生，人人面带焦灼之色，男人身着黑色外套，头戴礼帽，一头扎进炮火般袭来的骤雨中，寻找出租车湍流涌动的源头；衣着光鲜的女人，恼怒，惊惶，绝望，等待没入叫人百般无奈的夜幕之中迟迟不归的男人；挑棚下人群骚动，仿佛他们所有人五分钟之内如果不能安然遁入出租车，必死无疑。(离去时，必须把钥匙留在服务台上。虽然城市必将毁灭，也不要忘了离去时把钥匙留在服务台上。)

夜空下的羊群

（一九三九年十一月）

第一次严霜过后一日的下午，我携一袋麦草去谷仓，望见查尔斯从路上拐过来，下坡走入我的牧场。他戴一顶浅顶、边缘翘起的软呢帽，手上满抱引诱羊只归圈的芜菁叶子。他还带了一条绳索。查尔斯刚刚刮过脸，下巴上随意沁出血渍。他一手抱着青青的嫩叶，一手抹去脸上的血。我想，“查尔斯怕是来领那只不停咳嗽的母羊的。”（或许我得解释一下，查尔斯的羊与我的羊搭伙——他可以使用我的牧场，我也可以使用他的牧场，我们的羊群交互来往，因此吃得越发欢势。）

天气清冷，寒风刺骨。连日来天黑得早了。我放下草袋，穿过田野走向蹬梯，獾狗尾随在我身后，满怀期待，本能地觉到有事情要发生了，而且可能与羊有关。查尔斯召唤羊群，“呐呵，呐呵”，他唤道。驯顺的母羊一颠一颠地现身在雪松林外，引领其他羊只前来。查尔斯四下撒出嫩叶。羊群围在他身边，欣欣然就食。我走到距蹬梯的半途，见他将怀中嫩叶一股脑儿丢在地上，左手伸出，蓦地薅住一只母羊脖颈底部的毛。那羊低头闪避，猛然后退；查尔斯给扯动前扑，一头扎在羊肩上，连忙牢牢抱住羊只，上衣掀起，缠到脖子上，帽子滑到后脑勺。那是只很大的母羊，她拖了查尔斯，在岩石间颠簸游走。我翻过蹬梯，走上前去，捡起查尔斯掉落的绳索，走到二位最后一通挣扎后跌倒处。查尔斯的下巴埋在羊身上，脏兮兮的灰羊毛染上斑斑血迹。那羊抖擞精神，又窜出去。我一把揪住她的尾巴，与他们一道前突。羊跌倒了，我伸脚压住她的脖颈，我们消停下来，查尔斯有气喘病，只管大口喘气。獾狗试着伸出一条腿，小心翼翼地靠近，碰碰那羊，又迅疾跳开。我们三个，母羊、查尔斯，还有我，躺了一会儿，气喘吁吁。

“我找出了发动机的毛病，”查尔斯说。

“那台磁电机？”我问道。

“是啊，”他说。“伯特今天下午来过，胡搞一通……这家伙，快让我喘不上气来。”此刻差不多倒是喘匀了。他头枕在羊身上，闭上眼睛，像是就要沉沉睡去。

我将绳索递给查尔斯，绳索靠近一端有个结，这样他在做活套时不会抽紧。查尔斯将活套套在母羊的脖颈上，我盘起绳索。

“坦普尔曼小姐早先一会儿来我家，”查尔斯说道。“这娘们儿，女人身上的毛病她都占全了。”

“我得带狗走了。”我答道。

“等我们把这羊弄过蹬梯。她一准快有两百磅重了。”查尔斯用他的粗大的手指拨开羊的眼睑，露出她布满微细血管的眼球。“是只不错的母羊——瞧瞧这血，”他说道。

獾狗几乎为杀戮而疯魔，前后奔窜，只想咬穿羊的喉咙。

他的嘴里塞满了羊毛。查尔斯在一边拽，我在后面推，但这活儿很费力气。母羊向后抵住我，又猛地蹦起来，蹿向蹬梯。绳索绊住查尔斯的一只脚，他栽倒了，撞在岩石上；獾狗立即转移目标，绕了他蹦蹦跳跳，我抓住绳子，站定脚跟。我们将羊小心挪上第一级蹬梯，那羊瘫在上面。查尔斯心慌气短，我们只好歇息。我一条腿跪在蹬梯上，一只手伸到羊尾巴下面，防止她溜下来。我们可不想前功尽弃。那羊软在我们身上，死沉死沉的。

“你是否必须得把磁电机送到城里去？”

“不错，”他说，“一点办法没有。我们再来一把，当心她歪倒时压着你。”他掏出一条肮脏的手帕，捂在下巴上。“哪块儿破了，好像血就流个不停。”

“何不备上一支止血笔？”我问道。

“倒是有一支。”查尔斯说。

我们双双起身，母羊在蹬梯上踉跄，歪向一边，一头扎出去。查尔斯呼哧带喘地及时用绳索揽住，没让她栽进围栏边的灌木丛。獾狗憋屈在羊的身下，扑腾着摆脱羊毛的纠缠。

“为什么不用？”我问道。

“根本不顶事。涂抹在伤口上，哪里挡得住。总是要流上许多血。”

“你听到她近来咳嗽吗？”我问道。

“没有。不过可能是因为寄生虫。肯定的，咳嗽时，如果前腿伸出，很有可能是寄生虫，不是伤风。若是寄生虫，我们得赶紧把她弄走。可能就是伤风罢了。她是只不得了的母羊。”

我揪住獾狗的尾巴，用力拖拽。他哀叫着脱身出来，我把他抱在怀里。

“我送他回屋里，”我说。“这样我们会利落些。”我走近屋子时，儿子出门，向我们跑来，随手拾起一根枝条。我抱了狗进屋，把他关在厨房里，第一百万次令他心碎。回到现场，小家伙正在刺刺戳戳地驱赶，查尔斯释放绳索，让羊奔跑，待绳索释放到尽头，又不可思议地大步跳踉着跟进。他的帽子顶在头上，帽檐侧向左手边，略有些歪斜。母羊一时撒腿狂奔，一时兀立不动。

“把绳子给我，”我说道。“你停下来喘口气。”查尔斯将绳索递给我。

“公羊这个星期要来牧场，是不是？”查尔斯问。

“不错。是只一岁口羊。你说一岁口的羊能不能对付这么一群羊？”

“没问题，”查尔斯说。“光听人胡扯，说是不能繁殖太多。弗兰克·比克福德有只纯种的泽西公牛，一星期两次配种他都不干。这倒霉的牛死于孤独。”

跑过一段长路后，母羊在麦凯彻恩的房前逸出公路，正是查尔斯家的地面儿，双膝跪下，随后躺倒。儿子和我紧随其后，攥了绳索不撒手，查尔斯溜达着跟上来，喘息均匀多了。他跪在母羊身边。母羊闭上双眼，显得疲乏和忧伤。儿子轻轻地敲打她。太阳落山了，驶来的汽车打开了泊车指示灯，暮色中清晰明亮，并不刺眼。“她死了，”儿子说。“她的眼睛闭上了。”

麦凯彻恩家的小姑娘跑出家门，站在一旁观望。“她是死了吗？”小姑娘问道。

“是的。”儿子回答。

“公羊到来后，你能不能开卡车跟在后面？”查尔斯问。

“可以，”我说。我们推起母羊，母羊迈腿前行，进入查尔斯家的圈栏。我揽住她，查尔斯走开，拿来一根撬杆，将她拴上。

“进屋坐坐，如何？”查尔斯拴好母羊后问道。“来看看我新养的猫。”

天完全黑下来，我的脚趾给亚麻布地毯的边沿绊了一下。

“这地方一股猴子笼的味道，”查尔斯说，“可萨拉不在时，我从来也不收拾。她星期二回来。我收到信了。”

小儿子和我摸索着往前走，查尔斯划着火柴，点亮一盏灯。我在炉边的一张摇椅上坐下来，儿子靠在身边，胳膊搂着我。查尔斯将小猫放在我膝上，小猫随遇而安。

“后间的铁管是做什么的？”我问道。

“我打算把水输到屋里来，”查尔斯说。“萨拉希望这样，我想应该让她如愿。一年前我从西尔斯店买了一台水泵，一直没安水管。我也不想把这地方弄得忒自在了。”

他从壁炉上取下四个长大成人的儿女的照片，一一拿给我看。它们是照相馆的摄影师拍下的高中毕业照。此前他给我看过，现在又取下来。“我再没有什么事情可自豪，”他说，“但我为他们自豪。个个都不错。有两个已经结婚了。”

我很认真地端详他们的面孔。

“这儿子最让我宠爱，我想。”他说道。

“他挺漂亮。”我说。

“这场战争太残酷了。”

“确实。”

“你说接下来会怎么样？”

“我不知道，”我回答道。

厨房暖和起来。我们点燃烟卷，坐下来吸。小儿子抚摩猫咪。查尔斯将照片摆放回壁炉上的舰船照片下。他已经呼吸正常。我感到一阵懒散，很舒服，不想动弹，但晚饭时间已到。我站起身来，准备离去。

“春季里那些羊羔很招人喜欢。”查尔斯说道。

“当然是的。”

我和儿子，我们走回到路上，我注意到母羊静静地凝视她的拴绳。头顶上的夜空中，星光闪烁。看来明天是个好天气。

“他问你接下来会怎么样是什么意思？”

“他是在说战争。”

“有人知道接下来会怎么样吗？”

“没有。”

“你知道吗？”

“不知道。”

“人们不管愿意不愿意，是不是都得打仗？”

“一些人吧。”

我们快到家时，可以俯瞰下方，看到牧场上的羊群，星空下，他们正在四下啃食牧草。

“我都等不及想看到羊羔了。”小儿子说。

报　告

（一九三九年十二月）

我刚刚盘点了我的生活，看看我当下的境况，连带观照此地的文化和农业状况。且让我交代一下我在刚结束的一九三九年的状况。

家畜与家禽。我有十五只级进杂交羊；还与另一位老兄共有一只纯种牛津短绒公羊。两只羊尾巴污秽，两只羊鼻涕横流，一只羊是黑的。一般说来，他们还算健康，不生虱子。公羊很温驯。鸡舍里有一百一十二只新罕布什尔红母鸡，谷仓里三十六只普利茅斯白岩鸡，一共是一百四十八只产卵鸡。我有三只图卢兹鹅，本来是四只，另一只给狐狸拖走了。我有六只公鸡，都是禁欲者，孤身自处。还有一条狗，一只雄猫，一头猪和一只囚着的老鼠。

水果和菜蔬。我种了苹果、南瓜、西葫芦、土豆，还有牛甜菜，养在盒子和箱子里。大量的果酱、果冻和腌菜。

产量。过去十二个月来，我生产了四百八十二打鸡蛋，红

皮。我们连吃带打，报销了一百零一打。另外的三百八十一打，让我销往市场，一些是就地出售，大多数卖给了合作社。眼下，我每星期生产四十打鸡蛋。我的家禽净损失可能不超过每只鸡每年一美元。如果我不是必须靠写作谋生，我想，每只鸡每年可能会赚上一美元。一个人得绞尽脑汁，全神贯注，才能从母鸡身上获取最大效益：你不专心待她，她就克扣你。

渔猎。一九三九年，我猎杀了一头豪猪和一只老鼠，用捕鼠夹子捕捉了另外四只老鼠，捕捞了二百磅鳕鱼和黑线鳕，一百五十磅鲭鱼，还有二百磅锯隆头鱼和绿鳕喂养一只海鸥；豪猪和老鼠埋了，黑线鳕熬了海鲜浓汤，鳕鱼送人，海鸥飞了，鲭鱼制成了罐头。

林间和旷野中的动物。在此地或邻近水域与我们相依为命的，有臭鼬、旱獭、黄鼠狼、狐狸、鹿、水貂、野兔、猫头鹰、乌鸦、粗毛海豹、蹼鸡、啸鹟、潜鸟、黑鸭、松鼠(灰的和红的)、金花鼠、豪猪、浣熊、蜂鸟、鼹鼠、蜘蛛、蛇、家燕、树燕、蟾蜍、蜗牛和青蛙。某日晚上，一只野鹅飞往南方途中，栖在我们的池塘前。春天和秋天，有时还会飞来成群歌鸟。

田间作物。我的谷仓里，垛了三吨干草，用作羊饲料，还攒了九蒲式耳燕麦，结果生了黑穗病。

总结。丰饶的一年，但不免自私，将大地上的财富攫为己有。

我频频研究去年的镇务报告，看看这一轮十二个月的走势，钱是怎样花的，运气如何。一个此等规模的镇子(七百九十八名居民)，我有可能理解其财政报表，因为那数额还在我把握之中。它不像谷物交易所的报表，虽然定期查考成为我的保留节目，却经常让我摸不着头脑。我的镇子在如下方面很对我的心思：杂项开支下，读到有二点二五美元用于修缮镇公所（我上次经过，前门是靠扫帚柄插对地方才能关上），我觉得这是我可以刨根问底的事。或者得知有四十二点五美元用于捕猎豪猪的赏金，十三点八八美元付给了打字员，我也觉得熟悉、踏实。有一头豪猪还是我猎杀的。

总之，在我看来，此地似乎事事管理得井井有条。镇里的人工是每人每日三美元，每组联畜马车每日六美元，每辆卡车每日九美元。卡车比马车多，但马车需求量更大，从春到秋，很少能有一日空闲。今年十月，一个雪花纷飞的寒冷日子，我望见一队马车上路，如约受雇去收获干草。

一般居民每年缴付二十五美元的财产税。人头税是三美元。如果他有汽车，要付消费税。镇里最大的开支用于学校、道路和穷人。镇里的非居民，也就是避暑者拥有的土地和建筑，估价高于居民的土地和建筑——让人对此负担有一种本末倒置的感觉，但镇子因此却有可能在这一代维持下去。没有来自避暑者的这笔进项，本社区很难收支相抵。

本期的公务员、办公设施以及其他杂项开支很少。今年，镇里为此支付了二千零八十四点六五美元。这笔款项，包括镇公所成员、收税员、治安官、卫生官员和校董的薪酬。审计员、秘密投票办事员、选举工作人员、仲裁人和度量衡器检验员的薪水也在其中。在我们镇公所的人员设置中，还有桶箍和桶板的拣选员、木材和树皮的检视员，以及围栏巡查员，虽然一一各就各位，我倒没看到有记录表明，这些任公职者有什么开销。治安官今年的薪酬是四十五点五美元，卫生官员则是十五美元。这就让人猜想，对居民的言行举止，似乎比对他们的健康盯得更紧，但我相信，情况并非如此。

修桥补路的花费，相形之下，大大高于公务员的薪酬。上次镇务会议投票决定，投入一千七百美元修整公路和桥梁，另有八百美元拿来改善州政府补贴的道路，加上另外五百美元，整修所谓的第三号公路，加上另外二百九十二美元，整修三级公路，加上另外三百五十美元，用于豪斯伍德路——在岩架上炸出沟渠，修葺涵洞等等。为了行车方便，交通联系通畅，想去哪里就去哪里诸般特权，镇政府不断掏钱。在这个隔绝的社区，机动性乃是头等大事，其好处之大，压倒了其他的一切。道路费用一项，无人会抱怨。此地的生活，固然有一些方面要比公路更多坎坷，但公路这东西，一修就灵，镇子里的人乐于慷慨捐输，或许原因就在于此。镇上的身强力壮者，相当一部分都在忙活道路，夏天铺沥青，冬天撒沙子，因此，拨出的钱反正还要回到自家，不过需要等上一小段时间，搭上一把子力气。

镇里投票拨款四十美元，为图书馆安装电灯，这样，公众阅览时可能看得真切。决定用一百五十美元，为一所学校修建化学洗手间。但据我得知，它们反倒比不上精心施工的室外厕所。

最大的一笔开支是教育。在这个镇子，有三所一间教室的学校，一所两间教室的学校，一所兼具初中和高中的学校。为维持办学，投票拨款七千四百美元，其中包括教师的工资、燃料、门房服务、交通工具、课本，还有日常用品。还指望州政府另外襄助一千五百美元。在报告所涉期间，也就是一九三八至三九年，工资最高的教师是中学校长(他同时还是垒球和篮球教练)，领取一千四百美元。其次是初高中教师，领取八百美元。工资最低的是只有一间教室的小学教师，为五百零四美元。

校舍取暖使用烧木柴的炉子，中学除外，它有暖气炉。岁末时的账目如下：燃料，四百三十九元四角四分；教师，二千六百元零四角。如此说来，温暖学生身体的费用是加热他们头脑的费用的六分之一，思想的点燃要慢一些。学校的门房，只是部分时间在本镇兼职，领取了三百二十四元九角六分。清理积雪用去九百八十四元三角六分。

镇上经营了一个农场，我想那是特意购置的，因为它提供了很近便的沙砾来源。（沙砾在当地作用很大；有人会不时拉上一车，或者在冬天覆盖冰封的路面，或者在夏日铺洒在沥青上。）农场靠出售干草和沙砾，得款二百四十二元零五角，这笔钱大部分进入了恤贫账户，穷人因为镇上的自然资源而受益。

镇上为救济穷人总共开支约二千四百美元。近些年来，美国的一些市镇将这类一些负担推卸给联邦政府，但我们镇子始终有自己的路数。镇长对本届联邦政府不以为然，从不参加它那些花里胡哨的冒失计划，比如华盛顿补贴一美元，镇里再相应补贴一美元。有些居民对此不满，但我想大多数人是赞成的。一些人议论接受青年署的资助，付酬给打零工的中学毕业生，我不知道是否会有任何结果。我认真研究了财务报告，没有发现山姆大叔有一点娇纵的意思。

收到了州里一笔九十六美元的款项，退还多付的铁锹租用费，但丝毫没有迹象表明曾与联邦串通。据我所知，这些铁锹可能是用于从起居室清除炉边的引火树枝。

在本财政年度，我们镇上有七桩婚姻。卷入其中的十四人，十二人为初婚，二人为再婚。有六人出生，二男四女。九人死亡，四女五男。四十二只雄犬，八只雌犬领得许可证。九十八名儿童看过牙医，拔掉了六颗恒齿。

我觉得这是一份很出色的报告。

欢乐牌冰淇淋

（一九四〇年一月）

在村里的汽车修理厂，收音机的音量始终调得很低。你可以坐在炉边的板凳上听广播，修理工在一边鼓捣你的汽车。汽车引导进来，门在后面滑动着关上，抵挡寒冷，那里的一切都是安逸的，宁静的，音乐在耳边轻飘，头顶的椽木上，悬了翻新的旧轮胎，内胎码放在架上的箱子里。收音机里的歌手（一位男中音）正在演唱《沙利马尔近旁我怜惜的苍白的小手》。爱意自机匣中飘出，不绝如缕——真情的、热切的、浪漫的爱，然而却恬静，柔和，因为音响调得很低。我不知道沙利马尔在何处。或许是在波斯。火炉发散的热流，荷载了痴情，令我心神恍惚。我看到一位美得勾魂摄魄的姑娘，她的手是波斯式的，苍白的。忙着调整配电器上触点的修理工，他的双手不是苍白的。它们几乎是黢黑的，知道自己做些什么。修理工从未见识过沙利马尔，从未见识过激发爱意的无线电广播演播室，但知道应当知道的汽车的一切。随着歌手结尾时那个撩拨人心的叩问："你现在何方？你现在何方？"此刻，火炉和音乐给人身心都带来极大的满足。二十分钟后，他们把车子交还给我，我穿过门道，回到寒冷的世界上，离开了爱的绿洲和美人的幻境——沙利马尔近旁，一个发动机转动平稳的男人。

哪天，我会与政府来一次炉边谈话，如此，我们或许多少可以更好地相互了解，而只有加深对彼此特性的了解，政府及其公民才能实现他们共同的命运。我在谈话中，特别想提到称为"免税物品"的1040表G节的第一句，表述如下：

> 下列各该项目部分得予免税：(a)人寿保险或养老保险项下收取的款项(但因受保人死亡支付的款项和对此款项的利息支付以及作为年金收取的款项除外)，倘若此类款项(如与课税年度之前在此类保险中收取的款项累计)超出保费总额或所付代价(无论是否在课税年度支付)，则超出部分均须计入总收入……

我想问问我的政府，如果我也照此来写文章，它以为我和我的家庭该是怎样的结局。三个插入语拼在一个句子里！怕是一个月内，只有指望政府救济了。

上文中的这一句话，显然是哪位律师恪守修辞要诀的神来之笔。任何思想或理念，都可以用很简单的陈述句表达出来。我完全相信，1040表G节中的内容，本可说得清晰明了，让一般人都能领会，不必懵懵懂懂，像读天书。在下就能把它说明白，只须拜托律师先来帮我梳理一番。我想给政府提个建议：一张五美元的票子(加上成本)，我就能作出清楚表达。

我在忙了准备纳税时，不免想到，我在数字方面有多么幸运。数字于我，关系不大，也因此省了我很多时间。对一些人来说，数字是最生动的符号。一些人可以盯住 5/23/29 这个标记看，这对他们就有意义，令他们眼前浮现某种形象。我做不到这一点。我能看见猪的眼睛闪射的贪欲，但看不明白变成数字的日子。如果我还能记得日子，也只是记住了它们给我带来的创痕，而不是它们在日历上留下的道道。

倘若数字指的是钱款，则能否引起我的注意，全看它处在哪个数量级上。一美元以下的数额，似乎对我都很重要，息息相关。我认为五十美分比二十五美分多了很多。不管买什么东西，九十美分好像都是一笔大钱。但碰上一大叠钱，比如五十美元，或一百三十二美元，或三百零七美元，它们差不多就全都一样了。假使我果真有钱，我可以毫不痛惜地花上两百三十美元，与我花一百一十五美元并无区别。它们好像是一回事。或许我对一美元以下钱款的重视，还是当年留下的后遗症，那时，生活中的每一桩交易基本上都不超过一美元，而且激动人心。

我所以不惮其烦，写下这些话，是因为我想百货商场应当知道，对至少一个顾客来说，一美元似乎少于九十美分。商家给商品削价，一心诱我购买，其实是枉费了时间。另一个原因是，我想应当给我的政府打个招呼，他们在征收所得税时，既是掏钱，只要明白说出指望我怎么掏，本可以避免多少啰嗦，而且，假使这样做仍恐岁入不足，只须在纳税说明的末尾大书一笔："加倍。"我就会如数奉上，眼皮都不眨一下。只有在搭上双倍时间揣摩 1040 表，或付钱给律师让他替我代劳时，我才觉到了拮据。我说不准就我生活中的财政问题而言，是否还有什么事情如同财政部盘根问底的探究这般复杂。在很多方面，我的生活确实复杂。我养了一群羊，做个兼职的羊倌实在并不简单。但我从与反刍动物的关联中或赚或赔，都不会让我的国家操心太多。不管怎么说，此事与美国全无关系。我有我自己挣钱和花钱的方式。我诚实，乐于奉献。不该有个律师夹在我与国家之间息事宁人。

刚刚这场雪下过后的第一个清晨，我们，我和妻子出门很早，去寻找一驾轻便雪橇和一匹马。扫雪机一直在路上，为雪橇清理出平整的路面。是黎明时分，我们坐在六汽缸发动机的车子里，一路疾驰，追寻我们过去的时光。我知道有几座谷仓，往昔就匍匐在那里。

这一次寻觅长久地留在我的脑海中——绮丽的清晨，雪静悄悄积在树上，破晓时特异的天光，新的一天的纯净和期待，清冽的空气，低悬的冷日预示了持续的冬令消遣，还有我们记忆中的铃儿响叮当。我们从一个农场来到又一个农场(我们知道有马的农场)，敲厨房的门，扰起主妇告诉我们男人在哪里。所到之处，都是同样的回答：或是没有雪橇，或是有雪橇，但埋在六吨重的干草下，或马匹没有钉上蹄铁。而令人惊奇的是我们的询问引发的热情——主妇们站在门口，冷风吹入，冻得人打战，但她们说，她们也想在这样的清晨，搭雪橇出门。一些人的脸上，流露出奇特的怀恋神情。埋藏的，不仅仅是雪橇，还有逝者如斯的感觉，一些美好的事物消失了，是雪原上铃儿的铮锹声。有一两人，看看神情恍惚，或是雪橇勾起了她们爱的记忆。

此次寻觅一无所获。我们驶上了回家的路程，这一天慢慢老去，到十一点时，早晨变得陈旧。人可以四下里鼓吹以往，随后总得停下来，生活在当下。路上我们确实遇到了一架雪橇，但雪橇的主人已经抵达目的地，卸下挽马，登门访客。我们无法厚着脸皮打扰。

人在以马为动力的社会中，或许更多乐趣，这种念头是否流于感伤主义的胡思乱想，每每让我困惑。汽车已经在公平竞争中胜出，但对我来说，它除了道路杀手的名声外，还要对许多事情负责。它让我们分离，又把我们重聚在一起，但背景却变了。一代人之前，这座镇子有很发达的蒸汽船业。这里有事情做。随处是渔业加工厂，可以挣到钱。今天，我们北面的公路载运货物，蒸汽船停驶了，码头一片荒凉，工厂没了踪影，人口也减少了。中学毕业的男孩子，臂下夹了文凭，或者靠养蛤谋生，或者远走高飞。中学毕业的女孩子，前往城市去学速记——一种很简洁的方式，用以表达本可以说得很简洁的话。

今天，这座镇子甚至没有医生。它也不需要医生。倘若你用斧子砍了自己的脚趾，只管坐上某人的汽车，他会拉你去十英里外的邻近镇子，那里有医生。想看电影，须驱车二十五英里。铁路枢纽站，五十英里。喝一杯混合饮料，二十五英里。兽医，二十五英里。看橄榄球，五十、一百或二百英里，全看你是谁的拥趸。买一把刈草的长柄大镰刀，十英里。生活中的一切都在别处，你乘汽车抵达那里。

在我们的文化中，这确实管用。如果我们对杂货店里的货物不满意，不妨开车上路，找见我们满意的东西为止。而当地的店主就晦气了，他有他的麻烦。将切片面包送到镇上的面包房的货车每小时跑六十英里，对路上的每个孩子都是巨大的威胁。面包在我们镇上，是死亡的魔杖。冰淇淋以每小时五十英里的速度送达，车门上别了名牌，写有司机的姓名，表示他保证安全礼让，行车二十万九千五百八十七英里无事故。（拉着欢乐牌冰淇淋，在一个不欢乐的十年，绕世界跑了八圈。）

很少有哪家主妇自己烘烤面包。她们每星期炸两三次面圈，但几乎没人烘制面包。我们最难得的奢侈品之一是家制面包，每片二十五美分，是从十英里开外一位太太那里买的，而这也往往意味着特意进城——来回二十英里。面包好极了，大概值得作这趟远足。回家的路上，车里弥漫着面包的香气。但对我们来说，这却是一种奇怪的生活方式。我有点想学学烘制面包：想象中它不会比调制马提尼更困难，我没准会喜欢上这行当。

汽车成为一切谋划的根源。旁边的镇子，几所中学合并了。因为有了汽车。一所建立在镇中心的规模很大的学校——面积有若干平方英里，现在为整个社区提供服务。孩子们乘汽车上学，一些人来自四五英里之外。只有一间教室的小学堂废弃了，教育阔步前进。我听说，中心学校有很多好处。学生有了防火建筑，篮球场使用电子记分板。他们的衣物挂在衣帽间，有通风管道，旋动的风扇将衣服的强烈味道排入大气中，而不是教室里。他们开始与更多人接触，受更多教师的熏陶，有些教师是各自学科的专家。甚至对色彩也作了规划：教学楼是黄色的，校车也是黄色的。我想，毫无疑问，教育在学术的意义上，因学生的集中得到了改进。

改进是否面面俱到，无人说得清楚。显然有些东西消失了。走路上学这件事即其一端，事情本身就有意义。在我们社区，学生仍然溜达着来去。他们清晨七点钟经过我家，咔嚓咔嚓地踢腾着路面。一些孩子步行四英里到校——来回是八英里。哪天晚上有篮球赛，他们晚饭后还要返回，重走一遭，眼皮眨也不眨。有时，过路的汽车会捎带上他们，他们从不主动要求，想也不想这个。在镇子上，没有搭顺风车这回事，没人竖起大拇指乞求。我开车走在这些路上，从不见有人请求搭车，想想路途之遥，时时会遇上严寒或暴风雨，这实在让人难以想象。走路对孩子们是自然而然的事情，就像乘车对其他人一样。至于我自己，虽然有时我也开车，但我喜欢与步行者为伍，因为他们有一种本能的，习惯性的意识，知道走在路上不仅仅意味着到达。如果中心学校依靠校车，毁掉了孩子们心中的这个念头，我们是成是败，可就无从说起了。

农 场 札 记

（一九四〇年二月）

留心母羊产奶，保证她的乳腺正常，乳头开张，羊羔得到奶水。

我的简报这样说。这是对迟迟才来操持牧场的城里人的严格告诫。母羊和我都在孕育：她肚里揣了羊羔，我揣了简报，还有我的焦虑和欣喜。我其实清楚，不管我多么小心提防，最后还是落个阴差阳错。二月里一个星期天的早晨，天刚刚亮，这一刻又来了。小儿子冲进我的卧室，叫喊道："快醒醒，羊羔出生了！"

我抓起几件冰凉的衣服穿上，跌跌撞撞地奔向谷场。还没走到羊栏，已经听见羊羔咩咩地叫。声音听去很假，像是有人用廉价喇叭吹出的短促声响。我放慢脚步，从羊栏的门口向里张望。门槛近前冰冻的地面上，卧着一只死去的羊羔。僵硬的黄色绒毛上结了一层霜。母羊离开不远站着，尾部血迹斑斑，双眼充满困惑。几英尺远处，是另一只羊羔，在一阵阵轻微的痉挛中挣扎摇晃，小小的粪污的身子，有芜菁大小，哀叫声奇怪地穿透了从敞开的门口吹入的刺骨寒风。这就是我的羊羔，等待暖乎乎地被包裹进最近便的简报中。

羊羔活过了上午，卧在炉边的纸箱中，但它羸弱不堪，再没能从最初可怕的寒流中恢复过来。午饭后不久，喂过两次奶，再加我们的祝福，它死了。这是我们曾经接待的为时最短、最有人缘的访客，家里个个都怜爱它，尤其是那只獾狗，它对羊羔可人的芳馥清新显示了深切的关注——那是绒毛上沾染的粪便，经厨房炉火烘烤后散发出的世间难觅的强烈味道，与《圣经》的羊羔喻义相吻合。有一些事情，很难轻易忘怀。羊羔死去已经有好一阵子，其他人各忙各的，而獾狗和我，每当想起它，仍然会全身颤抖。

对我来说，本月的两个重要日子是《乡间纽约客》[①]送达的日子。怀想本世纪初年，我对《美国男孩》杂志，也是这样一种期待和兴奋，小马车和幻灯的图片折磨着我渴求一切的幼小的心灵，而生活中似乎没有什么不可实现。后来，有一段时期，我对清晨的《世界报》同样急不可耐，还有那些心情紧张的夜晚，我走到百老汇大街的报亭前，掷出五分硬币，买上一份晨版《世界报》，忐忑不安地翻到"瞭望塔"一版，查看一些刚刚萌芽的纯正诗歌是否获取了它们应得的名声。那些个夜晚啊！但我想，少年人企盼获奖，青年人期待成名，与一个流年不利的乡巴佬巴望农村杂志描绘的乡间欢愉，怕是没有什么

① 《乡间纽约客》，纽约农村出版公司出版的一份双周刊杂志，始于一八四一年，持续到二十世纪中期。

关联。我不知道鸡舍通风一类零碎问题的研究，或剪羊毛比赛报道，或一匹马庆贺二十五周岁生日的记述，可以使我身上哪一处受压抑的角落得到舒缓，但我知道《乡间纽约客》送到时，我就丢不开手，或者到它应当出刊时，我就放不下心。（就地理区域而言，我本该订阅《新英格兰牧场》，但不知怎么一来，我却始于另一份杂志，我不知道现在如何才能断然舍弃。）

我阅读报章，努力使自己的思想和情感能够跟上天下大势，但战地记者的言语，同写给乡村杂志编辑，吐露他们的麻烦与期望的人的文字相比，看去往往了无生气。糜烂的欧洲有时固然应当引起正派人的关注，但近来，它似乎对我过于宏大。我宁可蜷在舒适的椅子上，拿一本《乡间纽约客》，读道："我有一只三岁口的马驹，大约每隔一个月，后膝关节都要受伤。"这是个我能够体谅的灾难。我也喜欢编辑颇具深意的答复："休息，偶尔敷用斑蝥粉，有助马驹发育，祛除病痛。"后膝关节上的斑蝥粉，够我琢磨差不多一晚上了。

我说不准，但乡间生活的险象与神秘，或许正是它的魅力所在。我读到和听到的事情，常有完全不能理解的时候，但却让我入迷。这里是一封读者来信(某位 M. M. 太太)，明白叙述了一只温驯的母鸡，如何执拗地将一只小鸡啄成碎片，痛悔之下，来到地窖里，吃樟脑丸自杀。"我写出这些，"M. M. 太太灵光一闪，前言不搭后语地补充道，"是要说明鸡蛋很容易就会受到劣质饲料的玷污。"

险象固然多多，但乡下人的生活，随处可以看到美妙的自然而然的平衡。同样还是这些樟脑丸，母鸡吞食了赎罪，而悬在橡树上，又能阻止麋鹿啃噬幼树。我也是从《乡间纽约客》上读到，就在"樟脑丸驱逐麋鹿"的标题下。

几个月来，我保存了一个与灾难有关的简报夹。我发现此地一旦有什么事情发生，这是个很方便的备考文档，我时常要查阅一番。我的常备参考之一是一头反常的小母牛的个案史，叙述者是A. J. B.。文章称为“小母牛带来的烦恼”。“我有一头去年三月满两岁的小母牛，是我亲手养大的。她的种系纯正，健康状况良好，但始终不能交配。今年夏天，她在牧场上与其他母牛一道放养，但没有繁育的征兆。我能看到的唯一反常迹象是，她喜欢舔一匹马的皮毛，还喜欢吃卡纸板。”

如此，任何人都能从这篇叙述中看出，所谓简朴的乡间生活不过是个神话。诗人冥想牛群在草场上徜徉，如一首其乐融融的田园诗，而赤裸裸的现实则是，你忽然发现自己饲养的小母牛，拒斥公牛，狂吻牡马，大嚼卡纸板。

许多这些来信者的行文风格，果真妙不可言。我最中意的文体家是一位太太，她形容她的养鸡事业，用了这样一个标题——“相依为命是家禽”。

“每逢我看到母鸡摇头，”她写道，“我就将她捉起，用一点火油摩擦她的肉冠、鼻翼、喙和喉结，再滴几滴在她嘴里。我用一柄小匙这样做。这通常挺管用。”

这番叙述可谓经济，效果很显著。文学笔法引得读者不禁要猜测火油如何通过母鸡的喉咙，百思不解之际，徒唤奈何。一年之前，我注意到我的家禽都在摇头。我花费了几个星期，想弄清原因何在。似乎无人知晓。我现在认为，所有的鸡都会摇头，而且，考虑到当代鸡舍管理的高压手段，它们确实也有理由这样做。这位太太，虽然对鸡之所以摇头，懂的并不比任何其他人多，但火油总须滴上几滴的。

满眼所见，尽是这些很可能吓着我的闲扯。这些来信往往始于平淡，渐趋绚烂。“今年是红花草的好年景，纽约州的科特兰县处处如此，”《乡间纽约客》这样开始了一个仿佛太平的故事。“我们农场的收成，从来没有这么好过，草料场和谷仓，到处填得满满当当，我们都为贮存了大量上等牛饲料欢喜。”话头突然一转。“结果，”来信人说道，“谷仓没了，红花草也没了。事情发生在九月二十九日。儿子和雇工在谷仓的地窖里拣选土豆，儿子跳起来冲进屋子，刚刚两岁的小菲利斯跑来迎向他，喊道：‘瞧，爸爸，冒烟了！’”

此类简短的叙述令我心悸。我自家的草料场仍然有一些干草，每次儿子向我跑来，我都心惊肉跳。“瞧，爸爸，冒烟了！”我听得他喊叫。

人们知道，农场禽畜的康宁，其实很靠不住。农场所有的禽畜，尤其是母鸡，常常命悬一线。“我的母鸡喉咙里有黏液，”F. G. 写道。“我的火鸡习惯相互啄下羽毛，吃进肚里，”T. J. M. 伤心地说。“大量繁育怀恩多特白鸡的好处何在？”E. S. 询问，上嘴唇绷得紧紧的。这些人在我眼前活灵活现。他们是我的兄弟姐妹，生活在懵懂中。

我不是在公正评判《乡间纽约客》。它确是最伟大的报纸之一。我想它为人称道的，是它的除旧布新精神，以及它对受流氓无赖和政府官员欺侮的农民的热忱帮助。但我认为，它最大的长处还是它设法保存和传递了对土地的感情——一种欣喜感，一种将聪明才智用于土地，在一年的时序轮替中求得完成的充实感。我看到的大多数面向乡村的报刊缺乏这种气质，虽然它们提供了什锦蜜饯式的替代品。而透过《乡间纽约客》，在读者来信中，在各类文章中，这一点一目了然。

农场主与其土地之间的此一神秘关系能否最终存在，有时似乎令人疑惑。随着地力本身的耗竭，上一代人目睹了这一关系的衰退。农场作为一种生活方式，已经让位于农场作为一种挣钱手段。一路走来，人们在中途的什么地方迷失了；就在将维他命和计时开关引进他的鸡舍的过程中，农场主忽略了鸡蛋的意义；在拖拉机翻开的长长的犁沟某处，散乱着早先作物的腐烂的根须。现代方式将农场变为企业，农场主变为推销商。与此同时，土地从他们手中流失(某日我读到，美国的农场不动产，只有不到一半仍归农场主所有)，无人知道这个忧伤的故事将如何结局。

我记得，在大萧条结束的几年之后，我曾读过拉尔夫·博索迪[①]的一本书，叫作《逃离城市》。它叙述了作者重拾手工艺，回到饮用山羊奶的好日子的一段实验，他的妻子一手搅乳，另一只手为他纺线编织羊毛运动衫。这是一首高压锅煮饭、真空吸尘的田园诗。我的一位朋友读过此书，评论道："固然美妙，可惜我的妻子不是博索迪太太。"(回想起来，博索迪太太不仅包揽了纺线、洗碗、挤奶、搅乳、阉鸡、煮饭、清扫、耕种和烘烤面包，还把儿女留在家里上学，亲自为他们授课，免得他们与村里的野孩子搅在一起。时到如今，每当想起博索迪太太，我都累得慌。)

然而这本书，就其种种极端的建议而言，同样让人心神不宁。它深刻显现了在衰退时期，没有工作的城里人经历了怎样潦倒的城市生活，还有，依我所见，农场主对高效能、大规模的单一作物农业的忧思。一个爱琢磨的人，或会因此联想，在

---

① 拉尔夫·博索迪(1886—1977)，美国经济学家，理论多涉及现代人在乡村环境下的生活，强调自力更生，并热心实践。

两个极端之间，可能有某种乡间生活，对普通人而言，惬意而又实际，因为他既不想纺线织布做衣裳，也不想操纵联合收割机，渴望的不过是廉价的阳光和空气，以及某种程度的安全。

许多人一直在探求这种理想境况，在城市与乡村之间不停奔走。这片土地，虽然没得到善待，仍能养活全部人口——我们对此心知肚明。问题在于，人们是否有心思，够聪明，能够维持这片土地，也就是说，回报它的仁慈，而不仅仅是盘剥它。

考验就在人们是否还能感受那种生生不息的力量。这既是一个神学问题，也是一个经济问题——人们是否察觉自己还承担了某种神秘的义务，需要将他在耕种过程中，或他在购买他人耕种生产的罐装食品过程中索取的繁育力返还给大地。

我手边正有一本书，是埃伦弗雷德·普菲弗[①]的《生物动力农耕与园艺》，很有可能从此形成我的神秘主义的思路。虽然我刚刚浏览一过，但发现它正对我的胃口。书中的主人公是普普通通的蚯蚓。在堆肥堆的底端坐了上帝。我已经皈依生物动力学。这里有试管——化学理念之外的生活。我能从骨子里感受它，一如我在潮湿天气时感受到的。当然，农夫不能像隐士一般一味悠然(尤其是在产羔期)，但倘若他听任自己的农业活动唯利是图，注定命途多舛。我的目标不再是年产三百枚鸡蛋的母鸡，而是将餐桌上的残羹剩饭变为腐殖质，寻求心境的平和。邻居的猪要拜托上帝了——我想它会怀念那些泔脚的。

① 埃伦弗雷德·普菲弗(1899—1961)，奥地利科学家、教育家、哲学家，出生于德国，后移居美国，是生物动力农业创始人鲁道夫·史丹纳(1861—1925)的弟子，提倡有机农业，被美国人称为“有机肥料之父”。

镇民会议[①]

（一九四〇年三月）

清早醒来，躺在床上，抬头可以望见麦迪逊大道，一幢建筑的侧翼，有大字标牌写道："以世界贸易，谋世界和平"。我躺了好一会儿，琢磨世界贸易如何能带来世界和平，而不是像它惯常那样，引发世界战争。一个街区之外，有支铜管乐队来到第五大道上，奏响《基督精兵进行曲》，虽然此刻是星期日的清早，本区段的基督精兵还在高卧。不过警察已经起身，开始行进，我可以瞥见阳光照射在黄色出租车的玻璃顶盖和神父光裸的头顶上，神父正去往大教堂[②]，心情愉快，逢人就打招呼，感觉比我好，头天晚上，我刚刚吃了一条鱼，味道殊恶。

旅馆里开电梯的僮仆，关上栅门，启动梯厢，一手不断在铁栅上拂动，经过每个楼层时，地坎板就会危险地轻触他的指尖。这是他美妙行程的唯一记录。医生或许能说清为什么他要这样做，不过，倘若如此，医生或许也能说清为什么我走过长长的走廊时，必定用一只脚轻轻侧踢，在踢脚线上标示记号。医生自然能说清楚，但他不会多嘴。生活中有一些事情，我并不想深究，此事即是一例。

望着大教堂，我不禁想起巴黎圣母院和卡西莫多，以及电影常常带给我的烦恼。在《钟楼怪人》中有这样一个场景，法兰西国王进行每年一度的洗浴。侍从恳请他不妨每年洗上两次，而不是一次。就在此时，我不觉走神儿，开始悬想十五世纪的个人卫生问题，意识到国王享有一切荣华富贵，也不过一年一浴，那么吉卜赛姑娘艾丝米拉达，终日与乞丐厮混，一无所有，怕是从来都不洗澡。虽然莫琳·奥哈拉[③]小姐看去娇媚光鲜，但凡聚饮狂欢的场合，每一次露面都那般甜美迷人，但影片已经让我倒了胃口，我想的是，本世纪之前小说中的女主人公，有一位算一位，近距离只怕都难让我怦然心动，现如今随处可见的洁净姑娘宠坏了当代的男人。

新的人口调查遭到一些人激烈反对，他们认为调查表侵犯了宪法赋予的隐私权。对刨根问底的此一进程的抗拒态度，是一个可喜的迹象——倒不是说人口调查有何邪恶之处，但人们为权利而奋争，毕竟是件好事情，否则，时间会像老鼠一样，

---

① 镇民会议，美国新英格兰地区一种地方治理形式，历史可追溯到殖民地时代。一般是由镇上居民每年度举行会议，形同立法机构，决定此后一年的预算、法规、官员任免等等问题。

② 大教堂，应为圣帕特里克大教堂，是纽约最大的天主教大教堂，位于纽约第五大道，始建于一八五八年。

③ 莫琳·奥哈拉（1920—2015），美国好莱坞女影星，一九三九年在根据法国作家雨果的小说《巴黎圣母院》改编的电影《钟楼怪人》中饰演女主角艾丝米拉达。

一点点啃噬掉这些权利。我们太过轻易就出让了自己的隐私。人口调查的威胁唤醒乡下人，是因为没人乐意回答关于自家收入和澡盆的问题。家庭主妇终日惶惶，只怕调查员突然登门，察看家中的澡盆，发现一圈圈丢人的污渍。

隐私，这种抽象的福祉，要比一般尺寸的澡盆大得多。不过，如同澡盆一样，它也扛不住击打，一纸生硬的文书，或法律，就会使它受到无可挽回的毁损。我想人们在某种程度上，确实会一声不吭地放弃自己的宪法权利。这方面最让人吃惊的例子，当推汽车车主，近年来，他们面对州政府颁发的汽车牌照，始终很温顺，而牌照上的内容，一部分是车牌号，一部分则是促销广告。一九三九年的汽车牌照在纽约州出现时，据说颇受欢迎，上面镌刻了广告，请人去长岛的法拉盛观看惠伦①的哑剧。只有少数车主发出怨言——数百万辆汽车，车前车后挂了广告，宣传博览会。我似乎记得，一位较真儿的公民曾将此事告上法庭，要求免受这番侮辱。他没闹出什么动静(除了在报纸上)。但我相信，车主完全有权利拒绝在他的车上搭载广告，而且我相信，州政府颁发汽车牌照，上面镌刻公共机构的大吹大擂，其实是滥用权力。这种做法还在蔓延。过去两三年来，缅因州制作的牌照，车牌号下有“度假胜地”的字样。威斯康星州，我记得，鼓吹自己是“美国奶制品之乡”。可能还有其他一些州我不知道。今年我没见到加利福尼亚州的牌照，但我推定它必然承载了“鲁尼米德”的传奇。

这种做法貌似无害，实际上是将每个驾车人都变成了广告代理，而且不付薪水。它还让我们一些人觉得有点堵心。我

---

① 惠伦，即时任纽约世博会公司总裁的格罗弗·惠伦(1886—1962)。

想，缅因州殡仪馆的灵车，现在领取的牌照，应当没有“度假胜地”字样，但这也很难说。最近我碰巧遇上的几辆灵车，开得实在太快，看不清车牌上写的什么。

对我来说，“度假胜地”这个恼人的摆设，本不该挂在我的不堪重负的小车的车头车尾炫耀。“度假胜地”是个讨厌的字眼儿，拼凑它的人，脑筋想必乏味，很不靠谱。此外，缅因州的居民，并不认为他们的州是个度假的好去处：他们从自身痛苦的经验中得知，缅因州是个长时间辛苦劳作，气候恶劣的地方。不错，其他州的居民在某些和暖的季节来此消磨假日，但联邦每个州都是如此，并非缅因州占尽风光。

撇开这些非议，根据宪法，任何公民在他的私人生活中都不可受到强制，去承受公共负担和宣传某项事业，而汽车牌照上的广告语，自是纯粹的宣传。可以想象，有相当多的缅因公民或许赞同本州的造势方法，以及商会的常规手段，但确实还有其他许多人并非如此，即使只有一个人不赞同，甚或没有人不赞同，州政府悄悄将每个驾车人都变成吹鼓手，将每辆私家车都用来唱赞歌，仍然是僭越了其权限。我甚至不能保证，本州是否将继续改进其目前的广告方式。也许明年，我收到的汽车牌照还会配备汽笛风琴，这样，我没准就能以更尖利和更刺激的方式，唤起人们对这通招摇的注意。

在人口调查一事上，我曾听到一种说法，试图为这番打探辩护，意思是人口调查的成果对美国工商业者的销售和促销活动具有难以估量的意义。这倒是个很有趣的推理——值得深入探讨。据要求，我们应当相信，联邦政府有权强使所有公民回答某些泄露自身真相的问题，如此一来，某些少数公民就能制订更为精确和狡黠的计划，从其他公民那里捞钱。比如，爽肤水的生产商，如果能够发现口臭和头皮屑哪个在美国更严重，显然可以在竞争中抢得先机。掌握信息的人口调查员将帮衬他们，而你的回答，自然，将用来对付你自己。

克服销售阻力如今成了一门学问，消费者须为其精确性作出贡献。买与卖犹如两军对垒：消费者聚集销售阻力（就像印第安人在其居留地竖起栅栏一样），生产商竭力要摧垮它。在此情况下，唯一令人担心的是，联邦政府提出，它也要宣示立场，加入战团，为此需要搜集信息才好帮助印第安人。这似乎很不公平。

我们召开了一年一度的镇民会议，就在教堂旁边，公墓对面年头久远的镇公所里。我见《生活》杂志上说，新英格兰的镇民会议堪称民主典范，但我的一位邻居，或许比《生活》杂志的编辑更多地躬逢其盛，对此另有说法。“走啦，”他说，一边爬上我的车，小心翼翼地端稳用纸袋包裹的一罐烤蚕豆，“我们去看《综艺大观》[①]。”

天气不错，是个集会的日子。大概有一百二十五人露面，约莫占本镇人口的七分之一。镇公所老旧，丑陋——是维多利亚时代遗下的种种乖谬之一，覆了折线式屋顶[②]。我听说，共济会拥有建筑的顶层，其余各层归镇公所。房子是拆是留，无人能够做主，问题搁置在学术层面，因为谁也无法征得对方同意。

---

① 《综艺大观》，原文意为“蔡斯和桑伯恩时刻”，是一九二九年到一九四八年，美国全国广播公司的一档滑稽剧和歌舞节目，由蔡斯和桑伯恩咖啡公司赞助，通常在星期日晚八时至九时播出。

② 折线式屋顶，四面均有双重斜面的屋顶，下面的斜面坡度较陡，上面则较缓。

会议是在一楼召开的，屋子四壁围了镀锡铁皮，有一幅锡浇铸的装饰性图案。窗子披下粉色和白色的纸彩带，所谓丹尼森风格。靠近门口，是一只炭火炉，屋子的一端，讲台旁边，四个投票亭虎视眈眈地立着，像是投币厕所。我们抵达时，女教友正在楼上准备午餐。其他人绕墙边的长凳分头坐下。男人围了火炉，寒暄，烤火，谈论本行话题，相互抬杠。

镇子上有许多人，你一年只能见上一面，就是在镇民会议上。他们从偏僻乡间冒出来，早早地到场；镇民会议是镇子的一次聚会，像县里的集市。长凳的头一排，坐了中学高年级生的代表，他们是来观摩自由国度中的政治运作情况。

这是我头一回参加镇民会议(去年我错过了)，我惊讶地发现，讨论进行得并不热烈。议程表上罗列了三十项议题，包括选举镇政府官员和本镇的财政拨款，以及其他政策性事宜。大多数议题不曾引发辩论。一些议题涉及学校、道路、图书馆、公共卫生，但对任何此类事情，大都一带而过。新英格兰人小心守护他们随心所欲地管理自己的事务的权利，但在我这个镇上，人们都知道，镇民会议不是商量事情的地方。一个个的小圈子，以漫长的历史纠葛为背景，早早就把一切都掂排清楚。会议不过是让结果具有合法性。对会众来说，会议实际上聚焦在凶险的前三十分钟。起初是一位我们都知道已经披挂停当的公民，起身走到人前，从口袋里掏出一张不祥的纸头，以柔软的、息事宁人的口气说道：

"议长先生……"

这就是民主政治提高警觉，深谋熟虑的时刻。这就是镇上百姓大老远聚拢来等待的场面。发言过半，析出的怨愤令空气凝滞，我的邻居转向我，悄声说道："太刺激了，这让我恶心。迟早我得哆嗦起来。”

一阵炮火过后，镇长站起身来反击。二人尽力拖长发言时间，谁也不肯示弱。没有任何动议交付审议——正事要紧，但得先找点乐子。现场的火爆和混乱，不亚于第一届大陆会议①，但缺少了后者的崇高目的和纯正意念。二十年前的回声重新响起，旧日的火焰再度燃烧，热力不逊当年。时不时地，有人说中要害，引来一片喝彩声。最后，议长敲敲小木槌，会议立即安静下来，回归正事；纳税人兴高采烈地迅速处理了议程表上的一个又一个议题，又二话不说，表决了二万五千美元的预算分配，这笔款子，是我们争来吵去，以税款的形式贡献给社区的。前半个小时的吵闹，我们的钱有了正经去处——其他的不过是例行公事。道路和学校总不可少，就是这么一回事。

这里春天的迹象始于邮局，是台子上墨水池的冰化了。一个月后，湖面的冰雪消融。再过一个月，头一批度夏的访客到来，税务官的妻子从北极牌电冰箱里搬走镇上的税册，接通电流迎接夏日。

---

① 第一届大陆会议，一七七四年九月五日，英属北美殖民地在费城举行会议，要求英国取消对殖民地的高压政策，并制订《权利宣言》，但未宣布独立。有十二个州的代表与会，佐治亚州因故未参加。

牧人生涯

（一九四〇年四月）

这是个风很大，让人充满期待的日子，这样的日子，天气晴朗，阳光洒满房屋南面的白粉墙，羊羔卧在谷场温暖的草坡上，它们的前腿匀整地蜷曲，小小的脸颊上，流露出小小不言的满足神情。郁金香在越冬时遮盖的云杉枝条下爆出嫩芽。一只白母鸡领着十三只黑色的鸡雏颠来跑去，指点它们见识世界，还有这世界上的污池和小虫子。风从西北方向刮来，海湾欣欣向荣。甚至鸡场里的喷水池面，水也奔涌流淌。我的鹅在羊圈里的饲料槽边为自己搭窝，今天要下它的第七只蛋，寒冷的夜里，羊羔会卧在鹅蛋上，防止它们结冻，直到那只鹅决意自己来抱窝。这是它们自己商量下的结果——羊羔享受草窝的舒适，将自己的一些体温回馈给鹅蛋，不足以孵化，但可以遮挡冰霜。只要你顺其自然，事情总会转圆。起初，我发现羊羔卧在鹅蛋上，认定我的农场事业乱套了，还是及早脱身，免得更多的荒唐搭配出现。“至少，”我想，“你得拆了那窝，把鹅移走。”但这回我比往常冷静，听任此一局面维持下去。如我所言，事情果然转圆。这是个美好的日子，温暖驱逐寒冷，上帝战胜魔鬼，和平取代战争。沿着一排排的围栏，仍然有些积雪，但看去很不真实，恍如商店里糕点上的糖霜。这些天来，我在经营自身的平和。它就像是我自己的一摊小生意。自从得知我投入了多少时间之后，人们不再呼我为逃避主义者。

传统上而且实际上，羊羔是在三月份降生。我的母羊却在二月里产羔，三月份，她们的生殖率达到高峰，现在进入四月，缓缓下降。写下这篇文字的时候，有十三只母羊产下羊羔，两只还在待产。靠十三只母羊，我得到十八只活产羊羔——六对双羔，六只单羔。四月是截短羊尾和阉割的当令时节，由于我给我的所有羊羔都取了朋友的名字，操作阉割时，手法就比大多数农人更优雅。截羊尾最好用一把钝些的斧子，这样，羊羔流血少些，胜过使用锋利的器具。我一百年也琢磨不出这个诀窍，多亏邻居提醒了我。他还给我讲了黑蜡木茶的妙用，养育羊羔，这是不可或缺的。你从黑蜡木树上剥下一些树皮，用水浸泡，放在瓶子里备用。羊羔夜晚从牧场回来，口吐白沫，春天的突然闯入毒害了第一、第二和第三个胃腔，你只须给它们灌些黑蜡木茶。茶水令羊羔兴奋，但拯救了它们的性命。

英国那份独一无二的刊物——《乡民》，代言牧人生活，在伊德伯里出版，最近刊登了一组古代凯尔特人清点羊群使用的数字。这是英国人在此黑暗的危机时刻，无可比拟的镇静的一个明证，它让我大为感动，我用这些远古的数字为我的现代母羊取名。它们称为耶恩、泰恩、埃德罗、佩德罗、皮茨、泰特、莱特、奥弗罗、科弗罗、迪斯、耶恩-迪斯、泰恩-迪斯、埃德罗-迪斯、佩德罗-迪斯、布姆菲特。我想耶恩确实是个悦耳的名字。我也喜欢莱特，还有皮莰。布姆菲特有点A·A·米尔恩[1]的味道，但我认为它总归说的是十五。实际上，用数字命名是个很方便的办法，我是按照母羊产羔的顺序来给它们取名的，这帮我保存了可靠的记录。佩德罗-迪斯和布姆菲特仍然在争竞最后的位置。

去年秋天，我投资于一群羊(它们值七美元一只)时，并没有想到我在情感上会投入多少。我知道春天有羊羔待产，但它们似乎很遥远。羊羔的生产，我觉得，本来自然而然，是母羊的事情，与我无关。我忽略了羊群是在深秋到来，加入家庭圈子。最初，它们怯怯地接近谷仓，吃些干草，然后离开。但一两次暴风雪后，它们再不去牧场，围在火炉四周的椅子旁，安心过冬。它们几乎成了你的团伙中的一员，像你的狗，或穆迪婶婶。我家的房子与谷仓之间有一间柴棚通联，与中央火车站或耶鲁俱乐部相仿佛，不用出门，就可以接近任何家畜，猪也包括在内。这就大大增加了亲密感，胜过每座农场建筑自成一体的格局。我们不鼓励家畜进到屋里来，但它们时不时地登堂入室，尤其是受宠的羊，不到五分钟前，还颠着小碎步，来到起居室里，观赏一只八盎司的瓶子。结果，在我们这样的环境中，你发现自己与羊越来越亲近。你给它们取名，不是心血来潮，而是为了方便。一只母羊临产前，你几乎与她一样躁动不安。

我对哺乳动物的分娩，本来一无所知。除了那幅著名的

---

① A·A·米尔恩(1882—1956)，英国幽默作家，其儿童文学作品《小熊维尼》和《小熊维尼家拐角的小屋》，深受世人喜爱。

《宝宝的诞生》的画片，还有几张昔日妇产科医生发来的账单，我对孕产一事，没有什么更生动的认识。如今一切都改变了。过去六个星期，我忙于接生，频率极高，热情适度，成绩斐然。十三只母羊产下十八只羊羔，毕竟不坏。我失去了一对双胞胎——它们是二月的第一个星期降生的，先于我的预期，冻死了。我还失去了一只单胞羊羔，是死胎。

接生领域的新手，难免犯下过分热心的错误。对母羊来说，最初我的一番殷勤，想必犹如普通的夜班护士对满怀期盼的母亲一样，处处讨嫌。羊的产羔和照护能力差异很大。她们对牧人的态度也各不相同。一些羊乐意你在身边穷忙，拾掇拾掇花草，摆弄摆弄窗子。别一些羊对此却有说不出的厌烦。后者，除非遇上紧急情况，还是听由她们自己去解决问题。她们通常对付得也不错。如果你在头一天，已经用案头的剪刀修剪了母羊乳房下的绒毛，那么十有八九，她们会在羊羔产下后正常哺乳。

最初，分娩让人震惊，像是一场典型的蹩脚策划——一个草率、孟浪的运转过程，是淫秽的魔鬼生出的事端。它看上去乱七八糟，全无章法。但你投入进去一段时间，整宿整宿地蹲在寒冷的马棚里冒烟的油气灯下，照护一只母羊不肯认领的虚弱羊羔；你熟悉了哺乳动物生育时的那些古怪装饰和副产品，看到它们为最终产品作出了何等不可思议的贡献；你打破了牲畜的矜持，与她融为一体，不再缩手缩脚，此后，分娩这个怪异的现象就成了勾魂摄魄的辉煌时刻，充满了克制的情感，犹如一出伟大的戏剧，让你不可思议地放弃了可能吸引你注意力的任何其他事情。在我一生中，从没有像过去的一个月这样度过——一段纯粹的创造期，个中况味虽然出于间接，但让人非常感动。

我推测与雌性产仔有关的任何事情基本都是本能的，不是理性的。母羊做出成百个生死攸关的动作，完成了十数件责无旁贷的艰巨任务，却乐此不疲，浑然不觉是在尽义务。每件事都很重要，但没有一件事发乎于理。羊羔产出前，母羊乱抓乱刨身下的铺草。即使如此，也有其作用，因为她是在为即将降生的羊羔搭建一个窝，好歹总要符合羊羔的习性。随后是又一个神奇的本能反应。在羊羔降生的一瞬间，母羊向前迈出一步，折转身子，低下头急切地嗅那奇特的小东西。这向前迈出的一步似乎微不足道，但我一直在思索，我想它绝非无可无不可。如果母羊退后一步，那就是另一回事了——她会踩着羊羔，甚至毁了它。我常常看到母羊在分娩过程中向后退，但我不记得曾有哪只羊在羊羔落地后还会退后一步。这是第二个出于本能的细节。

第三个细节要比前两个都重要。一只羊羔，刚刚降生时，处于性命危浅的状态，虚弱，气息奄奄，鼻子布满胎液或是给胞囊堵住。它四肢摊开倒在地上，呼吸困难，一阵痉挛过后，怎么看都像死掉了。只有迅速行动，而且目标明确，才能拯救它的性命，让它焕发生机。是母羊采取行动，做了另一件重要事情，就是疏通羊羔的鼻腔。她分毫不差地瞄准羊羔的鼻子，扯下那层胎膜。我不能相信她是有意识地为她的孩子开辟通气孔，她不过是自然而然地喜欢舔羊羔的鼻子。你会纳闷儿(或者说吧，是我纳闷儿)是哪种奇异的指引性力量驱使她从鼻子那里开始，而不是另一端。羊羔有两端，没错儿，母羊会兼顾二者，才算完事大吉；但她总是从鼻子开始，几乎急不可待。我想达尔文是对的，经历漫长的遗传性淘汰过程，最终诞生了首先清理羊羔的前端，而非后端的羊。这是个让人敬畏的景象，不管它的原由何在。它实际上是在起死回生，你可以看到随着第一缕空气吸入疏通的鼻孔，生命有了保证。羊羔抽搐着，发出一声叫，仿佛是从遥远不知处归来。母羊答以闷闷的咕哝声，两肋还在因为分娩引起的痉挛而皱缩，一声应答中，骨肉亲情从此确立，取代了丢弃的脐带，才算大功告成。

而这不过是为母亲者诸般天性的起始。母羊开始舐干她的羊羔，拥它站立起来。她帮助它活动，免得羊羔倒卧，打寒战。最后她设法安排好羊羔的位置，让它在几乎密不透风的绒毛中，找到不可或缺的泉源和初始的通便剂。一口这类流质(仿佛含有大量白兰地成分)下肚，羊羔即刻欢势起来。它的小尾巴摇来摆去，浑身透着自在，你的心也随之跳动。

甚至你的技艺也日渐趋向本能。还是新手时，我常常得费一把力气，将羊羔的嘴凑近乳头，让它咂奶。如今，我只须轻轻触动羊的尾根。

堆　肥

（一九四〇年六月）

今天加入了一个协会，叫作“大地之友”，人到了我这把年纪，本该从属某个社团，这样午后也好有个去处。我准备搬一张破旧椅子出来，摆在堆肥旁边，想与大地亲近时，不妨去那里。会费花去我五美元，而我平生膜拜土地，还从不曾破费一分钱，不过这是个处处要钱的时代。

我写下这些，是在新闻播音宣称的法国战役①的第四日，因此，一段文字与一段文字之间，难免前言不搭后语。我须不时跳起身来，聆听自由是否还存在，下笔很难保持一个连贯的主题。我想如果我直接参战，倒不至于张皇失措。但这场无线电广播中的战争让我紧张。我猜这次加入协会，完全是因为内心纷扰。我在写作时，感觉并不需要与任何人相联系。我就像是属猫的，而猫从不结社。

人们如此重视国外新闻，以致我的协会也打算派出驻外记者。可以想象，今天对大地之友的法国北部记者将是个丧气的日子。如今法国土地上不断添加的有机物质，本身就让人极为难堪，除非停止将我们的年轻人化为灰肥，否则，我们的土壤保持方案不会有很大成效。

我收到新墨西哥州圣菲的一位商人的来信，劈头言道："阁下是否愿意系一条镇上其他人可望不可即的领带——只为你一人手工编织？"随信附了一小块样本，还有领带的草图。领带非常漂亮。他邀请我加入"专用领带一族"。如果喜欢这条领带，他说，领带即"归你专用，镇上其他人无缘消受"。我立即复信，请他参加我们的下一次捐赠品义卖。

一位大地之友系上专用领带，都不知道该去哪儿。

穿戴问题始终让人困惑。《时尚芭莎》[②]给我奉为圣经，从这里我得知，北黑文[③]的波士顿圈子对他们夏日聚居地流行的新款衣装大皱眉头，脚下登一双新的旅游鞋，也会饱受非议。"衣服越旧，血液越蓝"[④]，作家如是说。当然，社会近来发现，如果不放弃始终与新衣联系在一起的特权，就很难指望

---

① 法国战役，第二次世界大战中，德军于一九四〇年五月十日实施的入侵法国和低地国家的军事行动，其后，经英法军队敦刻尔克大溃退，马奇诺防线崩溃，法国政府逃往波尔多，巴黎陷落，六月二十二日，法国与德国签署停战协定，并于六月二十五日生效。

② 《时尚芭莎》，美国著名时装杂志，创刊于一八六七年。

③ 北黑文，位于美国缅因州诺克斯县，为一避暑胜地。

④ 英语中，蓝色血液喻纯正血统，贵族出身。

享有旧衣的舒适。上流阶层花费了很长时间，才向旧衣靠拢，即使是现在，他们还常常在报刊上否认这一点，希望自己又时髦，又舒适。对千百万人来说，旧衣本来就是日常，必不可免，他们倘若得知这许多年来身上的血液有多蓝，想必精神大振。

我忙了将一双旅游鞋和一件外衣穿旧，说不定我会在风和日暖时撞上波士顿人。

我已经放弃为美利坚构思一个完美国家，因为这片领域太小。今后，我将一心谋划世界共同体，将人人事事囊括在其中。唐·马奎斯曾致力于探讨近乎完美的国家[①]，但临死也没有看到它实现。我将以此为戒。

规划美好世界要比规划美好国家，甚至美好半球来得容易。思想如果受到现有疆界的阻挡和限制，即使这疆界不设防，也难以鼓捣出点什么，造福于人类。希特勒的胜利在于他决心放眼全球。此外，一个人倘若知道没人拿他当回事，说起话来，一向都会更聪明，更诚实些。古往今来，写得最直率的一本书就是《我的奋斗》，读过之后，没人再想第二遍。

显然，规划世界，需要应付的第一个不测是战争。在完美国家中，战争并不存在，但这种状态只有打打杀杀后才能实现，我将就此进行规划。从现在开始，任何民主国家都不得纯

---

① 唐·马奎斯著有《近乎完美的国家》一文，阐述自己对国家的理想。

为防御武装自己，如美国建议的那样。防御性武装导致的不是一系列工事和武器，而是不良的思想状态和持续的两难困境。

插入语：美好世界须建立在保证个人自由的民主理想基础上，但我从暴君那里学到很多东西。插入语结束。

防御性武装是一桩大事，却采取了最消磨斗志的方式。大规模防御性军备具有进攻性军备的所有特点，昂贵，野蛮，此外还多了保守。一个国家武装起来，只为保卫自己的领土，比一个巨大的金库好不到哪里。它不过是守护壕堑围定的财富的一道防线，最终必然解体。为了走向我的世界国[①]，民主国家的军队将以进攻为目的建立起来。它们富于想象、勇猛、充满活力，而且它们想的不是征服，也不会把原材料与幸福生活混为一谈。

提醒我探讨是否有必要让胡扯一词再度流行。

战争，在走向完美国家的最初阶段，必须有股莽莽撞撞、说干就干的劲头，事先不必讨论。民主国家必须从暴政国家那里接管战争，利用战争确立优势。军事科学之道，在于频繁地、堂而皇之地干预他人的事务，而且不作警告——只要不是别有用心。

见解：民主国家欲求稳定与完美，先应傲慢与强硬。自由人性格中优柔绵软的毛病需要当下剪除，免得为时晚矣。对这

① 世界国，美籍英国作家奥尔德斯·赫胥黎（1894—1963）一九三二年的反乌托邦小说《美妙的新世界》的主要背景地。

一自由国度来说，重要的是青年人摈弃美国的胡扯，一如他们摈弃欧洲的邪说。

声音：如果摈弃此类胡扯，他们将如何谋生？

回复：我怎么知道？重要的是摈弃它。

提升战争的名声，改善世界局势，第一步需要弃绝外交。过去几个月来的事变表明，外交对撒谎者有利，很可能削弱民主国家。外交在慕尼黑陷入最低潮，当时，一位英国保守党人手持雨伞，进入一队隆隆作响的坦克车的车厢里。小孩子也可以看出，此类英雄壮举讨不到一点好处。

外交是教养的最低级形式，因为它曲解了太多人的话。国家如同个人，有话要说时，不妨直接说出。这对社论撰写人和新闻评论员很麻烦，他们一向希望由他们来阐释外交辞令，但这对民众来说就好得多。

声音：你怎么知道什么对民众是好的？

尖锐的回复：我知道什么对我是好的。

抛弃了外交，我们现在可以利用军队来达成最高军事目的，训练它以直觉干预为天职。三军各部将是机动的、神秘莫测的、专断的。配备现有最先进和最凶猛的武器装备。唱歌是对每一名士兵的基本要求，军官的擢用将以其对吉恩·奥特里[①]的喜好程度为依据。

---

① 吉恩·奥特里(1907—1998)，美国著名艺人，被称为“牛仔歌手”。

不妨悬想，两年之前，我们在德国人虐待犹太人之时已经采取了我的战争原则。如此，总统将会给纳粹政府发去下述电文：**停止迫害少数族裔——罗斯福。**他随后派出一艘驱逐舰，装上海军陆战队一干人马，在德国某一港口登陆，从仇视浪潮中解救二三十户犹太人，再以迅雷不及掩耳之势击毙若干宪兵。此种公费旅游不具任何军事意义，很有可能最后还要搭上驱逐舰，但其产生的世界影响是无法计量的。这将激发世界各地自由人民的应变力，将德国置于极其尴尬的境地，挟制它在本来无能为力的时刻必须对美国宣战。这将迫使德国摊牌，打乱它侵略弱小中立国的计划。美国海军陆战队事件不仅将抢先阻止入侵波兰、丹麦、挪威、荷兰，还有比利时(依次而言)，可以想象，还将令希特勒怒火中烧，以致乱了心性，疯狂到连纳粹党也追随不及。

美国海军陆战队救苦救难是好莱坞的拿手好戏，我相信，如同好莱坞的影星和主旋律一样，这一姿态想必也将誉满全球。它将拯救世界数以十亿计的美元和成百上千万人。如果我们当时即如现在一般明白事理，毫无疑问，该做的就是这件事。

立论：民主国家的义务是当时即如当下一般明白事理。

预知事物形态的方式是请教占卜术士和神秘主义者，而不是经济学家和谋略家。过去十二个月来，世界连连惊呼的每一次事变，都有大量警告在先。为建立完美的世界共同体，一部分的准备工作是承认占卜术士。这就要求美国总统除了《时代》周刊的社论外，每日读一首诗，或一则寓言，或一段神话。民主社会如果意识不到今日之幻想翻为明日之公报，人类博爱怕是永远难以实现。

占卜师，每日问，避开哈米吉多顿[①]。

无礼的插话：你是想模仿唐·马奎斯，对不对？

温文的答复：不错。我一向热爱他的近乎完美的国家，任何时候，只要我觉得合适，将继续讨论这一问题。

我的近乎完美的军队不仅神勇，而且堂皇。他们的军装和战旗将由好莱坞当红布景和服装设计师设计。军队有敢死队的狂野，美式橄榄球防守后卫的机动，红十字会的仁慈，西北骑警[②]的彪悍，装甲师的迅捷和威猛，海岸警卫队的英勇，人猿泰山的机敏和温良，外加骑士的侠骨柔肠。所有国家将群起而仿效——这是它的主要价值。无论是在国内还是海外，它都会勇敢地投入生活。它将如神兵天降，扑向那些滥用私刑的暴众，消灭他们。它将解散美国革命之女协会[③]，只要她们阻止黑人歌手哼唱他们的优美歌曲。哪个国家的国土遭到入侵，家园毁弃，人民受死，它都将挥师驰援。我理想中的军队倘若今日存在，必将转战欧洲，相帮遏制德国的惊涛。

---

① 哈米吉多顿，《圣经》中指世界末日善恶的决战场。

② 西北骑警，加拿大政府一八七三年组建，最初的目的是扫荡酒贩，维护边境地区治安，现更名为皇家加拿大骑警。

③ 美国革命之女协会，十九世纪末建立的美国妇女组织，以家系为基础，致力于促进历史保护、教育和爱国主义，在美国各州和许多国家都设有分支机构。

声音：我们做过一次。

答复：你说的是我们等待三年之后做过一次。我的军队不会等待。它是个唯恐天下不乱的组织，对付国外暴君，像对付国内铁路盗贼一样毫不含糊。几年前，希特勒刚开始惹人烦，它已经拔枪相向了。

声音：可你的军队会让我们麻烦无穷。

答复：你以为我们现在如何，老兄？

自　由

（一九四〇年七月）

我进城时，常常注意到人们翻改衣服，为的是追逐时尚。不过，上一次出行，在我看来，人们似乎还翻改了他们的思想——收紧信仰的腰身，截短勇气的衣袖，比照历史新近一页的时兴设计，为自己搭配了全新的思想套装。我好像觉得，人们与巴黎贴得未免时间太长了一点。

我承认有些反胃。看到有人调整思路，适应在国外耀武扬威的新暴政，总让我感到恶心。纳粹主义，因其根本性的局限，在我看来不会接受任何妥协和理性，我讨厌有些人一副居高临下的样子，将我对自由的简单信念视为幼稚。如果认为人应自由生活就是孩子气，那么我很高兴停止发育，随便世界上其他人如何成长。

且容我说说在纽约听到的一些奇谈怪论。有人告诉我，他认为纳粹的理想或许比我们的宪政制度更妥善，“因为你是否留意新闻短片中那些年轻德国士兵充满活力的机警面孔？”他又说："我们美国的年轻人整日泡在电影院里——他们完了。"这是他对事态的总结，对新欧洲的发明。此类议论让我脸色发白，浑身颤抖。如果我们的智力到此为止，则专制主义的推进在我们的东西海岸将不会遇到很大障碍。

另有人对我说，我们的民意政府的民主观已经衰落，不值一哂——"因为英国已经病入膏肓，那里的工业城镇简直是耻辱。"这是他对民主制度前途无望给出的唯一理由；他似乎颇为自得，好像他比大多数人都更熟悉如何剖析衰落，众人昏昏时，只有他对形势洞察入微。

另有人向我断言，任何人，将任何类型的政府当回事，都是合该上当的傻瓜。你知道，他说，"由于克列孟梭在凡尔赛的所作所为，"除了腐败，别无其他。他说，这场战争没有什么了不起。不过是又一场战争罢了。一番高谈阔论之后，他消停了。

还有人发现，我的血液里有激情流淌的迹象，批评我丧失了超脱立场，不再持纯正的怀疑论。他宣称自己不会给所有那些空话冲昏头脑，宁愿始终作个单纯的旁观者，他说这是任何有理智的人的职分所在。（不过，我注意到，他后来又打电话修正他的观点，仿佛他在招出租车回家的路上失落了几分单纯。）

这些不过是几个例子，拿来说明似乎甚嚣尘上的一类言论的——这些言论充满了失败情绪和幻灭感，有些时候，还故作单纯。人类如今不仅迅速地消灭同类，还相互间不断撒谎，尽是些故作高深的瞎扯。我耳边的这些言论一传十，十传百，确实让人惶恐不安。它们的摧毁力比俯冲轰炸机和雷区更大，因为它们不仅冲击人们的前沿阵地，还冲击了他们的防御纵深。说这些话的人，在我看来，或者由于从不曾认真思考自由为何物，因此不能理解自由，或者就是叛逆者。我指望看到愤慨，看到的却是麻木，乃至某种含混的默认，像个孩子木呆呆地吞下苦口的药丸。某人告诉我反犹情绪日益高涨，他似乎不是含着羞耻的泪水，而是带着超然的知性眼光观察这种不宽容现象，仿佛事情发生在精心打磨的透镜之下。

当此时刻，一个人能做的，至少是开诚布公，表明自己的立场。我相信自由，对之仍如一百五十多年之前自由在这块大陆诞生时那般欣喜，那般虔诚，那般狂热。我仓促写下我的宣言，就好像是急着刮了胡子赶火车。国外的事态让人产生时间紧迫的感觉。实际上，我认为我的时间并不紧迫，我很抱歉可能给读者造成错误印象。我不过是想在沉寂下来之前表明，我热爱自由，它是一段由来已久的情感，非常美好，我对那些仅仅因为法西斯主义和独裁者在战争中取胜，即开始曲意逢迎的人深表怀疑。这种投机的本性，散发出腐臭的味道。我只有捏紧自己的鼻子。

我从记事起，一向觉得自己大体无拘无束地生活在大自然中。倒不是说我可以自行其是，但我的生活似乎具有自由的性质。我揣了事关一段天机的密函，在世间行走。我始终直觉，人与自己订有极其重要的契约，必须保持自我，又能容受万物，独立自强，凭借与此一星球的偶然遇合，随机应变，又像猎犬一般执着，不离不弃。我的初恋，刻骨铭心，就发生在我与我们所谓的自由一事之间，这位魅力无限的美人，危险，明艳，高贵，她使我们所有人回归本性，焕发生机。

它始于某种强烈的暗示(我想每个孩子都曾领受)，关乎他的神秘的内心生活，关乎人的神性，关乎大自然通过“我”来宣示自己。这种难以表述的感情让人动容，铭记不忘。它来自人生的早期，比如，一个小男孩，夏日夜晚坐在门前的台阶上，无忧无虑，忽然像是靠了新的知觉，初次听见蟋蟀的唧唧声，一时间心潮澎湃，只觉得自己与天地万物，与昆虫、草木、夜晚融为一体，意识到对人世间那道难题：“‘我’为何物？”的隐约的应答声。又比如一位小姑娘，刚刚葬了她宠爱的鸟儿回到家中，凭窗而立，双肘支在窗台上，生疏的死亡气息扑面，忽然省悟自身也是整个故事中的一节。再比如稍大一些的少年，第一次碰到一位非凡的教师，话语或情绪不经意中点化了什么，他如梦初醒，从此有了自我意识，感受到生命元气淋漓。我想这种情感，在许多人身上，都是作为对上帝本体的感觉而生发的——过敏性反应，或感知神性存在全然不同于单纯的动物性存在，引起精神冲决。这就是热爱自由的开端。

但人的自由状态分为两个部分：他作为动物居住在一个星球上体验的本能自由，以及他作为人类社会中拥有基本权利的成员享受的实际自由。二者之中，后一自由受到更普遍的理解，更广泛的称颂，更激烈的质询和讨论。这是自由的实际和凸显的一面。在今日，几乎只有美国赋予自由和基本权利和实现自由的手段。这片土地仍然欢迎公民写剧本，写书，绘画，集会讨论，表达异议或赞同，站到肥皂箱上作街头演说，接受没有审查制度的各门学科教育，组成陪审团相互裁断，谱写乐曲，与邻居谈论政治而不必担心有秘密警察打探，交流货物也交流思想，嘲笑政府如果它果真可笑，阅读关于真实事件的真实消息而不是国家付钱给人编造假新闻。这是个事实，每个人都该静下心来思索。

仰观日月星辰，自由是感觉自己从属于地球。置身社会中，自由是感觉在一个民主框架中自在无碍。就阿道夫·希特勒而言，虽然他一路发展，不受羁绊，但我们从他身上看不到任何这类感觉。读他的书，我得出的印象是，他与地球，不打算融洽相处，只有一种主宰的冲动。对人类，他认为他们不能和平共处，理当由一个超级头脑来统治，按标准整齐划一，他们的存在并不表明实现自我，个人人格将湮没在共同的种族命运中。你从他的著作中发现，他对整个人类是何等轻蔑，此时，他对德国人民命运的极大关注，说来说去，就失去了它的意义。“我学会了，”他写道，“……从民众难以置信的蒙昧看法和言说中洞察一切。”对他来说，人是蒙昧的，只能供驱使和操纵。他不断谈论民众是绵羊，弱智者，莽撞的傻子——就是从这些人那里，他要求获得绝对忠诚，并许诺给予他们最高奖赏。

而这里，在美国，我们的社会是建立在相信个人，而不是蔑视他们的基础上，生命自由的理念得以保全。理解自由是每个坚持这一方向的人都可以做到的，热爱自由是许多美国人的天生禀赋。自由地生活在同一屋顶下，或同一半球中，对我仍然是一种让人心潮激荡的经验。

《我的奋斗》一书的作者认为，并非书面文字，而是口头语言，能在群情激昂时，鼓动广大民众投身高尚或卑劣的行动，这是他最初领悟的一个真理(对他来说也是最宝贵的)。文字与语言不同，它是供人私下审视和冷静研判的东西，每个人都根据自己的知性标准，不受旁人的想法左右。“我知道，”希特勒写道，“人可以靠语言赢得大批民众，远非文字可比……。”随后，他又鄙薄说：“那些摇笔杆的人和政治侏儒应当知道，尤其是在今天：这个世界的彻底变革从来不是一管鹅毛笔所能完成的。笔杆子只能用来从理论上激发这类变革。”

所幸我并不打算去改变世界——有人正在为我做这件事，而且进度很快。但我知道，人类的自由精神本质上是执着的，从来不曾给血与火扫荡净尽。我写下这番议论，纯为(按希特勒先生的话说)激发此一精神，理论上罢了。身为一介摇笔杆子的文人，我不会奢望“赢得民众”，但这些日子，我却为这管笔感到无比自豪，因为它历史地表明了其如同注射针头一般，为人们接种，让自由之菌在人体内恒久循环，这样，在任何时候，任何一块土地上，都有这样的带菌者，像伤寒玛丽[1]一样，只须通过接触和自身的例子就能够感染他人。每一个暴君都畏惧这样的人——他们杀人焚书，暴露了自己的畏惧。今天，一位作家怀着极大的满足从事他的事业，因为他知道他将第一个被砍掉脑袋，甚至先于那些政治侏儒。就我而言，这是一种双重满足，倘若现实的力量剥夺了我的自由，我将与死人无异，宁可不带这颗头颅沦入法西斯主义，它已经毫无用处，我不想再承负如此沉重的一个累赘。

① 伤寒玛丽，本名玛丽·马伦(1869—1938)，爱尔兰人，后移民美国，是美国第一位被发现的身体健康的伤寒菌带菌者，据认为曾造成五十余人感染，三人死亡。

自 耕 农

（一九四〇年八月）

我的出版商送我一本 H · A · 海斯顿的《农事入门》，不用说，是认为我要学的东西还多。出版商总的说来，乐见他们的作者栖在乡下，但十分关注我们如何打发时间。我相信，像儿女离家的父母一样，出版商也常常带了模糊的预感登门造访，那是一种突如其来的担心，只怕作家灾祸临头——要么是一柄八磅的榔头，要么是一阵孤独。

这种警觉，理由多多。一个习惯了靠卖文为生的人，试图在此沉重营生之外，再加一份更沉重的营生，自己生产一些食物，那后果怕是很严重。假若近来的图书目录说明问题，乡间显然满是作家，忙了将他们身边的环境敷衍成文，拿去出版。这对自然、对人都有很大压力，有时我不免好奇，不知究竟谁先垮掉。焦躁的作家都有前兆，截稿期不能再拖，气急败坏地困在南瓜田里，只盼按时交稿，赶上秋季付印。

像我这种总想找个由头推脱工作的人，农场就是最好的借口，一天二十四小时都管用。我发现体力劳动与脑力劳动实在不可兼顾，因此知难而退，专做体力劳动。自从避居乡下，我越来越多地投身于垒石砌砖，开膛破肚，这是每个农人当下就需要解决的问题，不管他的方法和构想有多么可笑。我与我的缪斯渐行渐远，倒与栽桩子的挖掘机越走越近。

《农事入门》的推介文字称，此书将“受到日益众多的美国人的欢迎，他们厌倦了城市生活的压力，重返乡间，从土地上讨生活”。这就表明出版商并不了解情况。城市生活的压力？我可不知道城市生活还有哪些压力比得上乡间生活的压力。一生中，我从没有像过去两年来那般紧张。四十公顷土地，即使没有债务，也会让人不堪重负，只要他热爱土地，又轻易听信农业简报上读来的那一套。压力！我已经四脚朝天地忙了很长时间，不知道几时还能松缓下来。今天是收获豌豆的日子，甚至在我们的新的压力装罐器中，装在螺旋盖罐子里的豌豆也有压力（十磅），我们火急火燎地加工豌豆，只用了平日里三分之一的时间。厨房如果压力重重，就会蔓延到各处，所有房间里眼见得都紧张起来。

数月前的一个上午，是在一段特别繁忙的时期，我醒来后，甚至不敢穿衣：我知道一篇文字早该发稿，完成它的唯一希望是呆在床上——我确实就呆在那里。我告诉妻子嗓子有些痛，自愿卧床，小事一桩。这是我第一次满面红光，却懒在床上，只因为不敢面对穿上裤子招来的经济后果。

海斯顿先生的书给出了自给农业的一个公式，即务农的目的是消费而不是利润，是生产自己需要的所有东西。关于这项事业，我研究过的最佳解析莫过于此了。它扎实，牢靠，入情入理，让人信服。为此，我将之视为最危险的书籍之一，足以摧毁整个家庭，把他们像虻虫一样收拾干净；因为书中表明，任何能力平平的城里人，都可以在三两年时间内，靠自己的双手打造满意和稳妥的经济，只须依托土地，并不依赖任何外力。这点我不能苟同。我认为很少有人城里长大，能够靠务农自给自足，而一般说来，有本事做到这一点的人，又不热衷此道。海斯顿先生显然长于组织。他精神刚毅，经济头脑敏锐，加上机械般精密的才具，都有助于他包打天下。他甚至写得一手好文章。他知识广博，讲述他知道的事情。“鸡栏”一章只能出自斯人之手，他的养禽事业因为计划不周而落空，从此对母鸡的五脏六腑深恶痛绝。任何人，但凡梦想垂老之年还能在日落时分捡拾鸡蛋，让日子过得有些滋味，都不妨阅读此书，咀嚼再三。

简单说来，海斯顿先生的公式如下：

靠土地养活自己，首先必须理顺思路，“赚取利润”一类的废话少说为佳。别想背一只口袋购买鸡食，码一摞箱子出售鸡蛋。你不过是建立一个农场，直接生产你需要的一切，包括一小笔定期的现金收入(非利润)。这一方针有丝毫偏差，都将让你陷入困境。此外，要有足够的启动资金，如此才不致抵押未来。海斯顿先生讲明了需要几千几万元启动资金，连带需要购置多少公顷土地(多少草地，多少谷地，多少园地)，他一一列明需要饲养的禽畜名目，必须生产的每一颗粮食的吨位，为了应付每月的账单必须额外出售的奶油和鸡蛋数量，还有家中和谷仓不可或缺的种种设施。他面对生活，信心满满，读罢他的书，谅你也将信心满满地面对生活，相信自己大可去套一挂车，或扶一具犁。

创建一个自给自足的农场，他说，必须有下列配置：

三头奶牛。

一百只母鸡(不必多，也不可少)。

一组挽马(读过第七七九号《农人简报》上“如何挑选强健的马”后再去购买)。

三或四头阉猪(海斯顿先生通常更精确，必定说清楚到底是三头，还是四头，但这回留了一点余地，或三或四，你尽管自己决定。)

一巢蜜蜂。

足够的土地，可以喂饱上述禽畜以及你自己和家人，也即，十吨谷类，十五吨干草，还有家常蔬菜和水果。你必须保证这些。靠禽畜和这块土地，你收获自己和家人需要的全部食粮，加上五十美元——二十五美元来自鸡蛋，二十五美元来自奶油。

此一谋生方式的原理如下：

奶牛是营建这个结构的基础。奶牛提供立足土地的生产手段，连同必不可少的商品、牛奶、黄油和奶酪。此外，奶牛提供脱脂乳这种副产品，它使多种经营成为可能。脱脂乳含有蛋白质，有助于母鸡下蛋，阉猪生长。此类蛋白质一般靠昂贵的精饲料提供(在计较将本求利的农场里)，需要到谷物商店购买——特制的鸡饲料，猪饲料等等。海斯顿先生要求你不假外求，他在这个问题上非常严格。购物受到禁止，如果你开始游移，买了一袋谷物，整个结构都将崩塌。奶牛还提供剩余奶油，可供出售，每月付账单要靠这钱，还有鸡蛋换来的钱，因为母鸡要飨以脱脂乳，只喂粮食，它们不肯下蛋。

作者承认这一方案了无新意，也缺乏独创性；他的贡献是确立了恰当的平衡，指出靠拆了东墙补西墙来维持平衡的荒谬。比方说，如果农人将鸡群减少到十二只，或扩充到五百只，方案都难免失败，因为不能指望十二只母鸡生蛋卖钱来贴补日用，而五百只母鸡又变成了养鸡场，农人忙于多种经营，拿不出更多时间来照管，还要消耗更多饲料，靠农人的财力只怕难以为继。

海斯顿先生，本人就是个自耕农，懂得乡间生活很重要的真实一面：他懂得所谓务农，百分之二十是农业，百分之八十是补偏救弊。农事是个美化了的修补活儿。此种真实，一些人许多年后才意识到，许多农人终其一生都没有真正明白这一点。好的农人，不过是个手工匠人，对腐质土壤有些感觉。农事修修补补的一面，有时如此突出，以致在我这块说不上是农场，倒更像个私家动物园的地方，有时几个月过去了，除了修修补补，几乎什么事情也没发生。我可以全神贯注地整修谷仓的门扇，听任春忙季节流逝，既不耕地，也不播种。假使我决心做到自给自足，或许应当稍许清醒些；但我知道，经验表明，不管一年的什么时候，众人眼中，我总忙不到点儿上，工具也很粗陋。我说这些，是因为海斯顿大作的薄弱处，不在于他的治生方略，而在于实施这一方略的人。尽管他再三告诫，许多人仍然会偏离正道，很可能遁入此前不曾尽兴的某些特殊癖好。我在这一带晃荡了这几年，但没人说我是在务农。我其实是喜欢同动物厮混。无人比我更清楚这一点——虽然我的邻居是清楚的，且总的说来，也一向给予宽容和体谅。

海斯顿先生精明地强调，任何人，想靠土地为生，当务之急不是研习农学，而是学会磨利斧头，锉光锯子。他坚称，你必须立即掌握十数种工具和设备的用法，包括台式管钳、钻床、锻铁炉和两马力的固定汽油发动机。“事实上，”海斯顿先生说，“人可能摆弄不了其中一些，但决不可因此气馁。”虽然我不了解海斯顿先生，但我深为怀疑，他在城市的岁月里，满脑子想的，不是丰稔的庄稼，而是备了管钳的作坊。书中津津乐道之处，无关畜牧和耕种，尽是些有刃口的工具。他要求自给农人一开头就要配备四百美元的设备和工具，包括步犁、两马力的钉齿耙、一马力的中耕机、耙草机、收割机、框式集草机、运石平底橇、运货马车、路碾、圆盘耙，还有一个长长的清单，开列了各式各样的螺帽、螺栓、垫圈和木螺丝。（顺便提一句，他忘了撬棍、爪杆、滑轮组，还有罐头剪子，没有此剪子，我自己的生活将变得空乏。）

在我看来，讲到所有这些，实际上，讲到他的自给农场的模式，此公大体上还算清醒。但他假定，一位城里人，即使智力、体力和意志力平平，也可以操持一个自足的农场，只怕是痴人说梦。书中一些直白的说法也有疑问。他说：“任何人，只要脑子够使，会捣沙子，就能顺顺当当地养鸡。”我认为这有误导之嫌。养鸡一事（撇开很少几只不谈），部分靠运气，部分靠经验，还有一部分靠某种天赋，或才干。

在书的另一处，海斯顿先生实际上建议自给家庭不妨用收割机收割谷物，手工打捆。可知道谷物的收获多达十吨，或二百袋谷物，每袋重一百磅。再有，谷物的收获与制备罐装食品是在同一季节——六百个梅森罐[①]必须装满。需要有一大家子人，儿女个个筋骨强健，才能大功告成，不致崩溃。就算孩子们还完整，一些罐子也会崩溃。

在此二十世纪，自给自足的生活是那些怀恋美国早期的活

① 梅森罐，带螺旋盖的家用大玻璃瓶，用来腌制或保存食品。

力和创造力的人的梦想。它的内涵，与现代生活方式相悖。倘若我试图立足于自给自足，我知道，出于实际理由，我得将电表扔到地窖里，再向电力公司表示歉意，不仅是因为我无力负担每月四十美元的电钱，还因为家庭用电导致走上妨碍自给自足的道路。这都让人一头扎进利润(和亏损)体系。海斯顿先生的书中有一节谈到化粪池和污水处理系统；而我为大地的安全起见，第一步就是放弃所有抽水马桶，这并非出于我对它们不以为然，却是出于它们将摧毁人的俭省精神。对抽水马桶，人们各有各的招数。海斯顿先生建议用管钳清理马桶。这倒很有男子汉气概。但我自知我的局限性。对我来说，清理抽水马桶的切实方式是根本放弃抽水马桶。我还会放弃电冰箱、电力水泵、电热水器、电灯，同时我得卖掉暖气炉，使用煤火炉帮助储存根茎蔬菜。有些时候，我可以欢呼一声，阔步迈进，有些时候，我会犹豫。

海斯顿先生此书，好就好在廓清背景。他讲述了自给自足的含义，指出了回归土地者在哪里误入歧途，以及他们如何将自给自足与开办乡间赢利企业的想法混为一谈。当然，甚至最现实的自给农人，有时也会迷失在邪路上。我可以描绘一下当父亲写了一本叫作《农事入门》的书的消息传开时，发生在海斯顿家的场景。他是私下里悄悄写书的，但作家最终总会现形，很快，家人看出了一些端倪。

“爸爸做什么呢，妈妈？”海斯顿的一个小儿女问道。

“嘘，爸爸在写书，亲爱的。”海斯顿太太回答。

“可书不能吃啊，妈妈。”

“哦，是不能。不过呢，父亲的书卖了，就能收到钱，我们用这钱，可以买家里需要的东西。”

"他今天本来想装罐的泡菜呢？"

"他很快就会有钱，这样，我们可以买些泡菜。"

"我们能往咖啡里加糖而不是蜂蜜吗？"

"也许吧。"

"骗人的。是不是，妈妈？"

"我也不清楚，亲爱的，去问你父亲。"

如此这般，在海斯顿农场上，利润的幽灵昂起了丑恶的头颅。

卫 生

（一九四〇年九月）

除非父母停止向他们的儿女灌输功利主义，否则，美好的世界很难实现。儿女们天生活跃，自有某种趋利倾向，但也并非无可救药地唯利是图。他们的活动别具幻想性质，虽然往往殃及家庭财产。

父母教给儿女的事情，我大都不信，而我相信的，又几乎从来不教。我们教导守时，但我其实并不认为，守时果然好处多多，如果强制守时扰乱了心境的平和，情况就更是如此。比如，父亲告诫我，生活中的最大失败是误了火车。许多年后，我才明白，火车呼啸而去，并没带走对我的健康至关重要的东西。火车是如此的一个庞然大物，以致我们常常将它与命运混为一谈。

我们教导清洁、卫生、保健，但我很怀疑这些事情。一个相信每一道抓痕都需要涂抹碘酒的孩子，可能永远失去对生活的某种感悟，招致精神薄弱，不适于生存。无菌绷带是现代社会的旗帜，但我注意到，我们随时需要越来越多的无菌绷带，战争竟是如此残酷。

我们教导子女要有教养，但真正的良好教养在某种程度上是自发的，源于对其他行事文雅的人的亲切感和仰慕感。所谓教养，是成年人之间搭上孩子们的一场游戏，为的是让生活轻松一些，但生活往往多了艰难，而不是轻松。餐桌上的时间常常用于将某些规范强加给孩子，孩子因此变得任性，执拗，像父母一样，结果，食物索然无味，时光枯燥难捱。心智成熟的人，如果留心通权达变有多么容易，本来很难将教养云云当作一回事。十或十五年之前在餐馆，每逢有人来至桌前，人们习惯于欠身致意。但普尔曼式靴子问世后，人们发现很难站离座位，又不让肚皮搭在桌子上——于是，人们省了这个规矩，端坐不动。此事很能说明问题。男人点头哈腰，若是真想表明对女士的尊重，哪怕掀翻了屋里所有的桌子，照样在所不惜。

我教我的孩子以一种彻底的功利主义方式看待生活。如果他逃避了，成为我希望他成为的那一类人，则是因为他看穿了我的这一套噱头。他已经有此迹象。

我想有两个原因，妨碍我诚实些向儿子阐释生活。首先，事情做起来实在困难。（如实阐释生活几乎算得上一份全职工作。）其次，如果告诉孩子一些习俗有多么无聊，十分钟过后，他就会用掌握的信息来对付你。

眼见得三艘沿海岸航行的纵帆船，一艘接一艘，抢风驶入我们的小湾，抛锚停靠，我就知道必定有什么事情不对劲。这些日子，一艘纵帆船已经是新闻，三艘扎堆儿，几乎没听说过。答案很快明了，这些是观光船。甲板上装的，不是造纸浆的木材，都是些贵重物件——远游的男男女女。我驾船进入海湾看热闹，应一位老水手盛情邀请，登船游览，他经过整整三日海上漂泊，一肚皮让人躁动的航海段子。他一边不停地系绳结，一边带我上蹿下跳，走遍小船，展示它的简陋设施，指点我如何摆弄海岸纵帆船，无论天气好坏，包括操控他称作“懒龙”的船帆。纵帆船上的舢舨忙了搭乘客上岸，享用海滩上的龙虾大餐，我们这片通常宁静的小湾，平日里的夜游者只有我自己和一只大蓝鹭，很快沸沸扬扬，充满了暂时脱离正常环境的游客们肆无忌惮的叫闹声。

我得知这些纵帆船都归一人所有——他有五六艘这样的船只，还在继续购置，只要让他碰上。城里人的生意很好做。船舶不需要大费周章——船舱里装些上下铺，安置一个厕所，挂上一两张新的船帆，再刷几道油漆。这尽是些旧船，大部分如此，但足以应付夏日的巡游，在缅因船长的从容指挥下扬帆出海，这些船长领受度假者涌上他们的前甲板，一副逆来顺受的坚忍相，恰似他们领受夜晚涨潮时涌来的迷雾。

付钱的游客，既非牛仔，也非海员，引发西部牧场和东部纵帆船的入侵，是我们已经习以为常的美国现象。一些牧场干脆东移，靠近它们大把花钱的顾客。很难说此一景观为何让人沮丧，但眼见得沿海岸航行的船只失去了它们的合法货运，搭载大批业余吉卜赛人，我的感觉不言而喻。事情倒也说不上过错——任何人享受美好时光都没有过错——浪漫往昔，魂牵梦绕，促使人们套上不大合身的服装，摆出乘风破浪的姿态，然而，这一番恒久追求显然可望而不可即。现实之中，到底还是戛然而止。观光客不过是些票友，客串了一出旧日的传奇。

世界大战爆发以来，一个变化见于人们对獚狗的情感。我记得上一次世界大战期间，倘若豢养獚狗，会给人怀疑为亲德。标准品种的大量繁殖促成了宽容，乃至理解。我在乡下的邻居不再将我们的獚狗弗雷德和明妮目为邪恶。在这场战争中，拥有獚狗，人们不再认为你亲纳粹，只觉得你有些古怪。

如果因为獚狗，人们对我的爱国主义还有丝毫疑虑，那么，这点疑虑也在某个晚上烟消云散了，那天晚上，我在镇公所里，凭一张二十五美分的彩票，赢得一只粗毛猎狐㹴。人人都知道，人在哪个国家中头彩，就对哪个国家表忠诚。

某日早晨的新闻播报中，我听到一则小新闻，留下深刻印象。记者说，纳粹正将阿尔萨斯地区“重新德国化”，祛除法国的所有影响。他提到为此制定的一些规章：名叫亨利的阿尔萨斯男子必须改称海因里希，墓碑上的碑文必须以德文镌刻。在我看来，德国人的种族纯正理念这回碰上麻烦了，他们要“重新德国化”的，不仅有急性子的阿尔萨斯人，还有墓地里的尸骸。让人们用德文记住死者，就像是说出汗得出德国汗，咽唾沫得咽德国唾沫。我很怀疑对死者的记忆因为征服者忽发奇想就能重新来过。

以纪律严明的德国方式实行的征服，似乎缺少传统上伴随战争胜利而来的纵情恣肆。早年间，在更粗野的时代，得胜一方的士兵满城叫闹，将酒馆的酒喝个底朝天，劫掠姑娘寻欢作乐。今天，新的征服者似乎呆板、克制、拘泥，而且阴沉。某人新从法国军队的野战医院归来，他告诉我，他在法国被占领土见到的德国士兵很守规矩：人人拥有精良的照相机，四处溜达，拍下他们看到的一切。

在阿尔萨斯，他们不仅抓拍照片，还煞费苦心，修订墓碑上的碑文。

一日，我在谷仓洒药，对付我的敌人——老鼠，偶然捡起一份尚未开封的《波士顿美国人》，刊期是一九〇九年十月三十一日，星期日。它是份“纪念”特刊，一百二十八页——在那个时代，堪称新英格兰地区发行的最大型报纸。很可能自那以来，也没有几种更大的报纸问世。它分十五个栏目，每个栏目都是一篇有趣的新闻特写。

我打听一番，得知报纸是妻子的父亲拥有的报纸之一。她记得，还是小姑娘时，家里从来不许出现《波士顿美国人》；显然，她的父亲，恪守他的原则，拒绝打开寄来的纪念特刊，我们发现，特刊上有他的照片，还有一九〇〇年代其他一些美国工业家的照片。他没有丢弃报纸，不过将它放置在一边，它从阁楼进入库房，又进入谷仓，辗转三十年，要纪念的成就暗淡了，纸页泛黄。

报纸读来颇为有趣。三十年时间，变化最大的还是我们对成就的感觉。一九〇九年的《波士顿美国人》显示了美国人极度的冷静和自豪感。这再也不是一种典型的新闻反应。甚至在一九〇九骄傲和繁荣的波士顿那个十月的星期天，当日新闻不知为何也没能为成就之梦提供确证。抢匪打劫了两位女士。在南布雷特里，年轻的丈夫枪杀妻子后，奔到地下室，割断了自己的喉咙。在梅尔罗斯，一位少年加入梅尔罗斯中学运动队的愿望受挫，精神失常，赤裸裸跑过大街小巷。斯科莱广场上爆出有伤风化行为。报纸头版的头条新闻算得上所有新闻中最严肃，却又最矛盾的一条——它叙述了哈佛大学队与陆军队的橄榄球赛。哈佛大学队设法赢得了比赛，在成就榜上名列首位，在此过程中，折断了陆军队左截锋 E · A · 伯恩的脖子，运动员当场死亡。

汽　车

（一九四〇年十月）

汽车，较之任何其他东西，都更能体现国家的特性和国家的梦想。从自由起伏的挡泥板，炫目的散热器镀铬护栅，流体控制系统，到日趋宽大的前排座位，我们看到了心目中美国的兴盛。学者和历史学家们有些好奇的是，就在放弃车窗摇柄，采用按钮(免除了驾车人最后一项必要的劳作)的同一个秋天，一千六百万名符合作战年龄，整齐划一的青年人进行了兵役登记。而我深感兴趣的是，就在日本加入轴心国的同一个星期，迪索托[①]将其离合器踏板向左移动两英寸——此项宣布遭到人们的一致反对。

长久以来，我始终关注汽车的设计，或汽车的缺乏设计，这有两个原因。第一，我一向喜欢驾车。第二，解析衰退，眼见人们被动地接受一个每况愈下的进程，哪怕其与自身利益相悖，这对我有极大吸引力。设计师坐在他的绘图板前，将泥障打造成新的形状，却无须对大众负责，一如政治家私下谈判了一项条约扩大自己的权力。两种情况下，公众都没有参与的份儿。

一些年前，汽车制造商开始恶意缩小车窗的尺寸，扩大泥障，或年轻一代所谓的“挡泥板”的尺寸。这些制造商不守任何设计原则，也不问汽车的实用性，终于打造了一款汽车，不仅模样奇特，前所未见，而且，由于驾车人的视野受限，它证明了自己确有能力崩解成更多片段。最初，设计上的这一长处还不明显，但时间不长，汽车工业就意识到，它具有某种特质，从商业角度来看，无异于真金白银。每辆汽车本质上都趋向自我毁容，乃至自我毁灭，很快就使市场变得更加活跃。

不妨略微详细些讲一讲这款现代汽车的演进。事情始于一则不胫而走的流言(我不知道为什么)，说是现代汽车应当“更长”、“更低”。而显然，在任何真确的意义上降低汽车的高度都是不切实际的。同样，在任何真确的意义上加大汽车的长度也是不切实际的。于是，设计师只能制造极长和极低的幻觉。他们做的第一件事是抬高汽车的发动机罩，相形之下，汽车的其他部分看上去就低些。发动机罩抬高后，他们还提高了车门的轮廓线，将幻觉推向极致。这自然就缩小了车窗的尺寸，驾车人开始了一个漫长的下坠过程，到一九四一年，终于深陷于车中。挡泥板也必须抬高(请注意，为了打造“低矮”的汽车，一切都得抬高)。但不想扩大，就无法抬高——否则挡泥板就会高高耸起，与车轮两不相干。于是，设计师开始摆弄新型挡泥板，膨胀了又膨胀，结果生产出一些妙不可言的挡泥板——不仅形状奇特，而且张牙舞爪，任何东西一旦靠近，都会被抓住不放。

① 迪索托，美国汽车品牌，克莱斯勒汽车公司一九二八年至一九六一年出产。

与此同时，车轮越缩越小，车胎越胀越大，挡泥板只能向下扩张，时时颠动不说，还免不了刮擦马路牙子、排水管、各种土墩。它们还导致没人能更换轮胎，除了柔体杂技演员。

车窗尺寸缩小，挡泥板尺寸扩大，给汽车工业带来了惊人的后果。数百万驾车人，本来好歹可以熟练驾车，不致磕磕碰碰，现在不免手忙脚乱，因为他们看不清正在奔向何方（或他们曾在何方），而且易遭磕碰的表面大大扩展。车主惯常将车子保有六到八年，如今发现，他们的现代汽车瞎奔瞎撞一年后，遍体坑坑洼洼。他们也只得以旧换新。这对制造商倒是个再好不过的契机。他们当机立断，抓住不放。

汽车设计师的最终目标是生产一款汽车，让驾车人深陷在驾驶座里，无影无踪。他们距离这一目标已经近在咫尺。我认识几位女性，脑袋始终后仰，那是由于她们试图越过现代超自动化汽车的流线型车身，向前窥探，导致颈部痉挛。顺便说一句，方向盘大大帮助了设计师造成这类痉挛。如果，在发动机罩升高后，人们对驾车人的视野竟被遮蔽还有一丝怀疑，设计师干脆将方向盘提高一到两英寸，直至它的上缘与人的视平线齐平，一劳永逸地解决了这个问题。甚至瘦骨支棱的小小方向盘，经技艺娴熟的设计师摆弄一番，也可以遮挡大片视野。

波士顿的阿瑟·W·史蒂文森计算，一九〇〇年以来，驾车人的视角缩小了三十六度。这是个精密的计算。而我清楚的是，将近二十年来，我有过几辆汽车，从来不曾磕碰过，两年前，我买了一辆低价位汽车，两年小心翼翼的驾驶，它看去就像刚从高楼上抛下来。不能说我的驾车技术退步了，却是设计师下定决心，不许我的车还有平滑的外观。

民众被动地接受这款怪异的汽车，让人很沮丧，同样让人沮丧的是，别一些国家的民众接受了怪异的现代政府，而政府正以甜腻的方式摧毁他们的生活。我想会有一天，将爆发一场狂野的觉醒，恰如会有一天，在千百万人因为国家主义的诡诈设计而死于非命之后，一个民主国家的联盟将应运而生。

缅因方言

（一九四〇年十月）

我发现，无论愿意与否，我的口音逐渐变化，日益趋向乡下方言。缅因话与纽约话，其间的区分，恰似荷兰语与德语二者。区分部分来自词义，部分来自发音，部分来自语法。而区分是很大的。有时，儿童讲话时，你只能去猜，除非你掌握了这一语言。儿子第一天放学回家后说，学校好玩极了，但他听不懂别人说些什么。这种情况只延续了两三日。

“全部”一词，你得说成“全体”。你问，“是全体吗？”而“全体”念成“船体”。是船体吗？让人觉得你是在说火轮船。①

“拿起”一词，说成“掂起”。你掂起一件东西看看它有多重。攥住楔子，等人用锤子敲，要说“捶上两下”。我从未听人说过敲字。②

贼种（念成“则种”）是男孩子们的口头语。这个老贼种，他们从鳗鱼网里掏出鳗鱼时说。它可能源自“杂种”一词，但听来天真无邪，并不刺耳，不过是一种描述。如今，我把许多东西（还有些人）都看成老贼种。③

人对寒冷敏感，称为脾盛。我们从不在汽车上装加热器，只怕从此脾盛。牧场贫瘠，不能为牲畜提供足够的饲料，你说牧场有点衰。有人走路，说话懒洋洋、慢吞吞，称为蔫儿。他真是挺蔫儿的，你说。④

用杆子撬动物体，杆子下垫块石头作支点，石头称为撬饵。很少有人使用“区别”一词。如果要说没什么区别，他们就说，没什么两样。⑤

如果你储存的食物足以过冬，但接下来无法维持，你就需要食物“撑下去”。母羊乳房凸显，是“袋子鼓了”。老一辈人，像我的朋友达默龙将母羊说成某羊。⑥

母羊与某羊一事，最初很让我困惑。将雌性羊说成某羊，很有点温情脉脉。不过，那是因为当时我听着像是美羊。不久，我脑子里的她们成了某羊，似乎也很不错。实际上，某羊到底比美羊听来顺耳。一度，我曾经试图在某与美之间求个折衷。结果糟透了。你得先拿定主意，然后冲口而出。母羊不能容忍元音变化，就像她不能容忍狴犬。⑦

---

① 全部，all；全体，the whole of；船体，hull。

② 拿起，lift；掂起，heft；用锤子敲，tap with a hammer；捶上两下，tunk it a little。

③ 贼种，baster；则种，bayster；杂种，bastard。

④ 脾盛，spleeny；衰，snug；蔫儿，mod'rate。

⑤ 撬饵，bait；没什么区别，it makes no difference；没什么两样，it doesn' t make any odds。

⑥ 撑下去，to spring out on ；袋子鼓了，bags out。

⑦ 母羊，ewe；某羊，yo；美羊，yew。此处三个英文词为谐音，前二者均意为母羊，yew 的本意为紫杉，为求谐音，从权译为“美羊”。

狩猎或射猎称为枪猎。落叶松永远是光杆松。索具说成索器。你给船装上滑轮组和索器。[①]

如果一只羊比其他的羊更驯顺，羊群有样学样，你说她会"诱"羊群回栏。蛤肉剁碎，撒在水面，引诱鲭鱼成群在船边游，叫作诱饵，也叫逗饵。刮风的日子是"浪大"的日子，不管是在陆地还是在海上。天气晴和则"浪平"。头顶的天气与脚下的天气也有区别。春天，很多时候，地面泥泞，而"头顶上有个好天气"。

粪肥不叫粪肥，叫撒料。我想，虽然我不敢断定，粪肥一词怕是让人觉得龌龊，有斯文人在场不合适。有时也叫肥，但不如撒料叫得频繁。不过，粪肥叉始终称作肥叉。

没有充分干燥的木材叫糟木。中饭时间是歇午。遍布淤泥和大叶藻的小海湾叫浅湾。小母鸡溜出家门，在蓝莓丛里下蛋，是"偷走了鸡窝"。如果度过了冬天，没死，也没饿着，那是你"熬冬熬得好"。

并非此地土生土长的人是"外来人"。我们是外来人，永远都是，即使从今往后终老于此。你得生在这里，否则你就是外来人。

人是生下来，但羊羔和牛犊是掉下来的。这当然一点不错。羊羔确实是掉下来的（没有任何伤害，或者，无论如何，它从来不曾抱怨过）。母猪生小猪，叫"下崽"。我的猪在一个星期天早晨下崽，这老贼种。

道路往往称为"柏油路"。道路念作倒路。某一日，我听

---

① 狩猎，hunting；射猎，shooting；枪猎，gunning；落叶松，tamarack；光杆松，hackmatack；索具，tackle；索器，taykle。

得有人称罗斯福总统是“战争番仔”。法规念成罚跪。律师们忙了研究罚跪。图书馆是特殊馆。烟囱是烟桶。

吊起念成叼起。某日，我听了一段荒唐故事，说的是人们将一人吊起在起重机吊臂的顶端，怪他调戏另一伙伴的妻子。“赶紧的，忏悔吧！”他们喊叫道。“你去年一年是不是都在勾搭她？”有一阵子，他在吊臂顶端晃荡，矢口否认。但终于筋疲力尽。“你做了，是不是？”他们追问不停。“好吧，有一次，哥们儿。”他答道。“行了，别再叼着了。”

最难对付的音是“a”。我一生往来缅因，但每当有人问我事情，话里含了“a”，我都要踌躇片刻。某日，一位朋友在商铺前碰上我，问道，“饥荒怎样了？”我脑筋急转，才从饥荒中得出“农场”二字来。①

“亲爱”的一词说成“亲啊的”。不过，青艾还是说成青艾。男人和女人将所有的孩子都呼为亲啊的。男工干活时，往往也互称亲啊的。

一个字尾音为“y”，转读为“ay”。儿子过去管我家的狗叫弗雷迪。现在，他叫它弗雷戴。有时，他叫它弗雷戴亲啊的，也有时他叫它弗雷戴你个老贼种。

乡间话语生动、准确，比城市话语有更多的画面和形象。它通常充满真情实意，使之别具一种特色。我想，人们说话很少是为了听它发出的声响。无论如何，那些最普通的家长里短，率直，诚恳，难得让我厌烦；偶尔，在城里聚会时，听空气中弥漫的知性的高谈阔论，会有一种感觉攫住我，现在想来犹有余悸——你只觉得，屋里的每一句话，都可以用大头针钉住。

---

① 饥荒，famine；农场，farming。

石 灰 石 粉

（一九四〇年十一月）

上个月，我收到政府配给的石灰石粉。他们给了我三吨，花钱不多，只须象征性地付些运输费。我已经将其撒向高地田，耙平。因此，新政以粉末的形式莅临我家，我得到新的含碱度，也有了一些新的疑虑和担忧。

我细细思索了一番这堆石灰肥，这堆施舍物；在我看来，这是罗斯福先生推行的新政的一个主要成分，我必须用心鉴别这个成分，以弄清楚我吃的，还有美国(或者美洲)人民因此而尖锐对立的这锅炖肉究竟为何物。申请和获得石灰肥，我成了政治运动中我们听了太多的所谓“社会收益”中的一方。我不清楚我是否该高兴。地里的石灰肥是全体美国纳税人对我的馈赠，是不赞同美国农业调整署诸项方针的大约半数纳税人的老大不情愿的馈赠，是以丰产、保持和博爱的名义给予的馈赠。美国的土壤理应得到其所有的化学效益的维护，就此而言，来自罗斯福先生的周济是有道理的。大多数农民需要更多的肥料，但无钱购买；政府免费提供，土壤得到改良。但显然，这不是问题的全部。

说实话，我必须坦白，刚收到石灰肥时，我心中有一丝愤懑——这情绪不很强烈，没有阻止我使用我的一份掳获物，但还是清晰可辨。我似乎开始失去对生活的一些把握。我感到心中有些什么，有些难以捉摸的东西慢慢滤去了。我还发现自己产生了对什么人的某种义务感，这种感觉，不是引起我的知恩图报之心，而是隐约的愤懑——一个人，不管乐意与否，在受人恩惠时都会产生的那种特有的情绪。我能做的，是将石灰石粉，连同仓肥，分别摊撒在五公顷田地上，但联邦政府还有更艰巨的分摊工作：政府需要将它的成本分摊到全体公民头上，那些拥护罗斯福重新当选的人有份，那些鄙视他的人也有份。石灰石粉降低土壤酸性，却引起共和党人如此之大的酸性，它在撒入我的黏性土壤之前，想必已经强度大减。

我说不清楚。此事须由每个人在他的上帝和良知帮助下加以斟酌。我确实感觉到，本届政府热切地想要对我和我的土地实施善意的控制，“调整”我，同时改变我的高地田的土壤反应。总的说来，我相信本届政府，相信它的远见和它自发的活力。我甚至再度对它投下赞成票。人们说它狂热，这不会贬损它在我心目中的地位。天才倒是往往出现在狂热，而不是清醒状态中。大体上，我宁肯给理想主义者作实验品，也不愿在极端保守主义的沉闷氛围下讨清闲。我相信本届政府，但我还是想找出这批石灰石粉的意义。

我想这是一个非常重要的问题，希望我的头脑中对它确信不疑，犹如在总统的头脑中。（提问：他的海德公园农场是否也得到了免费石灰石粉？）馈赠化肥是思想家心血来潮之下给予的好处，因为他认为，土壤肥力实属国家大事——它关乎全体人民，自然可以要全体人民付账。如此说来倒也不错，我想，虽然有千百万美国人一辈子不会从我这一小块地的含碱量增加中直接获益。但我同样认为不错的是，政府奉行通过改善某些个人的状况来改善国家状况的方针，终将碰上麻烦，不得不在国家福祉与巧克力圣代之间作出区分。

说个极端的例子：通过间接征税，我的石灰一部分由数以千计的年轻女子负担，她们满怀个人期望，如同我对石灰石粉的期望一样。她们需要一波持续的浪潮，让精神得到支撑，气质不断升华。她们的需要是切实的需要，不管如何浮泛。在头顶上美发，如同任何其他形式的农田追肥，对许多人来说都是不可或缺的需要，满足这一需要，在某种意义上，也可称为国家福祉。它不会排在首位，像土壤一样，但它在长长的一系列理性或非理性筹划中，最终必然出现。我想，政府的"福利"形式的危害之一在于，福利将无休无止地扩展，每项新的福利轻易就为下一项福利开创了先例。

另一个危害是，众多民众受惠于他们的政府，将发展出一个自我繁衍的社团，能够为自己造成安全的大多数。我注意到，石灰石粉运来后没几天，我就收到了县政府官员的一封信，信上说："致 H——县农业保护协会会员。亲爱的会员……"你瞧，石灰肥甚至还没来得及分解，我已经成了缴过费的民主党人。

其实，我并不想为谁站脚助威。我不过是个免费得到几麻袋石灰肥的普通人，他的杯子满得溢出来，打扰了他的梦想。

今天开始用灯光照射我的小母鸡，白昼太短了。明天这些家禽将从凌晨四时接受人造日光。闹钟响起，电灯啪嗒一声就打开了。我曾经认为，鸡舍里的电灯是个野蛮的想法，但现在，我对母鸡有了更多了解，再不这样认为。此地的夜晚长达十五个钟头，母鸡苦苦等待黎明，几乎饿得半死。母鸡光有食还不够——她必须看在眼里，才能吃到肚里。

阅读查尔斯·达尔文的《蔬菜霉菌的形成，寄生虫的作用，以及对其习性的观察》。我从一位小酒店老板那里借来此书，他似乎很惊讶自己的藏书中竟然还有这样一本不伦不类的书。“因此，我得出结论，”达尔文说，“整个国家的所有蔬菜霉菌，曾经许多次，而且还将许多次通过寄生虫的肠道。”

训　犬

（一九四〇年十一月）

一本名为《训犬入门》的新书，是出版商某日寄来的，他认为此书会引起我的注意，这当然不错。我喜欢读训犬的书。身为德国种獾狗的主人，有关犬的训导的书成了妙趣横生的笑话集。每句话都引人发噱。今后，如果有机会，我会写一本书，或一本告诫，讲述獾狗的性格和脾性，以及为什么难以训导也不应训导他。我宁愿训练斑马平衡体操棒，也不愿诱导獾狗听从我哪怕是随口一说的指令。过去一些年，我给一条名叫弗雷德的身量很大、性格放纵的獾狗拖累得够呛。在我伺候过的所有的狗中，还没有哪一条像他那样，对我的话能听懂那么多，又是那么的不屑。我同弗雷德说话时，从来嗓门不高，希望也不高。甚至要他做些他乐意做的事，他也别扭着。听到他在门前急不可耐地抓挠，我应声而动，等我打开门，放他进来，他又会停在门当间儿，点上一颗烟，只为把我晾在那里。

《训犬入门》的作者 Wm · 卡里 · 邓肯先生写道："购买

一只幼犬带来一系列麻烦。”不过，购买幼犬从来没给我带来很多麻烦，因为小狗和大狗进入我的生活(数目很不少)，不是买卖的结果，而是上帝的律令。我大约九岁时，拥有第一只小狗，不是买来的——是我姐姐的邮递员家的雌性柯利牧羊犬生下的，从华盛顿快递给我，一只小板条箱里，除了这只小狗，还有一板儿皮特斯巧克力和一根熟的法兰克福香肠。而我家现在的小狗，则是在有奖销售中赢来的。二者之间，还有很多只小狗，大都不是买来的。与其说我拥有了狗，不如说狗拥有了我。或者说它们甚至买下了我，也很难说。假如果真如此，我想倒是它们麻烦多多，因为它们来时，总要带上大量麻烦，又把麻烦移交给我。

如今养狗，与世纪初年不同，当时，狗吃土豆糊糊和棕色肉汁，住在有拱状门的狗棚里。今天，狗吃牛肉片和维生素B_1，懒在你的床上。

一些对狗知之不多的人，写下大量关于狗的废话，而将动物的种系纯正，提升到国家文明的高度的一番努力，大体说来也是成功的。在我们那时候，狗的交配其实很随意，结果令美国育犬协会很丧气，但喜欢小狗的小男孩们兴高采烈。在我居住的郊外镇子上，“正派”的人家儿不蓄养雌犬。家中的洗衣女工，或者割草工可能养母狗，但隔壁邻居决不会。

对雌性的偏见给我留下很深印象，我从小到大，始终认为雌性是淫亵的，不清洁的。在上流家庭中，母狗一词从来不宣之于口。一天，放学后，一只杂种狗跟了我回家，我费尽口舌，说服父母将它收留。它在我家里住了一晚。次日早上，父亲将我拉到一边，低声说道：“儿子，我不清楚你是否明白，但这狗是母的。她不能留下。”

“可她为什么不能留下？”我问道。

“她们总归麻烦，”他局促地回答说。“我们的街区还有那么多其他的狗。”

这对我倒像是个田园诗般的安排，但从父亲的声音中我听得出，这只孤苦伶仃的狗没救了。我们将她逐出家门，她避往镇子上更开放些的地方。那个年月，成千上万的美国少年人都遇到过这种事情，我们长大后发现，多萝西·帕克[①]在她的短篇小说《杜朗先生》中将这番情景永久地固定下来。

我小的时候，在我们那个街区，除了我的柯利牧羊犬外，还有一只哈巴狗，一只名叫布鲁诺的獾狗，一只多年来埋头研究槌球的名叫阳光的猎狐犬，一只红毛塞特种猎犬，加上圣伯纳德，它给女主人衔手袋，一踱一踱地走在街上，顺两边嘴角往下流口水，仍保持端庄肃穆状。我很怕这只圣伯纳德，它身量太大，每次我经过他家时，都不免心惊胆颤。獾狗老了，脾气乖戾，惹人讨厌，还不停地在德弗里斯家院内的狭长花坛里埋骨头。这些狗兴许没有哪只做过直肠测温，或喂过生肉或土豆泥，或接种过温热疫苗，只怕也从来没有瞄过兽医的眼白。它们是靠鸡骨头、肉卤和残羹剩饭养大的，都很健硕。大多数狗无缘窥见主人家的内景——它们知道自己的位置。

养狗作为一个“问题”，已经毫无必要地复杂化了。比如训练家犬便溺一事。在我笔下说的后维多利亚时代那些可爱的日子里，在郊区，应付小狗便溺问题，只须能像我们先人那样硬起心肠。你不让小狗进门就是。这不仅是个最简单的方法，

① 多萝西·帕克(1893—1967)，美国作家、诗人和文学批评家，以其聪敏机智闻名。

也是唯一切实可行的方法，今天仍然如此。我们的父母掌握了其中的秘诀——这个秘诀于今已经湮没无闻：他们知道，小狗，至少还没大到不会再尿湿地毯之前，只要不跨过住宅的门槛，自然活得欢蹦乱跳。

虽然我们的父亲和母亲小心在意，从来不允许小狗进到屋里，但他们称小狗为“先生”，补赎自己的侮谩。那个年月，狗从来不贪图食物或医疗有多周到，但它确实希望人们待它彬彬有礼。

邓肯先生颇为详尽地论述了如何训练家犬便溺，像所有训犬书的作者一样，认为小狗的主人除了拥有小狗之外，别无知识。邓肯先生的理论是，小狗有一种羞怯感，行事不喜欢有人注目。他说，遛狗时，每逢接近一些中意的地点，必须“装作不动声色”。城市居民人人明白，这一点未免强人所难。一些人，曾经试图严格按照办公室的作息表校准小狗的大小便，他们知道，拂晓时分对小事情的关注，有时候到了一惊一乍的地步。狗的主人可以佯作漠不关心，但光有假面并不够。人在拴狗的皮索的这端，装着不知道那端发生了什么事情，那一副表情，再滑稽不过了。

一只真正友善和不可离弃的狗是上天赐予的造化。不能靠驯养得来，也无法用钱买到。来了就来了，碰巧而已。我与五花八门的无数只狗打过交道，其中最好、最出色、最重要的，是我姐姐用板条箱寄来的一只。他属于老派的柯利牧羊犬，有漂亮的斑点，塌鼻子，天生温驯，机敏。我得到他，正是我最需要他的时候。我想，所有其他的狗，或许都不过是我对旧梦的寻觅。我再不曾弄一只柯利犬来养，深恐两相对比，我会很难受。他的喜怒哀乐，一一留存在我的记忆中，时时在我眼前闪过，但最常忆起的，倒是早饭后，他通常躲在后门廊，无精打采地吃一盘凝成块状的燕麦粥，只怕伤了我的感情。六年的时间，他总在同一处地方等我放学，陪伴我回家——这是他自己想出的活计。男孩子不会忘记这类友谊。命运作怪，如今，我定居在乡间，有了羊群需要照料，放牧时，却不得不依赖两只獾狗和一只粗毛猎狐㹴犬，他们一向花样百出，有时还净帮倒忙。

未来之潮

（一九四〇年十二月）

星期四。上午开始动手，准备造一条船——我平生打造的第一条船。买了十美分的绒线，借了一些捻缝的工具，为了更有把握，还向某人请教了如何造船，他说给我听。是条很小的平底驳船，使用当地的雪松。下午听到猎鹿人在林丛里搜索，一路拍打灌木，闹闹嚷嚷。

星期日。整个上午都在造船。作坊里生起了炉火，虽然上午有雨，天气寒冷，屋里却暖洋洋的。雪松的刨花散发出一股好味道，值得花费这番工夫。小船命名为“鲆鱼”。我非常高兴做这类事情，与其他任何劳作相比，我更愿意造点什么。需要一根八分之三英寸的暗榫，我不得不拆下一面小小的美国国旗，将旗杆派上用场，倒也严丝合缝，现在成了“鲆鱼”的组成部分。

星期二。早上六点起身，寒气袭人，驾卡车前往沃特维尔，按预约去看医生，路程大约有八十英里，不过能解除鼻子的病痛，再跑远些也没关系。无论如何，我喜欢旅行，即使只为旅行目的，与人结伴也好，孤身一人也行。卡车的驾驶室很冷，我得不时停下来化冻。在一处墓园，碰上一些掘墓工，冻土刨来很费力气，但他们情绪高涨，坚忍不拔。

等待看医生时，带了安妮 · 林德伯格[①]的《未来之潮》一书，坐在卡车里阅读。此书号称是“信仰的告白”，但我弄不明白她信仰些什么，也不认为这是本清晰易懂的书或一本好书。因此从头再读一过，我想她确实期盼一个美好世界，如我一样，但她避入了纯粹的思辨王国，留下我们这些人与熊搏命。林德伯格夫人认为，战争太浩大，太可怕，人无论如何必须通达平正，从更广阔的角度看待战争；但我想战争之可怕不止于此，而我们必须投入战争，赢得战争。她说道，当今世界上发生的事情惊心动魄，影响深远，我们应当反省自身的缺失，不可对邻居吹毛求疵；但我不喜欢这一忠告，也不打算接受它，因为这一回，邻居展露的疵瑕性质不同，它让我伤心落泪，泪水迅速洗刷了我身上的缺失——这倒是个摆脱无论何种缺失的好方法。

我将车停在当下这个镇子的路边，读过又重读《未来之潮》，观看冬日下午一个新英格兰社区中生活的律动，等待迟迟不来的信仰的告白。林德伯格夫人讲到未来的梦想，梦想的实现需要借助“世界上奋发推进的伟大力量”，但不知是偶然还是刻意，她将这些实现梦想的伟大力量与德国、意大利和苏

① 安妮 · 林德伯格（1906—2001），美国作家，首位单人不着陆跨大西洋飞行的著名飞行员查尔斯 · 林德伯格的夫人，曾作为副驾驶与丈夫飞越五大洲，行程六万四千公里。

俄诸国的推进相提并论。在法西斯国家革故鼎新的剧烈动荡中，她看到了希望和某种象征——对贫困、失业、衰退的最终解决办法。她谈到文明的式微，她的意思是，文明将以如今正在欧洲橱窗展示的新的形式再现生机；而我并不同意，也不相信，就建设未来而言，驱动法西斯主义的力量要比，例如，抵抗法西斯主义的力量更重要，更有希望。每一种力量都是我们的未来的一部分，每一种力量都与其他力量同样热烈。林德伯格夫人明确建议，我们不要对抗奔涌而来的浪潮。“抗拒变化，”她说，“是一种有违天道的罪孽。”但我想，我将继续抗拒任何我不赞同的变化，因为我并不认为变化本身有什么了不起，也不认为变化必然就是好的。至于有违天道的罪孽，每次我喝上一杯时都在犯罪，但这绝非饮酒的全部内容，无论如何，法西斯主义有违天道的罪孽，要比我曾经见过的任何罪孽都更其深重，只为它要去除(而且确实去除了)人的生命中太多的自然属性。林德伯格夫人怀念她父辈的那个年月，她说，那时候，人们可以理性和冷静地讨论相互间的分歧，不会贴上“亲什么”或“反什么”的标签；我也认同这种讨论方式，因此就不明白，何以喘口气的工夫，她就呼吁我们不要抗拒某一些力量，尽管它们发誓要摧毁议会和参院和国会和报纸和法院和大学。

所谓未来，有潮也罢，无潮也罢，在我看来，似乎并不是个万众一心的梦想，倒更像一块甜馅饼，烘烤时间很长，始终半生不熟。急切的、被剥夺的、充满挫败感的大众，狂热地团结在一位蹩脚的领袖周围，奋发推进，这是一种馅儿；受此推进伤害或冒犯或威胁的人，竭力抵抗，这是另一种馅儿。对林德伯格夫人来说，一方的推进(出于她不曾解释的原因)，是生活中的新的、前途光明的潮流；另一方的抵抗，则是旧的，颓废的逆流。我忍着鼻子的灼热，端坐不动，听书中的安妮·林德伯格告知，法西斯主义乃是未来之潮，而她同我一样，明白这不过是以往遗下的恶果，几百年来将世界搅得一团糟，这让我觉得有些怪怪的。“毕竟，”她说，“德国、意大利和苏俄领导人发现了如何运用新的社会和经济力量；他们往往手法拙劣，但不管怎样，他们意识到这些力量并加以运用。他们觉察出未来之潮，已经跃上潮头。”

我想应当请林德伯格夫人举出独裁者发现的一个新的社会或经济力量。我想不出有哪一股力量不像大山一般古老。希特勒利用的力量，源于那些承负了他们想要承负的所有艰难困苦，遇到最近的一处阀门随即爆发的人，这股力量历史悠久，穿了防弹衣的机会主义者对它的利用，同样历史悠久。她对更美好世界的梦想，是建立在动荡基础上，而动荡却是一个历史性的消极现象，认为一场运动，因人类苦难深重而发生，就孕含了良好秩序的根芽，我想这实在是一种习见的谬误。法西斯主义的理想，无论是在怎样的悲苦惨烈中释放出来，无论是受到怎样感人的自我牺牲和炽热勇气的推动，都不会化育良好秩序的根芽，只能造成秩序混乱，它始终散发难闻的气息，败坏土壤。耶稣时代，它臭气熏天，今天它仍然如此，不管你在什么地方发现它，不管它采取什么形式，或宏大或细微——即使是在美国，法西斯主义宵小也总在捣鬼，煽动滥用私刑的暴民或耍弄鞭笞驱魔或向倦怠、惶惑的老人兜售性学小册子。这些力量始终如一——在民众一方，是挫败感和怨愤；在领导者一方，是对歇斯底里的操控，颠倒黑白，抛弃原则。此中并无任何新的，或善的东西，今天，它已发展成为一种精妙的政治，受到庞大的军事机器支持，我们能做的最好的事情就是尽快打败它，并保持谦恭。

《未来之潮》一书的作者将现代性混同于这类陈腐的东西，或暗示它们将给世界带来福祉，我想这是不确切的。林德伯格夫人本人称，制度中的邪恶是“大潮中泛起的沉渣”，但又明确表示，大潮奔涌，难免如此。当然，任何人都有权认定，借助纳粹主义的怪胎，有可能孕育人类宁馨儿；但在我看来，人类宁馨儿更有可能出于民主观念得到加强的千百万人对纳粹主义的顽强抵抗。我坚决相信，“新秩序”从根本上摧毁普遍的康宁和幸福，我本人据此信念进行的精神抵抗，难道竟比纳粹主义少些希望，只因为它并非出自人类的苦难，而是出自人类的同情心？我看不出道理何在。坚持以往的一些原则，我不把它看作一种罪孽，既然它们是我赞同的，而且我相信它们仍然适用，合乎情理，只因为它们，恕我直言，是“以往的”而非“未来的”。我想它们也属于未来，我想，林德伯格夫人感觉病入膏肓，无可救药的民主制度是我听闻的最具未来性的东西，它蕴含了一切的希望，因为“民”意味着人民，这正是我所赞同的，而无论纳粹分子作何解释，它决不意味着人民，它意味着“纯种民族”，这是个赖以建立“新秩序”的卑鄙理念。林德伯格夫人经常给民主二字打上引号，仿佛需要将它小心翼翼地夹在指缝间。但我仍然认为，它是个好的、美妙的字眼儿，即使在一九四〇年的竞选政纲中它惨遭溃败，而且我发现，它掀动的大潮要比任何潮流都更鼓舞人心，更加光明，更有活力，看起来也更入眼。

林德伯格夫人说，作家有义务正确陈述问题，我同意她说的话，但我并不认为她做得很好，因为她的很多说法，虽然言之凿凿，但接下来的推断却是逻辑学家不能认可的。她告诉我，德国人本质上并不坏，这自然不错，对我来说，其实也算不上新闻，但她随之推断，因此，德国人民追随的命运也是好的，我觉得这不合逻辑，是对事实的歪曲。她告诉我，生活无他，变化而已，这自然不错，但她随后暗示，变化因此是有益的，这我在许多情况下都表示怀疑。她告诉我，法西斯主义的推进源于挫败感和不公正，我认为确实如此，但她随之推断，因为此一推进发端于人类苦难，它给世界带来了福音，这我觉得是靠不住的，我知道许多事情发端于人类苦难，除了带来更多的人类苦难，别无其他。

她告诉我，这并非一场善与恶之间的战争，这自然不错，但随后她说，不，这是以往与未来之间的战争，拜读她的文字，我的理解是，所谓“以往”，她意指英国和法国的现实，而所谓“未来”，她意指德国和意大利的现实。这是个不确切甚至很轻率的论断。她说：“我深深感到，发动毫无希望的‘十字军东征’来拯救文明是徒劳的。”或许确实如此，但我并不认为，拿起武器，驱逐暴君，维护民选政府，促进自由方式，必然徒劳无功。

她还说，想想法国大革命，有多少暴行曾经发生，而我们从不据此来作出判断。为此，我想了想法国大革命，但并没有发现类似的情况；法国的革命者揭竿而起，是因为他们受够了贵族统治，决心追求个人自由，而在德国，让人们受够的，不是统治阶级，而是艰难时世，他们出让了个人自由，只为一个承诺：他们将成为统治阶级，成为主宰国家。

“人们热爱，经历并为之而牺牲的东西……很难完全用语言表达，”她写道。是的，确实很难。但有时，只要下功夫，人们可以接近完全表达，当前，任何撰写《未来之潮》一类论述的人，尤其应当尽可能接近完全。毕竟，生活不是那么复杂。有许许多多作家、艺术家、学者，他们的生活和作品，本来搭建了真实、文化、自由和宽容的丰碑，如今却被迫保持沉默——关在集中营里，受到安妮·林德伯格寄予希望的祸祟的钳制，而这显然并非出于我的臆想。难道这就是他们等待的未来之潮？我很怀疑。他们只希望脱离集中营，回归日常，事情就这样简单。

我决心尽可能接近完全地表达我对此书的失望，因为我听到很多人谈论它，几乎所有人都这样说："当然，我不是事事都听她的，但她说的，总有一些道理。"因此，我将此书读了两遍，而且很认真，逐字逐句，到底要看看这些神秘的道理何在，但没有道理，至少我看不出有什么道理。然而，此书对我有一种双重的魅力，因为它包含了许多细小的，颇具吸引力的真理，但合起来却构成了一个绝大的谬误，对一位作家而言，这真是个惊人的成就。即使在我得出所有结论后，我仍然不相信林德伯格夫人比我还信服法西斯主义，或她渴望一个不同的世界，或她是个失败主义者；我倒认为她是个诗意的自由的宽容的人，但内心很困惑（人人今天都如此），试图诉诸笔墨，求得澄清。但虽然她的头两本书包含了我曾经读过的一些最好的素材和一些最好的报道，此书却让我想起萨默赛特·毛姆[①]在《总结》中写下的："……文字自有一种神奇。思想因此具有可见性，成为实在，结果却妨碍了自身的清晰。"

---

① 萨默赛特·毛姆（1874—1965），英国小说家，戏剧家，《总结》为其自传性作品。

后来我终于进入医生的诊室就诊，但仍然沉浸在此类思索中，情绪低落，疲惫不堪，这位医生与我素未谋面，却并不正眼看我，只管问道：“怎么回事？”

“我的鼻子，”我答道，不过我想的其实是安妮·林德伯格，琢磨她的书，她的信仰，她是否接近了清楚表达，还有这是不是一个因混淆了诸般忠诚而感到困惑的人写的书。

“鼻子怎么了？”医生问。

“堵塞。”我答道。

他又问我的年纪，我回答说四十一，他写在了一张纸上，我想说“我的鼻子也是四十一岁”，但想想又作罢了。我告诉他我的花粉病，以往夏季发作，现在却是全年作怪，他心不在焉地听，仿佛我在信口胡诌；我们端坐几分钟，谁对另外一位的鼻子也不感兴趣，过了一会儿，他用一根小棉签捅入我的鼻子，在一片玻璃上做了涂片，他的助手将涂片放在显微镜下，发现了令他大为兴奋的两个细胞，整个诊室一阵激动，细胞是体内高度过敏性系统特有的。医生的态度立即改观，充满了发现的激情，那份儿自豪，仿佛细胞就长在他身上。

我星期二还要回来再做皮试，看看是哪种食物和花粉和绒毛搅扰我，但没有哪种东西的搅扰比得上安妮·林德伯格夫人的告白。这类系统性侵扰很古怪，甚至医生也弄不清楚，这些天，他会使用比兔毫和鸭绒更细微的物质来划擦我，查明我的苦难。

冬日笔记

（一九四一年一月）

星期四。昨日大雪，下了整整一天，持续到夜晚，今日清晨，天气放晴，风向转为西北。上午，为我建造的平底驳船铺船板。我是根据《美国少儿手册》[①]来做的，此前经历了情有可原的三十年的拖延，我用这段时间积累钉子、木板、技能、闲暇和耐心。我很高兴在此间隔之后，我的愿望依然还像，或几乎还像当年一样强烈。

星期二。道路结满坚冰。凌晨五时十五分起身，早饭后去看医生，一场小雪过后，乡间似乎格外明丽，生意盎然。上帝心机无限，始终令我谦卑，他能让红色的谷仓投射蓝色的阴影。在医生那里，我的皮肤给针头戳了八十一次，测试与诸般事物的亲缘关系，包括猫的茸毛、马的头皮屑、烟草、燕麦、鹅羽、鸭绒、鸡毛、猫尾草、车前草、鸭茅、六月禾，还有黄花草，这对我习见不鲜，医生倒是兴致勃勃，深受启发。午餐是在一家酒吧，有小包间，松木镶板，耳边唱响“蒙特里杰克[2]的钟声”，音调绵软，是首相思曲，不过，餐馆里的任何人都不妨步行来到镇外，聆听梅萨朗斯基湖面[3]的雪橇铃声。

星期四。整个上午在室内忙活，下午制作驳船的肘板，随后出门用自造的扫雪机清理车道，效果出奇地好。扫雪机有可调整的翼，从各个方面来看，都是件合用的工具，它的好处在于不比一九四〇年的扫雪机更长，更低或更平滑。忙到天暗，夜色沉静，万籁暗哑，窗前透出灯光，映照在雪堆上。晚饭后看“外国通讯”，但不很喜欢，认为记者在屏幕上常常不能得到准确表现——其他任何种类的人也都一样。电影改进了，但改进得很慢，我想，如果他们听听哈姆雷特的建议，肯定进步得更快，哈姆雷特说过：“要紧的是一出戏。”他们有自己的座右铭：“要紧的是一个角儿。”因此，现实生活中的一切，都要迁就乔尔·麦克雷[4]的个性，这对我来说，实在乏味。

星期六。去年秋季，我在海岸打捞海藻，在羊圈的泥地上铺它五或六英寸厚，然后覆盖稻草。于是羊粪积在海藻基底上，成了滋养土地的好粪肥。毫无疑问，农耕的要义在于肥料，它始终表明生活可以是循环往复的，化学上圆满的，芳香扑鼻的，持续不断的。

---

① 《美国少儿手册》，美国男童子军创始人丹尼尔·卡特·比尔德撰写，图文并茂，描述男孩子各个季节开展的活动。最初于一八八二年在纽约出版。

② 蒙特里杰克，美国加利福尼亚州中部海岸城市。

③ 梅萨朗斯基湖，位于美国缅因州中部。

④ 乔尔·麦克雷（1905—1990），美国戏剧演员和电影明星，演艺生涯长达五十年。

羊粪的神奇功效，再好不过地表现在我的纽约的橡皮树叶子上，最近，它时不时地接受一通液体补剂，是我用厩肥在空的苏格兰威士忌酒瓶里制备的，随时用于室内植物。这株橡皮树是我十三年前在西八街买下，此后一直陪伴我。作为一棵橡皮树，它算得上成功，我对它怀有奇特的情感，就像一个人，对十三年来一直设法同他守在一爿屋顶下的任何物件儿一样。它的生长并不稳定，时好时坏，长势说不上始终良好。它的一些叶子阔大，油亮，形态优美。别的叶子，我都懒得去想。有一片叶子，只有两英寸长——默默提醒我那个给屋里的一切带来灾殃的严酷的冬天。枝干上遍布的，是一个暑气熏蒸的夏季留下的伤痕，我把植物借给一位默默无闻的传记作家，名叫亨利·普林格尔，它竟然只剩下两片叶子，白色的浆液从每一道伤痕中渗出。那个夏季终于结束了。普林格尔接下来获得普利策奖，我接下来呵护一棵橡皮树还阳。

本质上，橡皮树是一种城市植物。它们在晦暗的城市公寓昏黑的门厅里，长得往往倒胜过在乡间住宅阳光灿烂的窗子前。我们来到乡下后有一段时间，为了试验，我把橡皮树放置在阳光下，但它很快就病怏怏的，叶片发黄，开始脱落。无奈之下，我把它移到北面，情况随即改善。但某日，一阵心血来潮，我浇了一点稀释的羊粪。我说心血来潮，因为我始终认为，橡皮树的营养，更多地来自日日伴随它的人和它时不时听到的言语，而不是它根须周遭肥力衰竭的土坷垃。我的这个理论显然错了。粪肥的效力立即应验。橡皮树迸出巨大的红色叶芽，比它以往曾有过的大上三倍，随后舒展成为肥厚的叶子，整个植物看去透着怪异，仿佛旧的部分与新的部分两不相干。事情令人惊诧，有那么几天，我一直在盘算，是否可以靠着向养植橡皮树的城里人销售瓶装增长剂，迅速致富。但估算一下我得喝掉多少威士忌，才能收集到足够多的空瓶子，我泄气了，这想法无疾而终。

近来，我在斯温先生那里，听亨德里克·房龙[①]广播新闻。他是位很好的新闻人，因为听起来战争与毁灭让他疲倦和厌恶。他徜徉在逝去的世纪里，像是上了年纪的游客，拎着拐杖，在废墟上刺刺戳戳；或许因为他是历史学家和地理学家，比大多数人都有更广阔的时间和空间感，对民族和军队的旧日活动在地球上重演，他似乎颇为沮丧和痛心，但他坚信追求自由的人将取得最终胜利。我喜欢他报道的每日要闻，这些构成了整体的一部分，而不是历史中一个孤立的片段。在我看来，许多新闻评论员都滋生出医生对待病人的那种好脾气，他们说起机械化师，恍如机械化师就停在演播室里，他们正在它耳根子上搔痒。

战争的奇观之一是新闻报道量。在某种意义上，美国人民已经过度领教了这一浓缩食品。身体与头脑，经历了几乎所有种类的刺激；我们靠身体来适应新闻，就像我们驾车时设法适应汽车的速度，直到最后仿佛汽车根本没有移动，而新闻仿佛根本就不存在，真的不存在。

星期五。早早醒来，躺在黑暗中，听旁边屋里的唱歌声。清早有小雪，我起床时道路已经遮没，羊安详地卧在谷场上，雪覆在羊背上。羊歇息时，我可以无止无休地盯着它们看。它

---

① 亨德里克·房龙(1882—1944)，美国历史学家和新闻记者，著述甚多，代表作如《人类的故事》等。

们很值得研究：它们的冷静和对户外的喜好（除非在暴风雪天气），任凭雪花轻轻覆盖在它们宽厚的背部，它们脸上那副安之若素的表情。我的羊群看上去比一年前更兴旺，现在我有一只纯种的雪福特公羊[①]，今春我的羔羊将有它的标记。我还得到了一只纯种母羊。

星期日。我们一家三口，昨日冒着风雪，远道去看医生，火气很大，火的是我：但那是鼻子里的火，不是肝火。医生为儿子拍了鼻窦的X光片，还想在他的脑袋上钻一些洞，这让我一整天心烦意乱，感到焦虑。天刚擦黑，我们开始驾车回家，但我很怀疑我们能否如愿，雪积聚在公路上，而且仍然纷纷扬扬地下。无法看清楚路况，因此，开到中国村后，我认定这一天之内，我们受够了雪和骨腔，受够了疑虑和湿滑的路面，于是我们驶入R·E·库姆斯的修车厂，他告诉我们，公路对面的一家小客栈或许能找到住宿。一路没有光亮，但我们跌跌撞撞地摸到门前，受到老板娘威尔逊太太的欢迎，她很惊讶冬天还有客人上门，但还是把我们让进店内，端上星期六烘烤的豆子和黑面包，还有草莓果酱做的甜品。我们穿过走廊，将起居室的坐卧两用沙发移入一间大房间，当作第三张床。晚饭后，我们与老板娘聊了一阵教育，发现她正是这方面的权威，冬季时，客栈生意清淡，她就转而去乡村学校教书，负责九个年级。她认为，把她那个镇子上的几所学校合为一处很可能是件好事，但镇上有人强烈反对。她告诉我们，虽然一间教室的学校，问题多多，反过来也有些好处，主要是这类学校的学生小

① 雪福特羊，原产于英国的切维厄特丘陵。

小年纪，就必须具备某种程度的独立性，知道他们要想在学业上有所进益，除了自己，几乎不能指望任何人的帮助。她还在奥古斯塔教书，只须指导一个年级，她说，较之乡村学校，显而易见，那里的学生对教师的依赖实在大得多。我也相信这点，我猜测旧日的乡间红砖小学校，或许平均教育水平低一些，但间或也能培养出一些人，他们在那里受到了最好的启蒙，从此具备独立求知的能力和意愿，不必事事都靠别人耳提面命。

我们早早上了床，房间可以凭眺冰封的中国湖，远处，扫雪机轰鸣作响，奔突来去，试图在我们窗外堆起雪山。我们没带睡衣，不得不自己发明，妻子选择了浣熊皮衣，我选择了运动衫和短袜，儿子选择了一套厚衣服，运动衫裹在双腿上。我们比往常凌晨时分才入睡还要高兴，为此我诌了一首顺口溜：

妈妈裹了浣熊皮，看我著短袜，
一夜麻烦真不少，刚刚安顿下，
随它窗外公路上，轰轰隆隆响，
我们悠闲卧床上，知道为什么。

就在我刚要睡着时，听见妻子起来走动，我问她为何，她说发现很难裹了浣熊皮衣入睡，因为皮毛搔得后颈发痒。我又问她换穿什么，她答道："花呢外套。"我提问题，最喜欢这类简捷答案。

今晨醒来时，雪还在下。我躺在床上，思忖英国，思忖在地窖和荒郊中醒来的英国人民，还有为何美国人的家庭，如果与牙刷、梳子和睡衣裤分开几个小时，就会认为经历了一场冒险。

早饭之后，我们随即离开客栈，一路再无麻烦，一夜时间，道路已经开通。发现我们的院子和田地如伯尔尼高原一般可爱，冰碛齐肩高，滑雪的小径消失在牧场尽头的云杉林里。

佛罗里达珊瑚岛

（一九四一年二月）

我在佛罗里达一处珊瑚岛的海滩别墅写下这些。外面，风雨敲打着汽车。西来的暴风雨掀动长涌扑向海岸，惊涛阵阵，持续的轰鸣声代替了往日间歇的拍打声。商会出于好心，对此喧嚣视而不见，埋头起草下星期在展馆的时装展公告。报纸上说，明天天气好些。

别墅的墙壁是用企口板横向拼成，漆成绿色。地上铺草席。草席下有一层细沙，是进门时趟入，又渗到草席下。我本想揭开草席，把沙子撮成一堆儿，倒出门外，终于还是作罢了。显然，珊瑚岛上一向是这般情形，我没有理由横加干涉。屋子角落的一处小小的木制基座上，摆一台煤气取暖器，靠屋子附设的储罐供应煤气。这台设备可将空气中的氧转化为热，迅速提高室内温度。点不点取暖器，全看你是想在通风良好的屋子里冻僵，还是想在温暖中窒息。操作几回，就能找到巧妙的平衡——留下足够的氧气维持生命，又能产生足够的热，免得冻死。

西面的墙上，挂了一张印第安壁毯，壁毯的一侧，别了一枚圆徽章，上面的文字说明了它的来历：卓普俱乐部青少年培训课程。北面的墙上是有凹斑的柏木壁柜。最上一层，摆放了三只大松果，两只涂成翠绿色，另一只涂成砖红色。还有一个罗马双轮战车形状的镀金烛台。下面一层搁板上有一些贝壳，有人下了很大力气，让它们看上去像是飞鸟。最底下一层，站着一只小不点儿玩具牧羊犬，用野兔皮制成，舌头用红法兰绒。

我坐的地方再往前，是厨房，有煤气炉，还有一台年头很老的小电冰箱。冰格留下深深的刮痕，想必是人们为了撬它下来，使用了起子、刀子、改锥，连带上气急败坏。冰箱突然启动时，声震屋瓦，各处的灯光瞬间都黯淡下来，随即重放光明。冰箱里放牛奶、黄油和鸡蛋，供明天的早餐。明天早上，还有牛奶送来，我再留给次日早餐，如此一来，我每天喝的都是头一天的牛奶，从来享用不到完全新鲜的牛奶。假如我索性扔掉整整一瓶牛奶，本可以避免这种局面，但当今世界上，没人能如此大胆。扔牛奶是一宗罪，我们都很清楚。

厨房和卫生间水龙头流出的水含硫，不适合饮用。它在下水道周围留下深棕色的污渍。蘸水往脸上抹剃须膏时，感觉就像用细砂纸打磨下颌。水质太硬，含硫量又高，一般的肥皂都不管用，刷洗早餐的碗盏时，非得用德夫特牌强力洗涤剂。

房舍的门廊处，有两个细颈玻璃瓶，分别立在各自的架子上，里面装了泉水，供饮用、煮咖啡、刷牙。水瓶和架子的押金是两美元，每瓶水五十美分。两家相互竞争的公司为社区送水。我不巧与这两家都有点瓜葛。每两三天，这家或那家公司的人就会光顾，盘桓一会儿，嘀嘀咕咕地抱怨门前对手公司的水瓶。我曾试图退掉一家公司，保留另一家，而这得有点说一不二的本事，我偏偏没有。让我惊讶的是，一个人喝光十加仑水，需要多长时间。我本以为，用现在的一半时间就尽够了。

今天上午，我从报纸上读到，一位老黑人，一百零一岁了，自夸他一生喝下的威士忌。他说，他曾在酿酒厂工作，每天，他们给他一加仑威士忌带回家，上班的这几天一切都很妥帖，但到了周末，他说，他就得自己买上一加仑酒，帮他飘悠到星期一。

厨房的碗柜里，有一袋橙子，早上用来榨橙汁。每只橙子上都贴了“染色”的标签。给橙子染色，让它呈橙色，是人迄今为止最无耻的举动。这简直可以说得上骇人听闻，这番举动，显然是在暗示大自然不知道它该做些什么。我觉得，染成橙色的橙子，同涂成绿色的松果一样让人反感。我认为这是我见到的最丑陋的事情，似乎很难相信，这块地方，或许吧，在果树林子十英里范围之内，我买不到没有给人染色的橙子。但我不知道有多少人会这样想，欺诈已经成了一种国家美德，在许多圈子里为人津津乐道。过去二十四小时里，我从《晨报》中得知，有一百三十六车橙子装车启运了。如今，可能有数百万儿童不清楚天然橙子为何物——只知道人工染色的橙子。倘若他们看见一只天然橙子，只怕会觉得怪异。

镇子里有两个电影院，靠一座桥与珊瑚岛联通。其中一个影院，允许有色人种坐在楼厅。另一个影院，根本不允许有色人种进入。某日，我看过一个宣扬爱国主义的新闻片，最后是美国国旗在微风中飘动的画面，还有一行字：不可分割的国家，人人享有自由与正义。观众掌声四起，但我决定，在这个禁止黑人进入的影院里，不能为(人人享有的)自由与正义鼓掌。我想，在这个世界上，有太多的人心目中人人享有的自由与正义，不过是为他本人和他的朋友所设。我坐在那里，悬想如果跳起身来，大喝一声："你们这帮人如此喜欢自由和正义，为什么不许黑人进入影院？"那会有什么后果，我敢保证，每个人都会大惊失色，这是我很想做的事情，但始终没去做。假使真的做了，我想影院经理会抓住我的胳膊，轰我出去，理由是影片播映时分，宣讲自由妨碍了安宁。人在南方，必须得照南方人的规矩办事，但我虽然愿意管我太太叫"小鬼头"，却不愿意管黑人叫"黑鬼"。

北方人很可能认为南方人在种族问题上偏执，南方人却认为北方人脱离实际，说出话来往往靠不住。黑人差别待遇的理念让北方人不满意，但在黑人人口与白人不相上下或多于白人的城镇里，却被视为合情合理。对一个问题，答案是切合实际的，还是理想主义的，要看人们回答时，说的是一年，十年，抑或是一百年。换言之，完全可以想象，即使目前的限制不会很快取消，一百年后，黑人也必将享有更多的自由。但这并不足以让今天的黑人观赏海蒂·拉玛尔①。

想到南方在颜色问题上，态度如此前后不一，我不禁哑然失笑：有色的黑人不得进入影院，"染色"的橙子则大受欢迎。本州这一地区的某些城市举行游乐会，缅怀以往，鼓吹未来，我在自己的脑海中，设计了一辆彩车，希望将它驶入游行队伍中。车上一位曼妙的黑人女子，与其他入浴的美人同行，身上印了那神气的字眼儿：染色。

---

① 见70页注⑦。

隔壁的房子里，住了位太太，是个狂热的孤立主义者，她不断跑出跑进，手里拿了小册子、书籍和作了记号的报纸，试图说服我相信，美国应当只管自己的事情。她除过思想，还带来了沙子，我得跟在她身后，每天打扫两三次。

今年，佛罗里达抱怨生意不像平常那样好做了。他们告诉你，工业的迅猛发展导致了这种不正常的状况。北方的工业巨子忙得没时间晒太阳，甚至顾不上坐在亚热带的别墅里看看雨景。迈阿密额外拨出数以千计的美元做广告，指望引诱行政官员撇开国防计划，享受一番黄金时刻。

虽然我不是考古学家，但我喜欢佛罗里达，喜欢它那些未曾完工的城镇的遗迹，一如喜欢它海滩上明媚的小屋。我喜欢顶了正午灼热的阳光，漫步在死寂的人行道上，人行道通往生机盎然的丛林，甘蓝棕榈在半途而废的街道上投下刺状阴影，藤蔓错杂，纠缠路边古旧的砌石，像在狂热地拥抱，反舌鸟沉浸在旧日不动产鼎盛时期的辉煌中，鸣啭不停。复归自然的林荫道最动人心魄，它散发一股奇特的气息，预示着什么，等待未来的世纪，那时，鸟儿，还有蜘蛛和疾行的小蜥蜴，都会恢复记忆，而如今，它们正在一度寄托了人们梦幻的平坦、坚硬的大地上烘烤自己。沿着这些笔直的步道，生长中的森林渐渐杂乱，不再对称——和悦而又随意的大自然将成排树木的线条变得柔和起来，路面上初生的表土滋养生命，路面的裂隙给草茎盘踞，引种的藤本植物荒芜了，明艳的花朵恣意开放，头顶，红头美洲鹫平展双翅，在清朗的天空中飘摇，等待木槿、丝兰、千手兰和棕榈丛中哺乳动物的死亡时刻。我记得那些热闹的日子和彩虹尽头的迷离梦想，钉了挂图的办公室；挂图上的标示；乐队演奏悠扬的乐曲，抚慰漂泊者面对郊区住房的神话，不免恍惚的灵魂；彩虹起点的免费汽车服务；树荫小桌上供应的午餐；吹人欲醉的熏风；合同上签字的虚线；签名；预感带来的惶恐，以及佛罗里达苍天上飞翔的美洲鹫。

我喜欢这些尚未发展起的城镇，它们始于贪婪，仓促规划，到底没能兴建起来，给人去糟蹋，这些还残留希望的城镇，避免了霓虹灯和那些污秽。我也喜欢建筑群落之外的海滩，那里还是野性的，天然的，鹬鸟来此落脚，一阵浪涛涌来，连忙退避，像小孩子一样，有时，臀部一翘一翘的乡下妇人在这里拾贝，还有时，老兵会来掘斧蛤，给他留在露营拖车营地的饥饿的老伴享用。

大海的涛声最能消泯时间的概念。你闭上眼睛，倾听海的声音，多少个世纪一涌而过，大地又绿了——一个方生的青翠时代，海与陆地刚刚接触，彼此相识，不过几十亿年的时间，软体动物刚开始进入浅滩蠕动；现在，人这种懦弱者，躲在遮阳伞下，身上涂了防晒油，戴上他的偏光墨镜遮挡光线，在温暖的沙滩上铺好浴巾，他舒适地摊开长长的棕色躯体，侧耳倾听。

大海能回答所有问题，总是用同一种方式；你若读报纸，报上满是无休无止的讨论和争吵和骚动，还有分歧、重大决定和协议、计划、方案、恫吓和反恫吓，于是，你闭上眼睛，大海送上又一波浪潮，自从有了世界，大海就一浪追着一浪，绵绵不绝，它抚平了一切，又打碎了一切，去而复返，飞溅的浪花中，你能听到它说：“就这么快吗？”

房 车 营 地

（一九四一年三月）

世界民主国家联合会是为了将所有自由民族团结在一面旗帜之下，在坐下来起草联合会章程的序言之前，我决定溜达到镇子边上的房车营地，询问一些宿营者他们是否赞同联盟这类想法。信奉超国家主义固然不错，但最好弄明白远处的其他一些人是否也信奉这一点——因为如此才构成所谓的超国家。

佛罗里达市的这座房车营地，是与远方来人纵论天下大事的理想场所。首先，你不必再费力周游——宾夕法尼亚和俄勒冈和印第安纳的人都在这块热闹地方恭候你。其次，宿营者有时间思索生活，享受生活，谈论生活。早晨，他们很少有谁必须去哪儿，比如办公室，吃过早饭，清理完污水桶，收拾齐整，浇灌了天竺葵，就可以躺在折叠椅上晒太阳，开始思索。在某些方面，营地就像是一个乌托邦社会，它由在此社区中占了相等空间的个人组成，没有人为什么事情奋发努力，所有人都在完善生活的艺术；虽然营地这个社会，如同我曾研究过的所有社会一样，很少等级制度，但从经济角度来看，它是一个成功：每天都是假日，每夜都是狂欢。

无论如何，我决定去询问一些美国旅行者对联盟的看法。即使在房车营地这类地方，也很难照直走上前，对一个陌生人说：“早上好，你是否认为世界现存的民主国家应当联合起来？”但我与流浪者打交道，发现他们一向随遇而安，对各类稀罕事情有一种坦然的兴趣——而我也从不在乎给人看作有点古怪。

营地，位于一处扇叶菜棕林丛中，我进去访谈，正当它半上午时的百无聊赖之际。房车整齐地停在长长的夹道上，银色的车顶在艳阳下闪闪发光。许多车主都下车去寻欢作乐，参加邻近的庆典，分文不费的诱惑，挡也挡不住。在联谊室，一台老式留声机伴了日间的慵懒慢慢转动，透过敞开的门，我可以看到有大约二十对夫妇绕着场子摇晃，说不上眉飞色舞，倒也其乐融融。经过熙熙攘攘的沙壶球馆，男子牵着马耳他猫在溜达，头前有一条白色小狗，当作引路的仪仗马。在每一辆房车的底部，为生命力引流的软管连接悬垂在阴影深处。街上弥漫着友善的气氛，还有对煎鸡蛋的隐约记忆。我经过了一栋小小的建筑，门上写着“花园俱乐部”；实际上几乎每辆房车都有某类微缩景观——镶在蛤蜊壳里的旱金莲，在干涸的池塘边钓鱼的小黑人雕像。几位房车上的女人，在露天的洗衣坊，围了水管和烫衣板在忙。营地的远端，高高的澳洲松在杂草丛生的道路上投下长长的、浓重的阴凉，一只嘲鸫栖在树枝上，鸣啭几声。这是个安宁的所在，这座营地——车轮上的伊甸园，有能力选择自己的纬度，一年到头，总在追随和风丽日，一个憩息所，居民将自己的生活压缩在最低限度的空间里，使之聚焦，一个内部安排加上流动性造就的奇迹。

营地内的街道都编了号，在第三街上，我碰上亨利·莱恩正在抛光他的前门。（房车车主们是些固执的管家，他们的标准很高。在我看来，房车对头脑活泛的人很有感召力，因为相对于固定住宅，房车让人有个更好的发泄渠道，它多少有些随心所欲，缺乏条理分明者珍惜的那种整齐划一。）莱恩先生见到我很惊讶。“我只想问问你，”我说，“你是否赞成美国、英国，还有其他能够又愿意加入的自治民族结成联盟。”

莱恩先生停下擦抹，望着我，一副困窘、嗔怪的表情。他的嘴唇颤抖。“这个……是的，我会赞成的，”他说。

“你认为联盟是个好主意，对吗？”

“对，我想是的，”莱恩先生说。

我希望他能展开来畅谈，还试图从不同角度将话题扯回，但他只管回答“是的”。我在和莱恩先生较劲儿过程中清楚感到，虽然他骨子里是个联邦主义者，但他并不打算向陌生人说明原因，而且认为他有恕不奉告的特权。这自然不错。因此我们随意聊起来，他告诉我，他来自密歇根州，邻近兰辛，车上挂了佛罗里达的牌照，是因为他有个孩子在这里上学，你必须买下车牌，才能送孩子入学。他说，营地挺好的：他们一家三口，每星期付三个美元，包括厕所、每星期接电五千瓦，还能去跳舞。我谢过莱恩先生，告辞而去，他接着忙他做了半截的活计。比分为一比〇，世界合众国胜出。我前往铁路附近的第五街。

在那里，我盯上了坐在树荫下的一位密歇根人，一位宾夕法尼亚人。我加入进来，合而为三。“先生们，”我说，“如果不介意，我想问问你们是否赞成美国与英国和其他自由国家联盟。”

“天啊，不成！”密歇根人说道，他长了坚硬的下巴，看上去就是一个自行其是、无须任何大国联盟帮忙的人。“大英帝国有一帮世界上最精明的外交家，每次同他们搅在一起，准给他们蒙了，吃亏上当。你去和他们联盟好了，没等事情结束，他们已经拿走了一切，我们什么也剩不下。”

宾夕法尼亚人频频点头。

“听我说，”密歇根人意犹未尽，“我们干吗要相信英国？上次大战她出什么力了？我们为她赢得战争，订了协定，不许德国重整军备，结果呢，英国干坐在那里，海峡隔开三十英里，听任德国建立了历史上最强大的战争机器。我干吗要与英国搭伙？肯定还是老一套。”

“你也这么认为吗？”我问宾夕法尼亚人。

“当然，”他说，“不过我认为我们应当尽一切可能帮助英国。我们必须全力帮助她，这才能保护自己。不过不是派人——一兵一卒也不派，决不，先生。”

“根本就别信他们，”密歇根人气哼哼地说。“反正我们搞不明白欧洲。太复杂。不过都一样——战争会在巴尔干半岛完结，一向如此。”

“那么，二位是不赞成联盟了？”我说。

他们摇摇头，我离开了。二比一，孤立主义胜出。

在第八街，我瞧见了一个衣阿华牌照。车主高高瘦瘦，神情冷淡，守着他的离奇古怪的家，正不紧不慢地擦拭墙上的凡士林。他并不高兴见到我，但我只管提问。

“与英国联盟？”他讥诮说。“现在也他妈的差不多了，是不是？”

“这个，有点儿吧，”我赧然说。“其实也不是——算不上真正的联盟。”

“每隔二十来年，我们就得帮这些家伙一回。意义何在？事情没个头儿。”

“那么，我们该怎么办？”我问道。

“肥水不流外人田。德国又不会在这个国家登陆。”

“如此说来，你不赞成联盟？”我说。

“没错儿，”他回答。

“你从这里还要去哪儿？”我问道。

“基韦斯特，”他说，用抹布擦去了一些凡士林。

带了三比一的比分，头顶高悬的日头，我沿第八街一路走向沃恩大道，瞄上了一位穿便鞋的和蔼的小个子男人。他的“漫游者”活动房的门阶前，一棵细小的扇叶菜棕和一根长大的电线杆形成了一片儿阴凉，供他悠闲地晒暖。他戴一顶帆船帽。房车下面，有只硕大的洗衣盆，上面涂了“里佩”字样。

“早上好，里佩船长！”我说道，随意坐在他的雪佛兰车的保险杠上，转向我的问题。漫游者号的船长惊诧，愉快地望着我。

“与其他民主国家联盟？”他爽快说起来。“当然再好不过。这是唯一明智的事情。我们的机会就在这里。我相信拥护自由政体的人应当联合在一起，永远，像我们的合众国。德国那位节节取胜。必须得采取行动。事情很明显，德国得到的越多，要求也越多。当然，最终一切都会崩溃。必定如此。德国管制不了整个世界。但挨到什么时候？这是个问题。不能坐下来干等着。希特勒这家伙胆子不小——你得佩服，别管他做的事多让人恶心。我们也得鼓足勇气。必须表明，民主国家是动真格的。”他喘了口气，活动活动双膝。

我说：“不过许多人都反对世界联邦——我问过营地的人。”

“得了，”里佩先生信心满满地说，“有那么一些人，你问他如此这般一个大问题，他们先得摸清你的想法，然后顺着你说，我不成，有人问点什么，我怎么想，就怎么说。营地这里，人们都拿我开心，就为了这顶帽子。人人叫我船长。我是营地的老人儿了，可许多人除了叫我船长，不知道我还有名有姓。”

“你以航海为业？”我询问道。

“哪里。一顶帽子而已。”

“噢，帽子很漂亮，”我说，站起身来准备离开。“谢谢你接受访谈，希望有一天我们能看到世界联合起来，人人享有自由和正义。”

比分现在是三比二。

接下来访问的是一位来自印第安纳的老人家。我的问题似乎令他惊愕不置，看上去他好像要哭了。“你还是去问我女婿，别问我，”他哀哀地说。“他就在房车的那一侧。”

我找到了他的女婿，他正用一柄小刷子，给车的外饰涂黑漆。回答我的问题前，他放下了刷子，合上漆罐，坐在花园中央矮牵牛花与金盏花之间的木箱上。“是的，”他说，“我们必须汇聚力量。没有美国民主的援助，欧洲民主将不复存在。我说希特勒赢得战争的几率超过百分之五十，如果希特勒胜了，我看不出民主政治还能在什么地方存活。许多人会告诉你，他们才不在乎欧洲人如何，此事跟我们美国人没关系，但我认为有关系。希特勒取胜，我们就会失去世界市场，我们的生活水准将下降。饭当然还有的吃，但谁知道能吃什么？”

那位老丈人局促地蹭到跟前，喜滋滋听他的女婿侃侃而谈，显见得颇为赞许他竟能张口谈论此类事情——世界市场啦，等等，等等。能表达自己，回答问题，何等地好啊！我向他们道了谢。比分打平，三比三，一上午即将过去。下一位将决定全球的自由民众，究竟是一错再错，固守在永远只有那么六七个狭隘的民族主义帮派里，无休止地打来打去，耗费精力和资源，还是携起手来，建立全新的国际联盟，让所有善良的人都能过上充实和有意义的生活。在此胜负不分明的时刻，又有责任像锁链一样拴在我的脖颈上，能够碰上约翰·科尔曼先生，真是幸何如之，他就在距厂家制造的家居房车几码处，他曾供职新泽西州北贝亨警局，现已退休。科尔曼先生和蔼、悠闲，唯有一生面对重罪罪犯和盗匪，现在终于歇手，两眼朝向阳光的人，才有这般神情。我好奇地询问他是否赞成民主国家的联邦时，科尔曼先生爽快地答道：“当然！”

“你赞成？”我咕哝道，有些恍惚。

“当然，当然，”他说。

“为什么呢？”我问道，勉强试图保持超然，但心中暗想，联盟胜出，四比三。

“为什么？假如我们战败，那就没救了。就为这个。”

“一点不错，”我说。“假如我们战败，那就没救了。对啦，”我继续说，突然冒出一个念头，“我曾经住在北贝亨那条河的对岸。”

“什么地方？”科尔曼先生问道，面露喜色。

“曼哈顿西十三街。”

“真的，你在那儿住过？”科尔曼先生兴奋地说。

“那还有错儿，”我说。

“得，你瞧，”他摇头叹道，“世界真是很小。”

我回到家中，坐下来写我的序言。工作很顺手，文字似乎自然流泻出来。“我世界人民，以世界之小，”我开始写道，“欲结为巩固联盟，在时局尚可挽救之际……”

春　日

（一九四一年四月）

关于春天以及让我有动于中的任何其他事情的笔记。

这篇笔记写作时，人们对我养的猪是否受胎颇为怀疑，虽然她始终有伴。此地的养猪户饶有兴趣地关注她的状况，他们（像我一样），等待妊娠的征兆，验证谁对谁错。我在后面会宣布较量的结果，只要我还记得此事。去年，她生了七头小猪，是在一个星期日。它们恣意、欢快、健康、冒失，除了最小的那头——它仅仅是恣意、健康和冒失。

纽约公共图书馆的安妮·卡罗尔·穆尔写信给我说，超人公司的代表某日访问了儿童阅览室。他中等身材（超不了谁），带了一张巨大的招贴，描绘超人（真人大小），还有一份推荐图书的书目。书目中包括《侠盗罗宾汉》和《亚瑟王》。他告诉穆尔小姐，男孩和女孩如果知道超人喜欢这些书，一定愿意读。他说，他的英雄如今影响很大，公立学校的教师常常以超人为例，要求学生当下顺从。就我从穆尔小姐的信中所见，他没有只言片语提到《小超男》和《小超女》的作者路易莎·梅·奥尔科特[①]。

碰巧，我们刚刚阖家围坐，朗读完毕《小妇人》。这是一九四〇至四一年冬季的餐后薄荷糖；朗读时间，三个月零十天。如今，一个人能加给自己的痛苦体验之一，就是按照艾美和劳瑞的思路来阅读欧洲[②]。

春意如醇醪，对大多数生物不过是一种形象的说法，但羊真的会醉。始终吸吮母乳的羔羊站得很稳，但大些的羊只（相当于中学生的年纪），踉跄着从草场返回，在谷场上晃荡几分钟，随即踣倒在地。他们口吐白沫，四十英尺开外，都能听到他们的磨牙声。这种春醺，迹近酩酊。我得随时将注射器灌满茶水，一段文字写罢，就跑去给醉得最厉害的羊只注射。今年不像去年那样糟糕，我的羊羔少些，茶多了。

还没有看到蛇，但我也不曾去石堆那边，搬开石头来看。

一对椋鸟在整修门前草坪白壳杨上的树洞，装饰一新，准备在扑动䴕飞临之前做好一切事情（下蛋、孵化、放飞），扑动

---

① 路易莎·梅·奥尔科特（1832—1888），美国儿童文学作家，代表作为《小妇人》和《小绅士》。

② 《小妇人》一书的历史背景为一八六一至一八六五年发生的美国南北战争。艾美是书中四姐妹中的小妹，劳瑞是邻家小男孩。

蹓走动起来大摇大摆，不管不顾。

罗伯特·弗罗斯特的“泥泞时节的两个流浪汉”中有一节诗，描述了四月里天气晴和，春意澹荡，忽然，一片乌云遮住太阳，飕飕的冷风，扑面袭来，一下子回到了三月中旬。生活在乡下，人人都体验过这种时刻——大地回暖，希望日增，随即是凛冽的降温。

还有另一类日子，值得歌咏——那是好日子中的好日子，春天终于展露容颜，一心等待人们的亲吻，毫不羞怯。当此佳期，春风吹过山冈，或拂上心头，没有刺骨的清寒。北方气候中，才有这样的日子，在北方，寒冷的季节长，一年到头，常嫌阳光不足。

我们刚刚经历了这一变幻莫测的时刻——不是一时一刻，而是整个上午——它留在记忆里，像一些古老的传奇，深奥，丰富，欢快，还有难以言传的温馨。甚至早饭前，我已经感觉到这一时刻近在眼前，我前往谷仓察看双羔时，听任厨房的门扇懒懒地敞开，而不是在我身后关上。这是一个讯号。羊羔在吃奶，母羊安卧。一只羊羔歇在母亲的背上，成为长辈的完美缩影——它们让我想起家中的茶壶，壶钮就是茶壶本身的微缩。谷仓似乎比往常更温暖、更甜美，不过此刻还在清晨，春意绽放的迹象仍止于迹象、暗示、轻轻的推搡。待到太阳升得更高，才能感受到它的全部影响。随后，在温暖与生活全心全意的拥抱中，一丝一缕地，增添了许多柔情蜜意，动物与人透着懒散和满足，人与狗只想坐在阳光下什么地方。车道上，一道深深的车辙，过去一个星期以来，积水三四英寸，时而冻结，时而融化，现在看看就要干涸。起居室的窗台，光裸的连翘扦插突然参破了由棕色转为金黄的秘密。母鹅不肯出窝去会合她的高声大嗓的伙伴们，只管卧在她的第十一只蛋上，还从胸脯上啄下一些羽毛，苦候到第二十八天。我经过厨房回屋时，注意到清风绕室，不再像侵入者，倒像是位过路朋友，登门造访。

小孩子的熬糖作业，已经有些时候。糖汁汩汩流淌。上个星期日早晨，我们的烘饼抹上了家制糖浆，我们一致认为，树木是槭树，但可能不是糖槭。无论如何，它们不是铁杉，但愿人人都同意这一点。今天，我收到了住在新罕布什尔的一位太太送来的糖浆。味道很纯正。不过，我们的糖浆别开生面——它有一种奇特的原木味道(让人忆起黎明时分前往积雪林丛的那个身影，还带了筐子和他的狗)。

无论何时，讲到春天，或我感受的愉悦，或可爱的乡间，我都会想起离开城市前不久我与一位朋友的谈话。“我相信，”他阴阴地瞥我一眼说，“你不会向读书界鬼扯你的小打小闹。”

在农场的种种日常劳作中，没有什么比伺弄育雏暖房的火炉更麻烦，更缠人。暖房的所有火炉都怪怪的，有些简直是邪门儿。我的火炉烧煤，总算不好不坏。随着它的调节风门或开或阖，这只火炉让我魂牵梦绕，从午夜我上床，到五点我起身，在睡衣裤外套上一件衬衫和一条裤子，跌跌撞撞地出门，走入黎明，观察炉罩下的温度计，查看我的二百五十四只小生灵是否整齐地围在它们的大铁妈妈四周。倘若我运气好，温度计可以达到华氏八十八度，鸡雏则欢快地进食早餐，是它们最喜欢的谷类，二点六五美元一袋；不过，半数时候，夜里会有狂风掠过，催动火炉飙升至华氏一百一十度，燃尽所有煤炭，留下一炉半熄的灰烬。如此一来，温度计只能达到六十五华氏度，鸡雏围成一堆儿，脖颈的绒毛翻转起来，站立着咻咻喘气，看上去像是寒冷的冬夜里高架铁路下的扫雪队。

就照拂鸡雏而言，火炉在有一点上胜过母鸡：它矗立不动，你随时知道它在哪里。但也仅此而已。在所有其他方面，母鸡都超过了曾经有过的任何火炉。母鸡的温度调节器始终运转良好，她的温暖有一种难以确切描述的群集性，我想这对鸡雏很重要，保证了他的肠功能正常。此外，母鸡有防风的能力。她把小儿女们护在翅膀下，地面上的阴风就消失了。母鸡比火炉的词汇量大，便于交流想法——这一点很好，即使母鸡的一些想法飘忽不定，许多疑虑也没有根据。当然，母鸡是个兢兢业业的赡养者，她的大量繁琐劳作，都是如今普通的火炉做不到的。你不必像捅炉子一样捅她，从来没有炽热的炭火从她肚里滚落，掉在干燥的地板上。

任何脑子里牵挂炉火的人都处在某种恍惚状态。通勤车上，时时可以碰见一些郊区居民，带有明白无误的烧火工印记。厨师如此——他们仍然在真正的煤火上煎炒烹炸。而伺弄育雏暖房的火炉的人，印记之鲜明，到了让人同情的地步。他们的炉火，不仅关系到管道设施的安全和居住者的舒适，还关系到数百只小生命的生死存亡。甚至降了十五华氏度，他们也会在角落里挤作一团，窒息而死。如果一年的春季你在乡下，看到一张与众不同的面孔，十有八九这位正惦着育雏暖房里的那一炉火。

这个一九四一年的春季，伺弄炉火的人，因为它梦一般的非现实性，因为当今世界的现状，尤其恍惚莫名。有时我觉得我疯掉了——人人都在战斗，牺牲，或为一个事业奋斗，或写信给参议员，而我却在照料一群横斑岩鸡。但这块土地，这块土地上的众生，是此一世界上岿然独存的好，它们是我发现还值得一读的那本书的作者；无论如何，人们需要追随自己眼前的光明去生活，即使这光明只是火盆盆底一点炽热的火炭。四月六日的这个星期日，德国人在巴尔干半岛发起春季攻势的日子，我的炉箅上结了一块熔渣，接下来的三天(或直到我查明症结何在之时)，我的炉火始终半死不活。我得完成一直在写的一篇文字，截稿时间在即，必须熬夜赶写，还得早早起身，保证育雏暖房仍然热烘烘的；因此有三天我根本没有睡觉，开始感到周身不适和脑力衰竭引起的晕眩。第三天的下午，我小心地蹲在火炉前，说不清第多少次想要弄清楚为什么已经篦清又重新添加了煤炭的火炉不能熊熊燃烧。温度计上的读数降到了华氏六十八度，鸡雏，该睡眠了，却瑟缩着，没有围成似有魔法保护的圆圈，而这对它们夜来的健康至关重要，反倒靠了一堵墙挤作黑压压的一团。

一时间，只觉得就像当地人说的，我要“中邪了”，恰在此刻，有人敲门。我打开门，是我的小儿子来告知晚饭就绪，“战况报道很糟。”我一阵困惑和惶恐。但持续时间不长。我随即想明白，这只火炉，虽然很难对付，但它生出的温暖，却是我唯一可以用来抵御纳粹的“春天”理想的东西。我拨一拨炉火，昏暗中将大约百余只鸡雏捡到筐子里，再转圈儿摆放在炉罩边的战略要地上，也好安眠。随后我去吃饭，上床歇息。晚上十一点时起身，拿一只手电筒，出门去在这个冷森森的世界上继续值夜。从十一点到十二点，我呆坐不动，聆听小生灵的悸动，时不时读一读仪表盘。它下降了四华氏度。

十二点时，我开始用一种新的拨火棒做实验。十二点三十分，我找到了熔渣。一点钟，我将它打碎，掏出了一桶炉灰。然后，我又将另一批鸡雏捡到筐子里，疏散拥堵（就像个麻利的交通警），随之听到了喜人的声响——奄奄一息的炉火开始欢畅地呼吸。

各国遭受洗劫，山谷中血流漂杵。虽然似乎不合时宜，我仍然要宣布，我相信鸡蛋，相信鸡蛋所含之物，相信温暖的煤炭，相信我们必须燃起随便怎样的一把火，只要它能够让我们欢欣和延续。

我的一天

（一九四一年六月）

蒙罗斯福夫人[①]准许，且让我描述我的一天。我六点醒来，躺到六点一刻，慢慢将头从一侧扭向另一侧，检查已经不像往日那样灵活的脖颈。很失望我的脖颈，但很高兴我还能清楚记得夜来的一梦。我梦见我在一家度假旅馆，享用晚餐，经理来到桌前，急切地拍拍我的肩膀，说道："怀特先生，请立即转回房间，脱下这件蓝色的旧运动衫，换一件上衣。"我应声而起，跟在经理身后离开餐厅，像个小丑。

我将梦境告诉妻子，怂恿她来解梦，她于是做了。她说此梦非常简单，不过意味着经理很可能是对的。但我认为含义应当比这更深，而且我悲伤的是，妻子竟然同我梦中遇见的什么人站在一边。

我六点半起床，想着做梦的事情，还有一个农夫某日对我说的话——说是他时常在梦中获知问题的答案。他最近得一梦，告诉他该如何料理我新近耕种的那块土地，地里的牧草收获不丰。他和我一天下午收工时聊过此事，第二天他告诉我，他睡觉时还在琢磨，答案自然而然就显现了。

“梦里说我们该怎么办？”我问道。

“撒些磷肥，”他兴冲冲地说。真是好梦，于土壤也相宜，不过我倒希望人们能做点别让我花钱的梦。

穿好衣服，没有刮脸，一捧冷水泼在脸上，感觉像吉特·莱斯特[②]一样精神抖擞，准备好迎接新的一天。随即咯噔咯噔走下后楼梯，带上我的杂役犬弗雷德，穿过露水滋润的田野，来到养鸡场前，打开鸡舍的门，观看我的二百只小鸡，长时间禁锢后，他们像风中的谷糠，轻快地飘过空地——一团羽毛和欢悦的黑云。一些小鸡散入绿草丛中，寻找事情做；其他的急不可耐地聚在我脚下，等待谷粒。

沿夯实的道路回屋子途中，我注意到浓重的烟幕，可能是来自我们北面的林火，笼罩在世界上空；这让天空看上去很怪异，是那种弥漫的光焰。所有普普通通的物体都变得不寻常。我很惊讶地留意，随后在这一天里，有那么多人说，看去“就像世界末日”。为什么想象人们认定天空中的奇异光照将预示世界某日的来临？显然没人见证过这一事件，然而所有人都同意，在崩溃前，可能提前几小时，天上将有一道光。我对末日，或者说末刻的看法全然不同。我想，世界的最后时刻来临时，天空仍将是旧日的蓝色，白云舒卷飘摇。你从窗子向外瞭望，比如盯住一棵树，过了一会儿，树木不复存在，瞭望也不

---

① 罗斯福夫人，即美国总统富兰克林·罗斯福的夫人安娜·埃莉诺·富兰克林（1884—1962），曾为《纽约时报》撰写“我的一天”专栏。

② 吉特·莱斯特，美国小说家厄斯金·考德威尔（1903—1987）的小说《烟草路》的主人公，出身南方种棉小农户，愚昧，邪恶，因对土地的热爱获得新生。

复存在，只有窗子还在那里，在记忆里——通过它，瞭望得以进行。我可以看到上帝，穿过伊甸园走来，意识到世界完蛋了，按下云头，收拾起世界，扔到堆肥堆上。它会成为很好的酵素菌肥。

下午和农夫聊天时，他提到那重烟幕，我问他是否知道火灾发生在何处。

“加拿大，”他答道。

“加拿大哪个地方？”我再问。

“整个加拿大，”他说。“人们说，整个加拿大都着火了。”

“那倒真是场大火，”我答道。“加拿大地方很大，甚至比美国还大。”

这话不太中听，农夫沉吟了片刻。“不错，”他说，“是场大火。”不过他又欢喜地补充道，“无论如何，它得跨过不少河流，才能烧到我们这边来。”

我点点头，表示完全赞同，因为这似乎是一次精神层面的探讨，而非地理研究，我很受启迪，有耳目一新之感。

早饭后，我带了儿子去谷仓，照料一只被划伤的羊羔，儿子抓住羊羔，我将一些松焦油灌入羊羔的伤口，驱逐蚊蝇，然后我们放开它，它同它的妈妈和姐妹，三只羊奔上乡间小道，很高兴在治疗之后重返牧场。于是回到家中，坐下来开始工作，勤奋工作了四十分钟，随即想起该去招呼一些孩子，今天是学期的最后一天，学校安排了野餐。于是驾驶卡车进村，不过先用草绳将卡车的后挡板捆扎了一番，防止大规模生命损失。四、五和六年级的学生，还有他们的教师聚在学校，教师着西装长裤以示郑重，我希望能再次看到我上文法学校时的一些教师(着长裤)——哈克特小姐、柯比小姐、克罗斯比小姐、道格拉斯小姐、伊尔菲尔德特小姐、斯凯勒夫人、阿比盖尔·A·伯恩小姐和谢里登小姐。我遗憾地记得，我与她们在一起的八年里，她们没有一人带我去野餐，从未见过她们任何人着长裤，我有受骗的感觉。我将孩子们装上卡车，送他们去两英里外的海滩上，他们带了热狗分散开，忙活在沼泽上挖灶，我将他们撂在那儿，回去继续工作。十或十五分钟后，想起我答应了去取一具磙子，碾压我的田地，磙子远在四英里之外，放在赫里克乡下老宅子的谷仓里，它可能大得像间房子。

我唤上一人陪我前往，我们带上一条锁链，一根杠棒，一把斧子，一组滑轮，一盘绳索，还有一些木板，然后出发了，我像往常一样，很高兴能够摆脱室内工作，兴致勃勃地去拜访老赫里克偏远而宁静的宅子——贫瘠土地上一座破败的谷仓，林木环绕，俯瞰一个清幽的小海湾。旧时的地窖窖口，丁香扶疏，几棵苍老的苹果树守护着旧日的秘密。在这一平静和神秘的地方，世界静止不动，适于幽会或者双双殉情。谷仓的地板覆盖了年深日久的谷草，角落摆了一架翻晒机，另一个角落，是一具磙子，还有些老杂志和破烂。我们抬起磙子的舌片，带动了磙子，一只老鼠跳出来，从磙子的这头跑到那头，像是小狗在演杂技。我想到，如果在赫里克的老宅子开始新生活，该有多么惬意，一间棚屋，没有零碎儿——没有器械，没有家畜，没有宠物，没有家务，没有计划。但我有自知之明，知道用不了二十分钟，我就会占有或谋划某些东西，也好在坚实的大地上扎下错综的根须——或许是冰冷的凿子，或是一位情人，或一个折叠的毛巾架。我会动手种植三色堇，或修复朽坏的门槛，立时毁了赫里克的乡下老宅。于是，它就像其他地点一样——可爱，但不再幽远。人有时会怀念一生中曾经体验过的孤寂，说来这也算得他全部生命中的一部分，有时一处隔绝、凄凉但却美丽的地方，会突然唤起与孤寂伴随而来的那种悲苦、忧郁和惆怅，让人只想抓住它，再度回味一番；但我知道，这不过是转瞬即逝的牵念，与我对家居生活的眷恋无法比拟，大多数时候，对家居生活的眷恋如此强烈，让人不能抗拒。

磙子是个庞大的旧物。不出我所料，它形如一个很长的圆筒——一些窄窄的十英尺云杉板铆在一对老旧的割草机轮子上，结构很笨重。我们两人费尽力气才把它从角落拖拽出来，滚动了推向倒停在车道上的卡车。我们用木板搭出倾斜的滑道，挂好滑轮，在尾部装上缓冲绳，待我们大功告成后保持控制，随后动手。一切进展顺利，磙子缓缓爬上斜面，很快装上车，用绳索扎牢。但我们的成功为时不久。我开动卡车，没走出十英尺，就一个急停，耽在驾驶座上看不见的一块岩石上，磙子还在车里，汽车的右侧踏板掉落地上。

“我看这回我们麻烦了，”同来的那位对我说。

我们拿出千斤顶，一件小小的液压工具，漆成明黄色，看上去很醒目。像大多数千斤顶一样，这只千斤顶有一个突起，本不准备顶起任何东西。我找来一些厚板和一些短板，耗去一个愉快的上午，顶起，（又如天父所言）再顶起。每次我们只能抬高两英寸，随后用木楔垫起车轮，保持成果。接着我们将千斤顶换一处支点，再抬高两英寸。不过这里不错，我们合身躺在茂盛的甜丝丝的绿草丛中，谁也不想挪个地方。最后我们清理了石块，倒车，载了庞然大物，继续上路回家。

回到家里，检点尚未拆看的邮件，内有一纸通知，来自一九二一级秘书，提醒我自从毕业，已届二十年。“聚拢一帮人，光临伊萨卡，”通知写道。“会晤老朋友。”随后是一份名单，我浏览了很长时间，一无所获。

我想，人在一生余下的几个六月里，应当返校去重聚，但我似乎从来不曾凑过热闹。我不断对自己说，“得啦，你不过刚刚毕业，何不再等一段时间？”我已经老去二十年，此事好像有些荒谬。我还读大学本科时，碰上离校二十年的校友，觉得他已经皱巴得难以修复。这些人在我眼中，只剩下人的躯壳——干枯的茎梗，深秋草木，死期将临。

我决定今年不返校，我想促我下决心的是信函中随口提到的“正装”。这是对我的最大威慑。我与那些依稀记得的老同学打招呼时，会呼错他们的绰号，给一些脸熟的陌生人拉手摇晃，这些尴尬或许都能将就，但我怕我不能忍受“正装”。一套正装会挑动我大量饮酒，饮得很快，我在自家冰凉的地窖里就能进入这种谵妄状态。此外，它让我颇费踌躇地意识到，一九二一年以来，我的服装式样渐趋随意，班上的其他同学很可能将我的日常穿着认作“正装”。

另一封信函来自我的农业顾问蒂贝特先生。他报告降雨量将低于正常，此言实属轻描淡写，土地已经呈粉末状，周围一些水井多年来第一次干涸。他建议整个夏天都须圈养老母鸡，我打算照此办理，不过只要有可能，我会把她们放到户外的绿草地上，免得她们像眼下这样，呆在谷仓的鸡栏里无所事事。冬季时，鸡栏是温暖安逸的，但夏季时，鸡栏尘土飞扬，昏暗憋闷。母鸡需要刺激，才能保持高产蛋量。你带给母鸡的任何小物件都让她激动，不管是龙虾的利螯，还是翡翠手镯。

我们午饭吃的焖大黄。众神正是从炖大黄中，知道了珍馐佳肴的滋味。今年我们准备试种大黄，据说很简单——只须冷水，不必另作处理。午饭后研究《信使报》上伯特兰·罗素描绘的持久和平的蓝图。他鼓吹同盟或联盟。此类建制的弱点自然是，一切都维系于一纸协定，而再没有任何东西，会比协定更容易引起民族或国家之间的不和。我宁可看到人们谋划联邦，而不是谋划联盟，因为在联邦中，约束参与者的是事实，而不是言辞。两个民主大国之间的权宜结盟是可以理解的，但它不应是同伴性质，而应有实质内容。当然，我同意罗素博士说的，任何和平，持久的或暂时的，若欲实现，必须首先打败希特勒，我不认为，仅凭对纽约州的纽瓦克实行灯火管制，就能做到这点。

下午，驱车去医院打针，带了衣物途中送洗。在镇里购买了十英尺零半英寸的导管，顺道过访了一位造船的人，很高兴看到他像我一样，喜欢随便有什么事打断他的劳作。回到家中，见有两位女艺术家登门，为她们调一杯酒，留下来用晚餐，是肉丸子，我们很抱歉，但在我看来，她们像是饥不择食，吃得心满意足。八点五十五分，收听埃尔默·戴维斯[①]的广播，随后去谷仓安顿家禽。在鸡栏里，巡查了抱窝鸡的鸡窝，发现一只抱窝鸡，将她抱出，朦胧中母鸡安静地卧在我的怀里，孵卵时的激动反而令她凝神静气。早晨的烟幕散去了，夜空甜美，澄澈，包裹了丁香花浓重的香气。在育雏暖房，小公鸡挤在一个角落，我拾起一根竹竿，抖动着发出声响，鸡雏很快找到了栖息处。我装满一筐燕麦，来到小母鸡聚拢的地

① 埃尔默·戴维斯(1890—1958)，美国著名记者，作家，二次大战期间曾任美国战时新闻局局长。

方，这里的空气弥漫了花香，还有一丝臭鼬的气息，我在室内饲槽里加满燕麦，以备早餐，关上了畜栏的门户，望着小母鸡一排接一排卧好，满意地唧唧叫着，与此同时，蚊子绕了我纠缠不休，幼禽松弛的身体的温暖和气息也扑面而来；我回到屋里牵了㹴犬送它到车房再放大个的红毛獾狗出门再回到屋里放小个的黑毛獾狗出门再回到屋里安放好起居室的炉栅关紧柴房的门再将所有房间的灯一盏盏熄灭下楼刷牙后拉下窗帘再去察看睡梦中的儿子是否盖好，然后脱衣上床再次扭动我的脖颈从侧身右卧转向左卧又长长地吁一口气这(套用戴维斯的话说)就是当下新闻。

重游缅湖

（一九四一年八月）

那个夏季，约在一九〇四年，父亲在缅因的一处湖泊租了营地，带我们前去度过八月天。我们都给小猫染上黄癣，不得不没日没夜地往胳膊和腿上涂抹庞氏癣膏，父亲还衣衫齐整地翻倒在小划子上，但除此之外，假期过得很圆满，从那以后，我们都觉得，世界上再没有地方比缅因的那个湖区更美好。我们一个夏天接一个夏天，总是在八月一日来这里，呆上一个月。后来，我成了驾船漂海的人，有时在夏季里，连续几天，海上卷起浪涛，海水冷得骇人，狂风一股劲从下午一直刮到夜晚，这让我不禁怀念林中湖面的宁静。几个星期前，耐不住这种强烈的情绪，我买了几只鲈鱼钩和一个旋式诱饵，重返我们当年常来的湖区，准备钓上一个星期鱼，以慰故地相思。

我带了儿子同行，他从不曾下过水，睡莲的浮叶也只隔着火车车窗望见。去往湖区的路上，我开始琢磨那里变成了什么样子。不知时间会怎样侵蚀了这块独特、圣洁的地方——小湾和溪流，落日的山峦，木屋和屋后的小路。我相信那里必然修了柏油路，又不知道它还有哪些可悲的变化。奇怪的是，一旦你听任自己的思想重回故辙，就会记起湖区一类地方那么多事情。记起一件事，蓦然就联想起另一件事。我想我还清楚记得所有那些破晓，此时的湖水，清冽而平静，我记得卧室的建筑板材发出的气味，还有潮湿的林木透过窗纱飘入的气味。营地的小屋，隔板很薄，没有与屋顶取齐，我总是头一个起床，悄悄地穿衣，免得惊扰别人，随后，我就溜到空气清新的户外，登上小划子，借松林长长的阴翳沿湖岸划行。我记得必须小心翼翼地不让船桨碰了船帮，生怕打扰了教堂那般的岑寂。

那湖泊从来不是人们通常所谓的野湖。岸边散落着房舍，这是块农耕的乡园，却也无碍湖边林木繁茂。一些房舍属于邻近的农夫，你可以住在岸边，在农庄就餐。我们家就是如此。湖区虽然不够荒僻，毕竟很大，远离尘嚣，有些去处，至少在孩子眼中，似乎无限辽远，野趣十足。

我对柏油路的预感果然不错：它伸入湖岸半英里。但当我带了儿子回来，住在农舍附近的一处营地，重温旧日夏季的时光，不觉感到，一切都还是当年模样——我很清楚，头一个清晨躺在床上，闻到卧室的气味，听见孩子悄悄走出门，登船渐行渐远。我开始产生幻象，似乎他就是我，因此，简单置换一下，我就是我父亲。这种感觉徘徊不去，我们在那里的日子，时时萦绕在心头。这不是一种全新的感觉，但此时此刻，它却愈发强烈。我仿佛处于双重的存在中。我在做某件简单的事情，拾起鱼饵盒子，摆好餐叉，或者说着什么，忽然就觉得像是父亲在说话或做事。那一刻真让人心悸。

头一天上午，我们去钓鱼。我摸摸鱼饵盒子里覆盖鱼虫的潮湿苔藓，看见蜻蜓贴了水面翻飞，落在钓竿梢头。蜻蜓的飞临，让我确信，一切都不曾改变，岁月不过是幻影，时光并没有流逝。我们将船泊在湖面，开始垂钓，微细的涟漪轻抚船帮，还像旧日一样，船还是那样的船，同一种绿颜色，船肋在同一处破裂，船底还是活水中同样的一些残留物——死鱼蛉、缕缕水藻、锈迹斑斑的废旧鱼钩、昨日捕获遗下的血痕。我们默默盯牢钓竿的梢头，蜻蜓来而复去。我将竿梢缓缓沉入水里，老大不忍地赶走蜻蜓，它们疾飞出两英尺，悬停在空中，又疾飞回两英尺，落回竿梢的更远端。这只蜻蜓与另一只蜻蜓——那只成为记忆一部分的蜻蜓，二者的飘摇之间，不见岁月的跌宕。我望望儿子，他正默默地看那蜻蜓，是我的手握了他的钓竿，我的眼在观看。我一阵眩晕，不知自己是守在哪一根钓竿旁。

我们钓到两条鲈鱼，猛地拽起，像对待鲭鱼，没用抄网，按部就班地把它们拖入船舱，在后脑壳上一记敲昏。我们在午饭前返回来游泳时，湖水一如我们离去时的模样，码头的水深标记如旧，只多了点微风乍起的感觉。这片海一样的水面，似乎给人施了魔法，你完全可以不管不顾地离开几个小时，回来后，发现它依然幽深沉静，那么恒定，值得信赖。浅滩处，黑黢黢的、给水浸泡的长枝短条，或平滑，或腐朽，一簇簇在波纹累累的沙子上摆荡，湖蚌爬过的痕迹清晰可辨。一群米诺鱼游过，每条小鱼都投下自己细细的影子，阳光下截然分明，数目就平白扩大了一倍。其他一些度假者也沿湖岸来游泳，其中一位带了肥皂，湖水变得稀薄，空明，没了现实感。多少年来，始终有这么一位带肥皂的人，执着地守在这里。岁月了无痕迹。

我们穿过土灰色的沃野，前去农庄用饭，球鞋下的公路只有两条车道，中间的一条消失了，那条道上，曾留下牲畜的蹄印，散布了牛马的粪干。以前始终是三条车道，你可以择一而行，现在只剩下两条道。有那么一刻，我深深怀念中间的选择。但公路经过网球场，它卧在阳光下的情景，让我感到一些宽慰；底线的带子松弛了，球场周遭绿茵茵长满车前子和别的野草，球网（六月份拉起，九月份撤除）在干燥的正午耷拉下来，这里弥漫着午间的炎热、饥渴和空旷。饭后的小吃可以要甜馅饼，有蓝浆果馅，也有苹果馅，女招待仍是些乡下姑娘，不见岁月的流逝，只有对岁月流逝的幻觉，仿佛有一重轻纱罩下——女孩子依旧十五岁；她们的头发浣洗过，这是唯一的区别了——她们去过电影院，银幕上的淑女，头发都很清爽。

夏日，哦，夏日，生命中的印记留存不去，那永不消失的湖泊，永不摧折的林木，牧场上遍布香蕨木和桧树，年年岁岁，郁郁蓊蓊，夏日没有尽头；这是背景，湖边的生活是画面，度假者勾勒的一幅单纯而安谧的图画，他们的小码头上竖着旗杆，美国国旗在蓝天白云下飘扬，树根盘绕，上面的小路引向一个个营地，又折回户外厕所，那里有石灰水罐，供喷洒用，商店的纪念品柜台上，摆了桦树皮做的袖珍小划子，还有明信片，上面的景物看去比实物要好些。美国人逃离城里的溽热，阖家在这里游憩，琢磨小湾顶头营地的新住户是“普普通通”，还是“体面人家儿”，寻思有人星期日驱车来农庄用餐，是否真的因为人多鸡少，终于没有口福。

这些记忆时时涌上心头，对我来说，那些时光，那些夏日，似乎无比宝贵，值得珍藏。那是曾经有过的欢乐、宁静与美好。游客的抵达（八月初）本身就是件了不起的大事，在火车站，农庄的大篷车停过来，闻到松树第一缕浓郁的香气，瞥见第一个笑呵呵的农夫，行李箱子非常重要，这类事情由父亲全权做主，坐在大篷车上，经受十英里的漫长颠簸，在最后一道蜿蜒伸展的山顶，头一眼望见那湖，这片念兹在兹的水面，一别就是十一个月。其他的度假者见到你，一片欢呼叫闹声，行李箱子得打开，卸去它们的重负。（如今，游客的抵达不那么热闹了，你开车悄没声地进入，将车停在小屋旁的树下，拎出行李袋，五分钟的时间，一切安排妥当，不再大呼小叫，不再欢天喜地地围着行李箱子闹腾。）

宁静与美好与欢乐。而实际上，如今唯一的不对头之处是这里的声响，汽艇的尾挂发动机陌生而恼人的声响。这声音很刺耳，时时打破你的幻觉，让你感受到时代的推移。以往的夏日里，所有发动机都是内置的，稍远一些，它们的声响只带给人安慰，成全了你的仲夏之梦。这些发动机，或单缸，或双缸，有些是通断开关，有些是跳搭点火，有点响动，只会催人昏昏入睡。单缸发动机有节奏地震颤，双缸发动机呜呜作响，那声音都很平和。如今，度假者的汽艇，发动机都装在尾部。白天，炎热的上午，这些发动机任性地、怒冲冲地吼叫；夜晚，夕阳残照的恬静湖面上，它们像蚊子一样在人的耳边嗡嗡聒噪。我儿子很喜欢我们租来的尾挂机艇，他的最大愿望，就是能熟练地用一只手操船，他果然也很快掌握了略略阻塞油门（但不可过分）的诀窍，懂得如何调节针阀。望着他，我会想起当年如何去鼓捣那台带有沉重飞轮的老式单缸发动机，只要从心里与它亲近，使唤起来，自然能得心应手。那时，汽艇上没有离合器，要想靠岸，必须瞅准时候，关闭发动机，操纵静止的舵摆向岸边。倘若你掌握了窍门，也有一种倒船的法子。先扳断开关，就在飞轮转完最后一圈停下来时，重新启动，飞轮因为燃料压缩而反冲，船开始倒退。强顺风时停靠码头，用通常的方法很难减速，男孩子如果觉得汽艇得心应手，就会尝试让船多行片刻，然后倒离码头几英尺。这就需要头脑冷静，如果起动早了那么二十分之一秒，飞轮仍有足够的速度，可以摆过中心，汽艇将腾身跃起，斗牛似的一头撞向码头。

我们在营地悠然度过一星期。鲈鱼踊跃咬钩，艳阳高照，一天又一天。入夜后，我们都很疲倦，躺在小屋里，漫长白昼积聚下的热气弥散开。屋外，清风细细，几乎难以察觉。湿地的味道透过锈迹斑斑的纱窗飘进来。入睡很快，清晨，屋顶上有红松鼠，照例欢快地啪嗒啪嗒蹦跳。清早我躺在床上，常常回想起那一切——那艘小汽艇，尾部很长，圆圆的，像乌班吉[①]突出的嘴唇，月夜下，它悄没声地行驶，小伙子拨响曼陀林，姑娘们唱歌，我们吃蘸了糖的面包圈，月光皎洁，音乐飘荡在水面上，多么美好，此刻，想想女孩子，又该是怎样一种心情。早饭后，我们前往商店，东西都在原处——瓶子里的米诺鱼，给少年营地的孩子们扒拉得乱糟糟的人工饵和旋式诱饵，还有无花果馅饼干和比曼牌口香糖。店外，道路铺上了柏油，汽车停在商店门前。店内，还是当年的景象，只不过多了可口可乐，少了些“勇气”牌软饮料、根汁汽水、桦啤和菝契汽水。我们每人买一瓶汽水走出商店，有时，汽水呛了鼻子，很难受。我们静静地沿溪流徜徉，乌龟滚下阳光照映的圆木，蹭入溪底柔软的沙泥中；我们躺在镇子的码头上，给温驯的鲈鱼喂鱼饵。不管走到哪里，我都不免疑惑我究竟是谁，是我旁边

---

① 乌班吉，非洲萨拉族妇女的别称。

走着的这个，还是穿着同一条裤子的这个。

一天下午，我们在湖边，赶上了雷暴。那就像我小时候战战兢兢地看过的一出情节剧。第二幕的高潮，是美国一处湖岸，雷电交加，那情景几乎没有变化。场面很壮观，现在依然如此。一切都那么熟悉，最初是一种压抑和燥热的感觉，沉闷的氛围笼罩营地，让人不敢远行。后半晌(戏里也在此时)乌云密布，万籁俱寂，静得能听到生命的悸动。随后，一阵微风轻飏，雷声隐隐逼来，系泊的船只突然侧身摆荡。定音鼓敲响，小鼓敲响，跟着是大鼓和钹，噼啪作响的电光划破乌云，山上的众神龇牙咧嘴，兴奋地鼓噪。接下来是一片沉寂，雨点不疾不徐地打在平静的湖面上，天光重现，希望再生，心情豁然开朗，度假的人欢快地跑出门外，冒雨下到湖中戏水，他们的笑闹声延续了浸在雨中带来的永恒的乐子。孩子们为沐雨栉风的新鲜感欢呼雀跃，这个从头到脚浇个透湿的乐子像是坚不可摧的链条，将一代代人连接起来。持一柄雨伞艰难行进的人透着滑稽。

其他人游泳，儿子吵着也要去。他扯下雨中一直晾在绳子上的游泳裤，用力拧干。我不想下水，懒洋洋地望着他，他的光裸的身躯瘦小而结实，穿上冰凉潮湿的短裤时，轻微地打起冷颤。等他扣上水浸的腰带，我的腹股沟突然生出死亡的寒意。

秋　日

（一九四一年九月）

去年，本镇有八人死亡（四男和四女），另有八名婴儿诞生（四男四女），我们原地踏步——这对我们大多数人都是好事。死者中，一人在九十至一百岁之间，三人在八十至九十岁之间，两人在七十至八十岁之间，两人在六十至七十岁之间。这与往日大为不同，那时候，每隔一座坟茔，埋的就是孩子。今日，死的主要是老年人；孩子们长大成人，投入战争，结婚，工作，生儿育女，领取养老金。

十八名年轻人从这里应征入伍，对此等规模的一个镇子来说，比例很高。

今年的土豆，年景不错，我们将收获大约三十八蒲式耳，足够两家人食用。今天我该去刨土豆，但另外有人代劳，我呆在家里，赚些钱付他的酬劳。如此一来，人与土豆并没有接近多少，仍像生活在城市，从A&P超市收获他的粮食。

一位先生某日来校正我的罗盘，眼见我的土豆长势良好，询问它们是何时种下的。我只有承认记不得具体日子了，他似乎很惊讶，大为困惑，奇怪他来到了怎样一个全无章法的地界。

秋天里有许多日子，天空是纯粹的，凝重的灰色，树丛在冷风中不安地瑟缩。这种恼人的天气。人们称之为秋霾。出海多了风险——海风似乎益发猛烈，让索具和人都绷得更紧。海湾浪涛汹涌，捕龙虾的人离岸更早，回家更迟。他们现在把捕笼设在海面更深处，捕获量很大，但需要花费更多力气。有些人每天捕捞一百磅龙虾，定价二十二美分。猎山鹑将很快开始，人们早上出门干活时，随手带上猎枪——没准儿会碰上。

苍蝇飞入屋子里，狂暴地上下翻飞。我的打字机旁，摆了一只喷雾器，苍蝇飞近时，就朝它们开火。脚下的地板上，满是我射落的来犯者，抽搐不停。再有两个星期，老鼠也会从海滩遁入谷仓，它们这一族将聚在同一个屋顶下，逃避日益逼近的寒峭。

一日我读到，农场上一般个头的老鼠，每年造成大约三十五美元的损失。我相信这一点，很奇怪农人为什么不对老鼠的祸害给予更大重视。去年冬天，我射杀了十二三只老鼠，毒杀的老鼠也在此数，前一只猫也猎获了十二三只。三十五六只老鼠是对这里老鼠殖民地的保守估计，每只老鼠都消费巨大。毒杀是最有效的方法，虽然活动性差，比不上捕杀和射杀。老鼠只有一点还可以称道：它是个活生生的敌人，可供你发泄仇恨。因为老鼠，我的情绪大大缓解。如果必须等待面对真正的敌人才能发泄，我怕会憋炸。这是个宣泄途径，听罢广播后，我就抄起点二二口径的猎枪，奔去谷仓，找一只老鼠打死。

对我们许多人来说，面对战争，最困难的事情是程度适当的愤怒。有时，我感到恐惧的是，突然发现自己对“法国沦陷区”一词已经安之若素——仿佛该有这样一块地方。

倒上一杯葡萄酒，酒蝇立即出现——但其他时候，我从来没见过它，很奇怪它平时隐身何处，又当如何啜饮。

集市散场，已有七天，但我脑海中，仍然回旋着伴随轻捷舞步的强劲的华尔兹声响。时不时地，我还听到洪亮的召唤声，要么是请什么人前往正门，要么是请缅因牌照三二六一的车主挪动汽车，因为它挡道了。（我则连忙翻动钱包，察看这是否我的牌号。）

乡下农产品集市，什么事情都有可能发生。它堪称理想的人际交往场合，大地和情感的收获时节。来到集市的，有男人和他的奶牛，男孩和女孩，妻子和她的绿番茄泡菜，人人都期待获胜，期待冲动地以他熟悉的方式与他的钱币告别。就是在集市上，男人可以没完没了地陶醉于美酒、爱情，或争斗；也是在集市上，快步马叼起你的前胸口袋搜寻糖果，小偷拉开你的屁股口袋摸取横财。今年我本指望在集市上看到更多热闹，因为我牵了几只羊进场，得四下走动，照料它们。结果发现，看到的热闹少了，而不是多了。因为身负重任，所以难得逍遥。我的羊获得两项头奖，我想它们受之无愧，即使它们算不上它们那个等级中的唯一。

在办事员的办公室，我正排队等待轮到我，一个小男孩来报告有一笼鸭子进场。办事员询问鸭子的品种，手中的铅笔也准备就绪。

“白鸭子，”男孩回答说。

“没错，不过是什么品种？”那人追问。

“我闹不清，”男孩不屑地说，“它们就是白鸭子。”

办事员思量一番。随后知趣地点点头，写下：“三只白鸭子。”

集市的二十四小时，每时每刻都很美好。我一早就喜欢上它，是个细雨飘潇的清晨，费里斯转轮仍然蒙着柏油帆布，颅相学家刚刚在刷牙。你踩了湿漉漉的梯子进入厩楼顶层，叉一叉干草，见有人还在酣睡，鞋子叠放在胸前，像一支百合。

我在为集市梳理羊羔时，使用了办公剪，发现我剪羊毛时，仍然要咬舌头——孩子气的场合下一种孩子气的本能反应。梳理完毕，羊羔有点像是我在畜牧杂志上看到的一些插画，还有点像是美国历史上的另一个时期与整套玩具谷场搭配的木制羊羔。

今年秋季集市的主题歌曲是欧文·伯林[①]的《今日可还有奴隶？》它取代了《印第安人的爱的呼唤》。在杂耍剧和奔向终点直道的赛马的腾踏声中，我相信，奴隶问题几乎无人注意——它的音响充斥耳边，它的含义却湮没无闻。没有谁思索自由的机制；人们只在享有这个事实。我想从未有一首歌，像

① 欧文·伯林（1888—1989），美国作曲家，流行音乐词作家，代表作品有《天佑美国》、《白色圣诞》等。

《今日可还有奴隶？》一样，如此纯情地将爱国主义狂热与明明白白的利害杂糅在一起。我第一次听到“走来了这自由的人”时，只觉得有一根鱼骨卡在喉咙。

备忘录

（一九四一年十月）

今天，我得将南瓜和西葫芦从后门廊搬上顶楼。夜晚苦寒，不能将它们再留在户外。往来顶楼的途中，还得捎上帆船靠垫和海图和门廊上的杂物以及本该属于顶楼的一根钓竿。今天，我得回填为敷设水管挖掘的沟，还得从纳斯基格沙滩上拖回两包沙砾，撒在黏土填方的顶上。同时，我得恭候在家，为一两个月前买下的沙砾付款给史密斯牧师大人，问他是否瞧见一头熊。

我得剥完玉米的苞叶，从地里运出玉米秸，倾在堆肥堆上，去那边时，我得带上叉子，叉起八月份甩在田边的杂草，收拢苹果树下被风吹落的果子，也丢到肥堆上。我得去死寂的低水海滩上，用铁链挂住系泊索具，然后将铁链拴牢在浮筒上，这样潮水将拔起系泊石，六个小时后我可以将一切拖回岸上。我得敲下码头构架上的楔子，在构架上拴绳，将它们拖到高潮位。不过，首先，我得找到足够长的绳子，将每个构架捆扎好。在海边干活，我先得用胶黏剂给右脚的靴子补上一块。构架拖到海滩上，得另外有人和我一道搬运，码放整齐。海滩上很可能有不少岩藻，我得装上一两车，送入羊舍。我得查明今天是谁在小海湾射落了大鹬，只为满足我的好奇。他黎明时携了囮子[1]出海，但我觉得他没有捕到任何鸟。

今天我得收拾起鸡场周围的铁丝网，将它卷成捆，用六号绳系好，堆在林子边上。然后我得将地里的鸡笼移入林地的一角，将它们一组一组摞起来过冬，但我先得打扫它们，用钢丝刷子刷干净鸡的栖息处。最好兜里揣上一把油灰刀，以便刮削。我得给鸡笼下积聚的鸡肥羼上一袋磷肥，将肥料撒在田里，准备犁入土中。我得决定是只犁鸡场这块儿，还是向东再翻耕一点儿。回家的路上，我得在鸡棚处停留一会儿，登高锯掉苹果树一根突出的树枝——它可能在第一场风暴来临时掀翻鸡棚的纸板屋顶。当然必须带着梯子和一把锯。

今天我显然得去木工厂，取回四块十二英寸板，长十二英尺，厚半个英寸，用来做三个布料箱，给我的小母鸡喂干麦麸浆。她们现在百分之七十八都在下蛋，每星期产蛋八十打。我还得找一块一英寸厚的木板，用于尾端件和卷轴端头。我应当不需要什么东西钉架子，周围有足够的材料——从地面到栖木最好高二十三英寸。低于此数，地面上的母鸡会啄正在进食的母鸡的屁股。

为此，我得找一些镀锌钉和一些墙头钉，家中已经没有这些钉子。要想做布料箱，我得磨快刨子的刨刃。既然去木工厂，我得带上切断锯，将锯齿锉利。回来的路上，我得去弗兰

---

① 囮子，捕鸟时用来诱鸟的真鸟或假鸟。

克·汉密尔顿家，递上购买政府特批石灰和网眼布的申请，我正好路过他家门，不妨趁个方便。我想，弗兰克会请我坐一坐，聊上一会儿。

我早该把八月刈割以来摊在牧场上的杨梅枝耙在一起。今天是个焚烧的好时机，刚下过雨，烧起来很安全。但焚烧之前，我得弄清楚是烧掉这类东西对牧场有益，还是应当任它腐烂，化为肥料。我想木质太多，不会很快腐烂，还是烧掉的好。此外，我在高中化学课上学过，世界上能源不灭，或许过火后的灰烬自有办法增强牧场的地力。

今天我得趁公羊羔缠上母羊羔之前，把他从羊群中拖开，因为我不想让他们繁殖。我不知道把他放在何处，但今天我得做出决定，安置到位。今天我得邮购一些吩噻嗪，下星期好为我的羊灌药。这次使用吩噻嗪，而不是硫酸铜，可能是个好主意，硫酸铜只对胃蠕虫有效，不能杀灭结节蠕虫或阔口肠道蠕虫。我得关闭谷仓地窖北侧的大门，用木板封堵好，晚上羊群进入后不会透风，它们现在开始睡在这里。我一直在想，我得扩大南侧的门，这样，明年春天母羊从狭窄的单扇门挤出去时，不会平白伤损，现在到了该做此事的时候了。

今天，我得动手重修羊舍里的饲草架，将其固定，免得羊把饲草叼出，浪费掉。办法倒是有的，我也清楚。已经准备就绪。同时，我还得修补谷仓地窖下面的猪圈，涂上一层白浆，让它气味清新，这样猪可以进入室内，外面现在很冷了。今年可能不需要重修饲槽，因为去年我绕槽边钉了一圈锌条。（但我如果不费力去修猪圈，至少得叉上一杈子干草，扔到那只猪目前呆的地方——至少得如此。）

这是个给柴棚的窗子安上一块新玻璃的好天气，作坊里也碎了一块玻璃，还有鸡舍的一块玻璃，最好能一起安装，只要我把油腻子配好，玻璃裁刀找出。今天我得把作坊里的炉子找出，准备过冬。今天我得顺路而上，去见伯特，看他为什么没有如约送来一考德[①]的边皮材。无论如何，今天我得在地窖腾出一块地方，如此我得做些打扫和清理，找个更好的地方安置鸡蛋箱用的平板和填充物。恰好，我还得立即捡拾鸡蛋，免得鸡窝里有任何破碎。

我刚刚想起，今天如果去木工厂，我得量一下卡车，计算出为卡车上的栅柱做一套侧帮、一个前帮和一个后帮，需要多少硬木板材。我得把这些板材拉回来，连同做布料箱用的松木。每一块侧帮，端顶要两根螺栓，前帮和后帮，中间的固着楔要一根螺栓，端顶各要两根螺栓，每个帮都要三块板，如此则需要五十四根螺栓，栅柱约为一英寸半厚，板材四分之三英寸厚，合为二又四分之一英寸，再留下半英寸给垫圈和螺母。约三英寸长的螺栓就可以了。我最好今天备齐。

我得做的另一件事是清理老鼠拖入谷仓的草籽，洗衣煮锅或提桶或随便哪里成了它们储藏草籽的地方。今晚上我得设下老鼠夹子，不可忘记。我想，楼上得设一个，就在东北面的小屋，后厨房里固定洗涤盆的管道从这里穿过，可谓老鼠第五大道[②]，捕杀老鼠想必机会多多。我得搜罗些旧衣服和物品拿去参加义卖，换钱为镇子的图书馆买书，我得耙平谷仓场院，用小车将追肥推入谷仓地窖，免得风吹雨打，现在，上好的追肥已经堆了不少。我得在屋里的日历上记下，前天，名为加尔布

---

① 考德，木柴堆的体积单位，等于一百二十八立方英尺。

② 第五大道，即纽约曼哈顿的第五大道，为南北向干道，多世界顶级名牌店。

雷思的母羊去会公羊，这样我可以算出她生下小羊羔的日期。她产的羔将是明年春天的头胎，会是双羔，因为她专生双羔。这让我想起我得写信给迈克·加尔布雷思。罗斯福当选第三任总统之前，我就该给他写信了。当然得写，时间太久了。趁我还记得，今天就得写。

今天得做的一件事是拿上斯蒂尔森小扳手，下到地窖里，拧紧水泵上的填密螺母，不让它滴水。我去地窖为边皮材腾地方时，可以顺手做这件事——两件事合起来做倒是省去不少步骤。我还得去谷仓翻动横斑岩鸡鸡舍和杂交鸡鸡棚里的铺草，再装上几筐刨花，在需要加深的地方撒在铺草上。孵卵笼子下的承粪板需要打扫干净，反正我得去谷仓，索性一道做了。说到铺草，槭树下的草坪上树叶堆积，可以耙到一起，将这些干树叶子丢到鸡舍的铺草上，随便它们去刨。任何事情，只要能让它们顾不上邪门歪道，都是好事情。

今天我准备拔除地里北头的桤树树苗，它们长得快比我高了。我必须今天做，可能是黄昏。长柄镰刀是趁手的工具。我还得清扫园子里残存的枯枝败叶，混入堆肥，除了羊能吃的东西，还得把苹果树下水井的管子卸下，挪到谷仓下面储藏好。

我还想最好寻一位买主，拎走我的十只老母鸡，因为所有我们需要的，都已经装罐保藏。母鸡走后，我就不再需要借用鸡舍，供她们居住，我可以找两根长杆，绑在卡车后面，将鸡舍装上，拖到肯尼斯家。不过这就需要一把斧子，把长杆的顶端削平，免得它们戳入路面，虽然沥青已经冻硬，很可能戳不进去多少。不过，凡事都得有规矩。

今天需要设法去做的另一件事是给两只纯种羊羔做耳记。事情很容易——只要找到今年春天丢到抽屉或什么地方的耳标，再找一把专用手钳，压到羊的耳朵上即可。我想我知道那些钳子在何处，我想它们就在橡胶胶水罐旁边的小柜里。我得先把羊轰上来，这倒也不难，因为它们现在饿了。我可以同时带走公羊，只要能想出个安置地方。

今天，希望能同沃尔特谈谈如何犁园子里的畦床，我还得在地窖摆下一只块根箱子，土豆收得多，需要在那里重新作些安排，一一装好。不过可以在紧水泵的螺母时做这件事。我得今天开车去镇上，给车贴上车检胶签，不过，再一想，如果我去木工厂，最好还是开卡车去，掂量木料时，请人给卡车贴上胶签，然后把木板拉回来。但我不能在低水位时走人，否则，就无法挂住系泊索具了。

明天是星期二，拉鸡蛋的卡车上午会来拉走我的鸡蛋箱，今天我必须完成分拣和装箱——我已经装了大约五十打鸡蛋，再有十打凑足两箱。然后我必须钉牢箱子，贴上标签，捆扎好，拖到地窖门口，准备早晨搬出去，货运司机往往来得很早。我今天还得致函出版商，他写信给我，询问我本该一年前，也就是今年春天交出的书稿出什么事了，我还得把起居室的绿椅子拿给埃利奥特·斯威特，请他钉上不断掉落的几个小按扣。我可以把椅子扔到卡车上，到镇上的途中，卸在他的店里。如果我要把西葫芦和南瓜运上顶楼，最好带上夜间覆盖它们的旧毛毡，将它们挂成一排晾干。我还得钉一根杆子在谷仓，把粮食口袋挂起来，免得老鼠凑近口袋啃咬；空的口袋，麻袋十美分一条，棉布口袋五美分一条，它们越积越多，都是钱。今天决不可忘记，不过几分钟的事情。

我今天必须去为妻子寻个生日礼物，但想不出该送什么。不过她的生日已经过了。当时农场事情忙，我没有花心思过问生日礼物，但我不曾忘记。可能到了镇上，会找见点东西。

如果重修羊的饲草架，去木工厂的时候，不妨让他们锯些两英寸的板条，因为我需要些这类材料。我想，我得列个清单。不可忘记木瓦钉和尖钉。下到柴棚的阶梯，最低一级有个地方，我钉了一条藏红花口袋，擦鞋用，但撕裂了，没准有人绊个跟头。今天我当然得收拾一下，免得摔着谁。最好是扯下来，钉上一条新的。要想利利索索地在楼梯上钉口袋，本该有些瓦楞钉。我觉得可能有一些，但得找找看。去取斯蒂尔森小扳手，拧紧水泵上的填密螺母时，可以顺便查看，如果没有，去镇上时，只管买一些。

我花费了很长时间在这里打字，发现已经是四点钟，天快黑了，我得赶快行动。尤其是我得顺便理个发。

猎 熊

（一九四一年十一月）

这个星期我们乡下的两大主题是猎鹿和民防。那些最优秀的防卫人员都在林子里，瞄准目标，积聚蛋白质储备。我们其他人参加会议，听人演讲，脑子里盘算如何与志愿泥瓦匠一道，重建尚未成为废墟的城市。回家路上，经过猎人的汽车，注意到车上挂着鹿角。倘若希特勒曾在新英格兰的乡村度过一个秋天，见过雄鹿站在汽车踏板上驰过，他本来决不敢重新占领莱茵兰[①]。

人人都为地方防御计划而激动，各个区段都处在欢快的混乱中——民主国家因为这种混乱显得可爱，也吓人。没有实实在在的敌人，他也不可能很快披挂整齐出现在面前，这些都让事情透着某种不可思议，又没消弱其造成的紧张感。一两天内，登记官将来此地，看我是否愿意加入爆破队或学跳踢踏舞慰劳应征入伍者。共济方案就其涵盖范围而言，确实了不起——各种难以捉摸的维他命的奇怪的混搭，促进小学生发育，还可保护成年人抵御更加难以捉摸的毒气。目前，它对这场事业的好处，我怀疑，是刺激腺细胞的功能：它将激发许多人，包括我自己的压抑已久的欲望，只想投入战争，报效国家。它的坏处是，这类活动往往造成大功告成的幻象；人们的目光从战争舞台转向防御舞台，还会产生一种罔顾事实的不可战胜感。就军事而言，美国或许像许多人希望的那样立于不败之地，但从其他角度来看，我相信危机迫在眉睫。

人们召开民防会议，还就地竖起路障抵御入侵者，而此前几天，敌人曾溜进镇子，又悄悄遁去，我想最多不过十余人瞥见了他的衣背下摆。民众忙了瞭望天上的飞机——但敌人进犯的迹象，颇为诡秘，留在破旧纸箱和鸡窝和木头棍子和乌七八糟的破烂上，这是万圣节时，镇上的顽童堆在一家犹太商人门前的，他生性吝啬，不招人喜欢。这是一次仓促的造访。第二天，鸡窝推走了。套了绞索的人形靶，吊在榆树枝子上晃来晃去，上面刻了"这就是你在……做买卖的下场"的字样。路过的人从这场把戏中找到乐子，几位年纪大些的人夸奖孩子们的举动，镇子又恢复了它的节奏。人们收拾停当，准备参加民防会议，会上，他们将组织车队，制备手术敷料，为民主制度效力。敌人消失了，实际上无人在意，唯一留下的，是他在欧洲辉煌战绩的声名和遥远处机翼的阴影。只有少数人在榆树的枝丛中感觉到他的热烘烘的喘息。

战时或是平时，我在乡下，随时都乐于用所有那些爱国主义者，换取一位宽容的人。或者，用学童午餐盒里的维他命，

---

① 德国莱茵河以西地区的通称，包括著名的葡萄园及波恩和科隆以北的高度工业化地区。

换取一果冻杯的同情心。

那晚，有两只犬随我们去猎浣熊。一只老猎犬，身经百战，知道我们想做什么，决不浪费时间兜圈子。另一只是小狗，带来观摩，学习；对他来说，繁星点点的夜空，深邃幽暗的丛林，纷繁的气味，更深夜半时分，霜冻的大地，都让他兴奋莫名。他的肠胃已经耐不住出发时的刺激。拴在卡车上，他一路腹泻，直到温克波河，夜还长，他已经像截朽木一样内里空空。随后发生的事情，或许与此不无关系。

那晚的捕猎棒极了，对人对兽都很圆满，浣熊命中注定有此一晚。星汉低垂，一些星星失去控制，陨落了。我很惊讶人在陌生乡间的林丛里，借助猎犬和提灯的一点微光的指引，竟然能移动得如此快捷、轻便。如果不加小心，树枝会扑面反弹回来。

我们是古怪的一群。两个男人穿了汽车修理厂机修工的连体工作服。一位老兄曾在车祸中几乎撞成碎片，另一位患重感冒，剧烈地咳嗽，还有一位头一天撞折了两根肋骨，医生刚刚在下午用绷带给他捆扎好。他喝下几杯威士忌止痛，酒精显然让他想起猎浣熊。这位老兄整个一晚上口渴得厉害，他总有办法脱离大队人马，紧贴水道，也好在焦渴难耐时，跪下来喝水。有时，我们可以借助他的一闪一闪的信号灯光，跟踪远处山谷中他的干渴状况。过一会儿，他会赶上我们。“桥下的水快给我吸干了，”他愁眉不展地说。

我对那只小狗倍感亲切，他和我都是这场捕猎的新手，在我看来，某种程度上，林丛中的夜晚似乎带给我们同样的激动和神秘感受。在农舍的厨房里，我已经开始激动，猎手们是在这里集合的，他们走进来，四下靠墙站着。人们随即闲扯起来，都是些猎熊的话头，凌晨三点迷路转悠到六点啦，浣熊对猎狗玩的把戏啦。屋里有个女人，是老猎犬主人的妻子，只有她不受这个夜晚的诱惑。她坐着钩织一只巨大的连指手套。猎手多数时候对她视而不见。只有一句话是冲她说的。一人注意那手套，问道：

"织给你男人过冬？"

她点点头。

"他要是我男人，入冬前我得宰了他——他也没有别的用场了，"那人嘻嘻哈哈地又说。

女人听了这个逗人发噱的俏皮话，咧嘴笑笑，手中的针线一刻不停。显然这不是第一次，也不会是最后一次，男人带了狗，出门忙活自己的事情，留她独自守在家中。对她来说，这不过是众多夜晚中的一个夜晚。时值秋天，秋天男人得去猎浣熊。他们日落后推门离家，破晓时打道回府。如此而已。

浣熊的最佳栖息地一向都远。男人是流浪汉，逃离家门是捕猎的一个组成部分。我们的车队有两辆汽车，一辆卡车拉了猎犬和他们的主人，一辆小轿车拉了跟班儿的，提灯的，还有咨询委员会。老猎犬甫出谷仓，便纵身就位；小狗被举上卡车，拴牢。两只犬蹲踞在驾驶室背后的草堆上。断了肋骨的那位上了轿车。没人对他去猎熊大惊小怪，而他还要摸黑在荒野里走上十二或十五英里。他说胶黏绷带把各处都固定牢靠，无论如何，他说，只有喘气儿时，他才觉得胸部疼痛。

卡车先导，我们大模大样地前行。我们这辆车的前灯直射到猎犬的脸上。老猎犬老到地倚在车帮上，免得随着卡车的运动摇来晃去。他半闭了眼睛，仿佛搭乘普通列车的中年旅行推销员。小狗惶恐地蹲伏着，不时地扑出去。他会用后腿站立起来，呼哧呼哧地嗅，然后又蹲伏下去，然后拐弯处又让他扑出去，失去平衡，跌落在车厢。他在车帮上发现一个孔洞，有时就探出鼻子吸气。兴奋刺激他的肠胃，他会泻个一塌糊涂——当然有些难度，卡车颠簸得很厉害。老猎犬望着眼前的污秽，一脸的不屑。

过了一段时间，我们驶离公路，沿坑坑洼洼的小道，进入我从不曾涉足的一处乡野。最后，我们下了车，放出老猎犬。他立即投入行动，窜下山坡，不见踪影。我们可以听到他在我们与夜幕笼罩的湖水之间昏黑的山谷里巡游时，脖子上的小铃铛丁当作响。每当他嗅到一种气息，浑厚的叫声就会响彻你的耳边，夜晚像一面锣被敲响。老猎犬确实很在行。男人们等在附近，七嘴八舌地评说猎犬的搜索情况，描述他在那里做什么，浣熊又做什么；但我很怀疑他们是否知情，他们不过像孩子一样，止不住地编故事。一旦猎犬朝着树木吠叫，发出与奔跑时略有不同的声音，我们就循声而去，猎杀浣熊。

猎犬一度引我们拨开几乎密不透风的灌木丛，来到一棵老苹果树下，手电筒向上一直照到树梢，却不见浣熊。主人有些困惑和难堪。这事儿过去可从没遇上过，他说。人们开始长时间地商量、猜测，各有各的高见。最多附和的一种是，浣熊确实爬上了苹果树，随后攀援而过，像松鼠一样，钻入附近落叶松拥攒的枝柯中，又爬下来，蒙蔽了猎犬。或者果然如此，或者就是猎犬弄错了。人们从各种角度津津有味地品评这场意外，花费了一个多小时。

大部分时间里，小狗都给皮索拴着，但第一只浣熊被轰上树后，他获准观摩杀戮。五六只手电筒横扫树冠，聚合成一圈光晕，将浣熊鲜亮尖削的小脸圈在光环中。我们的领头人懒懒地拔出手枪，像在舞台上，有板有眼地延长高潮。他瞄准时，人人默不作声。子弹仿佛先是穿透了夜空，然后击中了浣熊。浣熊把握不定，砰的一声跌落下来，仍然活着，拼力挣扎。老猎犬凶猛地加入战围，咬住浣熊的喉咙，结果了他。这是只硕大的公浣熊，他死得英勇，也迅速，猎犬愤愤地撕咬，一声不吭。有人牵了小狗，上前嗅闻。他浑身的肌肉都在抖动，只管看着，听着，闻着——像个孩子，给人领去见识了少儿不宜的事情。（我自己也有些这种感觉。）见他探出鼻子，怯怯地呼吸尚有余温的浣熊浓重的气息，老猎犬心生妒忌，咆哮，跳踉。主人急急拉住。小狗惊恐地尖叫。众人哄然大笑。乳臭未干的家伙，给生活灼伤——有意思。你怎能不乐。

午夜过后，我们来到十英里开外的一处平野。这里的地势较为舒缓——老年间的田畴和果园，树下，野苹果密密匝匝落了一地。古老的石墙没入林丛，时不时地冒出一座空圮的谷仓，幽灵一般戳在那里标明了地界。霜越来越重，脚下的路面因为霜露变得湿滑。光裸的白桦，树枝上佩了星星，世界妖媚地旋动着，森然的坟圹与原野诡谲地交叠在一起。一切进展得顺利，人人都很满意夜阑人静时飘在荒郊野地，有一只聪明的狗跑跑颠颠，不时发出悦耳的吠叫声来引路。

小狗的主人松开皮索，让他的宠物撒一撒欢儿。没人留心小狗。小狗大多数时间都留在大伙身边，他虽然了解老猎犬的奔波劳碌，但似乎知道他不属于这一类；他似乎在林丛里很胆怯，只想守在近旁，满足于这里嗅嗅，那里嗅嗅，有时跳起来亲亲谁的脸。事情发生时，我们正迈步走在林丛，老猎犬近在眼前。突然，小狗（此前他始终不声不响）狂叫一声，纵身窜出去。人人愣在当场。

“出什么事了？”有人悄悄地说。

老猎犬同我们一样困惑。看上去像是一次哗众取宠，小狗试图怒叱浣熊。没人能理解。四周显然没有浣熊的气味，否则老猎犬立即就会察觉，有所动作。

“到底怎么回事？”有人问道。

小狗狺狺狂吠，好像中了邪。他东奔西突，又沿原路疯跑回来，经过我们身边，一头扎进小路另一侧的林丛中。吠叫声这会儿近乎歇斯底里。随后他又扑回来。经过我们身边时，可以看到他眼中透着诡异的神情，动作也很古怪。他会迅猛地扑向一侧，骤停，后退，仿佛在躲避强敌，差不多要蜷缩起来；但他不停地叫闹。一度照直向我冲来，我连忙跳开，他尖叫着冲出去。

“疾走痉挛，”他的主人说。“是这个毛病。看他的动静就知道怎么回事。他叫得痉挛了，除了奔跑哀嚎，不知道该做什么。过来，达斯蒂，过来，小家伙。”

他一声递一声地温存呼唤。但达斯蒂仍在另一个世界中，身后有幽灵纠缠。真是个恐怖的场面，这只狂暴的小狗在黑暗的林丛里奔窜，像是奔你而来，又像是离你而去。甚至老猎犬也很困惑和焦躁，像是在说：“瞧瞧——非得带个孩子来，睡得好好的。”

主人反倒耐心，充满爱怜。

“没错的，他是痉挛了。”

达斯蒂撞入人堆儿，吓得我们四散。他停下来，毛发直立，目光灼灼，嘴角泛出泡沫。他半似愤怒，半似惊恐，只想求得慰藉。“没办法，跑跑就顺了。”人们说。

达斯蒂在深幽的林丛中跑得顺了气，林丛中，虚幻的浣熊和满心妒意的老猎犬游走，原野的香气四溢。这一晚着实够他受的；眼下，他就像个疯汉。有人建议我们掉头回家。

我们迈步走向三两块大田之外的卡车，在那里，可以望见夜空下黑黢黢的榆树。回家的想法不大受欢迎。有人反过来建议继续狩猎，我们分成了两组，一组返回卡车，另一组带上老猎犬穿过田野，随后在一条林间小道与公路会合处截住大队人马。我续行几英里，第一次感觉寒冷。又一个小时之后，再次见到达斯蒂。他已经安然无恙，需要的只是有人把他抱在怀里。他困得迷迷糊糊。他和我，我们都困了。我想我们二位都会记得曾去猎熊的这第一晚。

断　想

（一九四一年十二月）

昨日，镇里最高大的男孩子试图应征加入海军，但海军不肯接纳。他们嫌他太高。他高六英尺四英寸半，差不多等于两个日本人的身长。显然，招募新兵的军官认为，美国人不该占这个便宜。

我写这篇文字时，战事进入第三天。或者说，对我们大多数人来说是如此。我认识的一位老太太，断定我们卷入战争已经有些年头。她听无线电广播听得痴迷，每逢静电噪声，她都认为是德国人正在与本地的间谍联络。生活对她是件活生生的事情，战争真实不虚，历时已久。近日对珍珠港的攻击不过是场意外。就此而言，我倒认为她比我们大多数人都正确。能听见噪声总比听而不闻好些：想想有些人吧，过去六或八年来，耳边充斥国家社会主义的喧嚣、鼓噪，却没有察觉任何邪恶的声响。

夜里飘洒了一场小雪，早晨，原野看上去就像剃须后扑了厚厚一层粉的男人的脸。零星一些小苹果，仍然挂在老树上——日光照耀下，形如霜花装饰的挂件儿，让人赞叹。羊群逡巡走动，不肯停歇，但地表坚硬，找不到什么果腹的东西。

生活的重心倏忽变化，就在那个来得突然，忘也忘不掉的星期天——生死攸关的十二月七日。妻子为人灌暖水袋，不知怎么一来，将塞子掉进马桶里，捞不上来。这个莫名其妙的小岔子令她情绪大坏：战争既然认真开打，家庭护理就容不得再有丝毫马虎。暖水袋塞子的损失，忽然像是一艘战舰的沉没，带给人严重打击。两年来梦幻般的朦胧生活，立刻焦点清晰。随手丢失暖水袋塞子的日子结束了，一去不复返。

美国抗衡轴心国，显然不占上风。在这个国家，我们习惯了一个古怪的观念，任何竞技，都必须守定一整套规则。我们相信，哨子吹响后，方可将橄榄球一脚踢出。我们认为，猎狐者先向猎狐主事脱帽致意，才能转身去奔逐狐狸。在我们这片疯狂的土地上，网球运动员只有等对手准备就绪，才会发球。打从几年前，德国国内乱象初起，我们始终执着于竞技精神、决斗礼仪、规章条例，难以把握任何其他类型的生活方式。尽管希特勒阁下高调说不，尽管他在书中明白写道获得好处的方法就是出手掠取，尽管小国一个接一个被打垮的事实俱在，所有这一切，一点都没能改变我们的性格。因此，日本人不宣而战，惹得美国人怒火中烧，脸色铁青，本来也在情理之中。在此战争的第三天，有人还在计较，似乎应当有一位世界级裁判出头，评断是非。

美国人狂热地爱美国，这对赢得战争大有助益。吊诡的事情在于：世界要想实现持久和平，终结血腥屠杀，我们目前依赖的爱国主义，必须最终在某种程度上加以消解。

将美国镌在心里，就像将情书握在手中——它确实意味深长。我写这篇专栏时，雪又开始下；我坐在屋里，观赏窗外再现的奇观。为了降雪带来的这幅画面，这种特权，新英格兰的这一片段，我愿舍弃一切。然而，我一向清楚，这种忠诚，人在某一个地方身土合一的感觉，对本乡本土的虔敬——我清楚此类情感在世界战争中影响甚大。可有人襟怀坦荡，能够热爱整个地球？我们必须在今后的社会中找到这样的人。

虽然超国家主义看上去往往毫无希望或不着边际，但仰望天空，仍然有一丝鼓舞人心的迹象。最近，至少有那么一大批新人，他们将地球摆在首位。我说的是科学家。科学，尽管似乎是在不分好歹地馈赠其福祉，毕竟没有那种令人不安的俱乐部的门派性质。它回避国家主义。它关心的是原子，而不是环礁。

这场战争后，人们将就超国家主义摊牌。要孤立还是要干预，二者之间的激烈论辩(上星期日的上午，论辩在太平洋的一个岛屿上戛然而止)不过是国家精神(其实见之于每个人身上)与国际精神(见之于一些人但并非所有人)之间根本冲突的伸展。国家主义对它的信奉者有两大魅力：它预先假定了地域性的自给自足，这种状态当然怡人，很理想，它还依稀暗示了个人的某种优越，只因为相对于一处陌生而偏远的地方，他从属一处确定和熟悉的地方。

要想做一个超国家主义者，先得是一个自然主义者，感受脚下的大地是完整的圆。忠实于自己的俱乐部要比忠实于自己的星球来得容易；俱乐部的章程更短，你与其他会员互有私交。而且，俱乐部，或者国家，可以给人最具诱惑力的应许：它应许了排他的权利。我们这些有血有肉的人，很少有谁能够抵挡这种奇特的欢愉，这种滋润身心的特权。举凡兄弟会、社团和社会等级，无不发端于此。大多数的麻烦，也发端于此。地球不提供此类诱惑。地球属于每个人。它只提供青草、天空、水，还有对和平和最终果实的自然而然的梦想。

俱乐部、行会、国家——这些都是大家喜欢的壁垒，妨碍了走向可操作的世界，它们需要让出一些权利，拆几根肋条下来。“兄弟会”是兄弟情谊的对立面。前者(也即等级或组织)基于排他的理念，后者(抽象的事物)则基于人人平等的情感。任何人，回首大学时代兄弟会的日子，都会想起团伙中的狂热之徒，那些偏激分子，不分老幼，身为神神秘秘的特定等级中的一员，不免走火入魔。他们这些人，通常没有能力建立兄弟情谊，或至少不清楚它的含义。所谓兄弟情谊，始于对排他的老套心生厌弃。任何社交或私谊性质的组织，只能强化而不是消泯在人民之间划分阶级的界线，邦国的后果也是如此，这些界线最终必须削弱，这些国家力量必须普世化，它就是如此这般地写在墙上。这并非我的杜撰，我不过是从墙上照抄。

反躬自省，我发现，我对超国家主义的情感以至我对它的信赖，本是出于直觉而非理性。与其说我信任各国有能力组织起来，倒不如说我很难想象，倘若它们又一次受挫，究竟会发生什么事情。

过去一年，有一本书，清新淡雅，给了我莫大欢喜，它鲜明地宣扬了普世精神，证实了它的合理性。它是一本民谣，称为《列国摇篮曲》，由多萝西·伯利纳·康明斯搜集和整理。书中辑录了十六个民族的十六首歌谣。这些歌曲，各有情致，编排精整，显示了世界各国人民之间强烈而醒目的亲缘。一首来自德国的歌谣，可爱极了，歌中唱道："Schlaf, kindlein, schlaf. Der Vater hut't die Schaf. Die Mutter Schuttelt's Bäumelein, Da fällt herab ein Träumelein. Schlaf, kindlein, schlaf."[①]我不知道那位宣传部长可曾改造这首美妙的歌曲，但我怀疑他能否永久地改变或毁灭其中那些活泼泼的情感。时代越是冷酷、绝望，对世界和平的信念也越是坚定。中国的歌谣言明了这个预示："竹笛新翻杨柳枝。"

我想有许多人，在美国或在其他地方，都从他们内心感受到，人性将有某种形态的大规模的觉醒。这种感受的迹象随处可见——在哲学家的谈话中，在政治家的讲演中，在诗人的歌咏中，在经济学家的挂图中。人们隐约感觉，大恶之后即是大善；苦难过后即是平安；战争过后，

① 德文，大意为："睡吧，睡吧，我的宝贝，爸爸出门照料羊群，妈妈摇动睡乡的树，树上落下美丽的梦，睡吧，睡吧，我的宝贝。"

即是和平。这是一种神秘的预感，与逻辑无关。历史不会提供任何很确凿的证据；翻看历史，你很可能发现与此相悖的提示，苦难过后，竟是更多的苦难。然而，人人都必须守定这种感觉。

伴随这一预感，这一直觉，是一种胜负难料的感觉。科学，冷静地帮助日本人痛击英国和美国人的舰队。科学又可能两头讨好，反过来帮助我们还以颜色。事情似乎保持了微妙的平衡。东一榔头，我们将胜利，西一棒子，我们将失败。狡诈和悉心重构的野蛮，对抗老派的自由主义和理想。生活仿佛日益以一种胶着状态呈现自身。甚至无线电广播的新闻节目也在提示战争的两个极端：在对世界上牵连最广的危局进行五分钟播报之前，有世界上销路最大的美容皂广告做开场白，沃尔特·温切尔[①]洗手液温润的柔软的双手，捧着他捍卫美国自由的坚硬的心，还有十五分钟兴高采烈的汽油赞助节目，为一场汽油几乎等同于血液的战争凑趣。

资本主义报刊和广播的运作和精神实质，既是滑稽的，又是可爱的。日本袭击夏威夷的新闻播报之后，我听到的第一句话是：圣诞节时，让母亲的双脚舒适些。那语调我们再熟悉不过——仿佛播音员在扁桃体处含了果浆软糖——但从长远来说，我们都不能苟同那种反常的音色。它让人突然意识到，他竟然怪异地受惠于化妆品业、烟草业，以及每隔片刻为我们提供了罐装新闻的所有其他行业。

前不久，我在华盛顿，四下嗅闻，窥探众人的字纸篓，搅得他们不安；我在那里时，某日上午，曾去一个参议院委员

① 沃尔特·温切尔(1897—1972)，美国著名新闻和无线电广播评论员。

会，聆听拉瓜迪亚先生[①]作证。委员会正在调查小企业主因为国防规定砸了饭碗的事情。这并非一个长镜头跟拍的热点新闻，但也有那么三两个摄影记者到场，悄悄站好位置，分头蹲在“小花”[②]身旁。他们作为摄影师，可谓循规蹈矩，但时不时地，其中一位就会爆一下闪光灯。终于，委员会的某位议员疾言厉色地请他们退场，让听证会平稳进行。他们似乎充耳不闻，仍然蹲在那里，一动不动。于是市长出面，请他们离去，在外边等他。小伙子们只管蹲着，抿嘴微笑。坐在我身旁的一位新闻记者神气地说：“他们才不在乎这些家伙呢。”什么事都没发生。听证继续进行。这是个熟悉的场景——新闻自由，恼怒归恼怒，还得供着人家。议员们正襟危坐，内心倒是窃喜他们无法强行驱逐三两个摄影师。听证会的意义全在于此——摄影师镇静地蹲在那些谋划赢得一场战争的人的面前，而战争的目的就是为了维护摄影师镇静地蹲下来的权利。

很难相信，目前，华盛顿还是战争爆发之前一个星期左右我看到的那番景象。人们告诉我，我看到的华盛顿将是一所疯人院，但我记得它是一个平静的地方，好歹给人以稳定与和平的印象，不管政府机构如何激增。似乎没有人着急上火。把我从火车站载往饭店的出租车司机说，明天上午他会去申请一份国防工程的工作，按时上下班，每周挣五十美元；他眉飞色舞地说，工程上的一些劳工每周挣了一百零六美元。世界即使就

---

① 拉瓜迪亚，即菲奥雷洛·亨利·拉瓜迪亚(1882—1947)，美国意大利裔政治家，曾任纽约市市长(1934—1945)。

② “小花”，即时任纽约市市长的拉瓜迪亚，其意大利名字“Fiorello”，意为“小花”。

要崩溃，对一个闯世界的人，似乎也不那么惨淡。总统在他的椭圆办公室接见记者时，略显紧张，刻意凭空开个玩笑或扯句闲篇。气候温和，舒适，公园里，橡树枝上仍然挂满叶子，时不时懒懒地飘坠下一片。姑娘们脚踏硬挺的高跟鞋，轻叩路面，穿过温暖怡人的公园，从办公室回家，松鼠和鸽子在阳光下散开。我在马里兰州的乡间度过一个周末，这里，有同样朦胧的美、慵懒，以及安全——坚稳的小丘和其间的低谷，像母亲的双膝一般舒适和温馨，绿意犹存的草场上的玉米垛，阔大的谷仓，冬小麦，还有忍冬和雪松和冬青。清早，鸟儿几乎就像边远南部那般欢快地鸣啭，空气中飘动黄杨浓重的味道。战争的招贴到处都是，但现实中却得不到任何确证。

迄今为止，战争的全部历史是民主国家的人民不能相信自己的眼睛和耳朵。他们不相信莱茵兰或迫害犹太人或波兰或法国的事情，或这方面的任何其他事情。战争的这一阶段结束了。目前，至少，我们开始去看、去听。

歌鸟

（一九四二年四月）

自从上一篇札记之后，颇发生了一些事情。御寒的外重窗卸下，装上了纱窗。池塘里冰雪消融，青蛙在湿地的深处唱起它们的雅歌。熬糖时节过去，槭树都封堵好。谷仓后面的田地施了表肥，路对面的高地播下了草籽。每天下午，有三架巡逻机掠过，给鸡雏当成了老鹰。蓝莓的残枝都举火烧毁。胡瓜鱼游入小溪，树燕在电线杆上筑巢，狗在冰窖后面的破棚子下猎杀了一只臭鼬。

二月份，我在第三轮征兵中登记，此后，将按照指示做该做的事，我相信我会高高兴兴地去做。三月份小羊运到，还有新的电动孵卵炉，后者是快递送来的。羊尾巴剪短了，灌木修剪整齐，花坛揭去了覆盖物，堤岸的树枝移走；栽种下豌豆、小萝卜、菠菜和胡萝卜。大黄开始露头。十五英里以外遍植五月花的乡下已经早报花信。厨房窗子上的灯火管制窗帘拉起了，厨房门前长出了野生黄瓜。两头春种猪，一头母猪，一头阉猪在谷仓的地窖里攒肥。两只雌鹅都在下蛋，孵卵，最终，所有二十二只鹅蛋都没有结果。雄鹅的面色一片橙黄，它渐入老境。

食糖配给下个星期实行。圈母鸡的围栏用的铁丝很难弄到，鸡蛋箱更难。鸡栏的产量上升，其他东西的价格将很快稳定下来，但鸡蛋的价格则否，它会像母鸡自身一样，始终变化无常。春假结束，麻疹也差不多过去了。我为卡车装了侧帮和前帮，一两天内，我会收到警报器装在卡车上，在我的路段向人们发布空袭警报。驳船漆过后下水了。苗床罩子装上配重，以便操纵和轻便、平稳地控制。对桤木林子里的破旧汽车彻底搜索一过，将金属投入再循环。报纸、杂志和纸板都汇集起来用于战争。苹果树喷了药，北面的田地撒了石灰。

一九四一年的最后一罐豌豆昨日午饭时开启，地下室的储藏橱开始显得空荡。从西尔斯公司邮购的新的棒球手手套到货，伴随而来，是清晨时分棒球从谷仓顶滚落又砰地掉在谷仓顶上的声音。这个星期，大蓝鹭两次造访，学校校长一次登门。春天来得很早，还有些怪异。一些夜晚已经像是七月，而非四月，仿佛夏天提前降临，需要认真对待。今晚就是这样一个夜晚。下午的暖热持续到晚饭时，现在，空气渐渐凝滞。仓前空场上，干草捆在棕色大地上构成一幅图案，羊一动不动地卧在草捆中间，羊毛还未修剪，颈部的毛形如巨大的褶裥领，赋予它们庄重感，它们心闲气定，似乎是受到持续不断的蛙噪的感应。无端的暖热让夜晚透着神秘，深邃。向东，越过丁香树，越过谷仓，越过海湾，就在逶迤延伸的山丘背后，缓缓地，令人惊诧地，升起了一轮轰炸机的月亮①。

① 轰炸机的月亮，指适合轰炸机行动之夜晚的月亮，通常为满月时。

春天对任何农场都是一个繁忙的季节。但在我家农场，由于歌鸟，春天简直成了不堪重负的时候，因为歌鸟的飞临，正在事事才刚起动时，还要对它们加以鉴别。它们来得真不是时候。

我说需要对它们加以鉴别——我们本来并不鉴别歌鸟，通常是把它们归成一堆儿，听它们啁啾。但我的妻子，阴差阳错之下，弄到一本罗杰·托利·彼得森撰写的《鸟类野外指南——包括北美东部发现的所有种类》，如今，每逢我们动手干活，总会有林莺打扰，它们鸣啭着飞过，一只接一只，个个都想混同于其他。

鸟儿飞临此地已有两个星期了，我们所有的活计都越来越赶不上趟儿。我根本没有工夫每十五秒钟就停下手头的事情，报告一只白眼圈，或一只黑尾羽，妻子也是如此。就以今天上午为例。家中鼓噪，翻腾，闹闹哄哄。楼上有人出风疹。地下室的水泵进入转动配合。屋外，卡车轰隆隆地试图倒车在木柴棚的门前，交付两考德的木柴供我们度过春天。作坊里有人一股劲地敲打，赶在下一次空袭之前制作灯火管制框。后面厨房，洗涤盆投入运作，处理一星期积攒的衣物。在前面书房，妻子的打字机疯魔了一般地敲，想是为了一封邮件，多少与编辑有关。头顶上，一架飞机轰轰隆隆，张牙舞爪，直向海上飞去。我在起居室，之所以选择在这里工作，因为它是整幢房子的神经中枢，我不必离开椅子，就能与生活保持接触，我在这里，忙了一个困顿的蹩脚农学家触电一般的文字生涯。羊群在仓前空场蹦蹦跳跳，等待大门敞开，去啃狭叶山月桂；南窗下平坦地块儿上的小花椰菜、土豆、甘蓝和莴苣争先恐后地向上蹿，只等移入苗床；两百七十二只鸡在孵卵房前蹦跳嬉戏，不时找点岔子；风在吹，灌木枝扫过百叶窗，吱吱嘎嘎作响，阳光照耀，收音机播放麻疹问题，整幢房子的节奏犹如开工十一小时的国防工厂。这一切中，最重要的是那些难以识别的小鸟，叽叽喳喳地吸引我们注意，五颜六色地招摇，橄榄绿的斑点像是黄色，黄的斑纹像是灰色，灰的胸脯像是黄棕色，黄棕色的尾巴却又像是棕色的。

今天上午早饭时，妻子似乎很疲惫，沮丧。我想或许这是因为楼上的风疹使然（最初，我们将之误认为耳朵上的疖子）。“你知道吗，”她过了一会儿说，“狐色鹀很容易被当成是隐夜鸫，它们大小差不多，飞翔时都显露赤色的尾巴。”

“如果你换个方式看，不会弄错的，”我机警地答道。但这对她没有安慰。她一页一页不停地披阅那本《野外指南》（这个季节，不管走到哪个屋里她都要带上这本书），埋头于蜡嘴雀、金翅雀、麻雀和黄胸鹀，我则回头去忙我的熏腊肉、黑草莓酱、烤面包片和咖啡。

“我的麻烦其实是，”她接着说，“今年我对鸟类了解得挺透彻，可到了明年，一切又得重新来过。我看要想真正了解鸟类，或许唯一的办法是同养鸟人到户外去。这是唯一的办法了。”

“你不会喜欢养鸟人的，”我答道。

“我是说好心肠的养鸟人。”

“你知道谁是好心肠的养鸟人。”

“我曾经认识一位纳伦伯格先生，”妻子沉思着说道，“他一直想寻找一只不易驯服的金翅雀。”

不过，她也承认，鸟的问题实际上是无法解决的。到头来，甚至是山雀也同我们所有人耍弄伎俩。人人都见过山雀，冬天，山雀就是我们恒定的伙伴。一年有九个月，山雀明快地宣示自我，头脑再简单的人，也能认得他，可到了春天，这个骗人的小妖精就会冒用假名字。春天，他的情窦开张，四处蹦蹦跶跶地称自己为“菲比”。据《野外指南》的作者说，他吹口哨呼唤菲比的名字，而菲比不是鸣出，倒是干脆说出自己的名字。即使如此，这仍然是个刁滑的伎俩，我忙的时候，对此不免忿忿然。

《野外指南》的作者彼得森先生很下了一番功夫，帮助我们识别鸟类，（对我而言）却是可怜无补费精神。关于东部鹪鹩(Nannus hiemalis hiemalis)，他说它“经常出没于密林、山谷和灌木丛”。我并不怀疑，东部鹪鹩确实如此，但这里的每只鸟其实都是如此，除了烟囱雨燕和银鸥。我们整个乡间就是一处青苔遍布的密林。你碰上的任何一只鸟都有嫌疑，但它们不可能都是东部鹪鹩。

山雀、鹪鹩、歌鸫、五子雀、金翅雀已经够混乱，等到彼得森先生赶来帮助我，乃至我的妻子识别林莺时，他的努力就真是可笑了。林莺有几十种，许多靠肉眼几乎看不到。将一种与另一种相区别，就像要区分在一束阳光下飘舞的两粒微尘。关于栗肋林莺，彼得森先生说：“春季的成年鸟——很容易辨识，冠为黄色，两肋为栗色。其他唯一两肋呈栗色的鸟，栗胸林莺，喉咙也是栗色，冠为暗色，因此看上去头顶乌黑。秋季的鸟则颇为不同——上部是绿色，下部是白色，有一个白眼圈和两只覆尾羽。成年林莺通常保留一些栗色。绿色与下部白色之间过渡为柠檬色，足堪辨识。”是啊，足堪辨识，只要你在一年之秋，恰巧就在栗肋林莺的正下方站着，或者躺着，而且记性不错，没有把它与“春季的成年鸟”或任何季节的栗胸林莺——尤其是春季的雌性栗胸林莺相混淆，这其间的区别实在含混不分明，而在它们行色匆匆（它们几乎永远是这样）或是我行色匆匆时，所有鸟类对我来说都是含混不分明的。一个行色匆匆的人想要辨识一只行色匆匆的鸟，场面想必很滑稽。

甚至《野外指南》的作者也承认，观鸟人确实麻烦多多。他说，悬铃木莺与黄喉林莺几乎一模一样，差别“极其细微”，即前者在眼与喙之间没有任何黄色。如果你能记得你在阿勒格尼山脉的哪一侧，也会有些帮助。我从此试图牢记这一点。

这个妙趣横生的春季里，歌鸟让我感到逗乐的一点是，妻子如何将她的麻烦归罪于鸟类之外的其他因素。她非常困惑与烦恼，只为不能在这几个忙忙碌碌的星期里掌握错综复杂的鸟类标记——前年我们把家中的双筒望远镜送去英国，帮助保卫英伦诸岛，这让事情越发困难。刚才我瞧见她走过时在一扇窗子前停了片刻，听她暴躁地咕哝：“讨厌的小黄榈莺飞过。”随后又耳语般地低声说，“我猜是吧。”

歌鸟不仅难以区分，还可能造成破坏。几天前，我在去年的园子里播下草籽。第二天上午，大群的灯草鹀一波又一波地飞临，白肚皮黑心肠的灯草鹀，石板色饥肠辘辘的灯草鹀，小于家雀貌似黄昏雀的灯草鹀。它们云集在园子里，吃掉了所有的草籽。这是我第一次跳起脚来，破口大骂歌鸟。

我们最初来这里定居时，屋前是一条土路。但时隔不久，他们给路铺上了沥青。如今，战争期间，汽车衰落，马匹复兴，我想他们很可能得重新往路上撒土，沥青路面太坚硬，对牲畜的蹄子有损。寓意：人类要想整修道路，先得解决他们之间的分歧。

棕枝主日的那个夜晚，我们县第一次实行灯火管制。据认为管制是成功的，虽然没有炸弹落下。那是个挺适宜空袭的日子——一个洋溢了虚假和平的静谧日子。黎明时我向外望去，地上白茫茫的结了霜，但无疑此日将是个好天气。我随即起身，照料一些新生的鸡雏，早饭前为它们忙了一个半小时，一边想着棕榈、基督、炸弹和防霜害的干草。早饭后，又见一只羊的眼睛发炎，我用硼酸为它清洗，也好在灯火管制时看得清楚，随后听从召唤，帮我家学子解决语法问题，但徒劳无功。我想不出起连接作用的代词，而且不知道何为形容词补语，学子开始不耐烦，失去了信心。

“你真的一点不懂语法，是吗？”他说。

“确实，我不懂。”我答道，略有些遗憾。

整个一上午，只有三四辆汽车经过。我们没有看到棕榈叶，也没有去教堂。小儿子完成作业后，跑到溪流上去筑水坝，厨房传来在钵里剁什么的单调声响，催人欲睡。我们随处呆着，等待灯火管制。

晚上九点钟刚过，我们的电话开始使用公用线路上的号码（我们与另外七家用户在一条线路上，铃声互有不同，但几乎与林莺一样很难区分）。我等在电话机旁，衣帽齐整，手套就放在手边。我家的电话打进来时，我抓起听筒，听我们的空袭民防队队长说：“刚刚发出黄色预警。”

屋外，卡车准备就绪，震颤着，发动机点火，前灯打开（我们接指示在此第一次空袭时开灯行驶）。我挂上电话，跑出门，跳上驾驶室。我的任务是在我家到两英里半外的镇中心这一路段发布警报。讯号是不停地鸣警报器。

待我拐上公路，摁住警报器的按钮，一边设法换挡，鸣一声警报器，转弯，所有这一切，单凭两只手，此刻，事情对我来说似乎非常真确——正像在中学做消防演习时，头一两秒钟似乎也是那么真确，铃声突然响起，你得猜测这火是在熊熊燃烧还是出于假想。夜晚驾车穿越乡间，鸣响警报器，让人热血沸腾。有几分钟的时间，我就像是保罗·里维尔[①]的兄弟。

村民们早一个星期就从报纸上得知灯火管制，已经做好准备，一些人用遮光窗帘，另一些人的防卫机制更简单——熄灯了事。我驶过一处又一处农舍，嚣声汹汹，所到之处，窗帘迅速扯严，灯火立即熄灭。我驾驶得飞快，只要路况允许，沥青路面上尽是些青蛙刨起的小坑。警报器的按钮到底靠不住，不按到特定位置，就会接触不良，时不时地我的警报器就没了声响，我得上下左右地摆弄，让它再度发声。

我驶近村子时，听得教堂的钟声鸣响。教堂黑黢黢的，两家杂货店黑黢黢的，拐角处四五幢房子也是黑黢黢的。我凝视教堂，想看到牵绳敲钟的教堂司事，然而不见人影。有一两分钟，我的警报器和教堂的钟声吵成一团，神圣的和渎神的，搅扰了安息日的夜晚。随后我将卡车掉头，原路返回——此番不再鸣警报。一幢房子仍然有灯光。我停下车，蛮横地按喇叭。灯光迅即熄灭。我扫视了一下一位老妇人住的房子，她说过，

---

① 保罗·里维尔(1735—1818)，银器工匠，美国独立战争时期的爱国主义者。其传奇是在一七七五年四月十八日夜，由波士顿骑行至列克星敦，向当地民兵报告英国军队行动，促使打响了独立战争第一枪。

她的房子远离公路，怕是听不到讯号，不过倒也没有任何问题，她从来都在九点钟之前就寝。房子里黑乎乎一片。

大约九点二十五分，我回到家中，九点三十分，电话铃声再度响起，队长宣布："红色警报。"空袭开始了。

我们摸黑坐在起居室(窗帘还未装好)，靠弗雷德 · 艾伦①挨过空袭时刻。宣布解除警报后，我再度去往镇里，再度拉响警报器，但前度是花开，再度像花落：这第二趟属于由高潮转入平淡。教堂的钟声又响，廊前的司事看得分明。

为完成农场的灯火管制，接下来必须要做的一件事，是设计遮光罩，遮住随恒温器开关的运转，电子孵卵炉时断时续的亮光。我找到一个旧的锡杯，倒扣在灯泡上，这个简单的预防措施，关系到二百七十二条生命，还不算我和家人。

---

① 弗雷德 · 艾伦(1894—1956)，美国喜剧演员，二十世纪三四十年代极受欢迎的无线电广播播音员。

调 查 表

（一九四二年五月）

上午的邮件送来了选征兵役局的职业调查表。我断断续续填写了一天，只为让国家对我过的是何种生活，也即我认为我在做什么有一些概念。不过，我的一生多有杂七杂八的营生，一些与另一些全不相干，结果这表格就很难填写，在小小的方框和格子里填字，交代自己，就像你想向法官陈情，却仅限于回答检察官的问题。

我发现在选征兵役制中，“写作”不管是作为专业性工作，还是作为“事业”，都得不到承认，这让我惊讶，虽然不致心悸。调查表上没有一字提及作家。工作和职业列了一长串，却遍寻不着作家的名字。铲疵工、装配工、玻璃匠、建筑师、历史学家、冶金学家——在按字母排序的美国生活长编中都提到了。但没有作家。在我看来，事情倒也本该如此，它表明选征兵役制的明察超乎人们的想象。写作既非一项事业，也非一门职业。蹩脚的写作可能，而且往往成为某些人的事业，但我同意政府的看法，写作在其纯粹的意义上，或就其最崇高的形式而言，既非事业，也非职业。倒不如说它是一种磨难，或一种惩罚。它在你身上浮现，像一道鞭痕。或者你不妨说它是许多事业或职业的副产品，让作家去纠缠（或被纠缠），以致魂不守舍，欲罢不能。真正纯粹的作家，如康拉德，首先是海员；伊莎多拉·邓肯，舞蹈家；本·富兰克林，发明家和政治家；或希特勒，无赖。撂下一句“我是作家”，就把自己关在屋里，与一支削尖的铅笔和一位沉闷的缪斯做伴的知识分子，到头来可能并非艺术家，不过是个志大才疏或误入歧途的人。我认为最好的写作是一些从其他事情——从事业，从职业，或从刑期中挤出时间的人来做的，这些事情或者让他们激情洋溢，如宗教，如爱情，如政治，或者让他们无聊透顶，如监狱，如经纪行，如广告公司。伟大的小提琴家必须从小就开始拉提琴，但我想，文学家四十岁之前做些其他事情——磨镜片啦，勘查荒野啦，写出传世之作的机会才更多些。当然也有明显的例外。莎士比亚即是其一。显然，他是个写作狂。我怀疑他笔下最堂皇的一些片段至少半是调侃。“天啊，”你可以听到他咕哝，“是否会吓着他们！”

我目前处于二元存在中，半是农夫，半是文人，因此，除了饶舌者外，很难把自己归入其他任何一类。起初，发现我一生从事的工作，竟然不曾列入选定的事业、职业和学科中，不免很失望，不过，我旋即释然了，因为仔细研究之后，在“农夫”字头下，我找到了：

农夫，奶业
农夫，其他

到明年，我方可拥有一头母牛，但此生能成为“农夫其他”，毕竟不错。不是农夫布朗或农夫怀特，而是农夫其他。我很喜欢这个名字，立即在农夫其他前面写下“四年”二字。想想我的大多数邻居担水也担了半个世纪，我知道，四年不过是学徒而已，但无论如何，这是个开端，从事的又是所有事业中最伟大的一项事业。

我想本地的征兵委员会，一定像所有登记机构一样，希望芸芸众生都可纳入常规，不喜欢哪位公民不伦不类的，又是农夫，又是作家。说起来都没个干脆。这是杰基尔与海德[①]一类人，缺乏可靠的界定。战争期间，人最好截然分明：锻工就是锻工，铆工就是铆工，先天生就的装潢师，后天培养的放样员，一门心思的多用机床操作工。农夫而兼作家，显示了性格上的变化无常，与战争努力很不合拍。一个星期内，生产七十打食用鸡蛋，外加两千六百字的文章，似乎失之混乱，不成熟，有心怀异志之嫌。

“问题二十”要求说明“现工作职责”。为答案预留三行空间，可作满当当大约四十字的告白。我写了三十七个字，仔细想过，并严格遵循上面给出的参考答案，那答案的开头说道：“我清整、校正、修理钟表。将钟表拆散……等等。”我几乎可以逐句照抄，偶尔改动一两个字：“我清整、校正、修理文稿和农场机械。将它们拆散，靠目镜检查各个部分，找出哪些部分需要修理。我修理或更换这些部分。有时，我使用大刨或不定式重新制造。清整完毕后，再组装回去。”

---

① 杰基尔与海德，源出苏格兰文学家罗伯特·路易斯·史蒂文森（1850—1894）的小说《化身博士》，具有昼善夜恶的双重人格。

在“何种工作最适合你”一栏，我写下“编辑和作家”。在“其次何种工作最适合你”一栏，我写下“家禽饲养者和农夫”。但我意识到，我脑子里想的不是适合，而是回报。我的意思是何种工作挣钱最多。其次挣钱最多者。所谓适合，很难说清楚。体力上，我更适合写作，而不是农耕，农耕需要极大的力量和坚忍。智力上，我更适合农耕，而不是写作。

沃尔特·惠特曼[①]应当活在今天，看看后生小子们如何花样翻新，接续他的那一套。很长时间以来，我一直在琢磨，以前是在哪里听过所有这些歌子——张扬美国的广播节目，民主宣传，总统谈话中插入的音乐，歌颂美国的诗人之声。随后我恍然有悟。这些都与惠特曼一脉相承。科尔温[②]的广播剧、洛伦兹[③]的电影插曲、麦克利什[④]和贝内特[⑤]的预言、桑德伯格[⑥]的乱弹、舍伍德·安德森[⑦]的短长格诗。下次你将收音机调到空中舞台时，你会听到老惠特曼从巴门诺克[⑧]发出的吼叫声。

---

① 沃尔特·惠特曼(1819—1892)，美国诗人、随笔作家，代表作为《草叶集》。

② 科尔温，即诺曼·科尔温(1910—　)，美国作家、编剧、制片人，其在一九三〇和四〇年代编写和执导的广播剧曾风靡一时。

③ 洛伦兹，即洛伦兹·“拉里”·哈特(1895—1943)，美国抒情诗人，曾与作曲家理查德·罗杰斯(1902—1979)合作，创作了大量电影和音乐剧插曲。

④ 麦克利什，即阿奇拜尔德·麦克利什(1892—1982)，美国诗人，曾三次荣获普利策奖。

⑤ 贝内特，即斯蒂芬·文森特·贝内特(1898—1943)，美国作家，诗人，一九二九年因反映美国内战的长篇叙事诗《约翰·布朗的身躯》荣获普利策奖。

⑥ 桑德伯格，即卡尔·桑德伯格(1878—1967)，美国诗人、传记作家和新闻记者，曾因亚伯拉罕·林肯的传记获普利策历史著作奖，因《诗歌全集》获普利策诗歌创作奖。

⑦ 舍伍德·安德森(1876—1941)，美国小说家、短篇小说作家。

⑧ 巴门诺克，美国印第安人对长岛的旧称，惠特曼出生于此，《草叶集》中有《从巴门诺克开始》一诗。

如果对他在文学阶梯上占据什么位置还有疑问，这个十年则将所有疑问都打消了。他就站在最顶端。他显然是好的，否则，你不会在我们同时代人的言语中如此清晰地听到他。

这类写作中有些显而易见的东西，地名的使用，观念的铺排，语音的重复，对口语或闹饮的投入，对美国主题和美国梦的赞美，对平民百姓和搭在肩膀上的援手的感念，“对诞生在阵痛时刻的民主的歌唱”[①]。你听到它，就不会忽略过去。有时，人在精神紧张或情绪失常时，仿佛会觉得听得太多，多到充耳不闻的地步。但毫无疑问，是惠特曼发动了这一切。正是他，听到美国人敲击平底锅，敲击地毯，敲击铁砧。他听到了有什么将要来临，并将它宣之于口。

上个星期偿清了农场的抵押贷款，这是我头一回做这类事情，虽然以往从书本上读过。我为此穿上我最好的衣服，现身银行，看去像个人物。不过，这身行头帮助不大。起草有关文件时，行长与我在一边闲聊。过了一会儿，我有些紧张，问道：“我是否得签署点什么？”他惊奇地望望我，随后宽容地笑了。

“签署点什么？”他重复道。“你什么也不必签，我们来签。”

结果，银行因为失去了对我的不动产的所有权大是伤感，大把钱付给它，也不能带来安慰。他们将此凄怆渲染得如此真切，临行时，我已经快要落下泪来，走下台阶，走到阳光下，自由了，也轻松了，只觉得自己就像个老吝啬鬼。其实，我根

---

① 语出《草叶集》中《在蓝色的安大略湖畔》。

本不想伤着银行家一根毫毛，不过是偿清我的贷款罢了，毕竟政府教导民众要欠债还钱。不管人怎么努力做该做的事，总还有人受伤，难过。

银行所在的贸易中心，距我家很有一段距离。鉴于目前的轮胎形势，这趟出行确实是件大事。这座胚胎期的城市，我们通常大约每星期来一次，现在我们大约每个月来一次——搭乘火车，为了麻醉一只狗，或清偿贷款。一度，这座镇子在我眼中很小，现在它似乎成了沸腾的都市，庞大，神秘，适度地堕落着。城里，你可以看到处于幼虫阶段的各色人等，从乡下的可怜虫到闹市的花蝴蝶——小镇开始时来运转。服装是农场和办公室，谷仓和沙龙的奇特混搭。女士们研习时尚，一点心思都花在这上边，也没个结果。男人腰部之下归城市，腰部之上归乡村。也有的时候倒过来。你会碰上有人穿衣，五分之四像在办实业，五分之一像在打短工——按比例分割他的感染力，一如分割他的时间。他可能一身布鲁梅尔[①]格调的长裤、衬衫、马甲、领带、皮鞋和袜子，外套却是件老旧的双色调拉链运动衫。或者，他可能学得时尚，全套照搬，只除了脚上，为实用蹬了一双猎靴。总而言之，这类小镇上的百姓少了乡下人的纯朴，连同实在的舒坦外观，却又做不到城里人那般考究。也只好两下里凑合。这一会儿是柜台前的办事员，半小时之后，又忙了照顾他的鸡群。

胚胎期的城镇，有其一望可知的标记，显示它的某些浓缩性质。永远追随迅捷的都市漩涡飞翔的鸽子和家雀，就是标记

---

① 布鲁梅尔，即博·布鲁梅尔（1778—1840），英国纨绔子弟，与摄政王、后来的英王乔治四世相友善，讲求服饰，成为当代男装礼服的先驱。

之一。乡下不会见到死家雀，在我看来，鸽子也大体如此；但只要踏入主街，死了的家雀和鸽子赫然在目，领受人行道的暴热，还有拥挤和贸易带来的刺激和相应的罪孽。街头看到的面孔也略有不同。它们不似你在乡下告别的面孔。你看到一位老兄，眼睛透出某种神情，要么或许是他攥了口中牙刷的方式，好像他掌握了什么秘密。从商铺门前走过，可以隐约听到保龄球的低沉声响，那是宣示文明的滚滚雷鸣。

蒲姨妈

（一九四二年六月）

在我家起居室，一个巨大的老式画框内，悬了一幅女子与小狗的画像。画像主导了整间屋子，而我也渐渐喜爱上这位女子。这并非什么了不起的作品，只是招人喜欢。你可以看了又看，不会厌烦。女子一派维多利亚淑女风范。她很年轻。坐姿，一肘支在椅旁的桌子上，好奇地俯视她的小狗。绘制这幅名不见经传的画作的艺术家是妻子的姨妈，八十五岁的老太太，她的画家生涯大致上在中年中辍，当时，她搁下画笔，嫁给了日本人。

我从未见过这位传说中的姨妈。她去了东京，三两次短暂的归省，此后，再没回来过。但她似乎活灵活现——通过婚姻，通过传闻，你认识了这位半传奇式的人物，恰似与人婚配后，一点一点地，就了解了对方整个童年，最后觉得与那个小儿女早就似曾相识。我觉得我很了解蒲茜，或她的三个外甥女自然而然地称呼的蒲姨妈，她以新英格兰人的执着，守定了从襁褓时期延续下来的怪诞名字。她年已八十五岁，仍然活力四溢，一如平生。无论如何，她最近完成了一卷回忆录，包括涵盖一六八〇年到一九〇八年间的家族史，抢在与日本的一切联络中断前送回美国。我刚刚读完它。回忆录只有三本(每个外甥女一本)；实际上，它不是印刷本，而是打字本——她亲手打字，单行，文稿上插图繁多，装衬也很精美，用的是丈夫家前人遗下的锦缎，古色古香。在她的编书计划中，这一不朽著作要有三本，因此蒲姨妈就得用打字机通篇打上三次，惊人的工作。须知，如果只有一个原件，两个复本，难免遇上偏袒问题，不可索解：如何确定哪个外甥女该得到原件，哪个得到第一复本，哪个得到第二复本。与其面对如此尴尬的困境，加上她的任何书籍，即使是装订的打印稿，都须达到某种工艺水准，她宁可不辞辛劳地再三来过，在东京贫民区她主持的一处社区福利馆，一夜又一夜地敲打，并用心留白，贴上插图照片。

与蒲姨妈这样的敌方关系如此密切，于人的身心皆有益处。战争期间，人们往往将敌手非人化，从丢炸弹的想象中得到快乐。东京有一位家族成员存在，虽然并未削弱我们赢得胜利的决心，毕竟缓解了我们的嗜血性，再丢炸弹，就会小心谨慎，相信我们的老姨妈有本领，有勇气藏躲闪避，就像当年，她才刚四岁，在明尼苏达闪避印第安人暴动时滑膛枪的流弹，她的父亲骑行二百英里，搭救阿贝克隆比要塞[①]受围困的白人将士。我觉得新近的这些炸弹，在她风光无限的生涯临近终结

① 阿贝克隆比要塞，在美国北达科他州，始建于一八五七年，在一八六二年达科他战争期间，遭印第安人围困六星期。

时，倒也不会成为无法承受的负担，只是生命中两段深情的爱，她祖先的新英格兰和她选定的日本，从此刀兵相见，这才撕裂了她的心。

讲述她嫁与日本人和她创立称为睦邻园的社区福利馆的故事，让我颇费踌躇，因为这都是些家庭私事；但它非常独特，又与时局相契合，或许值得一试。

据妻子说，蒲姨妈身边，总有些说不清道不明的新鲜事。她无视家庭常规，成为艺术家。她去过巴黎，过着波希米亚人的生活，在郊区流浪。她坚定，敏感，高傲，总有办法让生活(当然是对小姑娘而言)别开生面。她随便哪一天，都能找出些热闹。任何周年纪念，都能点燃她的激情。她会突然想起，今天是林肯的诞辰，或三月月中日①，或装饰日②，随即，所有的房间都将震颤，因为装饰或烹煮或猜谜游戏乱成一团。她有操办庆典的天赋。在蒲的狂热督导下，没有一天过得乏味，随便就折腾出一场嘉年华会。

她去过巴黎。她曾在纽约有一间画室。那个年代，甚至画室这个字眼儿都含义无穷。不过，艺术也罢，漫游也罢，她前半生的要务还是她的家庭，从属于家庭似乎本身就是一项事业。她的父亲、母亲、一个姊妹、一个兄弟——她的精力和思虑大都专注于此。在不长的一段时间内，四人相继故去，留下她孤身一人，就在那时，她买下了康涅狄格州伍德斯托克的宅

---

① 三月月中日，即古罗马历的三月十五日，用以祭拜战神玛尔斯，举行阅兵典礼。

② 装饰日，每年五月的最后一个星期一，始于一八六六年，用以纪念美国内战中阵亡将士，并在当日装饰鲜花和旗帜，后在第一次世界大战后改称“阵亡将士纪念日”，纪念在所有战争中为国捐躯将士。

子，开始了生命的第二阶段。

伍德斯托克本身并没有什么特别意义——她的族系植根于更寒冷些的缅因大地上，在弗莱堡、那不勒斯、布里奇顿、萨科等小城镇，以及波特兰和波士顿一类大都市。她的幼年是在明尼苏达州的边城圣克劳德度过，少年是在那不勒斯的农场。但伍德斯托克有一位堂表兄妹，她去那里定居，安于未婚女子习惯成自然的枯燥生活。她兴致勃勃地整修那处宅子，将之命名为“苹果庄园”，有一搭没一搭地画上几笔。她继承了一小笔钱，可以请厨师。一名厨师是负担得起的，但她似乎就是找不到人。情急之下，她求助于春田市基督教青年会的培训学校，学生中有几名东方人，正在学习做美国式的竞技体育主管。时在夏天，一年的课程已经结束。

经过询问，苹果庄园来了一位名叫大森兵藏[①]的日本青年，他出身名门，虚弱，唯美，急于挣一点钱。他稀疏的胡须，加上精致的五官和敏感气质，让人联想起耶稣基督。他给人领入厨房，简单交代了他的职责：烧饭做菜，伺候用餐，饭后收拾餐具。他看上去彬彬有礼，但显得焦虑不安。

事情几乎立即明了，大森先生与厨房从来不相干。他浑身上下都是贵族的派头，虽然下厨笨手笨脚，偏偏谈吐不俗。蒲姨妈从他身上见出一个毕生都等人服侍的人，显然并不适应任何突然的转换。于是，她索性自己动手，开始为他烹煮一日三餐，而且从速雇用了一名健硕的黑人妇女，分担迅速增加的家务之累。

---

① 大森兵藏(1876—1913)，日本教育家，协助建立日本基督教青年会，并推动日本参加奥运会。

要说的是，大森先生曾经告退，但她坚请他留下，承担些小小不言的义务——逛逛花园啦，聊聊诗歌啦。他同意了。有一段时间，苹果庄园的内务似乎陷入混乱：日本学生不肯与黑人妇女同坐一桌，女管家又拒绝与日本学生同坐一桌。人人就着闪了冷光的托盘，各吃各的。

> 我就是这样〔蒲姨妈在回忆录中写道〕与大森兵藏不期而遇，这位绅士出身华族，受古老文化熏陶，如同当时大多数日本学子一样，在文化上傲视所有美国人，但出于对诚实劳动的尊重，随时准备全然不带个人情感地从我们这里挣钱，为权宜之计，与种种讨嫌的事物打交道，并不觉得自己卑微低下。

想来大森先生最初几天在伍德斯托克，约略会生出些卑微低下的感觉，随后几个星期里又忘记了。蒲姨妈和他读书趣味相同。两人一道漫步在园中，谈论日本艺术，大森先生于此造诣很深，他告诉她，自己毕生有两大志向：在东京建一所社区福利馆和增加日本人的身高。秋季，他回到春田市，她去往波士顿。两人书信往还。他几次登门造访，最后向她求婚。她沉吟数日，决定接受。

消息像颗定时炸弹在波士顿郊区的宅子里炸响，当时，妻子住在那里，还是个青春少女。蒲姨妈的直系亲属都已亡故，说到常规和礼仪，当然该在姐夫的屋顶下谈婚论嫁。谁想到是个日本人！

“报纸会如何评说这件事？”妻子的爸爸哀声叹气，他在西方这边遇到的麻烦已经够多，且不论东方那边冉冉升起的朝日。

原则上已在家中禁止的《波士顿美国人》，率先披露此事，还加上一通委婉的渲染。一家人关起门来，召开家庭会议。女孩子们口无遮拦地问个不停，大人闪烁其词，搪塞过去。那些日子，惊愕与尴尬交织，难以名状。不过，妻子的父亲不是逃兵。他向孩子们宣布，如果蒲姨妈决意举行婚礼，婚礼将在“自家屋顶下”举行。这需要有绝大的勇气。

与此同时，大森先生开始与全家人相识，颇受他未来的外甥女们欢迎。他向她们展示日本茶道，用无把的杯子奉上绿茶。她们温文尔雅地啜，再一小口一小口咂摸微甜的米糕。大森先生似乎真情依恋他的新英格兰未婚妻，目光中满是赞叹和俏皮的喜悦。他思想开明，举止文雅，大大解除了人们的成见，外表又仿佛天国中人，只缺少了一轮光晕。相形之下，蒲姨妈丰满、和善的身影，倒多些人间相。

他们在客厅里完婚。姑娘们很欢喜在家里举办一场婚礼，在壁炉上摆上一些汉弗莱·沃德夫人[①]玫瑰，将它改造成圣坛。伉俪二人随即踏上新婚之旅，前往东京。时在一九〇七年十月一日。

> 自那以来，我在东京生活了三十余年，是我生命的三分之一还多，对此鲁莽，我至今无怨无悔〔蒲姨妈在回忆录中写道〕。日本人性格中的一些东西，可以为清教徒出身的人所理解。他们性喜简朴，乃至生活中的某种峻厉。

---

① 汉弗莱·沃德夫人（1851—1920），本名玛丽·奥古斯塔·阿诺德，英国小说家，婚后以夫家姓氏冠名发表小说。

他们从不造作，举止谨小慎微，心地则非常善良。我不是说，我从来没有想家的时刻，但丈夫心灵之美，着实让人爱怜。他渴望报效国家，当他力有不逮时，我则竭力代他略尽绵薄，或许日本如今已是我的故乡，而新英格兰风光不再；如今，另一种生活于我，既非生疏，也未死灭，只是暌隔而已，就像死亡造成分离，再也不能拢到一起。

文字写于一九三九年。大森先生死于一九一二年，是在婚后五年。

他为报效国家，“渴望”去做的一件事是增加日本民族的身高，他认为，他们的矮小身材与他们的伟大前程两相抵牾。这看来是个需要矫正的细节。不过，首先，他和妻子着手来实现他的主要目标——东京社区福利馆，此事很快告成，此后四分之一世纪里，成为极其重要的一个机构——东京赫尔之屋[①]。

另一个目标却不那么简单，好在大森先生已经起步。他所做的是组织了第一支参加奥林匹克运动会的日本运动队[②]。他希望，投身体育运动，或迟或早，将帮助他的矮小同胞造就高大体魄。差堪自豪的是，他陪同运动队乘火车穿越西伯利亚，抵达斯德哥尔摩，一路有蒲姨妈同行。奇怪的是，这一遭公费旅游，至今说来仍然扑朔迷离，带了音乐剧情节的诡异。我一点都不清楚兵藏姨父，甚至在当时，是否曾想到过珍珠港，或

① 赫尔之屋，美国社会改革家、一九三一年诺贝尔和平奖获得者珍妮·亚当斯（1860—1935）于一八八九年在芝加哥设立的贫民福利与教育中心，后发展成为世界运动。

② 一九一二年，第五届奥运会在瑞典的斯德哥尔摩举办，日本首次参加。

新加坡对面的海峡。妻子以为他不会。无论如何，其间倒也没什么区别。日本人仍然是小个子，在他们参与的所有竞技中都是如此。

运动队经西伯利亚回国，但蒲姨妈和姨父继续向西，出现在波士顿郊区，随身携带了乌拉尔山脉的海蓝宝石，送给小姑娘们作礼物。很明显，那时候，大森先生已是病人。实际上，他处于肺结核晚期。医生吩咐他停止旅行，但大森先生从不听人吩咐。他宣布他与妻子要立即折返东京，然后相将上路。两人刚刚走到旧金山，就在那里，他死了。

旧金山对蒲姨妈来说，一定像个十字路口。一条路回头指向新英格兰，有她挚爱的村庄、大榆树和亲人。前程很分明。另一条路指向东方。蒲姨妈显然没有丝毫游移。她跨越太平洋，折转向西，护送丈夫的骨殖返回家乡，从此留在那里，秉承她丈夫最珍重的志向，维持社区福利馆。

文稿扉页的献词题为："给我亲爱的外甥女凯瑟琳·萨金特·怀特，纪念我们共同的往昔。"这是我读过的予人启示最多的一个故事。一页又一页，你知道了她究竟靠的什么，度过了在异国土地上忙碌而有益的岁月。那是她对往昔的独特情感，对家庭的深厚情意。时光流逝，她日益全身心投入东京淀桥町柏木370号。她将《紫式部夫人》译为英文。在一九二二年大地震中，她勇敢服务，获颁政府奖。经历了这一切，她对往昔的情感不是减弱，而是加强了。她源源不绝地写信来，保持往昔的活力。时不时地，她会要求把什么东西寄送给她——公地上野花的根茎，先人烘糕饼的口诀。她常常回想起缅因乡间度过的少女时代，那不勒斯住宅窗前的雪浆果和红玫瑰，紫丁香和绣线菊，还有家中的起居室，汉娜编织，妹妹阅读，小猫伏在妹妹的膝上。

我不知道战争对她有何影响。精神上，这是一种两难局面。她一向支持日本，认为日本做的一切都是对的——甚至对她所谓的“支那事变”也无异议。而在她的外甥女们眼中，对中国的蹂躏决非意外的“事变”，她们与蒲姨妈的往来通信越来越困难，直至彻底被切断。

总之，我发现，如我前面所言，阅读这位耄耋之年的老太太工整的打字稿，寻觅她三十年来如何照料异族的穷人，坚持褒扬他们的良好品质，确实大有益于身心。这对战争孕育的仇恨运动是一剂很好的解毒剂；毕竟，我认为仇恨无助于解决问题。仇恨不过是战争的触发因素。为消除战争，必须义愤归义愤，信仰归信仰，相辅而相成。

作者注：上文写毕后，传来了蒲姨妈故去的讯息。详情不得而知，但据说她算是自然死亡。在战争和日本人的暴行的背景下，大森夫人一生的故事似乎很不真实，她在东京贫民区长年累月的工作也成了一番酸楚的笑谈。但事情对她绝非如此，它是有意义的，或许，战前的最后岁月里，她的思绪已从日本各地激荡的新潮，转回到新英格兰，那些强烈的情感波动，就体现在写给外甥女的回忆录中。

书本知识

（一九四二年七月）

农民关注科学，是就其现代方法，就其理论而言，但他们不会头脑发热，仍然保持了适度的怀疑，对书本知识如此，对生物学家、化学家、遗传学家以及其他日上三竿，高卧不起的农场实践和管理专业的学生也是如此。我想，教育打动他们，但他们见过太多的例子，显示识文断字者的无能和不切实际，因此，不会羡慕他们，轻易改变自己的立场。

一日，我与邻居查看他的母鸡群，这位随口说些事情，表明了农民对学院和书本的态度。他抱怨鸡舍的形状，但希望我明白，鸡舍糟糕，全是他个人的过错。“我是从书上描下的图，傻乎乎的样子，”他说道。他平静却厌烦地打量周遭，神情半是解嘲，半是失望，人在回首年轻时的种种痴骇时，多是这副样子。

农业科学，无论在道理上有多么周全，奇怪的是，似乎往往与靠农耕为生这项性命攸关的繁重劳作并不相干，也不大在意。农民在浏览农业简报时，明白农业科学的这个特点，正如穷人明白富人不会理解他们的麻烦一样。例如，今天的农民知道，肥料经受风吹日晒，会失去一些效力；但他也知道，太阳落在山背后有多快，如果牛屁股跟前碰巧有一扇窗，他会直接将粪肥扔到场院上，管它什么氮不氮的。人的一生，往往没时间再想别的。农民知道，早茬牧草是上好饲料，强于挺过七月末燥热天气的牧草。他不须计算维他命的多寡，看看草场就知道一些精华已经流失。他还知道，晾晒干草需要好天气——六月份的好天气往往指望不上。

我一向早早刈割我的干草，但今年，直到七月中，我才雇到一拨人。结果倒不错。六月份是惨淡的一个月，雨水多，雾气大。那些死守教条，不问天气，只管慌忙刈割的人遭殃了。少数极端者，担心有一滴维他命流失，六月开镰，选择了太阳有几分钟冒头的日子。他们的干草堆在泥泞的田地上，一天天腐烂，而此时，隆美尔攻占了图卜鲁克①，掉头向东，直扑亚历山大②。

天气前所未见——连续几个星期的潮湿、阴雨和雾气。人人都在议论。那段时间的一天，我与一位自耕农大谈干草问题。我凭着一肚皮书本知识，(信口开河)向他解释六月份割草的好处。我详细说明了听任牧草成熟后还要戳在地里，要损失多少维他命，而每一单位重量早茬牧草的营养价值要高出几何，尽管分量轻些。那人是个静默的人，双手握着大镰刀的长

---

① 图卜鲁克，利比亚东北部港市。一九四二年六月，德国陆军元帅指挥一万五千名德军攻占该市，俘虏英军三万三千人。

② 亚历山大，埃及港市。

柄。他耐心倾听。我的话语像夏日的蚊蝇，绕了他的脑袋打转。最后，我倒空了肚里的那点知识，停顿片刻，他迎头丢出一个回答。

“方便晾晒干草，”他坚定地说，“就是割草的时节。”

晨与夜

（一九四二年八月）

瞭望哨在镇子西边，耸在奔流入海的那条河流的河面上，面向绚烂的、活力澎湃的下午还未成形的落日，北方的黑云挟裹了雷电，电话的指示灯随时会闪烁，只要听到“请讲”二字。哨位建在一块下临河与大海的岩礁上，朝西，就在女哨长家谷仓背后，坚硬的灰色花岗岩礁，星星点点遍布碎裂的蛤壳。在我的牧场脚下，喧嚣的阵雨过后，午后的炎热依旧，那里有桧树和月桂，牛群踏烂的走道，还有些小路，精巧地排布在岩石和香蕨丛中。再往后是送葬人伫立的鸡场；母鸡小心翼翼地在空蛤壳和粉化的坑洞间踱步。我听到飞机细微的嗡鸣声，不见踪影，用我的眼睛和耳朵跟踪，哪儿有声响，目光转向哪儿。白云那边，飞机现身。准备战斗！空中发现飞机！准备战斗，注意，这是……这是战争！我摇动电话曲柄，它发出喑哑的声音，仿佛喉咙发炎。闪烁。一架飞机，不明国籍。高空。这个难以置信的秘密哨位的化名（机密），我在这里监视飞机尾迹，扫瞄雨云寻找来犯之敌。北面，三英里，西南。在你切断通话之前，我是否可以说，除了这架孤零零的飞机(高空，不明国籍)外，我发现了一个难以超越的典型的下午。闪烁——香蕨木和桧树。闪烁——遥远的大海、我的秘密哨位和暗喜、远处逼近的阵雨、积云、小溪那边的田野、白色小教堂的神圣尖顶、绕哨位玩耍的孩子(违反规定)，通过老式双筒望远镜交流的目光。美国的一小块地方，濒临危险，微笑着，无比美丽。我的右边，村庄、教堂和学校，濒临危险，仍然很温暖，外表看来，一切都完整，安全；我的左边，谷场，惊惧，沉默，等待迫近的北方的奔雷和读过但却来迟的奔雷；我的脚下是牧场，熏蒸，炎热，向下延至海边。我报告这些，是为了让你们备案，让截击机备案，在我们需要所有可能得到的情报时供你们参考。或许这不是我的分内之事。我滥用了特权。

女哨长从家中走出。在晾衣绳上晾一套海军白制服。她从嘴上取下晾衣夹。

“我们那位今天回来了，”她喊道。“休假。”

“他觉得怎样？”

“挺好的。在家只呆一天，着急回去。惦记他们那伙人。他自己洗衣服，常常这样，哪儿能洗白。我用了些奥克多清洗剂，还有点脏。他挺欢喜的，见什么欢喜什么。他们督着他五个星期完成了三个月的训练。教自卫、柔道、摔跤、拳击、游泳、登救生艇，就是那一套吧。巴不得走呢，回去后就上船了。他也不知道去哪儿。他们从不告诉的。”

海军白制服增添了一抹亮色，雷声越来越响，女人回屋里去，天地昏暗，下雨了。我匆忙披上雨衣，抬头望天，雨点稀稀落落。穿过细雨，一架飞机从海上掠入，向北飞去。我摇通电话。闪烁，一架多引擎飞机。落潮倒卷河水，沙洲干了，鹰在空中飘摇，寻觅鱼踪，雷声大作。我点着烟斗。一阵微风吹过，白色制服在我身后翻飞拍打。拖轮拖了驳船缓缓西驶。时间一点点过去。苍鹭在沙滩上捕鱼。潮转了。大浪涌动。我值班完毕。

我们在这里一日三餐。饭菜丰盛，没听说有人饥饿，人们读到希腊和波兰的孩子们从不饥饿，那才是胡说。今晚只剩下吃饭，蓝莓馅饼，值班结束了，不用再观察。此刻是黑暗与晚餐的分野。

晚上我与人有约。有几只母鸡，我答应给邻居的妻子，是六只下蛋的鸡。今晚我得送去。这很重要。这(如广播中经常说的)是战争。阵雨过去了，空气清新，凉爽，洛威尔·托马斯[①]的声音响起，不带一点话筒的摩擦声。六只母鸡，够装一辆手推车，但首先，需要一些化肥袋子，闪展腾挪一番，将它们装在里面，略作遮蔽。袋子弥漫了残留磷肥的味道，母鸡在晦暗中惊恐不安。狸犬引导转运，照看囊中物，一路撒欢儿保驾。母鸡安静下来，只顾在颠簸中保持平衡。农夫与我聊了一阵子，已是晚间。我们一起卸下母鸡，它们受到一些鹅的欢迎。农夫想让我看看他的母猪——一只不断喷鼻的切斯特大白猪。它很好养。已经三个星期了。我与农夫很熟，谈话随意，他告诉我他正在想什么。

“我觉得做得还不够，”他说。“我该去货船上，只要他们需要人手。”

---

① 洛威尔·托马斯(1892—1981)，美国作家、旅行家、广播主持人，曾因报道阿拉伯人反抗奥斯曼帝国的大起义使“阿拉伯的劳伦斯”声名大噪。

一天过去，终于到了歇息时分。狸犬坐了手推车回家，高兴得像个小男孩。已是八点半钟。点上一支好彩牌香烟。女士们，先生们。问与答。这是些胸有成竹的小伙子。他们知道答案，直至九点五分。从八点三十分到九点五分，他们知道答案——随后就奇迹般地消失了。八点五十五分整，俄国人再度撤退，德国人再度推进，日本人再度占据沿西伯利亚边界的阵地，到了把小母鸡关起来的时候了；没人再知道答案，暗夜降临，又一天过去了。

这本该是个气息芬芳的夜晚，干草堆上横七竖八的干草散发出浓郁的香气，但夜来顺便捎带上一些东西，像狗遇上了臭鼬。夜幕笼罩，偏偏遇上臭鼬。这夜晚就给麻烦和惊惧搅得一塌糊涂。我接听电话，兜圈子巡视，用手电筒在荫蔽处照。一切始于夜阑时分，电话铃响了，显示五声短铃(是弗里西家)，停顿片刻，随后依次是亨利·塔普利、琼丝·陶，还有我家。

“现在是黄色预警……警戒。”黄色，蒲公英的颜色，金凤花和乡下鲜奶油的颜色，黄色用于警戒——这是今夜的颜色，黄色的天空，黄色的思绪，黄色的指令。夜绷得紧紧的。我很幸运还穿着衣服。其他人就没那么幸运，他们不曾注意到夜的味道，因此上床睡了。现在，他们一定是仓惶起身，匆匆披上衣服，应付黄色预警，传播金凤花颜色的警报。我挥动并拉响警报器，驾车远去时，从后视镜中看到，灯火熄灭了。

黄色是南瓜和西葫芦的颜色，黄色是适合女孩子的漂亮颜色，袖子挽起的黄色套头衫。黄色有穿透力。西葫芦的藤蔓夜来是黄色的。我不断拉响警报器，经过一个又一个农场，夜是喧闹的，在我不断拉响警报器时，要比黄色更喧闹。沃德韦尔家暗了，查理家暗了，厄尔家一片漆黑——他去了罗克兰，无人在家，不过还得鸣几声警报器，夜喧闹了，就变得黑黢黢的；艾伦家暗了，镇的首席代表凯恩家暗了，卡特家暗了，戈特家暗了，亨德森家暗了，都暗下来，都井然有序，斯泰博文具店的拐角处须慢些，现在加速，快吹响号角——吹响啊，加百列[1]，吹响啊，黄色预警，这是当真的，（如他们通常以奇特的黄色预警语音所说的）这是战争。

镇上的灯火仍未熄灭，明晃晃的黄，沿街排开，一位老妇人在灯下阅读。我开始掉头返回。该由阿尔伯特·安德森负责这里的灯火，这是他的巡查区。我见他走出家门。我停下车，告诉他灯火情况，随后驾车回家。我将车停在车道上，动身去巡哨。我爬上大门，坐在顶端横梁上。现在，空袭警报期间，车辆禁行。所有车辆都必须停驶。路上将没有一辆车，我知道得很清楚。只有镇长的车在邻接的巡查路线上通行——他很快就会在路上。他会使用我的车道掉头。他的警报器响起，他来了。

夜绷得紧紧的，突然转换了颜色。电话铃声再度震响：红色预警。红色表示玫瑰，表示人的鲜血。露水打湿了我坐下巡哨的那扇门。我透过裤子感到了。星星很明亮。这是我的乡村，我的夜晚，这是终结了白昼的灯火管制，像终结了时事讽刺剧的俏皮话一样。这里，在强制性的黑暗中，我坐下来再次感受时间无可比拟的循环，波吉对贝丝[2]唱出“清晨与夜晚……”时，说的就是这种永无休止的循环。午夜将近。当下

① 加百列，基督教中的天使长之一，据传将在最后审判日吹响号角。

② 《波吉与贝丝》，美国作曲家乔治·戈什温（1898—1937）一九三五年创作完成的音乐剧，讲述一对青年黑人男女的爱情故事。

时刻是宝贵的，不容置疑，除此之外，一切都是虚无。清晨与夜晚……这里坐在大门上，脚趾钩住第二根横梁，我可以嗅到失去的清晨的气息，让人怀念的，美好的，听到云杉林丛中乌鸦的噪声，萦绕在耳边，很响亮，还可以用手掌感觉田间浇水时水桶里打旋的水流儿，那是我早起后的第一件事。小母鸡跑来饮水，绕着盘子围成一圈；一天开始了。我的头发微觉得刺痒，因为没有梳理。我发现了一只小鸡蛋，是四个月大的小母鸡初学乍练——晨光下的珍珠，摊在手上，小巧玲珑，待我洗漱时拿回家中。早饭还要等一会儿。我认真地刮胡须，没有脱掉衬衫。我哀伤地刮胡须，不做一点怪相。

（屁股底下觉出露水浸湿门扇……）

白昼是年轻的，阳光伴着新闻，照在橙汁和咖啡上。咖啡带来晦暗的音讯——咖啡加奶油，加一点糖，配给的。早饭时的顿河拐弯处。顿河绕我的杯子拐弯，是个大拐弯。人们退却了，我不了解这些人，称呼他们为俄国人。德国人在推进，进展不大，也不是没有损兵折将，但始终在推进，总能抵达他们要去的地方。我不了解他们，但他们在推进。随后是各种会议。我得知领导人侃侃而谈，没人告诉我他们说些什么。早饭结束，只剩下抽一支烟，只剩下俄国人的总退却，只剩下在碟子上掐灭烟头。

（空袭期间，车辆禁行，不过没有车过来。）

上午九十点钟，朝南的地方，阳光越来越强烈（你可以相信），我的羊相信这点，知道不管谁退却，阳光都会越来越强烈，走来卧在栅栏在路尽头隔出的不大一块阴凉下。我抓住母羊，前天我们刚刚凭一腔血勇，屠宰了她的羊羔——先用榔头敲脑袋，再用刀子割喉咙，三月份，我还为那只羊羔守夜，心中充满温情，那种只管当下，不问将来的温情，牵挂将来是没有用的。三月里温情，八月里残忍，一只羊羔投合了两样心性。我抓住母羊挤奶，解除她的乳房的负担。现在是半上午，文明世界全体投入战争，每个大洲都战火纷飞。蔚蓝色天空上阴云聚拢来，一队又一队，响应正午的召唤，我进屋去工作。

我闷闷地坐在打字机前，懒得动弹，像拒绝跳障碍的赛马。好歹打出点文字，都给我毫不顾惜地扔进了字纸篓；写下的一切，似乎全无意义，不管你怎样遣词造句。你写下了一些东西，好像有些内容，按常规铺排字句，然后把脑袋探出门外，要么是有人把脑袋探进门里，有人拧门把手，有人对你讲些什么，或是瞥见报纸上的什么消息，狗在叫，于是，哪里还能写下你所谓的有内容的东西，简直是乱七八糟。狗的一声吠叫，手中就在炸响，你低下头来观察你的双手。像是揉碎了电灯泡，鲜血渗出。午饭过后，北方有雷暴。

现在将近正午。车辆禁止通行。西边，镇子的那一头，教堂的钟声敲响了，远远的，几乎听不见，但钟声确实在响。且让我留住这悦耳的声响，浩瀚的天空，田野和林丛那边教堂的晚钟，那座白色教堂，下午我曾在附近值班。还是在天空放晴之前。天空现在一碧如洗。钟声响了……永远敲响！

奶　牛

（一九四二年九月）

本月在这里有一件大事发生，已经筹划了四年之久。我将拥有一头奶牛。或许应当反过来说——一头奶牛将拥有我。（我怀疑在这一带，人们是将我看作某种捕获物。）

畜养一个牛群，甚至不过一头牛，也是份非同小可的责任。对我来说，这是个庄严的时刻，让人跃跃欲试。这头奶牛，这头我命中注定却至今无缘的母牛，我等待了很长时间。我这里始终像个见习所，我得潜心研修，周密准备，才好担当起牧人之职；我感觉，现在，经过这些年，我可以为奶牛作些奉献了。

当然，我本可以初来乡下就立即养上一头奶牛。没有法律规定男人，或者女人必须准备停当才能养牛。我在《生活》杂志上读到，切克·约翰逊[①]在《炼狱沸腾》一剧中饰演纽约州普特南县的农人，是靠"购买世界博览会伯顿公司展品"[②]，建立了他的牛群。这倒让我看到了门外汉养牛的一条捷径。他本人甚至很可能从没做过班格氏检测。“在牛奶场，”文章描述男演员给拉去参加的一次聚会时写道，“人们先挤牛奶，然后跃上无鞍的奶牛奔突。”照片上的约翰逊先生试图与一头母牛套近乎，我注意到，母牛的目光转向别处。他身着短裤，戴一顶赛马师的帽子。从照片上判断，奶牛是养在清洁、现代化的处所，数目似乎不少（据我计算，有四十头奶牛，十名挤奶女工——足够将男演员泡在奶油里），不过，我想，可能我更适合有一头熟识的奶牛，倒不必圈上一牛棚处于不同授乳期的陌生家伙。

从打一开始我就知道，这里迟早会有一头奶牛。我们买下农场后，添置的第一个物件是挤奶凳，旧的，手工制作，用透明蜡剂涂饰，只有正派人屁股下的坐姿才能将凳子打磨得如此光滑。这样一件器物在谷仓里搬来倒去，容不得人忘个干干净净。最初那些日子里，我从来不提“奶牛”二字，但我知道，挤奶凳的拥有者与感染任何其他病症无异——有一段潜伏期，然后发作。挤奶凳让我觉得自己几乎已经配备齐整——只欠母牛身下的木板、新的牛枷、地台、边栏、泄水槽、顶栏杆、清粪过道、锯末、牛槽、谷仓大扫帚、缰绳、水桶、奶桶、奶罐、刷子、脱脂器、搅乳器，还有奶牛，以及挤奶的本事。

另有谷仓本身，也怂恿我大显身手。谷仓巍然屹立，里面的牛棚完好无损。每天早晨太阳升起，爬高，透过南窗，照耀

---

① 切克·约翰逊（1891—1962），美国喜剧演员，《炼狱沸腾》为其主演的舞台剧，后改编为电影。

② 伯顿公司，美国食品饮料公司，曾为美国最大的奶制品生产商。

一个个畜栏，畜栏荒废了，只留下坑坑洼洼的旧蹄痕。我尽力不去看它。但每次走过，都不免叹服那些自造的精巧牛枷，用木钉和制动栓固定在结实的木勒杆上，件件都是那人的手工，他自己和他的牲畜需要什么，他就打造个什么，用斧子，用凿子。熟悉奶牛习性和心思的人们告诫我，需要丢弃那些老旧的牛枷，它们过于僵直，对奶牛限制太死，我已经着手去做，但顾虑重重，还有一种负疚感。移居乡下的城里人，骨子里充满大拆大改的冲动，必须时时警惕。我见过太多的例子，新来的主人，不知是出于惊惧还是愤怒，将农舍拆得七零八落，不成片断。

人们通常认为，一所老房子，或一座旧谷仓，必须拆碎一过，才适合居住，这有点屈尊俯就的意味。城里人突然来至在乡下，开始新生活，却不尊重他人旧日的生活；他抹去了宅子的旧痕，尽管那宅子让前主人舒舒服服住了百来年。我的房子大约有一百四十年的历史，是我年龄的三倍，而我，初来乍到，却以为它诸多不便，随处都不适合我，其实，如今看来，倒是我并不适合它。夷平新近购置的房子，且不说其间的花费和操劳，显然是嫌弃前头的住户或者活得邋遢，或者活得懵懂，而旁边的邻居，住在类似设计和设置的房子里，同样也活得邋遢，或者活得懵懂。二者都非事实。但房子总归是拆了。新来的城里人的地面，从来像是战场，不像是家；土木活儿绕了基础墙热火朝天，烟囱成了一片瓦砾，门前草坪摆上小轮子、大肚皮的混凝土搅拌机。倘非让人沮丧，这场面本来是很滑稽的。

我不清楚众人为什么要这样忙乱。但我清楚，只有住上一两年后，人们对房屋的质量才会有所了解；不了解质量的好坏，如何就敢擅加改造？惑于重新安居的狂热，人们常常做些古怪事情，此后就生活在懊悔之中。隆冬时节，我来到邻居“未曾修缮”的家中，感受他们的舒适与欢快，窗台上堆了云杉枝子，屋子中间置一个小小的采暖炉，散发热力，洗涤槽上方洒满阳光的锡罐里，天竺葵和风铃花开得正好，地面下没有可能冰冻的管道，没有火炉，四周丢了满当当的炉灰罐子，像灰头土脸的小儿女，此时，想到浮躁的城里人打定主意，要让他们的农舍“适于安居”，我都不免暗暗发笑。他们不知道农舍处在自然状态下，该是多么的适于安居。无论如何，我们对生命和生活，偏见太多。说到底，顶属那些庞大的、成熟的、充实的偏见，要比任何东西都更费钱。

但就我的奶牛而言，我犹豫的倒不是拆旧翻新，不是设施和房舍，不过是我认为需要有一段个人见习期。你希望奶牛来你家前面目一新，那么奶牛也有权利希望你努力作些重大改变。除非我能够站在奶牛的立场上与她相逢，除非我能够做好准备，除非我对乡村的了解几乎像她一样多，否则，我不想畜养奶牛，免得在她面前感到不自在。我是一九三八年开始这一见习期的。有一年多的时间，我将奶牛藏在头脑最深处。几乎两年过去，我才允许自己仔细考虑她的身形和面貌。此后，我开始为我的牧群打基础。

初步行动是购买十五只羊和一箱甘油炸药。我琢磨，羊群可以改善我的牧场，与此同时，炸药可以让我少受些累。一切还在进行，羊群就顺便帮我实现了另一个目的：我在明白乳房如何作用之前，本无意畜养奶牛，而第一个产羊期在这方面教会我许多。想要驾驭大船，先须驾驭小船，因为小船更难对付。乳房也是一样。现在我可以为羊挤奶，那乳房小小的，隐藏得很巧妙，如此一来，我就不再顾虑去对付更大，更突出的乳房。炸药结果也有第二个用途——它可以让众人知晓，此地发生了一些事情。

那年秋天，我为奶牛进行爆破闹出很大动静。我动手改造一块抛荒的干草地，开工时，考虑需要把地里的岩石清理一番。对接下来要做的事，我一无所知，只知道我忙着让奶牛入住，而且，一如既往，先得拆毁点什么。最初考察时，岩石看去似乎不多，过了几天却发现，岩石就像冰山——大头在下面。在马匹大小的岩石周围，必须用铁锹刨上一阵子，才能用几匹马将岩石钩住拖上来，当然，还有些岩石需要打眼放炮。人工打眼是个沉闷的活儿，但我想不到去租用风钻，后来才知道本可以这样做。奶牛远去了。有那么些日子，我全神贯注于见习期间这些横生的枝节，几乎忘掉了她。时在夏末，酷热而晴朗。在新近犁过的旷野上，不时传来兴高采烈的警示声，“嗨嘿！”随后屏气息声，随后轰隆炸响，炸药包装袋和岩石的碎片腾空而起，又是片刻静寂，随后传来断石碎片落地的声响。

虽然地已经犁过，但爆破的碎片让它更像个采砾场，而不是种子田。爆破过后，光是运走碎石，就煞费周章。把犁的人将耕畜套在拖车上，我从邻居家又借了一辆拖拉机和拖车，两人一起投入工作。日复一日，我们将拖车装满，拉到树林边上，把碎石卸下，马马虎虎堆起了一道石墙。我学会了把铁链拴在连带一片“绵延起伏的小林子”的大石头上，拖拉机倒车靠近，给一个力将石头移到拖车上。奶牛似乎远在天边，但我把她牢牢记在心里，像士兵在异国土地的漫长战事中，忘不掉家园与和平。河一般的汗水淌在几经翻掘的干土地上，山一般的花岗岩沿车道艰难挪动，一切都是为了，在某个遥远的时刻，会有一片片新绿的草叶萌发，一股股微黄的奶浆喷射。事情就像一段离题万里的插曲，仿佛我是在愚人节时偏离了正道，随意游荡。

将岩石从地里刨出，运走后，接下来该施肥。没有奶牛，遑论肥料，只有少量的羊粪和鸡肥，园子里有用。草地需要撒三四十车的肥料。百般探寻，在一处谷仓底层找到了一些肥料，开卡车去路途不算很远。有那么几天，我与粪耙形影不离。此一阶段的工作，多了奶牛气息，我似乎与正题接近了一些。

整整一冬，我和土地都在等待。春天，霜寒撕开地面的罅隙，接受种子。一个无风的上午，我用导引桩标示路线，顺长畦播种。那年一春无雨，夏天又经历了从未有过的最酷烈的干旱。牧草枯萎了，杂草破土而出，窸窸窣窣地招摇。一年的劳作，看来收获寥寥，让人疑惑。不过，情况表明，尽管天旱，牧场仍然打下了农人所谓的好底子。但凡有点机会，土地就奇迹般地复苏。今年夏天，雨水充沛，垄上绿草芊芊，摇曳起伏，像是格兰特·伍德[①]为我描下的一幅画图。

与此同时，羊群一直静静地在没了爆破声的牧场上徜徉。金色的羊蹄在岩石与蕨丛中开辟出道路，一路走，一路施肥。畜养一头奶牛的时机已经来临。我开始将她视为一个活的生命，与我日益接近，她的路与我的路就要相交。我开始像我十五岁时那样做白日梦：这世界的什么地方(我会想)有个女孩，总有一天，她将成为我的妻子。她在做什么？她在哪里？她长

① 格兰特·伍德(1891—1942)，美国画家，画作主要描绘美国中西部农村风貌。

相如何？

当然，还有谷仓的问题——这个梦中的生灵度过冬日夜晚的适当处所。头脑掠过水泥地面的想法，但瞬间就消失了。我在修建鸡舍时，花钱抹了一块水泥地面，人这一辈子，有一块水泥地面也就尽够了。最好是铺上平滑的厚木板，地台高六英寸，或许还有泄水槽。我像在所有关键时刻一样，求助邮购目录，开始研究平面图——畜栏、泄水槽、勒杆、牛枷、围栏和隔板。我研究牛枷、牛枷桩、校准器械；我开始将高的勒杆与低的勒杆相配，单柱畜栏与双柱畜栏相配。一天夜黑后，我带上一把两英尺的尺子和手电筒去谷仓测量尺寸，埋头工作到夜深，除了手电筒光照处，四周一片漆黑——事后想来，恍如一场怪诞的幽会，但也构成了我的美妙传奇的一部分。回到家中，我画了一张平面图，按比例勾勒，有一个产圈，三间畜栏，一个高出的地台，一个十一英寸的勒杆，在六英寸处的铆钉点掏空，一扇门，处处精确到英寸。地台斜拼——顶头是长的畜栏（四乘十英尺），倘若我的宝贝丫头到头来高大威猛，一间中等规模（四乘四英尺），供中等身量的新娘，一间短畜栏（三乘八英尺），留待最终为这段因缘赐福的小母牛。

也有挫折和磕绊。想办的事情往往办不成，我很快发现，谷仓的配置几乎求购无门。我向西尔斯店订购他们的黄褐色奶牛笼头，32D449，配有可调整的齿冠和与她的眼睛和毛发搭调的棕色金属配件，但他们退回货款，附带一张冷冰冰的说明，第七号表格，盖了橡皮图章。他们从哪里弄来橡皮做图章，我不明白。

明天，木匠会来拆除旧的地板。当最后一根勒杆铆定好，最后一抹白涂料涂在墙和椽上，我将涂抹油膏，前去寻找我的爱。我知道，等那大喜的日子来临，她和我一道放步回家，来到仓前空场，在新近刷白的门前停留片刻，她将携我迈过门槛。我累了。

债券义售

（一九四二年十月）

多萝西·拉莫尔[①]九月十七日上午七时二十分离开缅因州的波特兰，七时二十五分经伍德福特，七时三十九分经坎伯兰中心，七时四十九分经雅茅斯连轨站，两小时后抵达奥古斯塔，在那里，为购买战争债券的一位绅士送上了手帕，那债券数额巨大，异乎寻常。下午一时三十八分，她离开奥古斯塔，二时零四分经沃特维尔，二时三十五分经伯恩哈姆连轨站，二时四十九分经皮茨菲尔德，三时零一分经纽波特连轨站，三时四十分抵达班戈，正当午后过半。

如同大多数滨河城镇，班戈是个受暑热青睐的城市，那日下午，车站天棚下很热，十几位像我这样爱凑热闹的人，正等待围观活色生香的电影明星本人。帕诺斯科特河白净，清亮，流经码头和货栈。在一道铁路侧线上，机车气吁吁地长喘。接待委员会精神紧张，不断用手帕揩抹额头，在候在一旁的别克跑车边上踱来踱去——《新闻日刊》激动过头，将此车描述为

"血红的"。仪仗队由几名机场借来的士兵组成，吊儿郎当地站着，一位中士端了带闪光灯的相机，把自己安顿在卡车顶上。候车室里，一个三口之家有些尴尬地坐在长凳上。

"我觉得这太无聊了，"女人说。

"要你操心吗？"丈夫回答道，显然是这场白日放恣的领头人。"要你操心吗？我愿意来车站，偶尔看看热闹。"十几岁的女儿同意父亲的话，完全站在他这一边，无视母亲对男人怪癖的深刻怀疑。

拉莫尔小姐乘坐的火车缓缓进站，停靠下来，她走出车厢。没有水塘，没有瀑布，没有美艳绝伦的双肩上纷披的黑色长发，没有月亮投下的暗影。债券推销员多萝西迈步走在红毡上，头顶的卷发系了棕色绒毛蝴蝶结。她与人握手，摆姿势照相，坐在血红的跑车上，穿过欢呼雀跃的人群，沿交易所大街绝尘而去，上午，我曾在大街上见一队穿迷彩服的应征入伍者踢里踏拉走过，投入血红的战争，几乎无人留意。

趁拉莫尔小姐在帕诺斯科特交易所大饭店她的房间里接待记者，我去洗手间擦一把脸。

"见到她了？"我问服务生。

"那是，我就在马路牙子上紧挨她旁边。"随后又认真地说："她得有三十了。漂亮女人。"

"看来他们是在饭店这里为她开发布会？"我说道。

"我想是吧。克莱蒂房间的家具都搬来了。好家伙，椅子

---

① 多萝西·拉莫尔(1914—1996)，美国电影女演员，以美丽著称，饰演角色多富于异国情调。第二次世界大战期间积极投身推销美国债券，据说超过三亿美元。

有那么老宽。”

确定了多萝西有人殷勤照顾，我自己也光鲜了一些，于是，我动身去城市那一头的集贸广场，那里预定有一场印花义售。沿跑道搭起的看台已经挤满了孩子，每人买了价值一美元的印花，入场看多萝西。一周以来，印花的销售始终很兴旺。广场上立了一个义售亭，当地的女占卜师泽莲太太亲手售卖印花，代财政部收款。当下，看台成了个热闹去处，众人吵的吵，嚼的嚼，充满期待。美国退伍军人协会的男孩乐队，聚在内场的乐台上，蓝色和黄色的绸衣，光彩夺目。没有一丝风，阳光热辣辣的，闪射在旗帜、彩幅和鼓乐队女队长的膝盖上。跑车载了可爱的女影星出现在内场入口，驶向乐台时，孩子们兴奋地欢呼，喝彩，小男孩花了钱参加户外活动，满心愉悦，相互投掷，打闹个不停。

集会突然直奔主题，险些出了岔子。先是隆重介绍，拉莫尔小姐随后登场，眉上一朵兰花遮阳，几句软语说罢，没等人群中的小姑娘断定她的头发是棕是绿，她就匆匆请大家去义售亭那边买印花。事态出人意料。很可能大多数人已是囊中空空。没有人动弹，全场鸦雀无声。我恍惚觉得，拉莫尔小姐不大清楚她来此何干，须知孩子们是捐输过的义战支持者，他们在场，在入口处的里面，就证明他们付过钱了，对这一点，要么是没人告诉她，要么是听说了却不加理会。几种情况，必居其一——发生在火辣辣的，不屈不挠的阳光下的情况。

拉莫尔小姐是位爱国者，真诚，勤勉，自不待言，她发现自己陷入窘境，主席显然也难堪。烈日之下，两人不管不顾地凑在一起紧急磋商。随后，她抓过麦克风。“我不信事情做起来这么迟慢，”她说道，索性将错就错。

两三位小富豪，不愿看到梦中人作难，站起身来，走向义售亭。拉莫尔小姐见机行事。“听我说，”她说，“我远道而来，看望大家，别让我失望。”（一台表演，究竟谁来看谁，人人想得脑袋疼。）

“唱个歌吧！”有青年人喊道。

但合同中无疑有什么条文阻止她这样做。又经过一阵紧急会商，乐队指挥交出了指挥棒。

“从没做过这个，”多萝西说道，“不过不管什么，我都愿意尝试。”她站到乐队面前，指挥示意乐队开始，随即让位。拉莫尔小姐硬着头皮挥舞指挥棒，比画了一支冗长的曲子。在磨人的债券巡回义售的漫漫长路中，此次显然是她的难过时刻。孩子们也不好过，我相信，有些孩子还欠了一屁股债。主持技巧低劣。午后的幻灭。音乐结束了，女星欠身鞠躬。

两架空中堡垒从头顶飞过。转机来临。拉莫尔小姐指了飞机兴奋叫道：“谁要是认为不值得花钱制造这些东西，快瞧啊。你们买的就在这儿呢！”

“唱个歌吧！”小捣蛋鬼喊道。

更多的主顾尴尬地走向义售亭，几分钟后，活动结束了。

“我还以为她的头发会披下来，”我身边的一个小姑娘从恍惚中醒来说。拉莫尔小姐乘别克车离去，陆军和海军拱卫在侧，两家各出一人。

盛大聚会是晚间，晚饭之后，安排在大会堂举办；如果说班戈搞砸了下午的活动，晚上这场联欢却欢快异常，毕竟找补回来。电影明星孜孜努力，在美国筹措了大笔款项，这已经不是秘密，我也很乐意参加此类活动。这种别致的义售洵为独特的美国现象——一个民族，其家园与未来休咎未卜，生命受到威胁，他们的儿子命悬一线，却一阵阵地狂热追捧演员，膜拜好莱坞诸神，并因此抖擞精神，迎接挑战，确实让人感叹。全国各地，民众无不心甘情愿地踊跃购买银幕明星推销的债券。每个民族当然都有各自的民族和宗教形式和痴迷，各自的行为方式，各自的求取结果的制度。日本人有其天皇，上帝一般的偶像；德国人有其国家，元首就是化身。美国人喜欢更为多样化的忠诚——他们有阿比·林肯，有康科德桥[1]，有《权利法案》，但这些大体上属于精神上的感召。纯粹的偶像崇拜和必要的歇斯底里，必须伴随个人与金钱的分离，他们转向多萝西·拉莫尔，或“距离产生的美”。乍看之下，用这种方式表达爱国情绪，不免低俗，但细细想来，却并非如此。归根结底，它很可能是一种高级形式的民族激情，因为好莱坞光芒四射的理想，是每个人在电影院的昏黑中，经历艰苦悲辛，暗自为自己构建的理想。拉莫尔的诱惑、纱笼[2]、丛林法则、池塘中的睡莲——所有这些，都表明了受文明驯化的男性心中的沮丧，他们在自己那个神奇小天地中，面对种种细枝末节引发的巨大喧嚣与繁缛，渴望抛下这绝望的境况，携一位女郎，漂泊孤岛，共赏明月清风——不过是对风流韵事、逍遥自得的幻想罢了。将这一幻想与国家危局扯在一起，并利用它挽救拮据的联邦财政，堪称严肃而又俏皮的美国奇迹。拉莫尔小姐被誉为“债券炸弹”，睡莲化为花店里的一朵幽兰，那是财富与傲慢

① 康科德桥，亦称北桥，位于美国马萨诸塞州康科德镇，据认为在此打响了美国独立战争第一枪。

② 纱笼，马来民族的服装。

的象征。

班戈市民，约有两千五百人，聚在大会堂，这是个大而无当的农民会所。入场只凭债券，加上赠票。大买主前排就座，小人物挤在阳台。要人、债券炸弹、道菲尔德[①]军乐团和WLBZ广播公司麇集台上，公务员和军人混杂，服装各异。几乎一开场，就有海军新兵小分队(大约五十人)前来当众举行入伍仪式，由山姆大叔和电影业联手赞助。他们鱼贯穿过通道，规规矩矩地登上主席台，一群平民百姓，只等甩掉身上的便服，个个像新郎官一样庄重，极其真诚。这就是了，众人欢呼起来。拉莫尔小姐知趣地退到一侧，情知这些演员将进行本色演出，不必补拍镜头。一名海军中尉整理好新兵队列，准备引领宣誓。闪光灯遽然明明灭灭，个人命运交叠会集，受此打扰，他们的面部表情犹如待罪之人，有些伤感，有些惊惧，有些刚强。他们不过是一群还没长开的大男孩，众目睽睽之下，难免不大自在，但他们又是一颗颗宝石。不知不觉中，拉莫尔小姐的魅力如纤尘般飘移，落在他们头上。他们宣誓后，她款款回到台上，一一握手，一一祝福，送他们趔趄着退下，领取帽子和内衣，随即消失在战争舞台上。

演出继续。黑人组合表演四重唱。两位英雄出场——一位小个子无线电技师，在珊瑚海[②]负伤，一位大块头飞虎队队员，曾在陈纳德手下飞行。他们是“曾经的”小分队队员。无线电技师讲述了那个星期日早晨在珍珠港发生的事情，恰到好

---

① 道菲尔德，美国缅因州一处机场。

② 珊瑚海，位于澳大利亚东北方向，一九四二年五月，美、日海军曾在此进行海战。

处地打了埋伏。讲话简练，只穿衬衣的飞虎队队员接受了矮小、衣冠楚楚的WLBZ广播公司记者的采访。记者问道，身为美国人，在异国土地上有何感想，他一时语塞，勇气顿失，回答不出，索性一走了之。乐团奏乐后，一位年轻的犹太人士兵登台，表演了小提琴独奏。对他来说，战争的目的很分明。这场战争，就是为了争得继续活下去的权利，拉小提琴时，可以选择他喜欢的作曲家。他的演奏结实，精彩，双手和神态，都显示了军队赋予他的力量。音乐似乎一往无前，直扑敌人的防线。

这里，在大会堂，集合了纳粹眼中所有的那些低劣和愚鲁——一场没有核心领导严格控制的爱国者集会，一群衣衫不整的乌合之众(甚至多蒂[①]也忽略了更换晚礼服，让在场女性痛心)，一群听任红粉佳人设饵诱惑的厚脸皮，犹太人成了地位崇高的艺术家，黑人扯了浑厚的非雅利安嗓子唱歌，整场活动未经宣传部发文认可——混乱，疯癫的美国场景，像顶没了形状的破帽子。

我为能够躬逢其盛感到高兴。那晚的某个时刻，我心中鼓起我方终将获胜的强烈信念。无论如何，这一带大大超额认购了战争债券。如果拉莫尔小姐手中还有一张债券，我愿竞价买下，赢得她的手帕。这很可能流露了我身上的人猿习性。

---

① 多蒂，多萝西的昵称。

十一月的一个星期

（一九四二年十一月）

星期日。六时起身，比周日报纸提前了二十七个小时，那要星期一上午九时才能送达——据我想来，好处很大。星期日是我最忙的一天，帮手都不在，倘若再有份报纸等我阅读，事情就做不完了。

风自东南方向来，夹带了雨水和秋季最沉闷的景色。起来后几个小时，事事都不对头；有些日子，那些没有生命的物件存心毁掉一个人，潜伏在什么地方等待时机，那些哑巴动物也结成团伙，扰乱现行秩序，今天就是这么个日子。如此，这种时不时的合谋，方为真实的农场景象——奶牛的乳头擦伤了，刚断奶的羊羔因为离群哭哭啼啼，粮食口袋的锁线器拒绝在黑暗中工作，厨娘歇工，孩子发烧，炉火烧不旺，脱脂器需要新的分离环，提灯没汽油了，所有这些都在灰蒙蒙天空下共谋发生，连带南面的窗子潲雨，透风，打湿了鸡棚里铺的干草，导致生命的火焰如在灯芯上噼啪爆响。以往，在此类间歇期，我会发现自己情绪低落，但如今我对它们有所了解，知道是怎么回事——少数人报告[①]而已。我不再为风向不对或电灯失灵惶惶然。我的记性太好。

越来越多的人和家庭离开此地，去往城市，进入工厂或政府部门。看到路边很多住宅门窗紧闭，让人心酸。我们的一位邻居，如今在船坞工作，晚饭后登门，来取他秋日早些时候说过的五蒲式耳土豆。他是利用周末驾车来照看他的事务，包括土豆，他对我讲述了造驱逐舰的乐趣。两人下到地下室，我找来袋子和容量为一蒲式耳的篮子，我们称量土豆，他接着讲他的工作。完事后，他说有点东西给我看，于是领我到他的停车处，指点四个崭新的轮胎——漂泊在外，到底不凡。

明天狩猎季开始，这一带的男人将抛下手边的一切，钻入林丛，猎取野味。

星期一。今天上午，注意到我们的老獾狗弗雷德变得灰灰的。他的躯干和四肢还是红色，但经过数十次搬运豪猪尖刺的重大行动，肌肉成了草莓色，红棕里夹杂白色，白毛丛生，想来是焦虑所致。除我之外，弗雷德是家里家外排名第二的焦虑者和谋划者，心里惦着太多事情。他不仅料理自己的一应事务，还有一套复查制度，监督我的一切，务求事事都有着落。他对农牧各个阶段的兴致，同我一样，至今不稍减退，不过他热衷细节，迹近魔怔，在我看来是不健康的。他希望以管理者的身份参与大小事务，不管有多么琐碎或寻常；哪怕我给绵羊

---

① 少数人报告，美国国会或其委员会如不能达成一致意见，可在提交多数人报告时，附上少数人报告，但仅供参考。

洗涮或干脆自己冲个澡，对他都无区别。他是个救火迷，除了热情如火，帮不上别的忙。他有关节炎，每逢阴雨天气，爬楼梯就成了一种折磨和痛苦，然而，他一路呻唤，随我下到地下室，把鸡蛋装箱，一千遍地巡视码放鸡蛋箱的死寂的地库。他在这里等待鸡蛋掉落地下，也好喜滋滋地舔干净——双唇略略瘪缩回去，仿佛厌恶蛋清奇特的黏稠度。他的期待永远指向意外或不幸：鸡蛋碎了，牛奶洒了，鹅受伤了，羊摔倒了，蛋糕掉地上了。他对踢出的橄榄球和罗马烟火有一种狂热，二者都引他拔足狂奔，直到精疲力竭，口吐白沫。他可以阻挡一次踢射，或撤身正好用鼻子接球，回跑上十码或十二码。他的活动，他的性情，给我招来几乎无穷无尽的麻烦，不过，这个傻家伙如此投入，倒让我亲近，虽然半是出于怜悯。没有他的日子天下太平，但恐怕那并不是我希望的。

今日清晨，挤奶并析出奶油后，我从喷口下撤出盛鲜奶油的碗，不知怎么一来，失手将碗掉落地下，奶油像熔岩一样，四下流淌。一时间，这个飞来横祸让我满怀悲伤，幸好有弗雷德，轻车熟路地赶来帮忙，他就在一旁监督析奶，准备处置紧急情况。他将一品脱半的奶油清理得干干净净，没人还能察觉出了什么岔子。历数曾经与我做伴的狗，他来做杂役和清洁工，再合适不过了。任何东西，但凡还能下肚，都不会留在地板上。通通归他收拾。我允许他食用他选择的任何物质，免得他时刻处于战备状态，我得说他从没让我失望。自从某日下午，我从麦迪逊大街的橱窗里搭救他，调理了他一塌糊涂的肠胃失调后，他再没有病过。此后，我为他破费了不少钱，都是在挑豪猪刺时，为了让他安静，需要实施麻醉。倒是没花过一分钱买药。

战时工业，随时创造和打破生产纪录，这促使我着手核计自家场院的情况。今晚，费了一阵力气，我计算出农场日间每四分钟十二秒生产一枚鸡蛋。与三年前相比，已有很大进益，当年有些时候，整整一小时过去，农场也没有任何看得出后果的动静。如今，我实际上一半时间都用于生产食品，可以贡献给共同事业的食品。一九四二至一九四三年，我的生产目标是一百磅羊毛，十四只羊，四千打鸡蛋，十只春猪，一百五十磅烤肉或熏肉，九千磅奶，还有各类蔬菜、浆果，以及用于家庭消费和装罐的水果。这对一个全力以赴的农民来说不算多，但对一个兼职劳动者就算可以了，他的劳动时断时续，工具和物资又很缺乏。

星期二。世界上正在打两场战争。一是现实的战争，血腥，恐怖，残酷，战事起伏变幻。一是想象中的战争，在杂志上看到整幅广告上的照片显示的战争，那是美国广告人的个人职分。这第二场战争比较可爱。我们始终获胜，轰炸机保持了鲜艳的喷涂，在广告撰写人超级冒险的澄澈强光中闪烁。这场战争，非得勇敢和真诚才会投入，美国的伟大的心就在简短的字句间跳荡。每天早上，广告人披挂上阵，通常是四种颜色。我们则靠固特异工程轮胎涉过河流，靠家荣华公司和空中力量公司横渡海洋，靠一家揿钮制造商脱离飞行编队大力俯冲，靠设在斯贵波大厦[①]的透镜公司将小日本的巡洋舰炸得灵魂出窍。当然，这些制造商因为转产，确实参与了种种非常事件，每一名广告人广义说来都是战士。他们几乎所有人都对希特勒

① 斯贵波大厦，位于纽约曼哈顿中城的摩天大楼，一九三一年竣工。

直呼其名，公开奚落他。他们将自己与有形的战争和叱咤风云的生活搅在一起，以致轰炸舱门打开，按下手柄后，你都弄不清楚掉下来的是什么——炸弹还是纯净饮料。广告人这种感同身受的迷离，让我想起詹姆斯·瑟伯[①]的短篇小说《沃尔特·米蒂的秘密生活》中的主人公。

星期三。我的奶牛长成了大家伙。我第一次带她出去，感觉恍如第一次带女孩子上剧场——窘迫又得意洋洋。前后这两次，雌性的步履都比我坚定，仿佛她们才是主导者，缕缕体香，也让我兴奋。

今年有个温和的秋季。火炉还没点，偶尔烧些木柴，驱逐清晨的寒气。园里长了花椰菜和甜菜，当然还有羽衣甘蓝，雾水滋润了它们。我喜欢羽衣甘蓝：与食用青草相去无几。甚至降雪后，我们还在吃，手脚并用扒拉甘蓝，像麋鹿寻找冻了的苹果。

星期四。总有一天，土地所有权会附带某些义务，首先是纳税和偿付抵押贷款的义务。有迹象表明，这一天正在来临，而且我想理应如此。如今，土地所有者有一种紧迫感，他可以将反铲机开进山坡下的牧场，把牧场掏空。他可以顺地势起伏调整犁铧，让他的财富向下延伸至小河和大海。他可以一车车将表土层卖掉，把草场变成砂石坑。只要社区不出面干涉，他

---

① 詹姆斯·瑟伯(1894—1961)，美国幽默作家，画家。《沃尔特·米蒂的秘密生活》大意是主人公在母亲百般呵护下，成为一个爱做白日梦的人，喜欢幻想自己成为英雄，经历各种冒险，后来卷入一场阴谋，发现现实与梦想的不同。

可以一路开垦过去，挖到中国。靠手中一把斧子，他可以伐光树林，只留下干柴和断桩。他可以在自家土地上修造五花八门的建筑，四边形的，八角形的，牛奶瓶子形状的，只要他乐意。除了规划区，他可以竖起任何标识。没人能吩咐他该做什么——土地是他的土地，国家是自由国家。然而，人们开始怀疑，单凭责任，并不能实现最大程度的自由。地球为我们共有，我们都是它的领主，无论有没有头衔；慢慢地，人们形成了这样的概念，土地必须善加管理，一代人在某种程度上对下一代负有责任，听任个人仅仅因为他的痴想或欲念，就毁掉任何一处土地或水源甚或风景，从此几乎难以复原，与公共福祉是格格不入的。

我在乡间一些年，尽享耕田垡作，改良土壤，回棕转绿的乐趣，开始相信，我们战后的新世界，应当围绕重新拓土移民的乡野美国建立起来，让比例适当的一部分美国人投入土地文化。这方面的趋势往往与此相悖，即使在和平时期。如在美国目前，乡间生活只对一些人是可能的，他们或者有农耕天赋或本能，或者不乏财力，想在哪儿活就在哪儿活。我想还有很多人，二者都不具备，但仍然愿意(很可能应当)居于原野，参加一定程度的农业劳作。道路和电力通畅，或将使农场成为更美好世界的一个单元，乡村，因为它的阳光、空气、粮食和安全，因为它直接，而不是间接向众人提供了生活必需品，应当成为大量民众的主要居住地，只要他们觉得舒适自在。土地所有权日益集中在少数人手中，这一趋势，在我看来，似乎是场灾难。如果人口中有太大一个比例，靠贸易、实业、商业、工艺和城里人的百千万种组合来支撑自身，社会可能会过于复杂，难以保持平衡，势将时时处于某种失调状态。而如果有相当数量的民众，全部或部分时间参与体力劳动，直接提供自己需要，或认为自己需要的东西，不管是甜豌豆，还是酸泡菜，则社会平衡将日趋牢固，很难颠覆。

星期五。今日与妻子在瞭望哨呆了四个小时，她听到四引擎轰炸机成队飞过；但天气很坏，我们看不见飞机，友好也罢，敌意也罢。瞭望哨已从女哨长家谷仓后移至路那边废弃的校舍中——视野不如原先的哨位，但很适合在观察间歇时做点事，桌椅设施很齐整（有十三张小课桌可供选择），还有一个塞思·托马斯挂钟，一只温暖的炉子，一面美国国旗，一张林肯画像，一间户外厕所，入口处还有一段古老的赞美桃金娘的爱情絮语。

星期六。昨日把我的裤子送去作换季洗熨。它们要走四十九英里才到达熨衣板上，来回九十八英里。如今，裤子无疑是我身上走得最远的一块，有时我会妒忌它们去城镇的行旅。这些日子，搭车出远门实在是个乐子。我注意到取送衣服的卡车改由一位姑娘驾驶，代替了当兵上战场的小伙子。她告诉我们，她喜欢这个工作——让她觉得为战争尽了力。我不免惊奇还有人因为驾车拉上我的裤子满乡下转，生出这种感觉。不过，我生产鸡蛋，也有同样感觉，虽然我清楚知道，大多数鸡蛋都给波士顿周遭的饕餮者饱了口福。

发现妻子、儿子和獾狗，所有三位，搭了护膝的毛毯，坐在午后和美的阳光下，收听袖珍收音机直播的康奈尔队与耶鲁队的球赛，这是两个星期以来，儿子第一次下床，也是獾狗第一次关心康奈尔队。（他像片树叶一样摇晃，情绪压抑，康奈尔队落后了。)但三位聚坐在他们的私人竞技场里，看上去美妙而滑稽，我高声笑起来。妻子刚刚审读完秋季的一茬儿童书籍，告诉我圣诞平安夜我们将有新的仪式。(典出一本名为《挪威的幸福时光》的书。)我们要去谷仓，为牲畜加餐，口中念念有词："吃啊，喝啊，我的好奶牛，主在今晚降生。"我很有兴趣，幸运的是，今年我还有富余的干草。不过，要使它真的像美国仪式，我们得穿上工装和农家裙，或许再请上一两位《时尚》杂志的摄影记者。

管　控

（一九四二年十二月）

基普林格先生在今日上午的邮件中告诫我，我会看到更多的管控措施，他说的不错。二十分钟后我去谷仓，他们就在那儿了——一共两位。他们来自本州。一人将铁钩探入奶牛的鼻子，用力拖拽，另一人犹豫不决地拿一根针，准备从奶牛颈部取血样。据我的记忆，奶牛仍然是我的奶牛，谷仓也是我的谷仓，可从他们专断的行事方式来看，似乎不是这样。我婉转地对这番举措表示了关心，他们解释说，这是班格氏检测，本州正在推行一场运动云云。

恰好我完全赞同班格氏检测。我对它如此倾心，特意在购买奶牛时，确认她前不久刚经由兽医查验。（谷仓里的两人没向我问起这个。）我还完全赞同旧时的观念，住宅如城堡，任何人带了针来，理应先叩门，再进入。望着苏姬鼻子里的铁钩和痛苦的目光，我的那份惊惧，恍如突然回到家中，只见妻子给人用窗绳捆绑起来。我想幸好我完全赞同班格氏检测，否则，州政府会发现自己面对一个缺少控制力的人。

此事让我印象深刻。控制措施的无趣，基普林格先生不曾在他的信中写明，即这类措施一边在某些方面改善我们的生活，一边又在其他方面让生活变得难以忍受。本州热心扫荡我这一带的波状热[①]，却让我在自家的谷仓里着急上火。我忍耐了，为帮助本州，自我恢复了健康，但它再不是从前模样，我可以想见奶牛主人，如果根本不赞同奶牛检测的主意，此类意外将会造成何等后果。

我想，收紧我们生活中的管控措施，是对我们起初任放逞性的惩罚，但我们并不因此就觉得舒服一些。今日上午谷仓里的两位不请自来，折腾我的奶牛，理由是一些农民拖拖拉拉，不愿检测奶牛，虽然科学已使此类检测简便易行，医生和承办人也将取舍的关节说明白。而从今往后，随便是谁的谷仓和办公室，恐怕随时会有几位不速之客登门，翻箱倒柜地探查你的积压问题，理由是以往在什么地方，曾有大批未经检测的牲畜满世界传播高热。如此前景实在糟糕，但无论心情如何，我们不得不去面对。

总而言之，管控一事最让人心悸的是它选择的时机。此时，战争期间，伴随种种应变措施和配给证，我们开始领略个中滋味。和平年代，同样的事情将会扩展，延伸。生是一堆文书，死是一张调查表。

我有一辆载重半吨的小卡车，希望随时开动，往地里拉粪肥，料理农家没完没了的杂务，但我去申请使用这辆车的驾照时，发现政府的申领须知长得像本当代小说，而且情节更曲

---

① 波状热，布氏杆菌引起的急性或慢性传染病，是一种人畜共患地方性流行病。

折。我整整花了两天工夫，研究揣摩，这才动手填表，说来，我还是个受过大学教育的人。如果按照目前对驾照持有人的要求，写出长篇报告，叙述我的驾车经验，那就还要搭上远远不止两天。结果，卡车在我的生活中一如州政府，它不再是我的助手，成了我的老板。在此情况下，我的方针是避之则吉，在我，当然是缺乏上进心，而对本州，归根结底，后果其实很严重。

我们社会的建筑者和设计师操心的管制，最艰巨者显然莫过于对财富的管制。不妨看看国内国外，通过人工呼吸维持利润制度的那些大胆尝试。在英国，威廉·贝弗里奇爵士①刚刚完成关于社会保险的宏大建构，鼓吹每个人都向共同基金缴款，保障其他每个人不致遭受灭顶之灾。这是保险统计师的梦想。英国成了一个簿记国家，人从摇篮到坟墓，始终与理赔师和公证人携手同行。这一著名计划连终极风险都算计到，即使如此，它的制定者也承认，保单持有人各有事业，数量无限，除非他能发达，否则，整个建构终将垮塌。

这是一种超级管制。森林的终结，文牍的开端。在美国，我们很可能设计出类似制度，还有其他荒唐的权宜之计，例如将收入限定在六万七千二百美元之内。

如今的利润制度正在经历深刻变化，没准儿将变得面目全非，有时我想，如果它能得到公正评判，本不难让每个人都受益。利润制度的问题始终在于，绝大多数的人无利可图。利润

① 威廉·贝弗里奇(1879—1963)，经济学家和社会改革家，是福利国家的理论建构者之一。一九四二年发表《社会保险及相关服务》，也称《贝弗里奇报告》。

归少数人，劳动归大家。我想“普通人”一词日渐意味着手上除了工资袋，从来什么也抓不着的人，有时甚至连工资袋也抓不着。倘若有钱可以投资，有好主意可以发挥，就不再是等闲之辈了。通常你一无所有，不免如草芥一般寻常。利润只管流向严密看管的渠道，汇入神秘的大海。

私人企业制度，是祸根也是产生利润和分肥的可爱制度，本来恰好适应普通人，只要设计者悉心关注芸芸众生。我相信他们需要的不过是参与感。他们从来没有这种感觉。他们将成为地球上最错综复杂的公司中的保单持有人，但即使保单持有人，除过死亡，在别的事情上也没有多少参与感。他期待的，回首自由企业年代，是利润中的一份。他期待起伏动荡的刺激，风险的煎熬，利润的奖赏。但无人拉他入伙。或者，很少有人拉他入伙。他挣一份寡淡的薪水，少年起步时寡淡，老来退休时仍然寡淡。他工作，受苦，患病，死亡，无奈从来不曾参与。他没有资本，没有好主意，只剩下双手攥了一把时间。

今天，据说普通人来到了像量身定做的衣服一样，专为他们设计的世纪门槛前。我希望他们面对试衣师傅，不要遇到与我同样的麻烦。试衣师傅始终认为我穿吊带裤，虽然我明白告诉他们并非如此，比划给他们看，我不在乎裤子吊在髋骨下，像墙上垂下的枯藤，他们摇头不信，自顾自地下剪子，迁就他们对此人的想法，而不是人本身。至于对普通人和他的世纪，我想试衣师傅也不会留意。当下，普通人免不了局促，怀疑，像立在那里让试衣师傅用卷尺一路量到裆部，记下内接缝尺寸的人。我读报纸时注意到，新世纪的设计者允许众人肚皮再大些，不过我想，他们治下的人其他部位也会膨胀。我操心的是袖长：普通人伸手去够东西，已有很多很多年，手臂格外长。

如果新世纪在关键处克扣他们，可就太悲哀了。

迄今为止，新世纪的建筑师们在某些基本问题上达成了一致。他们同意，他们治下的人必须是安全的。必须有安全保障。饿死，积欠医院账单，躲避助产士，不经适当仪式下葬，都是不能允许的。他们同意，应允许他与其他希望当上公司总裁的普通人自由竞争。最后，他们规定，倘若他果真当上总裁（这里，他们扫兴地轻叹一声），年收入不得超过六万七千二百美元，或税后两万五千美元。新世纪已经进入裁剪工序。成品可能不错，但我有些担心。

人的真实模样难以捉摸。有一点我敢保证——他是个天生的赌徒，但长期以来，他在这方面的正常本能受到压抑。他通常更关心的，是收益而不是保障，是风险而不是安全，任何东西，只要让他有机会赢得大奖，都会冲昏他的头脑。（他组织公共安全协会以策安全，但本不该心急火燎地去冒险。）人厌烦了薪酬。他为低薪酬发火，但各类薪酬都让他厌烦。对他来说，利润制度的问题在于，他似乎与结果毫无关联。它可能兴旺，即使他不兴旺。他感到孤独，成了局外人。它可能失败，而他依然孤独，需要另谋职业。没人认为值得或有理由来借助数学手段，显示普通人与巨额回报之间的真实关系。毕竟，他只贡献了他的时间，加上他的一点点技能。企业兴旺，他为什么就得发财？这向来是对一个很少有人提及的问题的回答。

自由企业制度，昨日的分肥制度，它不受管控，掠夺成性，很不公正，但在许多方面，又大有希望，合乎人们的需要。它的暴虐和弊端如此明显，我们常常会忘记这样一点——就本质而言，它是个好东西，恰恰与民众合拍。它刺激他们，促使他们时刻待机而动，它保持了奇特的弹性，在一个人人各有各的活法的社会中，能迅速作出调整。它承认私有财产，因此得到所有人的钟爱，毕竟拥有点什么是我们最原始冲动中恒久的乐子。不过，它也是一种撞大运式的人生制度，人不是慷慨的动物，需要经过磨难才变得慷慨，因此，在计算获益时，它没有将大多数人考虑在内。今天你可以感受它的后果。芸芸众生迫切希望参与生活中撞大运的一面，重拾他们因缺乏资本和原创力而失去的才具，这种状况，随处都可看到。无数人沉溺于弹子游戏、数字游戏、宾果游戏、赛马、炒股、撞落袋球、买彩票，原因就在于此——千百万所谓的“普通”人，正试图从中找到补偿，因为他们在这个世界上的正常活动，只能带给他们寡淡的，一成不变的酬劳，而这个世界，既不寡淡，也非一成不变。即使身处绝境，没钱，也没希望，仍然可以抄起一副纸牌，靠赌牌制胜，重塑自我，纵情品尝胜利的美酒。

幸运，我想，是个可分配的商品。我们从没试过这个，因为我们从没试过分享利润——当然除了圣诞节期间，这是个显示慷慨和悔罪的时刻。幸运这东西，你无法同经济学家谈论，它与好不容易形成的社会思潮的路数格格不入。(实际上，保险统计师倒是铭记于心，不过他想的多是背运，不是好运——此种态度不免消极，拐弯抹角。)幸运这东西，当着靠个人奋斗发迹的人的面也不能提。社会推动者和实干家社团是非常自负的一个阶层，其成员为自身地位和成功计，一本正经地承担所有责任。其实再没有比这更荒谬的事了。每一片药片里，都有与其他药片同样多的幸运颗粒。甚至智力也属自然界中的偶发事件，宣称聪明的人理应得到生活的奖赏，等于说只有他有权享有幸运。或许他合该走运吧，但我有时很纳闷。

如果人人有权在某种不起眼的程度上享有幸运，对世界本是件很好的事情。在自由企业中，利润是方便地表述幸运的一种方式。应当有一面透镜，帮助我们观察，向我们显示如果在积极进取的赢利企业中，每一个雇员都能交上好运，也就是说，除了微薄的工资外，他们还能拿到与绩效挂钩的报酬，那么，普通人将会是怎样的情况(他今天会有何种感觉)。一次在午餐时，我曾如此这般地向一位实业家信口开河，他的眉头皱得像一条咸猪肉。显然，这一想法让人深恶痛绝。我感觉仿佛我是故意建议他放弃珍珠鸡胸脯肉，改用八十五美分一客的午餐。(也许我真的建议了，自己不意识而已。)时在圣诞节前后，我异想天开地试图将红利化为纯理论的经济学，在勇气与运气之间建立一种真切的比率。这里，红利中包含的，本是辛勤劳动后得来的好运，然而表达得却很奇怪，好像一说就俗。

所谓红利，其实是工商企业的一种丰厚馈赠。它是一年一度敷在富人良心和穷人伤口上的油膏。如果对它能够作出数学上的合理解释，就应当送它戒指，为它正名，将它迎娶进门。与此同时，仓库保管员出没于弹子房，教士礼拜宾果游戏卡上的幸运之神，普通人转向赛狗跑道和地球上的其他冒险场所，只因为幸运的恢宏理事厅里，从来没有他的一席之地，办公室和工厂的分肥制度，他也无缘沾光。他从来不知道投注两美元，赌他自家马匹是什么滋味。

我不是说普遍的利润分享制度将行之有效，只想指出它试也不曾试过。在孤立的情况下，有人作了认真考虑，但显然，这并不是单枪匹马就可以踏上的旅途。要么人人有份，要么人人靠边，全有或者全无，非此即彼。我自己曾试过一回，那是我唯一一次鼓动商业冒险。事情源于一本书，涉及其他作家已经发表的作品。我是编辑和老板。大大出乎我意料的是，我发现在此类事情上，根本没有基本规矩可言：我可以将全部利润收入囊中，只须出钱买下有关材料；或者无偿使用这些材料，但分享利润，在后一种情况中，我可以拿走百分之九十的利润，留下百分之十分享，也可以拿走百分之十，分享百分之九十。这太有意思了。不过，我虽然选择按照不知怎么得出的比例，与他人分享收益，但我知道，究其实，这也算不得利润分享，因为我没有将出版商的电话接线员和我家的厨娘包括在内。一句话，普通人没能分得一杯羹。有幸分得的人，几乎人人都很高兴卷入了风险和回报中。不过，事情让我坚信，利润分享很单纯，很简单，不难作出安排，只要你乐意安排。

然而，或好或歹，最低限度和其他无聊的管控之日终于来临。我们很可能失去给圣诞节红利正式名分的机会。相反，我们将接受一个慈善的州政府派发的福利，并准备好为此逆来顺受——于不幸中得幸运，在困境下求发达，待税收后享利润，一事当前，先应付文牍。

苦　寒

（一九四三年一月）

副产物始终是个奇迹。刨平一块木板，脚趾四周堆起刨花，等待填入炉膛，燃起火焰（温暖你的脚趾，好去刨木板）。从家畜身上挤些奶，减轻它的饱满，奶水滋养小猪，解除它的空乏。从曲柄轴箱里汲些油，抹在栖木上，抑制螨虫。虫子吃苹果长肥，小鹅吃虫蛀的果子长肥，人吃小鹅长肥，虫子又等着人。清扫谷仓场院，粉状的羊粪用去改善草坪（在一场秋雨之前），转年春天修剪草坪，草叶杂入堆肥，路上撒一些草屑给鸡雏，堆肥施到园子里，到了秋天，最初的粪肥，种种潜移默化之后，又以老倭瓜的形式转回羊的面前。壁炉的灰烬，在十一月的一个黄昏铺撒在丁香树丛的根部，保证了六月清晨的花枝。

甚至羊在栅栏上蹭下的一簇簇羊毛，也找到了循环途径。我用它们作外伤敷料。剪羊尾的时候，我剁下羊羔的尾巴，在残根部位敷上一小撮，让血液凝结。

今年这一带对天气的议论多于往常，不过关于天气，还有的可议论呢。快一个月了，我们经受苦寒——坚定的，铁面的寒冷，阔步推进，接管了乡村，像风风火火的家庭主妇，情急之下，接管了别人家的厨房。清冽，坚实，目标单一的寒冷，刚烈威猛，不稍宽纵。一些日子，晴朗而寒冷，一些日子，阴晦而寒冷。我们面对有雪的寒冷和无雪的寒冷，凄风唿哨的寒冷和悄没声的寒冷，暴虐的寒冷和宽厚平和的寒冷。厨房门前，清晨用热水融解结冰的水桶，院子里布满淌出的冰溜子。御寒护窗今年冬天不济事——我们重新启用最简便，最管用的绝缘材料，每日把报纸用摁钉摁在北窗上。早上，温度计显示温度为零下十度或十二度。中午，温度一路升到零度。午后大约四点三十分，夜色笼罩，温度再度下降。即使在用成吨干草封堵严实的谷仓里，奶牛鼻子的流涕也结成了小小的冰柱，热奶腾起雾气，罩住挤奶人的脸。不戴手套去抓门闩，铁闩会咬住你的皮肉不放。

寒冷博爱众生，像兄弟会，我很高兴身在其中。它不排斥任何人。甚至老人也网罗进来，他们坐在火炉边，地面的穿堂风在膝头缭绕。兄弟会的成员相处融洽：苦寒最初来临时，似乎令众人振奋，增进了他们的友情。有那么几个小时，生活中所有委决不下的问题都让位于一个明确和相似的任务，如何维持生存。一个需要填满的木炭匣子，一处需要堵塞的裂隙，一块挡在门上的毛毯，生存降低到这个水平，反倒清净了许多。

我还记得第一个早晨。破晓时分是零下十二度。头天下午，我们多数人都察觉要有个寒冷的夜晚。一些迹象表明，寒流即将来袭——憋闷，白昼缩短。根据这些暗示，我点燃了车库里的老式滚筒炉，就在汽车水箱几英尺处。睡觉前我点上它，再丢进一段木头。随后我去到羊棚，羊棚的门无论白天夜晚，酷暑寒冬，始终大敞着，我用靴子踢掉残雪，关上了门。随后我给奶牛递上一叉子干草，而不是通常的一小撮锯末，又拉开猪圈的小门丢上一些草。我们睡觉时没有把窗户开得很大。（这间屋子的窗户需要靠窗撑向上撑起，像这样的夜晚，我们就不再使用窗撑，只拿一块劈柴，平放在窗台上，让窗户搭在上面。）

清晨来临，床是个几乎难以摆脱的罪恶。不过一旦起身，一切都按部就班，房屋各处都要点上炉火，老獾狗需要用薄毛毯裹起来，因为风湿。（他和我同病相怜，但他闹腾得比我欢，还总惦记薄毛毯。）随后大家交流感想，每个人自行查考一通温度计，琢磨汽车还能不能发动。海湾灰蒙蒙的水面上雾气蒸腾。以往，海面上腾起雾气时，人们会眨眨眼说："农夫琼斯烫猪毛了。"

电话铃声响起。是邮递员。他的汽车发动不起来。如果我的汽车正常，须搭上他顺路去镇里。电话铃声又响（冷天刺激电话）。是道太太。我须在返回时搭她顺路回家，今天上午的天气太冷，行走困难。全凭滚筒炉彻夜不熄的炉火，我的车三次点火过后，很容易就发动起来。车库仍然暖得惬意，炉中还有余烬。

如何穿衣成了每个人的话题。小儿子此前是一顶猎帽，帽檐耷拉下来，现在刨出破旧的绒线帽，充作仲冬装备。我拎出军用衬裤，是一九一八年小战事的遗留物。冻雪在靴子的橡胶鞋底踩踏下，咯吱咯吱作响，汽车车窗顷刻结霜。鹅从谷仓的窝中钻出，在吹积的雪堆上为自己踏出一个场子。它们高声抱怨冰冻的盘子，玉米糊糊在蓝色积雪映衬下呈金黄色。

邮递员宽宏大量地解释他的汽车——他认为那是由于汽化器里的沉积。众人个个欢天喜地，原因部分在于，他们惊奇地发现，在突如其来的毁灭性气候条件下，活着倒也不难。寒冷其实没有可能冻结我们的棍棒、我们的墙壁、我们的羊毛、炉膛中的火焰、灵巧的连指手套、毛线袜子、点火的声响、热乎乎的饮料，还有与鲜艳的帽子搭配的鲜艳的衬衫。一位卡车司机，透过结了霜的挡风玻璃的缝隙，朝我咧嘴笑，我也透过这边的缝隙，朝他咧嘴笑。二人的交流，如果宣之于口，就是："有点儿冷，老兄，不过咱爷们儿扛得住。"有传言说，校车无法开动。孩子们哆嗦着，打打闹闹，等在路边，检查冰面是否适合冰鞋和雪橇，一些孩子等在家里，扒在窗前看。卡车司机不得不来拖拽校车，帮它发动。学生今天要迟到了。这让他们情绪高涨。有大批同犯，上学迟到成了一件好事情，人多势众，还有辆冰凉的校车提供脱罪的证据。

如果有人对天气寒冷与否还存任何怀疑，倒有一种方法可以核实。严寒天气中，干草叉的木把会像撬杠一样冻手。拎起硬毛刷子清空水桶，刷子硬得像石头。我不知道还有什么物件比冰冻的刷子更凉。

一段长时间的寒冷，少有阳光，少有宽慰，此后，人有时会转而思念温暖气候。我欣欣然地读了詹姆斯·诺曼·霍尔[①]的随笔，写的是塔希提岛的温暖和闲适。这很有诱惑力，但我

① 詹姆斯·诺曼·霍尔（1887—1951），美国作家，代表作为《叛舰喋血记》。

怀疑我能否长期抛下新英格兰的四季。我在茅草屋顶下，会怀念秋日里，一阵狂风吹过，谷仓上的风铃叮当响起，也不要其他强制，像海峡上的浮标，寂寞地发出警示。我相信，我还会怀念夏季临近结束时，那光照澄澈的日子，鲜亮而凉爽，却是我的邻居达默龙先生难捱的时候。他称之为“自杀的日子”。有些时候，我同样也为八月的消歇而忧伤，很想知道是什么钳制了达默龙先生的生命力，他单单说，他感到抑郁，像是有东西悬在头顶。这些日子其实是他拖拽渔笼的好时节，但并不能打消蓝天白云带给他的抑郁信息，当下就要偿付代价。在黑暗和寒冷中，达默龙先生一向精神抖擞，危难当头，一年当中的风狂雨暴季节，才见出英雄本色。我经常在晦暗的十一月份撞见他，大雨瓢泼，一双大手给海胆的尖棘刺得肿胀，棉布衫上没有罩衣，腰板挺直，还给大自然和自己一份安详。归根结底，不是惨淡时光，而是对惨淡时光的预先提示让人精神委顿。语言中没有夏末忧伤一说，但人的心中有此一说，乍闻声响，就能感知它走近来。

我的一只鹅离开鹅群一段时间，在冬天最寒冷的日子，生活在野地里。她又重新回到谷仓场院，但在我看来，其他的鹅并不接受她进入它们奇特的社群。她略略保持了距离。我想如果我回到城市，大约也会发生这种事情……我不能确定即使有此意愿，是否还能回归。

一个世纪前委身农场的伊克·马弗尔[1]就这个主题写下一

① 伊克·马弗尔，美国随笔作家、小说家唐纳德·格兰特·米切尔（1822—1908）的笔名。

些告诫。“你去城市，”他写道，“朋友会不带恶意地提醒你的邋遢，偷眼上下打量你，像是骑手掂量久已告别草场，四肢僵硬的马。你可以随便穿什么衣服——老师傅裁剪，显示你bien ganté①，认真阅读最新消息，奈何餐桌上讲的一些早就过时的老段子露了底。离去后，朋友们会包容地说，‘可怜的鲁斯，落魄到这步田地！’倘若就此打住，倒也无妨。但城市的抵触和震惊搅动流言，让事情深入众人骨髓，你只能略有耳闻。一片大陆的庞大的神经中枢……自有其微妙和多变的内涵，生活在网络外缘，很难理解和阐释。偶尔的接触难以建立亲密关系。在很多方面，男孩帮你纠正错误，一些女孩告诉你匪夷所思的新潮。你的刀剑布满铁锈，不管怎样大力劈刺，也不见血肉，非得日日擦拭明亮。”

他的话果然真确。上次去城里，有些小事提醒我，我的成员资格已经过期。我的刀剑也生锈了。一念至此，不免沮丧，好在我意识到，我的双手比以往更结实——可以握紧棍棒，四面八方地挥舞。

① bien gant é，法文，意为戴好手套，喻衣着讲究，细节无误。

译后记

E·B·怀特的《人各有异》，共五十七篇文章，加前言与序，翻译费时近三年。三年的时间，身如飘蓬，流转不定。但不管走到哪里，总有怀特这老头儿跟在身边，絮絮叨叨地讲故事，他的缅因，他的农场，他的羊羔，他的鸡雏，他的奶牛，还有他的老猎犬弗雷德……现在，我可以告别怀特了，可以对他说，你的故事讲完，我的复述也讲完，如怀特在《这就是纽约》的前言中所说：现在，我终于可以歇息下来。

不过，还有一篇译后记要写，虽然前面有怀特继子罗杰·安杰尔的前言，又有他本人的自序，事情都已说清楚，想想这篇译后记，确实也是无可无不可，如奥卡姆剃刀原则所言：如无必要，勿增实体。但我对书，希望它周正、完整，作者，或译者不说些什么，我会觉得草率。所以，还是随便写点感想，庶几对读者有个交代。

E·B·怀特的书，是他在缅因州农场五年时间所见所闻，所思所想，所作所为的总结。一九三八年冬，怀特正当在《纽约客》事业顺遂之际，突然转身(不够华丽，但很坚决)，跑到缅因州去当农民，由春到夏，由秋入冬，亲手操持了一个农场。这里的原因，或许与梭罗有很大关系，我们从怀特的文字中，也时时可以看到二人一前一后的关联。不过，更重要的一点是，怀特与梭罗一样，无时无刻不在警惕以国家、政府、集体等等名义，对个人自由的剥夺和侵犯。甚至《纽约客》要求编者始终以“我们”的面目发声，也让他感觉不自在。正是在缅因的乡下，“他找到了他的主题(就是他自己)，还有和缓但真诚的语调”。他将“我们”如何，改换为“我”如何，成就了知识分子作为个人的独立存在。

我们因此得见这一本书，是一本慢书，不妨慢慢去读。书中没有微言大义，但凡讲到社会，仍然还是常识。他写的，是一种态度，一种心境。他要建立的，是一种简朴的，审美的生活，虽然有时也需要惨淡经营，忙个焦头烂额。

E · B · 怀特此书的原名，本为《一个人的肉食》，典出西方人的一句俗谚，所谓一人口中的肉食，他人口中的毒药。用中国人的话说，有点“萝卜青菜，各有所爱”的意思，不过我们这句，清淡了一点，不能说尽意思。

散文近诗，字里行间的意蕴，近乎不可捉摸。翻译中途的懒散，多半倒是因为难，知难而退，索性歇着，像怀特一样，自愿卧床，只因为不敢面对穿上裤子招来的后果。哲人说过，一切阅读都是误读。如此，则一切翻译，怕都是误译。翻译，不是作品以另一种文字在绝对意义上的完成，或许应当说，它是开始，指向一种可能。如果能引起读者的兴趣，进而在有条件时，去读原著，或者多读几个译本，那就是译者莫大的幸事了。

前曾翻译 E · B · 怀特的《这就是纽约》和《重游缅湖》，

出版之后，朋友和读者多有指正，对翻译文字中的舛误与讹脱，我颇感惭愧。此次，多了点战战兢兢的意思。然而，囿于学识，他的肉食，这客煎牛排，经我改刀添火，或不免炖成了一碗红烧肉，仍请朋友和读者再加指正。

图书在版编目(CIP)数据

人各有异/(美)怀特(White,E. B.)著;贾辉丰译.
—上海:上海译文出版社,2016.7(2024.7重印)
(译文经典)
ISBN 978-7-5327-7225-4

Ⅰ.①人… Ⅱ.①怀… ②贾… Ⅲ.①随笔—作品集
—美国—现代 Ⅳ.①I712.65

中国版本图书馆CIP数据核字(2016)第037846号

图字:09-2007-783号

人各有异
[美] E·B·怀特/著 贾辉丰/译
责任编辑/冯涛 装帧设计/张志全工作室

上海译文出版社有限公司出版、发行
网址:www.yiwen.com.cn
201101 上海市闵行区号景路159弄B座
山东韵杰文化科技有限公司印刷

开本 787×1092 1/32 印张 12.25 插页 5 字数 202,000
2016年7月第1版 2024年7月第6次印刷
印数:16,001—18,000册

ISBN 978-7-5327-7225-4/I·4395
定价:69.00元